英雄地

刘克中 著

CNS 湖南文艺出版社

“周读书系”编委会

主　任：朱建纲

副主任：尹飞舟　蒋新建　毛良才　刘清华

成　员：黄远征　杨俊杰　戴　茵　谢清风　张旭东
易言者　章育良　黄楚芳　张　健

第一卷

1

天命之年，戈向东认为自己经过了大风大浪，可以波澜不惊了。可就在过完五十大寿的两个月后，他却像一头刚关进笼子的雄狮，狂躁不已。他不停地咆哮、叫骂、摔东西，可一切都无济于事。

天海集团三兄弟瞬间分崩离析。周海龙和孙茂群各自拿着天海集团十分之一的股份扬长而去。离开时，他们甚至没有怜悯地看他一眼。空荡荡的会议室里只留下周海龙最后的怒吼：“既然你一心想做孤胆英雄，就别怪我们眼里没有大哥，我们已经忍无可忍了。”

这句话像丛林中爆炸的巨响，刹那间击垮了戈向东的儒雅和矜持，无法抑制的愤怒似乎激发了他年轻时的血性冲动，此刻，如果给他一把刀，他会毫不犹豫地割断这两个混蛋的喉管。他曾创造过十秒钟干掉三个敌人的纪录，现在却只能眼睁睁地看着跟他并肩作战的兄弟，毅然决然地离开。

他歇斯底里发泄的怒吼声，在空旷的走廊里缭绕回响。下属们面面相觑，忐忑不安。他们从来没有见过，一向蔼然和气的董事长也会有怒目圆睁的一面。

他觉得浑身疲软，从未有过的颓败感一股脑儿涌上来，连迈步都很吃力。他步履蹒跚地朝着自己的办公室走去。整栋大楼死一般沉寂，只能听到他沉重的脚步和粗重的喘息。

周海龙和孙茂群选择在天海集团最辉煌的时候离开他，究竟是为了分得更多的钱，还是对他这些年命令式的做派忍无可忍，他不得而知。从他们相识以来，他们之间的隶属关系从未发生过改变。他曾经是他们的副连长，他们是他的兵。企业也一直沿袭着军队化的管理模式，他把每一个员工都当作他的士兵。他始终认为，士兵就是指挥员枪膛里的子弹，瞄准目标，子弹就会按照既定的轨迹射中目标。可现在，枪炸膛了，两颗子弹从他的枪膛里飞出去，无法控制。

周海龙和孙茂群希望自由飞翔，他只有让他们飞走。他扪心自问，这些年，他没有亏待过兄弟。公司上市的时候，他给了公司副总周海龙和孙茂群每人百分之十的股份。他还给患有战后精神疾病，一发病就不停奔跑的保安部经理梁家宝百分之五的股份。当年从死人堆里爬出来的五个人，除了魏东阳从政没有股份之外，其他人凭借着这些股份，一辈子都能过上锦衣玉食的生活。

不过，更多的股份去向是他的秘密。

“让活着的人活得更好，让死去的人死得有价值。”这句话是老连长林春风留给他的遗言，这些年来，他一直铭刻在心底。

那次作战行动，最终活下来的只有他们五个人，更多的战友把生命留在了那片云雾弥漫的山谷里。他答应过老连长，有朝一日，会让他们的亲人过上好日子。

天海集团上市后的第一夜，他没有出现在维多利亚港湾的庆功会上，而是站在边境烈士陵园的墓碑前。

明月星光下，一望无际的墓碑从山下一直蔓延到半山腰。他找到了老连长 B286 号墓碑，这里只是他的衣冠冢。战场上，惊天动地的爆炸过后，他的血肉就化作了丛林中的泥土。

他在老连长墓碑前重温了那句誓言。为了这个誓言，他从最年轻的战斗英雄连连长、仕途后劲十足的省长秘书一步步蜕变成了不折不扣的商人，每一次蜕变对他来说，都是痛之入骨的割舍，无异于精神炼狱。

他的父亲戈正北戎马一生，干到军区副司令，他最大的希望是儿子能够子承父业，最起码在军界能进入将军的行列。他一次次的抉择让父亲失望了，他最终的职业只能是个商人。

这一切，他不可能跟周海龙和孙茂群说明白，他是他们的副连长，他们的大哥，他必须率先担当。

戈向东太累了。他靠在松软的皮椅上，紧闭着双眼，他努力克制着自己，可燃烧的愤怒无法熄灭，沸腾的热血无法平静，怨恨像一条蜿蜒在心口的蛇，扭曲着他的五脏六腑。周海龙和孙茂群每年拿着几十万的高管工资和公司分红，如果这样还得不到满足，那他们就是欲壑难填。

养子林浩楠曾经不止一次地告诫过他，做企业不是做慈善，更不能把企业做成家族公司。家族公司就像一个气球，膨胀得越快，崩裂得就越剧烈，天海集团早晚会走到这一天——不以他的意志为转移。他说话的口气很像他的父亲林春风，每一句话听起来似乎都言之成理。

戈向东对养子这番话却不以为然，板起脸孔严厉斥责了他。周海龙和孙茂群是与他在战场上生死相依不离不弃的兄弟，他们可以用胸膛为他挡住敌人的子弹，难道世上还有什么东西可以分开他们？林浩楠对这番言论嗤之以鼻。

戈向东对养子嘲弄般的冷笑感到十分恼火。整个天海集团，也只有林浩楠可以用这样的口气跟他说话，如果他不是老连长林春风的遗腹子，他会毫不客气地甩他两记耳光。他认为林浩楠无端的猜测亵渎了他和战友之间那种不计生死的感情。林浩楠不置可否地笑了笑，临走抛下了一句话："你就等着吧，对正常人而言，时间和金钱会改变一切，包括诺言。"

没想到林浩楠的预言这么快就应验了。周海龙和孙茂群的离开像左右开弓的两记重拳，击倒了他。林浩楠早就告诉他，周海龙跟天海集团的对手东业集团联系密切；孙茂群早就想在市郊买地筹建自己的化工厂。那时，戈向东对养子的话置若罔闻，他根本不相信同生共死的兄弟会背叛他。

戈向东和周海龙的分歧是从滨海五号地的竞拍开始的。

他之所以一意孤行地要拿下五号地，是因为它远离喧嚣的闹市，环海临山，面积很大，大到几乎囊括了整座月儿山的向阳坡和两个海湾的海滩。一条溪流从两山之间流下来，四季不断。令人惊奇的是，这条溪流的源头，冬天从来不结冰。戈向东悄悄派人做过检测，水里面含有大量的含硫矿物质，是典型的天然温泉。他一直企盼一个这样的环境，已经很久了。

在尘埃飞扬、雾霾笼罩的工业城市周围，能找到这样一块风水宝地太难了。戈向东相信，日益膨胀的城市早晚有一天会扩张到这里来。这些年，他的天海集团在这座城市里密密麻麻盖了很多房子，连他自己都感到窒息。他决定在五号地上多种树，少盖房，打造城市可以用来呼吸的肺。看过五号地那天，他就下定了决心，要不惜一切代价拿下它。因为距离市区有好几十公里，荒山野岭无人问津，地价极其便宜，竞争者也寥寥无几，他几乎没费任何周折就拿下了。周海龙坚决反对竞拍滨海五号地，他的目标是滨海二号地。二号地位于市内沿海地带，寸土寸金，房地产开发资金回笼快，价格高，商业回报更高。根据市政府的新规划，二号地将用来打造天海市的国际商业圈。

转瞬之间，那块只有几百亩的二号地成了地产商们眼里的香饽饽。周海龙跟他保证，拿下二号地，建商场、酒店或者高档小区，挣钱就像秋天在森林里搂厚厚的落叶。周海龙认为，是戈向东固执的坚持让天海集团痛失良机，让对手东业集团轻而易举地拿下了二号地，天海集团抵挡外来资本大兵入侵的桥头堡就这样沦陷了。他历来把商场看作是短兵相接的战场，夺的是敌人的阵地城池。二号地的争夺是商战丛林里的歼灭战，赢得的将是天海集团前所未有的辉煌，摧毁的是地产界其他所有人的希望。二号地的失陷，让周海龙彻底击败对手的计划落空了。心情郁闷的周海龙终日借酒消愁，内心的郁闷与日俱增。

平心而论，在经商这件事上，做过商业银行副行长的周海龙，是资本运作的天才。近些年，天海集团的大项目、大投资包括公司在香港上市，周海龙功不可没。可正因为这些，周海龙才是戈向东心里最不踏实的一个人，他太爱冒险，太过狠辣，为达目的不择手段。

周海龙和孙茂群选择天海集团最红火的时候撕破脸，用那些股权兑换到了他们下辈子都用不完的财富。他们的股权兑现，一下子切断了天海集团的资金链条，把企业逼到了悬崖边上。资金断链的困境，不是戈向东最恼怒的。商海沉浮，险象环生，这些年大风大浪他都过来了，很多次，公司都是在悬崖边上绝处逢生。

戈向东恼怒的是周海龙和孙茂群用这样的方式离开他，而且两个人蓄谋已久。当他们委派的律师找他谈论股权这件事的时候，他还一头雾水。这就等于宣告，他一直在后辈面前所标榜的那份生死承诺不堪一击。如果连战火中生死浇筑的承诺都坍塌了，这个世界还有什么能够值得相信？想到这些，戈向东的怒火就无法熄灭。

戈向东从头到尾理了理整个事件，他肯定周海龙是始作俑者。孙茂群是个没主见又喜欢和稀泥的人，即便是想兑掉股份，也不会走法律途径。周海龙拿钱离开是为了加盟东业集团，他有一个庞大的圈钱计划，要融资上千亿打造世界一流的商业圈。周海龙曾经不止一次地对他提过这个融资计划。

想到这个计划，戈向东不寒而栗。整个计划无疑是个弥天大谎，用高额回报的许诺给投资者画一个永远无法兑现的馅饼，操盘者就可以套牢更多人的资金，来实现自己的梦想。看完周海龙计划之后的很长一段时间，戈向东对金钱产生了前所未有的畏惧。他开始对一堆堆粉红的纸币和银行里不断增长的数字十分恐惧，钱越多，他这样的恐惧就越强烈，金钱的背后掩藏着太多不可扼制的欲望，这些欲望就像嗜血的战场，到处充满陷阱，危机重重。

周海龙对他放弃竞标二号地的决定耿耿于怀，不惜把歃血为盟抛诸脑后，不令人意外，因为周海龙是个不达目的誓不罢休的人。可他想不明白的是孙茂群，这个老实巴交的人为什么也背叛了誓言。林浩楠说得没错，对正常人而言，时间能改变一切，包括承诺。如果按照这个逻辑，周海龙和孙茂群是正常人，那么他戈向东一直就不是一个正常人？

那场战争结束之后，戈向东就不是正常人了。

他在皮椅上动来动去，用拳头用力抵住了自己的肺部。那个地方又开始疼痛了，疼痛使他的意识开始混沌，而记忆却像昨天发生般地清晰。那场战争残留在他肺里的几块弹片像电脑的引擎，一下子激活了许多年前的内存。

很多不愿意提及的往事如潮水般翻涌起来……

2

天海集团董事长戈向东突然间失踪了。连同失踪的还有他那辆悍马吉普和他那条有着奥地利森林狼血统的狼狗。

两个副总辞职，董事长失踪，换做别的企业，公司立即就会瘫痪。天海集团各项工作仍然按部就班地照常运转。公司沿袭着军队编制配备集团中层部门主管，整个体系有着严格的纪律和职责规定，执行力上从没有人打折扣。

遭遇如此劫难，公司表面上看起来风平浪静，私下里不可能没有议论和猜测。

周海龙和孙茂群股份的兑现，还是对公司运作产生了巨大震荡。天海集团以天海地产和天海化工两大企业为支柱，业务延伸到酒店、旅游、餐饮等行业。东业集团携海外资本参与竞争，对天海地产一直围追堵截，步步紧逼，天海地产发展形势极其严峻。天海化工两个下属工厂因研发滞后，市场疲软，原材料供应不足已经停产。重要的是，因购买滨海五号地欠下的巨额贷款，银行已经开始催着还款了，要想再从银行取得贷款支持，难上加难。

集团公司高管和子公司的电视会议由集团人事总监林浩楠主持。面对集团公司的十几位前辈，林浩楠坐在养父戈向东的位子上，面色平静地对大家说：“没有什么大惊小怪的，作为部属，不管我们的统帅在哪里，在干什么，只要有统帅的指令，仗该怎么打还怎么打。有人说天海集团要走下坡路了，董事长让我转告诸位，天海集团在跨国集团公司发展的道路上会继续勇往直前！”

林浩楠说话时的手势和口气俨然是戈向东的翻版。接下来，他有条不紊地安排完一周的工作，会议开了不到半个小时，就宣布散会。

这些年，天海集团员工们一直在关注着戈向东对林浩楠的培养。这个肤色偏黑的帅气年轻人，面对危局泰然处之的态度并非与生俱来。他大学毕业就进了化工厂，是从最底层的车间工人干起的。几年间，他干过装卸工、采购员、保管员、子公司地产项目经理、副总周海龙的助理，半年前才晋升到人事总监的位置上。大家心里清楚，戈向东是在有意培养他做接班人。甚至有人传言，林浩楠该经历的都经历了，该学习的也学到了。周海龙和孙茂群的离开，实际上是戈向东在为林浩楠顺利接印清除障碍。

林浩楠的超常镇定，让流言四起的天海集团趋向平静。林浩楠宣布散会之后，起身正想离开，抬头一看，财务总监林雪梅正站在门口静静地看着他。林雪梅是他的姑姑，只比他这个侄子大五岁。童年的印象里，这个小姑姑总是一副邋遢相，十岁时还没有他的个子高。林浩楠因为经常欺负这个小姑姑没少挨妈妈的揍。此刻，三十二岁的林雪梅已经不是当年的黄毛丫头了，她从小公司的财务会计一直干到集团公司的财务总监，也算是天海集团元老级人物了。

林雪梅递过来一个文件夹，是十几笔打往全国高校的资助费的请示。

林浩楠扫了一眼就签了字。

林雪梅皱了一下眉头问："你不用请示一下董事长吗？"

林浩楠不以为然地说："不用。这件事情从他带领建筑队盈利那天就开始了。"

林雪梅笑了笑："这件事你倒是清楚。"

"我上学用的是天海的钱，你上学用的也是天海的钱，这有什么奇怪？"

林雪梅收回了夹子："即便是这样，你也得请示一下董事长。"

"我怎么能请示到董事长？"

"那刚才你怎么说，董事长让你转告大家，天海集团会勇往直前。"

"我的林总监，董事长只给我留下四个字，临机决断！"

林雪梅一脸严肃地对林浩楠说："我告诉你林浩楠，这件事下不为例！"

"这么严肃？那好，下不为例！干活吧，林总监！你上午要去银行协商贷款的事情，我要到化工二分厂处理停产的问题。"

林雪梅扭头准备离开时，突然又问："浩楠，从美国汇来两笔十万美元的款子，怎么处理？"

林浩楠笑了笑说："肯定是丁敏慧在美国那边听到

了集团公司的什么消息，汇回去吧，公司再穷，也不缺黄毛丫头募捐的美元，另外还有，董事长交代，留学生那边的援助也不能停。”

林雪梅犹豫地站在门口，一脸为难：“你知道，账上的钱已经很紧张了。”

林浩楠学着戈向东的口气：“我不管，有没有钱是你财务总监的事情。”

林雪梅拿着夹子朝着正要出门的林浩楠拍了一下：“你这没正形的小子！”

林浩楠一边躲开一边学着戈向东说话：“你这个小林，没有个男人管着真是不行！我命令你，三个月内必须给我找个男朋友！”

林雪梅回到自己的办公室，拿起桌子上两张十万美元的汇票，她仔细看了看，感到一阵温暖。这些年，戈向东对海外留学生的无私援助终于得到了一丝回报。只是她没想到，戈向东再次身陷绝境时，第一个伸出手的竟然是在美国刚刚拿到化工博士学位的黄毛丫头。想着丁敏慧乖巧调皮的神情，林雪梅苦涩的心里微微泛起了一丝欣慰的甜意。

丁敏慧这丫头，戈向东没有白疼她。丁敏慧是戈向东和妻子梅雅莹的老战友丁馥芬的女儿，也是养子林浩楠的女朋友。那时，丁馥芬和商业银行副行长周海龙合伙做医疗器械生意，被人骗了，周海龙因为挪用公款被抓，丁馥芬躲债去了深圳。临走前，丁馥芬就把刚上小学的丁敏慧托付给了戈向东夫妇。丁敏慧跟戈向东的亲生儿子戈睿同岁，两个人亲密得像一对双胞胎，后来，戈向东把林浩楠也接到了家里。或许都是外来的原因，丁敏慧跟林浩楠的关系更近一些。

林浩楠考上了外经贸大学后，丁敏慧也跟着考上了同一所大学。林浩楠大学要毕业的时候，丁敏慧正在上大二。两个人青梅竹马两小无猜，大学里又朝夕相对，自然而然地发展成了恋人。

丁敏慧算起来也是戈家的养女。或许是父亲都喜欢女儿的缘故，戈向东对丁敏慧的喜爱远远超过他的亲生儿子戈睿。丁敏慧大学毕业后，戈向东把她送到了美国。在美国读博的丁敏慧跟几个受天海集团资助的留学生发起了“红星联盟”，召集在美国受资助的烈士后代互帮互助，自力更生。今年，尽管丁敏慧说她的“红星联盟”已经发展到能够让身在美国的烈士后代衣食无忧了，可戈向东还是坚持每年按时给他们打款。

林雪梅心里最清楚，每年向出国留学的烈士后代提供资金援助，这些钱都是经她的手转账出去的，数目惊人。无论公司有多么困难，这笔钱总是在每年的十月一日前准时过账。之所以选择十月一日给他们打款，是因为戈向东是想告诫他们要努力学习，报效国家。但事与愿违，很多受过资助的留学生在读完硕士、博士之后，就一去不返了。

林浩楠担任人事总监后，曾向戈向东建议，做企业不是做慈善，受资助人必须跟天海集团签一个劳务合同。戈向东摇头否决了。他说，如果签了合同，援助就失去原本的意义了。这不是招工培训，也不是做慈善，这是兑现承诺，是天海集团存在的终极意义。戈向东还重申了他的决定：愿意回来的高薪聘请，不愿意回来的祝愿他们海阔天空。

近些年，申请资助的人越来越多，学成归来的人却寥寥无几。而这寥寥无几的，也是在国外混不下去或呛水回来的。眼前就有一个，这人叫张默林，他的父亲当年跟戈向东一起打仗牺牲了。戈向东从他上小学就开始资助，一直到他去年拿到建筑设计系博士学位。毕业之后，张默林主动要求回天海集团工作。戈向东很高兴，给他安排到了集团公司的设计部，还给了他每年二十万的年薪。可就这个张默林刚到公司三个月，就要求涨薪。林雪梅和林浩楠拒绝了他，他竟然直接去找了戈向东。不知道他说了什么，戈向东竟然同意了。涨了年薪的张默林洋洋得意，私下跟别人说："这些年薪算什么，我父亲如果不死，跟着戈总怎么也能像周海龙和孙茂群那样混个副总干干，分百分之十的股份，就有几亿资产了。"

3

戈向东驾车漫无边际地奔驰在乡村小镇上。最后，他把吉普停在一个小镇废弃的小火车站前。爬上小火车站的站台，戈向东的耳边似乎回荡着军列汽笛之后，连长林春风响亮的声音："侦察连，集合！"

戈向东沿着小站背面大山上绵延起伏的丘陵往前

走，漫山遍野的丛林和灌木渐渐淹没了前面的小路。好在他的爱犬出身丛林，看到遮天蔽日的森林，它竟然兴奋地向前奔跑着，杂草和灌木丛中间很快就有了一条缝隙。戈向东跟着爱犬一直跑到了半山腰上。站在山上向下望，视野极其开阔，满眼一片碧海。山谷很空旷，一群鸟儿被他和狼狗惊动了，鸣叫着飞上了山顶。

戈向东仿佛一下子又回到那段烽火岁月……

无边的丛林遮天蔽日，子弹像群狼的鼻子，嗅着生命的血腥拼命地追逐。那时候，他们都还年轻，风一样在丛林中追逐着敌人，毫无畏惧地朝着子弹射来的方向奔跑。斑驳的阳光、杂乱的叶子、奔跑的影子，到处都是一片破碎与凌乱。子弹掠过灌木丛的叶子哗啦啦飞过来，不停地有人倒下，可是没有停下的命令，往前奔走的脚步就不能停止。

跑在前面的是连长林春风。那个身材高大，浓眉大眼，操着一口胶东口音的山东汉子，风趣而富有哲理。他一边在前面开道，一边对大家说："这片山谷太宁静了，战场上的宁静对敌我双方来说都不是好事，所以，我们不能停下追击的脚步，哪怕只剩下最后一个敌人，也不能停下。停下就会给敌人留更多的时间，就会给自己埋下更多未知的危险。潜伏的敌人就像嗜血的野兽，瞬间，锋利的牙齿就会撕破你的喉管。"

戈向东满怀杀敌报国的豪情奔赴战场的时候，职务是副连长。刚刚过完二十二岁生日的副连长太年轻了，跟许多士兵年龄相仿。作为副连长，他走在最后面。林春风让他压阵。年轻的士兵都走在他的前面，一排长周海龙，一班长孙茂群，二排长魏东阳，说话磕巴的云南新兵梁家宝……还有很多人。

穿越那片丛林，整个侦察连损失了十五个人。打死多少敌人，戈向东记不清了，他带着几个人，一路上遮掩好战友的尸体，并在尸体附近做上记号，以便军工队把尸体抬回去。

312 高地之战，应该是边境上后期最惨烈的一次战斗。312 高地是境外濒临边境线五公里的一座山头。左右两翼分别有两个高地拱卫着，山下有一条河和一片开阔的山谷。大规模战争过去之后，敌人占据这样一个有利地形，不间断地朝边境这边打枪和发射炮弹。上级命令，彻底消灭 312 高地守敌，拔掉边境线上的这个钉子。

战斗发起后，侦察连沿着河流艰难地进攻，黄昏时才攻上了 312 高地侧翼的山头。直到全连占领了阵地，戈向东才发现，敌人的山地工事修得很坚固，钢筋水泥掩体和堑壕经过炮火的狂轰乱炸之后，仍然保持着原貌。敌人凭借着射击孔射杀了不少进攻上来的士兵。为了减少地面部队的伤亡，占领阵地后的林春风没有下达继续向前攻击的命令，而是用电台呼唤坦克和炮兵拦截反攻上来的敌人。

林春风带着大家把那些牺牲的战友拖到堑壕里来，等待军工队上来把他们运下去。整整奔跑了一天，大家顾不上身边是敌人尸体，疲惫地蜷缩在掩体里休息。

这一夜，戈向东没睡。山谷里弥漫着的血腥气息又让他产生了呕吐的感觉。他找到一个角落使劲儿地呕吐了一阵。天快亮的时候，查完哨的林春风在他的身边坐下来，轻声对他说：“小戈，睡会儿吧，天很快亮了。”

林春风靠在堑壕边上，坦然自若地拿出一把牛角梳子，望着清冷月光笼罩的远山陷入了沉思。林春风很少有这样的状态。在大家的眼里，老连长时刻都像上了发条转个不停的时钟。戈向东知道他想家了。在出发上战场的路上，他看见老连长在一个偏僻小站下了军列，在站台上跟怀孕快分娩的妻子李琳告别。

看着戈向东瞪着眼睛看他的样子，林春风叹了口气：“真有点儿想家了。你想不想家？”

戈向东摇了摇头。他真的一点儿都不想家，从记事开始，父亲训斥他就像训斥做错事的部属，让他烦不胜烦。

林春风笑了笑：“你光棍一条，没有家想什么家，有家就不一样了，有家的人想得太多。”

戈向东再次向林春风请求：“下次攻击，让我上吧，我没有任何想法，就想杀敌。”

林春风拍了拍他的肩膀：“别着急，你有的是机会，你是副连长，你是备胎，我爆了，你再接着上。”

天亮的时候，后续部队上来接替阵地。林春风召集侦察连开会，部署往敌人的纵深挺进，他们的任务是引导炮兵打击那些隐蔽的敌军工事，给后面的部队开辟通道。

会上，林春风交给他一本工作手册，让他带着魏东阳的二排和军工队把十几个阵亡士兵的尸体运送到后方。戈向东小心翼翼地接过那本工作手册，他翻开浸着血汗的纸页，只见上面记满了阵亡者的姓名，他们的家庭地址、家庭情况、亲人姓名等等。

那天深夜，侦察连出发了。戈向东一直用祈求的眼神望着林春风："连长，我不想做你的备胎，我想跟你一起去杀敌人。"

林春风戴上钢盔，表情凝重："好兄弟，去完成你的任务吧。"

戈向东带着军工队把那些尸体送到后方再返回时，林春风带领的一排长周海龙和十五个士兵已经插入了敌后。那个雾霭茫茫的早晨，戈向东焦灼地在阵地指挥所里徘徊，直到第二天黄昏，林春风还没有回来。天黑的时候，侦察连的作战股股长告诉他，林春风带领的侦察分队可能遭遇了敌人的重兵伏击。他们发回一批重点打击目标的坐标之后，郑重电告指挥部，312高地有重要敌情，攻击部队要推迟进攻，然后信号就完全中断了，电台失去了联系。

指挥部根据林春风的建议把攻击时间推迟了二十四小时。团指挥所里，戈向东接到了去寻找林春风他们的任务。上级命令他带人在二十四小时之内找到林春风，通知他们撤离，二十四小时后，炮火就会覆盖整个山谷。

那个暴雨倾盆的夜晚，戈向东带着魏东阳和九个士兵出发了。

4

九十岁的戈正北在军区总医院度过了人生中最后一段时光。

戈正北的心脏里放有三个支架，这一次病发突然，毫无征兆。中午梅雅莹带着儿子戈睿回来看他的时候，他还高兴地喝了两杯小酒。

戈睿代表连队来军区参加表彰大会，他带领的侦察连摘取了特种作战技能比武的七项第一。戈正北执意要给孙子庆功，梅雅莹劝都劝不住。他很看重戈睿这个在红军连当连长的孙子。天海市的理科状元主动要求去部队锻炼，短短几年就锻造成一个骁勇善战的标兵连，这不能不让戈正北兴奋。

当年戈正北没在儿子身上实现的愿望，到了孙子戈睿这儿峰回路转。戈姓家族不乏血性男儿，否则太对不起老祖宗留下的这个铮铮铁骨的姓氏。午饭后，戈睿急着返回连队执行紧急任务，戈正北亲自把孙子送到了火车站。

这一送，却是诀别。晚上，戈正北就出现了大面积的心梗。

林浩楠把戈正北送到医院的时候，他已经病危。梅雅莹立刻召集所有专家会诊，亲自上台主刀给戈正北做了手术，无奈心梗面积太大，她想尽了各种办法，最后也只能暂时借助仪器和药物让他在这个世界上多留几个小时。

梅雅莹郑重地告诉林浩楠，无论用什么办法，必须尽快找到戈向东，否则他将遗憾终生。

林浩楠一边答应一边跑了出去，高干病房里只剩下梅雅莹和处于昏迷状态中的戈正北。

此时的戈正北目光有些迷离，他觉得自己的身体正一点点往上升。他的耳边像是千军万马在不停地呐喊，眼前是炮火纷飞的敌军阵地，潮水般的冲锋摧枯拉朽，一面面摇曳的红旗在欢呼胜利。他咬着牙努力按住自己即将离开的魂魄，艰难地睁开眼睛，见一脸泪水的梅雅莹正握着他的手在伤心地哭泣。他颤抖着手抚摸着媳妇的头，慈爱地望着泪流满脸的她叹了口气。他努力地张着嘴想说很多很多的话，声音却游离在腹腔里，一句话也说不出来。

戈正北一生东征西讨，杀伐不断，见的死人也太多。此刻，他觉得要轮到自己了。从十几岁扛着枪随着几千人的队伍离开老家，从东北到湖南，转战广西，又去青海，仗越打越多，熟悉的人越来越少，活着等到最终胜利回到家乡的天海籍老兵如今没剩下几个了。那些人都倒在了不同的战场上，星罗棋布遍满大江南北。戈正北的眼前光影交错，那些熟悉的身影在征途上向他招手。他该走了。儿子戈向东不在眼前，他有很多话需要交代。眼下，这个倔种不知道跑到哪儿去了。他焦急地等待着，灵魂正要一步步远离他的肉体，他觉得自己等不到儿子归来了，多少有些遗憾。梅雅莹这个儿媳是他给儿子挑选的，善良、贤惠，心胸宽广，容得下儿子变着法的折腾，也容得下他的那些战友和烈士的遗孤。她协助戈向东完成了艰难的创业，养大了那些烈士的孩子。重要的是，她培养出了孙子戈睿，想到孙子戈睿的成长，戈正北倍感欣慰。知子莫若父，同是上过战场的人，戈正北最理解儿子的痛苦。想着这些，他已经开始理解儿子这些年怪异的选择了，有时候活着比死去更痛苦，活着就必须担当，这种沉重的记忆和责任像枷锁一样将伴随一生，直到有一天像他这样死去，灵魂才得到解脱。

戈正北不肯闭上眼睛，拼尽全身的力气张着嘴，声音却像被封闭在喉咙里，咕咕噜噜发不出来。梅雅莹看了看身边的监视仪，心电图已经慢慢开始趋向于平直。梅雅莹把脸贴在他的耳朵边上轻声呼唤着他："爸，有什么话，你跟我说吧。"戈正北颤动着喉结，用尽力气，断断续续说出最后一句话："我最大的遗憾……是没看到他做成那件事。雅莹，他在做一件有意义的大事，他心里苦，我们得……支持……他！"

戈正北又昏迷了，医疗监视仪器上，一道绿色的曲线开始拉直，可戈正北的眼睛还是没有闭上。梅雅莹知道他在等着她的允诺，她含泪用力地点了头。

戈正北闭上了眼睛。他最终没有等到儿子，这个打了几十年仗的职业军人，离去的时候十分安静，脸上表情没有任何死亡前的挣扎和扭曲。

梅雅莹静静地守候在戈正北的床边，一次次擦着泪水。她一次次拨打着戈向东的电话，可是一直无法接通。虽然她答应了戈正北，但她真不知道戈向东正在做一件什么样的事情。

戈向东对于她来说有太多的谜，没离婚时，她天天都在猜，可是每次她猜的谜底跟结果都大相径庭。那年，她带着护士丁馥芬从战场上冒死把戈向东背下来时，他的血都快流干了，身上大大小小十几处伤。当时，丁馥芬劝她放弃，可是鬼使神差，她还是坚持把他背下了山。没想到，到了战地救护所，她给他输完血，做完手术，他又活过来了。佛说：救他，就意味着要为他受苦。梅雅莹不信佛，可禅语说得极其有道理。战后回城，他们恋爱、结婚、生子，一直到离婚，家里大大小小的事，一直都是她在操心。戈向东这个让她爱得彻骨恨得也彻骨的男人，从来没有带给她想要的生活。

在两个人认识的二十多年里，他从来都没有听过她的建议，顾及过她的感受。从战场上下来，作为一级战斗英雄，英雄连队最年轻大学生连长，他在部队的发展不可估量，就在上级直接提升他为营长的时候，他却要求转业。回到省城，他给省长当秘书，仕途如日中天，可这个时候，他却递交了辞呈，当了包工头，整天带着一群退伍老兵一身土一身泥地混在建筑工地上。

作为妻子，男人仕途上的事情她可以由着他折腾，因为爱他，哪怕他最终是一个无业游民。梅雅莹不得不承认，戈向东年轻时很迷人。这不仅仅因为他是军区副司令的儿子，头上还顶着一级战斗英雄的光环。戈向东身材挺拔，外表俊朗，谈吐儒雅，浑身上下散发着男人的阳刚之气，让年轻女子迷恋。当年在陆军医院，她们科里几个女孩都曾经主动向戈向东表白过爱慕之情。丁馥芬就是其中最痴迷的一个，后来竟然发展到一日不见如隔三秋，几近疯痴的地步。梅雅莹是个不善表达的人。她只有把那份爱慕默默深埋在心底。因为救过他，亲手处理过他浑身上下体无完肤的伤口，所以，梅雅莹每次看到戈向东的时候总怀有一种说不清楚的爱怜，久而久之就产生了不忍离开他的念头。

梅雅莹和戈向东的婚姻，跟眼前刚刚逝去的戈正北有关。梅雅莹调到军区总院老干病房，担任主治医生。刚刚退休的戈正北常来总院，久而久之跟她就熟悉了。梅雅莹长得端庄大方，工作敬业干练，性格温和贤淑，很快作为最佳儿媳妇人选进入了戈正北的视线。

后来，戈正北了解到她和戈向东在战场上就认识，而且关系还很好。于是，他就找来医务处主任，让他从中撮合两个人。

很快，这一段战场上结下的生死情缘开出了婚姻之花。

戈正北逢人就夸自己眼光独到，找了一个好儿媳妇。这些年，戈正北待她一直像亲生女儿一样，连退休工资都交给她管。

如果不是丁馥芬的出现，梅雅莹相信他们的婚姻生活会很幸福。虽然她知道戈向东和丁馥芬年轻时有那么一段，她还是信任丈夫的。她怎么也没料到，最好的战友却在她的婚姻中埋设了炸弹，一下子把她给炸懵了。

这炸弹就是丁馥芬的女儿丁敏慧。

从内心来讲，梅雅莹十分喜爱这个漂亮乖巧善良的小姑娘。她和戈向东把这个孩子视作掌上明珠，走到哪儿带到哪儿，弄得儿子戈睿和养子林浩楠妒忌不已。可是随着时间的推移，这个姑娘长得越来越像丈夫戈向东。脸盘、额头、鼻子、眉眼都有戈向东年轻时的影子。丁敏慧跟戈睿走在一起常常让别人误认为是亲姐弟。尽管梅雅莹在心中产生了疑惑，出于对戈向东的信任，她还是没往其他方面想。她安慰自己：或许生活在一起的时间长了，孩子就会照着长，生活中那么多的夫妻相都是这样形成的。

在丁敏慧上高中时，有一天，梅雅莹好奇之心大发，暗地里拿了她和戈向东的头发作了 DNA 对比。结果出来证实两个人是父女关系。对梅雅莹来说，这个结果如同晴天霹雳，事实证明，戈向东早在做省长秘书时，就与丁馥芬发生了关系。梅雅莹把两个人恨得咬牙切齿，可她不能大张旗鼓地把这件事情拿出来说。戈家不是一般的家庭，出了这种丑事，戈正北会被活活气死。

梅雅莹的生活一下子暗无天日。她把这个真相深深埋在心底，她渴望着有一天戈向东会主动向她解释。可是很多年过去了，戈向东像没事人一样关爱着丁敏慧。她甚至在心里做了让步，只要戈向东主动解释，她就会原谅他。

每次她旁敲侧击地对戈向东说丁敏慧多么像他，戈向东总是一脸无辜："我想她是我的女儿，可人家丁馥芬不认。"望着他一脸无辜的样子，梅雅莹就忍不住想说出真相。看到丁敏慧跟儿子戈睿和养子林浩楠在一起时那天真无邪的样子，她就忍住了。这孩子太苦了，从小不知道父亲是谁，年纪那么小时母亲也抛弃了她。她无法预料，一旦把私生女的秘密公布开来，会对这个孩子的内心造成多大的伤害，甚至会把她毁了。不仅如此，事情一旦公开，戈睿怎么看他眼里一直崇拜的父亲？这就等于也把戈睿给毁了。

她的心坎就像卧了一把刀，每当想起丈夫的背叛，就剜心般的疼痛。她是女人，女人能容忍男人的无能，但永远无法原谅男人的无耻。

戈睿高中毕业去军校报到的那年夏天，梅雅莹选择了离婚。当戈向东让梅雅莹说出离婚的理由时，她只说了一句话："理由不用明说，彼此心里明白。"

戈向东摇着头一脸的无辜。不管戈向东知不知道丁敏慧的身世，都无法掩盖他背叛婚姻的事实。梅雅莹不想等待戈向东的主动解释了，她觉得只要分开就解脱了。

梅雅莹站起身擦干眼泪，到卫生间打了一盆温水，走到戈正北身边："爸，向东出差回不来，就让儿媳为你擦擦身体，洗洗脸，换上一身干净军装上路吧。"梅雅莹静静地为戈正北擦着身体，想到不知身在何处的戈向东，眼泪再次奔涌而出。

5

戈向东夜宿在十万大山深处。黑黢黢的四周，无边的丛林。山风呼啸而来，呼啸而去。他选择山顶一处避风的石崖下扎营。躺在专业的“驴友”帐篷里，此刻内心是宁静的。那条奥地利森林狼的后裔就立在山顶的一块岩石上，俯瞰着夜色中的苍茫群山，幽蓝色的眼睛在黑暗中熠熠闪光。对它来说，虽然久居喧嚣繁华的闹市，可这里才是它的天堂。只有自由、宁静、干净的心灵才能复苏生命中那些最重要的记忆。戈向东不知道，当它看到眼前的丛林会不会想到远在欧洲的奥地利森林。记忆这东西真可怕，它就像一种病毒附在生命上。

沿着那条河再向上走，对面五公里处的山谷就是他们曾经浴血奋战的地方，老连长林春风和那些弟兄就留在了那个地方。那个夜晚，戈向东就是从这里带着二排穿过那个山谷的地雷区插过去的，密密麻麻的地雷和险象环生的陷阱一直都是他们的障碍……

大山深处隐藏的敌人远比他想象的要多得多。敌人为了挽回失败的尊严，决心在战争结束时孤注一掷。青山翠谷的山岳地带，到处是敌国军队设置的工事，哨卡。那条通往边境的道路上也埋满了地雷，公路两侧也早已布下了重兵。河的这边没路了。他们只好泅渡过河到对岸的地方找路。

戈向东犯了个判断性的错误，他们不该过河也不该走路，有路的地方早被敌人琢磨过了。等待他们的将是陷阱、地雷、机关、冷箭和狙击步枪。

过了河，他们成了网中的猎物，被围追，被堵截，被猎杀。偌大的山谷就像张开的噬人大口，随时准备将人吞没。开阔地或没有植被裸露的地方是不能久待的，随时都有可能被隐蔽的枪口锁定。戈向东他们把自己伪装成一簇灌木、一堆杂草或者一棵枯树，在丛林中艰难前行。黑暗是敌人的，对于他们这些被猎杀者来说，每往前走一步，生死充满未知。敌我双方像丛林中的野兽，奔跑在这个更接近原始生态的环境里。

那个夜晚，戈向东第一次杀人。他调整了战斗队形，第一小组三人在前面当作诱饵，另外两个小组就潜伏在小组的两翼。敌人果然上当了。戈向东瞬间干净利落地解决了两个人。出手之后，看着倒在地上流血的尸体，一种难以言状的兴奋让他热血沸腾，不过兴奋过后就只剩下麻木和冷漠。

这就是战争，死亡随时发生，出手那一瞬间，生死非你即我。恐惧和怜悯都是没用的，生存才是硬道理。

正午的时候他们到达了312高地下面的那个山谷。戈向东看了看手表，距离攻击的时间不到八个小时，前面担负搜索任务的排长魏东阳派人跑来报告，他们在半山腰的岩洞里找到了侦察连士兵的尸体，里面没有林春风。戈向东跑过去一看，十具尸体完整地被雨衣包裹着，整齐地摆放在岩洞里，上面覆盖着树枝和杂草，每一个人的面容都被人清理过。来不及哀悼战友，他们接着向前寻找。戈向东很伤痛，但也欣慰，林春风他们还活着，他似乎闻到了战友的气味。

很快，他们在距离岩洞不远的地方，找到了被炮弹刮伤了额头的周海龙。周海龙透露，山坡上的永久性工事，远比想象中坚固，明处的碉堡有十二个，暗处的碉堡更多，有二十几处。更要命的是，山的背面，有五六个零星炮阵地，他们利用抛物线隔着山就能把炮弹打到山的正面来。312 高地周围敌人布置的兵力远远不低于一个团，如果不把这些目标搞准确，炮火覆盖之后，冲击的步兵就成了敌人的活靶子。因此，连长林春风带着一支小分队渗透到山那边去侦察了。

戈向东清点了一下人员和装备。林春风带领的队伍一共剩七个人，其中三个是无法行动的重伤员，而他自己带领的分队还有六个人，其中也有两个重伤员。

这个严峻的事实，让戈向东心里一下子沉重起来了，带着伤员，根本不可能在七八个小时内撤离。一想到这里，戈向东慌乱起来，他告诉自己必须马上找到林春风。

戈向东在山的背面找到了林春风。他正潜伏在灌木丛里拿着炮队镜侦察着丛林里敌人的炮阵地。没等戈向东开口，林春风把炮队镜递给了他:“五点钟方向，七点钟方向，十二点钟方向，你看看，足足三个炮兵营的兵力，指挥部对战场情况的判断是错误的，如果不打掉这些炮阵，我们即便不惜一切代价占领了 312 高地，在阵地上也待不住。”戈向东在炮队镜里看到了敌人隐蔽得十分严密的炮阵，零星分布的炮兵占据了最佳的射击位置，已经严阵以待。

林春风一脸严肃地对戈向东说："指挥部想用一个团的兵力拿下312高地是冒险的，必须集中三倍以上的兵力和两个师炮群的力量，才能彻底摧毁他们的防御体系。向东，情况十分紧急，我潜伏在这里呼唤炮兵敲掉敌人的碉堡群和炮阵地，你带领重伤员赶紧撤下去。"

戈向东第一次跟林春风顶撞："不行，要下去还是你下去，我这个备胎已经顶上来了，我不下去，我留下来执行潜伏任务。"

林春风的脸一下子阴沉下来："敌人已经发现了我们的渗透，伤员在丛林里十分危险，带他们下去，这是命令。"

"我们必须呆在一起，我算了一下，每一个人要携带一个伤员，这就等于减弱了一半以上的战斗力，行动一旦暴露，就会任人宰割，而静下来，我们的机会就是均等的，等我们的炮火覆盖完整个阵地，救援的队伍很快就会来。"

林春风一边往冲锋枪里压着子弹一边沉思说："你说得也不无道理，可只要在这里多待一秒钟，都有可能死去。"

戈向东的固执让林春风最终改变了命令，五个重伤员确实是问题。

阴霾的天空还没有放晴。戈向东和林春风在电台里呼唤炮兵对半山腰、山顶和山背面敌人的明碉、暗堡、炮阵地、机枪阵地进行覆盖和补充射击。炮击之后，林春风命令侦察兵开始撤离，可是已经晚了。我军准确的炮击已经暴露了他们的存在，敌人开始向他们发起了攻击。这一次绝不是小股特工的袭扰，四面而来的是敌人的正规步兵。子弹密集地在他们身边飞舞，碗口粗的树齐刷刷倒下，他们周围很快就光秃秃了。一发榴弹炮呼啸着飞过来，林春风大叫一声不好，飞身把戈向东和魏东阳推下了山坡。炮弹一声巨响，林春风倒下了。他没有来得及滚下山坡，炮弹爆炸的冲击波把他的身体抛向了空中，撞到一棵树上，滚落在戈向东不远的地方。戈向东被炮弹震蒙了，等他醒过来，爬向林春风的时候，看见他正咬着牙用绷带勒住自己的血管止血，他的一条腿被炸掉了。戈向东抱起他，听到他在昏迷之前有气无力地说了一句："现在重伤员是六个了！"

戈向东抱着昏迷的林春风一时间不知所措。大部队并没有对312高地进行集团冲锋，因为林春风的情报，作战计划突然改变了，原本的突击占领，变成了炮火惩罚性射击。这就意味着，他们在异国境内要面对更多的敌人。戈向东意识到，他们的麻烦来了。敌人的重兵已经张开了大网，等着他们自己扑上去。他决定带领大家朝着敌人纵深继续穿插迂回，绕过312高地后再向边境线靠拢，他顺手在地图上标示了一下，这就意味着要向敌人纵深行进近百公里才能绕过这片丛林。

这个决定首先遭到了周海龙的反对。他认为，带着这么多的伤员，在地形复杂的敌占区穿越近百公里，很难实现作战意图，敌人纵深情况更是未知。魏东阳看着地图想了想，举手支持戈向东的方案，他觉得向边境线撤离的意图已经暴露，向敌人防御空虚的纵深穿插，恰恰可以避开敌人的锋芒，路是多走些，但与大股敌人遭遇激战的几率就少多了。

这时候，林春风醒了。戈向东把两种作战方案说了一遍。林春风握住戈向东的手说："你是对的，凭着跟他们作战的经验，往敌人的纵深走，是唯一的一条活路。我就讲三点，牺牲战友的尸体是顾不上了，走的时候，你把他们归拢到那个岩洞里，把洞口炸了，今后若有机会，带他们的尸骨回家；第二点，从现在开始，无论前面遇到什么情况，活着的人，生死不离，你要把这些伤员带回去，只要他们还有一口气，就不要抛弃他们；第三点，我们无论是谁活着回去，要照顾好他们的父母，他们的亲人。"

戈向东点着头说："连长，你放心，我背着你，我一定把你背回家去！"林春风惨白的脸上泛起了一丝微笑："从现在起，你是连长了，你是指挥员，也是战斗员，让周海龙背着我，他的胳膊受伤了，但腿是好的。"

"不行，过去我听你的，现在你必须得听我的，我背着你照样能打仗。"

天很快黑了。天空又下起了雨。离开 312 高地前，戈向东让魏东阳用高效 TNT 炸塌了岩洞的洞口。敌人听到剧烈的爆炸声，不停地冲这边打枪。

戈向东带领着几个人背着伤员一步不停地兜着圈子向边境线迂回。一路上，他们几乎没有遇到太多的敌人。可身上负重行军，每一步都十分艰难。白天他们潜伏，夜晚才开始行动。路上，两个重伤员死了。全部死于缺血性心脏衰竭，他们的血都流干了。戈向东只好暂时把他们埋葬在不起眼的地方。

那个凌晨，雨已经停了。戈向东决定停下来，让大家休息。他把林春风放在一棵大树下。林春风絮叨："算起来，我是个最失败的连长，第一次作战，我是侦察连的排长，我的连长带着全连参战，包括连长在内全连牺牲 17 个人，第二次参战，我的角色跟你一样，也是副连长，包括连长在内全连牺牲了 13 个，那时候，我就想，如果我是连长，我不会让一个战友牺牲，这次作战，我是连长，我还活着，却已经牺牲 19 个了，可能还会更多！向东，我曾经答应过他们，要到他们家里去看一看的。如果我走了，你就帮我完成，我不能食言。"

戈向东摇着头说："我不管你的破事，你得活着回去！"

林春风捂住胸口惨淡一笑说："我的身体我知道！你必须答应！"

戈向东无比沉重地点了点头。

那段黎明前的黑暗特别难熬，时间好像慢了起来。林春风的精神特别好，他一直嘴巴不停地说着家庭、亲人、军队、使命、荣誉、未来。说到妻子李琳的时候，提起了自己的儿子："按照预产期，再过两个月孩子就要出生了。向东，我还是那句话，如果我不行了，麻烦你代我去看看。”戈向东太困倦了，意识有些迷糊，他一边跟林春风搭着话，一边闭着眼睛休息。

林春风让梁家宝、孙茂群把另外两个重伤员背过来，看了一下他们的伤口。严重的战场创伤，如果得不到及时的手术和止血，结果只有一个，伤员会因血竭而死亡。虽然伤得很重，这两个人的意识还算是清醒。林春风趴在他们耳边嘀咕了一阵子，两个重伤员都木然地点了点头。重新坐下来，林春风的情绪很低落，他嘶哑地对戈向东说：“这两个人的情况也不妙。”

天快亮的时候，魏东阳跑来报告，后面的敌人追上来了，他们从公路上坐着汽车来的，估计人不少。戈向东看了看地图，距离边境线还有十七公里。敌人像一群森林野狼，一路上嗅着他们的气味追逐着。戈向东觉得，敌人是狩猎者，他们却成了猎物。戈向东把腿脚利索的几个人召集到大树下布置了任务：“这种情况大家知道，敌人不可能放我们生路的，想活着就必须用命去搏。现在我命令所有人背起自己负责的伤员朝着林子深处跑，天亮的时候也不能停下来，一直往北跑，不能跑就爬，爬到边境线就是胜利。”

林春风还没来得及开口就被戈向东扛到了肩膀上，他命令戈向东把他放下来。快速奔跑的戈向东就像没听见似的，继续奔跑。天亮的时候，他们仍然没有摆脱围猎者的追逐，敌人越来越近了，三个人端着枪围了上来。戈向东要以一对三。他把林春风放了下来，在解决两个敌人之后，他听到林春风大声喊：“戈向东，让活着的人活得更好，让死去的人死得有价值！”随之，一声惊天动地的轰响，戈向东回头看，明亮阳光中，林春风把自己化作了齑粉。戈向东一边疯了一样地跑过去，一边歇斯底里地怒吼：“林春风，你个混蛋！”

林春风用这样的方式结束了他的生命。为了不再成为他们的拖累，他连自己的躯体都不留下。魏东阳和周海龙跑过来，一下子被眼前的景象惊呆了。爆炸后冲向阳光里的血肉，红得刺眼。一切来得太突然，突然得让戈向东根本无法接受这个事实。他长跪在浸泡了林春风鲜血的红土地上，捧起一把还散发着热血温度的泥土，仰对着浩瀚苍穹狼嚎般嘶叫。

树林里接着又响起了两声爆炸。梁家宝跑过来哭着报告：“副连长，那边的伤员也学着连长去了。”随后，孙茂群也哭着跑了过来。戈向东突然明白了，丛林里的那棵大树下，林春风跟另外两个伤员有了约定。

懊悔、悲伤、哀恸，戈向东感觉到胸口一下子被什么东西堵塞了，很长一段时间也没缓过劲来。

戈向东把活着的四个人叫到跟前说：“老连长和另外两个重伤员，为了让我们活着出去，选择了自我牺牲。我们都得活着出去，活出个人样来，只有这样牺牲的同志才会有价值。今天我们当着老连长离去的地方起誓，我们五个人，活一起活，死一起死，生死不离！”

戈向东右手举起了冲锋枪，伸出了左手，另外四个人也伸出了左手。

几个人一起大声起誓："生死不离！"

6

戈正北去世已经两天了，梅雅莹还是没有等到戈向东的消息。

戈向东是戈家的独子，他不回来就没人敢确定发丧的时间。军区组织了治丧委员会，前来接洽的直属工作部部长急得团团转。林浩楠一直在处理公司的事情，化工二厂因人员分流和裁员的事情闹得不可开交。没办法，梅雅莹决定打电话让儿子戈睿回来。可部队回复说，戈睿刚出国执行任务了。

梅雅莹十分焦虑地接待着络绎不绝的登门吊唁者。

戈正北一生为人正直，晚年宽厚仁慈，从来不给别人添麻烦。老人离世，老朋友、老部下相继前来吊唁慰问。夜晚，吊唁的人群散去，梅雅莹的身边只剩下林浩楠、林雪梅和脑子已经不大好使、一直沉默不语的梁家宝。梁家宝让儿子梁小宝也来了，他是司机，方便接送客人。

晚上九点，天海市副市长兼公安局局长魏东阳来了。他刚进门，扑通一声就跪在了戈正北的遗像面前泣不成声。五兄弟中，戈正北最喜欢的就是魏东阳。当然这不是因为魏东阳是副市长，而是因为他锋芒内敛、做事沉稳。戈正北经常说，世界上有一种人能成大事：有霸气，更能沉得住气。魏东阳就是这样的人。

当年，周海龙和魏东阳从部队正排职排长转业到省城天海市，戈正北找了很多老部下帮忙才把他们安置妥当。

工作没安置前，魏东阳和周海龙就一直在戈家闲着。无聊时，魏东阳和周海龙就轮流陪着戈正北下棋喝酒。第一个工作名额下来，是城市信用社的事业编制。那时候，管钱管物的单位都是好单位。戈正北和戈向东把两个人叫到跟前，想听听他们的想法。周海龙拿眼睛望了望魏东阳，魏东阳知道他想去又不好意思开口："让二哥去吧，在连里他是一排长，我是二排长，按序列来！"第二天，周海龙拿着介绍信就去报到了。

魏东阳在戈家等到国庆节前才接到公安厅的通知。这期间，周海龙单位分了房子搬出戈家，留下他一个人在戈家。魏东阳白天陪戈正北遛弯、下棋、打太极，晚上去夜大读书。他的心态极好，看着周海龙分房子、涨工资，一点都不眼红动心。戈正北看在眼里，打心眼喜欢上了这个小伙子。

有一天，戈正北与魏东阳正下着棋，他捏着棋子不经意地问："小魏，你要是留不下省城怎么办？"

魏东阳漫不经心："那还能咋办？我就回老家，凭着我这一身劲儿，到哪儿都不给您老人家丢脸。"

戈正北就笑了。他放下棋子，拨了电话："小张，有个孩子不错，我替你考察过了，去你那儿吧。"后来，魏东阳才知道，戈正北那个电话是打给公安厅张厅长的，张厅长曾经在他手下做过参谋。

事后，戈向东告诉他："老爷子给人批条子十分谨慎，在你和周海龙的工作上，他破了自己的规矩。"

魏东阳到省公安厅报到后，单独请戈正北在一家小店吃了一顿，还喝了点酒。出门时戈正北对他说了一番话："东阳啊，其实，去公安厅，张厅长早就答应了，我是想考察一下你和周海龙，看谁最合适到这个位子上，去城市信用社犯个错误是经济问题，去公安厅犯个错误那可是人命关天。"

想着这些，魏东阳禁不住伏地痛哭。很久，他站起身来，扶起身边的梅雅莹说："嫂子，从明天起，老爷子的后事，我来张罗吧，今晚你去休息，我替你守着。"

梅雅莹摇了摇头："大大小小的事都够你忙的了。"

魏东阳哭着说："大哥不在家，老爷子三十年前就认我这个儿子了，再忙，我也得把老爷子的事情忙完再说。"

7

戈向东一直处于这样迷迷糊糊的状态里，狼狗的狂叫把他惊醒了。他看了看表，已经是凌晨五点钟。天灰蒙蒙的还没有亮，雾霭笼罩里几束手电筒的亮光朝这边照射过来，几个年轻的军人持枪围住了他的帐篷。他从帐篷里爬起来，看到一个戴眼镜的陆军上尉就站在他的面前。

戈向东平静地问上尉："有事吗？"

陆军上尉一脸严肃："我是边防连指导员，请出示你的身份证和有效证明！"

戈向东掏出自己的身份证和伤残证递给了上尉。

上尉拿着他的身份证和伤残证对照他本人看了看，给他敬个军礼说："对不起，这是边境线，请你离开，以免造成不必要的麻烦和后果。"

戈向东哈哈笑着说："哦，警惕性还很高嘛。好，我听你的，马上收拾东西离开。"

上尉对身边几个持枪的士兵使眼色，大家收起枪，帮助戈向东收拾行李。戈向东望着一身现代化装备，身着丛林迷彩的年轻士兵，压抑的心情渐渐疏解开来："你们每天都在边境线上巡逻吗？"

"我们每天都巡逻，像您这样的老兵，我们每年都能遇到十几个。"

戈向东拍了拍年轻小伙的肩膀，指着边境线说："我想跟着你们的巡逻队走一走那一段国境线！"

上尉回答得很利索："我得请示上级！这样吧，我先请您到我们连队做客！"

戈向东随着上尉来到了坐落在山脚下的军营。一排排整齐的现代化营房，宽阔的柏油马路，高大碧绿的水杉树，耳目一新。他们回营的时候，部队正在出操，一队队年轻的士兵跑出来，嘹亮的口号惊天动地。尽管戈向东每年都去军队慰问，但能以这样的身份出现在边境线上的军营，内心还是十分激动。

戈向东换上了迷彩，背着行囊跟着巡逻队伍沿着界碑一路行走。上尉紧跟在他的后面，时不时还跟他交流那场战争，上尉的了解都来自战史、传记或者网络。交谈的内容跟他的战争记忆很不搭边。谈论了一会儿，戈向东就沉默了。这条边境线是这些士兵每天都在行走的路，每一个界碑周围的一草一木他们都十分熟悉。

可是，没有人能想到。这条边境线上，界碑内外，生死两隔。

戈向东离开军营前，打开了自己的手机。戈向东想给梁家宝打个电话，当年，是他把梁家宝拴在腰带上从这里爬过国境线的。有一次，梁家宝犯了病，一个人从天海市跑步跑到边境线上来，没头没脑地在这里转悠了三天也没找到边境线。

没等他给梁家宝拨出电话，手机里不停地涌出无数个焦急的呼唤和吊唁信息。上尉看着戈向东颤抖晃动的身体和潸然泪下的悲怆表情，上前关心地问："您没事吧？"

戈向东强迫自己冷静下来，他用嘶哑的声音问上尉："能不能帮忙找一辆车，我要尽快赶到镇子上去，我家里出事了。"

几分钟后，一辆越野车载着他向小镇奔去。然后，戈向东一路飞车直奔机场，泊车、买票、登机。

登机前他给梅雅莹打了个电话，电话里梅雅莹的嗓子全哑了，完全说不出话。他只好打给了魏东阳。魏东阳十分冷静地对他说："你慢着点，家里一切有我！"戈向东的心里立刻升起一股温暖。他想知道周海龙和孙茂群在不在场，想问但又不好意思张口。电话那端魏东阳再问：“还有事吗？大哥，你说话呀！你没事吧！大哥！”戈向东迟疑了一会儿说：“我没事，挂了啊。”

飞机上，戈向东闭着眼睛，还在想着周海龙和孙茂群。经过边境之行，他决定原谅这两个人。无论怎样，他们两个是想更好地发展，他们要是能过得更好，这种背叛就不值得一提了。

当戈向东跌跌撞撞跑进家门，已经是戈正北去世的第三天深夜了。

摇曳的烛光下，戈正北一身中将礼服，胸前覆盖着党旗，静静地躺在棺木里，一脸的安详。梅雅莹和魏东阳默默坐在客厅里守夜，戈向东跪在了父亲旁边，禁不住抽泣起来。他抚摸着父亲的脸，突然发现他的嘴巴还没有完全合上，像是有什么话没有说完。自从他当年从部队转业之后，他们父子就很少坐在一起说话了。戈正北说当年给他取名字取错了，干什么事情总是跟老子别扭着来。他伸出手，托住父亲的下颚，试图把他的嘴唇合起来，可是没有用，父亲的嘴仍然张开着，父亲肯定有很多话要对他说。他深深自责起来，这些日子，他深陷兄弟背叛的痛苦之中，每天很晚才归家，还时刻阴沉着脸。年迈的父亲有好几次想劝他，可见他苦闷的样子每一次却欲言又止。自从母亲去世后，父亲就变得寡言少语了。他的手掌心触到父亲的脸，战争在他额头上留下的那块弹痕倔强醒目地刻在那儿。父亲曾经告诉过他，额头上的弹片划伤是来自辽沈战役的锦州城外。这是战争的记忆。父亲很少讲他参与的战争，也不愿意写回忆录，记忆里，他只有一个线装的棕皮色的笔记本。父亲做过团里的书记员，毛笔小楷字迹工整，笔记本做得十分精美。春天，晚年的父亲会躺在摇椅上，在院子里的暖阳下眯着眼睛翻看着那个笔记本，一看就是很久，看着看着就睡着了，手里还紧紧地攥着那个本子。那本厚厚的线装笔记本散发着碳墨的芬芳，很多次，戈向东的手一碰到那个本子，父亲就醒过来了。他说，有一天他死了，会把这个本子交给他。

父亲的脸凉凉的、软软的，胡碴子有些扎手，突发的心脏病让他还没来得及把胡子清理干净。父亲的胡子刮得很勤，他时刻保持一个军人整洁的仪表。

戈向东想痛哭出声，可突然间又哭不出声来，悲痛淤积在胸口，卡在喉咙、堵在喉结，他像是突然间失语了。

刹那间，他觉得自己是个极其失败的儿子。

这些年，除了那场战争，他的每一次抉择都跟父亲的意愿背道而驰。所以这些年无论他的企业弄得有多大，挣多少钱，办多少好事，都没能让父亲正眼瞧一下。在父亲眼里，他这个儿子就是一个扶不起来的阿斗。

梅雅莹停住了啜泣，抚摸着棺材说：“爸，你睁开眼睛看看，向东回来了。”

戈向东终于嚎啕大哭出来：“爸，不孝儿子来晚了。”

魏东阳也抚摸着水晶棺哭着说："老爷子，大哥这次回来晚了，事出有因啊，你别怪他，老爷子啊，只有我知道他心里有多苦，他……"

戈向东哭得极其伤心，他伏在地上，不停地磕头。巨大的悲痛让他的脑袋和肺部又开始不舒服了。肺部残留的弹片又开始切磨着他的神经，他的呼吸开始困难，整个脸部很快变紫了。梅雅莹伸手抓过氧气袋塞进他的鼻孔，过了好一阵戈向东才缓过气来。

魏东阳在一旁劝着戈向东说："老爷子走得很安详，大哥，你就别那么伤心了。这样吧，你一路车马劳顿，身体也不好，嫂子也守了两夜，今晚我守着，你去医院吸点儿氧，养足了精神，明天送老爷子走，事情多着呢。"

戈向东摆了摆手："老三，我没事儿，你也在这儿呆了两个晚上，市里一大摊子事，老爷子要看你这样，他会不高兴的，你去吧，我陪着他说说话儿。"

魏东阳看了一眼梅雅莹，梅雅莹点了点头。

魏东阳说："那好，我明天早点来。"

梅雅莹看着戈向东的脸色慢慢转好了，起身准备离开："老爷子一直睁着眼睛等你回来，临走都不肯闭上眼，你回来了，就陪着老爷子说说话吧，我去给他收拾一下明天要带的东西。"

戈向东伸手抓着她："雅莹，我求求你，你留下吧，你是爸爸最亲的亲人，在他心里，你比我这个儿子都亲，这儿不能没有你。"

梅雅莹背过脸去，热泪横流。这是最近几年她从戈向东这里听到的最温暖的一句话。这个倔强的男人，从来不为自己做过的事情回头，更不要说为自己做过的事情道歉求人。两个人离婚后，见面除了礼节性的点头，没有多余的一句交流。此刻，他能说出这样的话，确实出乎她的意料。面前这个男人好像一下子苍老了很多，才五十几岁，虽然他的身材依然挺拔，双眼有神，可他的两鬓仿佛一夜之间斑白了。

一瞬间，梅雅莹内心那种爱怜像是复苏了。她伸出另外一只手，把戈向东的头紧紧地抱在了怀里。她低下头，把嘴唇紧紧地贴在他的额头上。

8

周海龙和孙茂群始终没有出现在戈正北的葬礼上，是内心有愧，还是无颜面对，魏东阳不得而知。葬礼上五兄弟除了戈向东这个亲生儿子外，就剩下他和一个连话都说不囫囵的梁家宝。在魏东阳看来，商品经济时代，亲兄弟明算账是必要的，但算过账仍然是兄弟，这才是真兄弟。虽然大家都到了知天命之年，但魏东阳每次见到周海龙，还骂他是属狼的，养不熟，翻脸比翻书都快。周海龙也骂魏东阳属狗的，见了领导就会摇尾巴，没骨头，变脸跟演川剧似的。不过，打归打，骂归骂，这些年他们还是好兄弟。但这次，魏东阳认为周海龙做得有点过了。别的不说，老爷子对他魏东阳和周海龙有恩，滴水之恩涌泉相报这样的道理都不懂，这兄弟真是没得做了。

按照戈正北的遗愿，葬礼办得极其简朴，部队出了十个仪仗兵，来了许多穿军装的老部下、军区在职的首长和省市领导，开完追悼会，遗体瞻仰完毕就自行散去了。殡仪馆里，戈向东亲眼看着父亲被推进了焚烧炉，父亲被推进去之前，脸色在火红的炉火中变得很陌生。可能是化妆的原因，他的脸红润了一些，那块伤疤在火光的照映下变得十分明亮。炉门关上那一刻，他的脑海中只剩下那个伤疤。他不得不相信，父亲已经从他的生活中走远，幻化成高高烟囱尽头浓浓的黑烟了。盘龙一样的黑烟在空中停旋，一阵风吹来，黑色慢慢变淡，褪色，最后消散在铅蓝色的天空里。生命就像一阵风，父亲被风带走了。

从窗口接过骨灰的时候，炉工冲骨灰盒敬了一个标准的军礼。他说，我们得向这个高贵的军人致敬。在他的身体里，还有比骨头更硬的东西，那就是钢铁，那是身体里一直没取出来的弹片。戈向东突然想到了自己，他也有两枚弹片在肺里，常常勾起他对那场战争的回忆。

戈向东把父亲的骨灰盒抱在怀里。那一块来自身体各个部位因高温聚拢在一起的钢铁，就放在骨灰盒上面的一个信封里。戈向东把它拿出来，发现它竟然散发出幽蓝幽蓝的光芒。佛法经纶造诣深厚的高僧，圆寂净化的时候会留下金光璀璨的舍利子。经历过战争的军人也会。戈向东把那一小坨钢铁放在了自己贴身的衣兜里，这是父亲的骨血滋养了几十年的东西，比金子都珍贵。有一天，他身上的东西也变成这个，他会把它留给自己做军人的儿子。这是军人生命里最了不起的勋章。

戈正北火化后的骨灰没有埋放到陵园，亲人们坐着一艘小船沿着海边一路抛撒，随着刚刚退却的海潮漂流而去。这是他的遗愿。戈正北去世前只留下两个遗愿，一个是把骨灰撒入大海，另一个是让戈向东好好看看他留下来的那个线装的笔记本。殡葬前夜，梅雅莹把本子交给了戈向东。戈向东打开来，映入眼帘的首先是一张折叠得有些发毛的中国地图。地图上，戈正北标注着他从家乡出发走过的路，打过的仗。像是心有灵犀，戈向东猜准了，笔记本记载的内容，是那些在战争中死去的人和伤残之后留在异乡的人。果然厚厚的一本人名，和这些人死亡时的地点，最后一页，还赫然写下了“戈正北”三个字。晚年，父亲拒绝别人给他写回忆录，这个笔记本就是他全部的战争记忆。父亲的阵亡名单后面写着每一个人牺牲的时间、地点、所立的战功，而那些因为严重伤残离开部队流落他乡的人，则注明了他们居住的地方。看着这一切，戈向东泪流满面。比起父亲内心承载的痛苦，他的痛苦微不足道，从土地革命时期开始，父亲走过的地方，满眼的生离死别。

深夜，风平浪静，整个海湾到处都是海灯，宛若地上漫天的群星和浩瀚无边的星空闪烁呼应。戈向东站在大海边像是跟远在天上的父亲交流。父亲戈正北选择这样的丧葬方式只有戈向东最理解。当年跟他一起当兵离开家乡的有几千人，新中国成立后就没剩下几个人了。很多人都战死在他乡，无法魂归故里。父亲是个胸怀博大的人，他要把自己的躯体消弭在大海的浪涛之中。父亲总说百川入东海，无论那些战友身在哪里，纵横交错的河流都会把他们带到这里来集合，他要跟他的战友在一起。

魏东阳陪着一语不发的戈向东，在海边一直守候到很晚，直到海边起风了，无数星星般的海灯时隐时现地荡漾在波浪里。

魏东阳抽出一支烟递给戈向东，用风衣遮挡着给他点燃了。

戈向东抽了一口，狠狠地咳嗽了几口。这些年他已经很少抽烟了。

魏东阳自己也点上一根，抽了一口说："副连长，我的大哥，节哀顺变吧。"

戈向东默默地看着远方的海："死亡是一件极其平常的事情，在这个世界上每天都有人死去，疾病、谋杀、灾难、战争、自杀，在充满未知的死亡中，生命如草芥一样蓬勃而卑微。我们都会有这么一天，如果有一天我们当中的哪个人死了，能有老爷子这般让人惦记，也就知足了。"

魏东阳叹了一口气："是啊！你看着碧海里的海灯，公道自在人心啊。"

戈向东又抽了一口烟："这些日子我老是做梦，老是梦到老连长和那些弟兄。所以，我不得不跑到边境线上走一圈。那个地方真干净，干净得可以想起咱们经历过的一切往事。记忆真清晰啊，每一个人的面孔，言谈举止，都清清楚楚，不去那儿，很多事情的细节我都忘掉了。老三，你说，连我们这些从死人堆里爬出来的人都有可能忘记了，现在还有谁能记起那些人和那些事？”

“最起码我们这些经历过战争的人记得，我们的亲人们记得。”

戈向东吸一口长气：“再沉重的记忆也经不起时间和环境的磨砺，欲望太多，疼痛就容易忘记！”

海上的风越来越大了，一盏盏海灯在波浪中翻滚，逐渐熄灭。

魏东阳把视线从海面上收回来：“是啊，随着时间的推移，战争会成为一种历史，记忆就会湮灭，我们这些曾经经历战争的人，也会像这一盏盏海灯那样被时间湮没，恐怕没有人会有我们这种体会。纷杂现实的社会生活，很少有人会再去怜悯别人的痛苦了。除了我们这些害怕冷漠，害怕疼痛的人。”

戈向东掐灭了手里的烟头：“如果从我们这些活着的人就开始忘记，就没有人能记起那些死去的人了，连人和事情都忘记了，有谁还能记住当初说的那些话。这个世界如果不知道疼痛，大家就会变得麻木。如果我们能够怜悯，就能够去爱抚，去拥抱，去温暖。”

“大哥，你说得对，连我们都无法做到，我们的后辈，就更不敢想了。”

戈向东深沉地望着波涛汹涌的大海：“老连长说得对啊，让活着的人活得更好，让死去的人死得有价值。”

魏东阳的眼睛闪过一丝泪光："老连长是个诗人啊，他的每一句话都富有哲理。副连长，今天我说句公道话，老连长这个叮嘱，你做得最好，如果每个当过兵的企业家都这样，那我的拥军优抚工作就会更好做了，我可以这么说，即便是老连长活着，他也未必能做到你这一步，你就别过度自责了。"

戈向东摇了摇头："你就别寒碜我了。"

魏东阳安慰戈向东："兄弟分开了未必不是件好事，周海龙这熊货就是一颗定时炸弹，迟早有一天会出事。"

戈向东仍然一脸的忧郁："正因为这样，我才担心，你看过他那个融资计划吗？"

魏东阳轻描淡写："粗略知道一点，市委市政府好像正在论证东部新区商业圈的融资问题，合理利用民间资本是当前国家提倡的。"

戈向东有点诧异："市委市政府已经开始着手讨论这件事情了？"

魏东阳摊开手说："我又不管经济，政府前天开了通气会，好像这几天东业集团的财务总监要来天海和商业银行洽谈，初步投入的资金是一百个亿。"

戈向东摇了摇头："周海龙千亿元的宏伟蓝图就要开篇了。"

魏东阳一脸平静："那是他周海龙一厢情愿，他以为离开了天海集团就会成为东业集团的座上宾？一切还是未知数。老大，你就别再担心他了。"

戈向东说："老三，我的话他已经是一句都听不进去了，你得劝劝他，我不想他再出问题，再出问题，我已经没有能力救他了。”

“我的大哥耶，你以为他会拿我的话当好话？”

“说实话，他能成功，我从心里祝贺他，可话得说回来，他不年轻了，输不起了，再输一次，想从头再来，就难了。”

魏东阳伸出手握着戈向东的手：“我会把你的话带到的，大哥，你对他做到仁至义尽了。”

“我不想让我们的不团结，成为我们下一代的笑柄。你告诉他，那一天我不该冲他们发火，事后我也检讨了自己，都五十岁了，我不该像过去那样给他们下命令。”

“那你也要保重，这段时间我看你憔悴多了。”魏东阳走出几步又回头，“顺便告诉你一句，丁馥芬要从香港回来了，她是东业集团的副总兼财务总监，这次回天海，市领导考虑到我们曾经是战友，把接待她的任务交给了我。说句实话，我真不想见她，你说我一个主抓治安的副市长，掺和什么招商引资的事情？不过，大哥，作为兄弟我得告诫你，千万别再旧情复燃，你和嫂子复婚我看有戏。”

戈向东嘴上答应着魏东阳，看着他坐上车沿着滨海大道一路走远。此时，一种不太好的预感笼罩在他的心头。魏东阳的话让戈向东一下子猜到周海龙离开他的原因了，经历了二十年前医疗器械被骗事件，周海龙和丁馥芬再次联袂会是什么样一个结果呢。

9

酒吧的气氛很热烈，在沸腾的 DJ 音乐声中，舞台上的男女拼命地摇摆着。

这家叫作“深度颤栗”的酒吧是周海龙经常光顾的地方。

最初是梁家宝的儿子梁小宝带他来这里的。梁小宝在天海集团车队当司机，他的女朋友寇豆豆是这里的 DJ。周海龙第一次来时感觉这是年轻人的世界，到处激情四射。年过五十的周海龙，感觉浑身的郁闷和困怠一下子就被释放了，他似乎找到了年轻时的感觉，刺激，冲动，像是一伸手就可以摸到头顶上的天。于是，来这间酒吧喝酒成为他夜生活的一部分，这些年他一直孤身一人，用这样的消遣打发无聊的夜晚也算是一种办法。

周海龙过得很忐忑。他没有去参加戈正北的葬礼。从来没有这样的感觉，任何一件事情做了就是做了，他周海龙想做一匹独来独往的狼，做自己的自己。可离开戈向东的日子，他一直心事重重，每天晚上都在做梦。梦到无边的丛林那些流着血的战友，梦到他转业到天海后的每一件事情。往事像堤坝下面堵不住的管涌，一桩桩，一件件地往外窜。过去从来没有这样过，一个可怕的念头在他脑海里闪现，他正在一天天老去。衰老是可怕的。这些年，他一直在戈向东的光环下生活，他如果再不发光，到老死也只能永远躲在戈向东的阴影里。

他在吧台前的转椅上犹豫地坐下来，要了存放在这里的酒。亢奋状态下喝酒真是一件很爽的事情，不知不觉喝醉了，倒下去就一定能睡到小晌午。他这个年龄，没有比一觉睡到大天明更惬意的了。

寇豆豆果然在舞台的一侧操纵着键盘，长发飞扬，扭动的腰肢像一条起舞的蛇。在她身后一边喝酒一边跟着节奏摇摆的梁小宝，看到了周海龙，跟寇豆豆打了个招呼，摇晃着身体走了过来。

梁小宝是后辈几个孩子中最不起眼的一个。戈向东的儿子戈睿是天海市当年高考的理科状元，大学毕业入伍，如今已经是铁军部队的连长了；孙茂群的儿子孙昭阳，警校毕业去了特警队；林春风的儿子林浩楠，从小被戈向东收作养子，现在是天海集团人事总监，很有可能是戈向东的接班人；魏东阳的女儿魏沛姗，法学博士，北京知名律师事务所的执业律师。当然，还有周海龙一直引以为傲的丁敏慧，生物、化工双料博士，如今已经是美国一个重点实验室的研究员。想到丁敏慧，周海龙的心里像是被什么揪了一下，这股疼痛很快让他周身不舒服。按理说，丁敏慧应该是他和丁馥芬的女儿，可两个女人从来不承认这个事实。周海龙郁闷极了，他一口气灌了半杯酒，呛得他差一点喘不过气来。

梁小宝眯着眼睛笑着，用酒瓶跟周海龙碰了一下。周海龙也笑了，看着梁小宝这副没心没肺的模样，活脱脱一个当年的梁家宝。周海龙喝了一杯酒，在心里叹了一口气。人和人是没法比的，梁小宝这副吊儿郎当，无所追求的样子，跟他早年的生活环境很有关系。

战后的梁家宝回到了老家，被安排在老家的工厂，娶了当兵前订下的对象幺妹。成家后的梁家宝过得还算可以，可没多久，幺妹在生梁小宝时产后大出血去世了。身体残疾，早年丧妻，不幸的事情接踵而至，一下子压倒了梁家宝。市场经济的大潮之下，梁家宝所在的街道小厂很快发不出工资，生活一下子就没了着落。无奈之下，梁家宝就弄了个修鞋的箱子，拖着儿子梁小宝，靠走街串巷跟人家修鞋擦鞋过日子。梁家宝受过伤的脑子时而清醒时而糊涂，丧妻的痛苦、生活的压力还让他染上了酗酒打孩子的毛病。梁小宝是在父亲的打骂中长大的。

那时，戈向东赚到工程款后，立即让他汇了两万块钱给梁家宝。没多久，钱很快又被原封不动地退回来。倔强的梁家宝给戈向东写了一封长信，说他不想欠别人太多，欠得太多他梁家宝就彻底失去了活着的尊严。周海龙记得很清楚，读完那封信的时候，戈向东擦掉满脸泪水对他说：“咱们两个现在就去云南，捆也要把这个倔种给捆到天海。”

没多久，戈向东就把梁家宝父子接到了天海市。来到天海的梁家宝虽然衣食无忧，还得到了戈向东赠予的公司股份，活得却并不快乐，而更不快乐的是梁小宝。梁家宝对自己在天海的报酬有自己的计算方法，虽然作为公司的保安部经理，按规定，每年可以拿十几万的中层年薪和股份分红。可每个月梁家宝只领取三千块钱，多余的钱一分也不拿。戈向东没办法，只好给梁家宝在银行里单独立个户头，把钱存起来。

梁小宝从技校毕业后，周海龙主动要求让小宝给自己当司机，可是梁家宝不同意，他对戈向东说，如果不按他的意思办，他就离开天海，带着梁小宝回老家云南擦皮鞋去。戈向东只好让梁小宝去了车队，每个月拿两千多块的工资。

在灯红酒绿的城市，像梁小宝这样的年轻人，两千块钱可能还不够泡一次吧。

周海龙伸手给梁小宝要了一杯路易十三，梁小宝却只要了一瓶啤酒："周叔，我喝不起路易十三，我就喝啤酒的命。"

周海龙把路易十三硬塞给梁小宝："你周叔从来都不相信命，命都听自己的。喝了它，从现在起，以后你在这儿喝酒，周叔包了。"

梁小宝端着酒杯眯着小眼睛笑了："好！谢谢周叔！"

梁小宝一饮而尽，把手指伸进嘴里打了个尖锐的口哨，酒吧里立刻口哨声响成一片。寇豆豆从那边望过来。梁小宝端着一杯路易十三跑过去了。寇豆豆一饮而尽，冲着周海龙竖起了大拇指。强劲的摇滚再一次刮起了狂飙，酒吧里的青年男女把双手都举起来，疯狂地开始了摇摆。

梁小宝拿着空杯子摇摆着跑回来，望着寇豆豆问周海龙："周叔，我女朋友，舞蹈系毕业的，怎么样，条子够顺吧?”

周海龙突然间想起在战场时，梁家宝拿出幺妹的照片问他:“排长，我媳妇幺妹，怎么样，还漂亮吧?”周海龙忍不住笑了。

梁小宝奇怪地问:“周叔，你笑什么?”

周海龙笑着说:“挺好看的，可是没你阿妈漂亮。”

梁小宝奇怪地问:“你见过我阿妈？我阿妈很漂亮吗?”

周海龙接着笑:“那是，绝色美人儿。”

梁小宝高兴地举起杯子跟周海龙碰了一下:“是吗?那我得为我漂亮的阿妈喝一杯!”

周海龙高兴地跟他碰了一杯:“好，干了!”

酒吧的喧嚣还在进行着，不知不觉，周海龙酒喝多了。调音吧台上换了一个男DJ，梁小宝跑过去抱着蔻豆豆狂欢去了。周海龙找了个灯光昏暗的卡座。几个年轻的女孩子晃动着妖冶的身姿拎着酒朝他走过来，围着他敬酒，陪着他猜拳、行令，在他身边说笑打闹……

突然，周海龙的眼前掠过一个熟悉的人影。在幽暗的角落，他似乎看到丁馥芬就坐在那里，垂着的黑发半掩着面孔，姿势优美地呷着酒。周海龙拨开几个嬉闹的陪酒女孩，朝着那个角落走过去。

那里正坐着一对聊天的男女，周海龙走到女人身边死死地盯着她，她的年龄、面孔、身材、服饰，还有散发着迷人体香的香水味，真像是丁馥芬。

女人身边那个四十几岁，身材高大的男子挡住了他的视线，粗野地一把把他扒开："嘿，爷们儿，眼睛往哪儿瞅呢。"

周海龙的想象被男人的怒吼打断了，他摇摇头笑了笑，觉得自己真的已经走火入魔，竟然把别人当成了丁馥芬。男人对他的笑有些愤怒，认为是挑衅。男人抡起了酒瓶子朝着他的脑袋砸过去，"哗"的一声，伴随着女人尖锐的叫声，瓶子碎了。

舞厅的音乐戛然而止，所有人的目光一下子聚集了过来。洋酒的辛辣味道顺着味蕾蔓延开来，周海龙摸了摸头，还好，没有任何损伤。当侦察兵时他脑袋开过无数次瓶子、鹅卵石和钢条，这种晶莹剔透的玻璃根本不值一提。他朝前走了一步，抹了一把脸上的酒，舔了舔干燥的嘴唇，轻蔑地看了男人一眼。男人似乎被吓坏了，向后猛退了几步。他又摇了摇头笑了笑，像是自言自语："那地方真的什么也没有。"

女人慌忙地看了看自己的胸，她以为他在嘲笑自己的胸部不够饱满。他解释说，那地方没有他要找的人。男人疑惑地看了一下他，小声嘟囔了一声"神经病"，然后拉着女人起身跑出了酒吧。

梁小宝和寇豆豆跑过来，忙乱地收拾着周海龙身上的玻璃碴。周海龙对围观的人们挥了挥手示意他们继续。音乐很快响起来，酒吧又恢复了狂欢。周海龙在一片喧嚣中举起酒杯高呼："为我们心爱的女人干杯！狂欢吧！"

一阵阵尖锐的口哨响起，寇豆豆舞动着柔软的身体冲上了 DJ 吧台，四周的人开始呼喊，希望能随着强烈的节奏和摇摆成蛇般的美女共舞。

周海龙轰然倒下了，他的大脑乱哄哄的，整个身体都失控了。

10

午夜，梁小宝和寇豆豆打车把周海龙送回了家。周海龙喝多了，下了车像一堆泥一样倒在梁小宝的肩膀上。走进周海龙滨海别墅的房间里，寇豆豆一下子被房间的奢华惊呆了。别墅是城堡式建筑，室内则是洛可可式的奢华装修，更惊人的是巨大的客厅中央摆放的若干尊古罗马帝国骑士雕塑，俨然出自大家之手，使得整栋房屋显得更加气势恢宏，艺术味十足。

寇豆豆对梁小宝惊呼："天啊，这别墅得值多少钱啊！"

梁小宝招呼寇豆豆："你先别看了，帮我把周叔安置好。"

两个人把周海龙抬到床上，梁小宝替他脱了鞋子，盖好被子。

寇豆豆接着摸着客厅小酒吧里的名酒赞不绝口："这才是有钱人啊！"

梁小宝没有理会寇豆豆的大惊小怪："我跟你说过，我周叔以前坐天海集团第二把交椅。天海是做什么的？盖房子的！你出去打听打听，整个天海市的房子有几家不是天海盖的，就这样，我周叔也辞职不干了，猜猜接下来他会干什么?”

寇豆豆摇了摇头。

“接下来，他就是东业集团驻天海的老大！东业集团知道不？上了全球排行榜的！过去我跟你讲，你老是不信，这回信了?!”

寇豆豆点了点头又摇了摇头:“你快得了吧，你老说你爸爸坐天海集团第四把交椅，我也没看到你们家住这么大的房子，整天穷巴巴的，每次泡吧都挂我的账，我这个月工资都要被扣光了。”

梁小宝拉寇豆豆坐在客厅的真皮沙发上，起身到吧台拿出一瓶洋酒打开，拿着两个杯子过来说:“周叔交代了，从明天开始，我在酒吧所有的消费都由他买单!”

寇豆豆半信半疑地接过酒杯:“真的假的?”

梁小宝伸出小拇指:“骗你是这个！我告诉你一个秘密!”

梁小宝朝着周海龙的卧室看了看小声说:“当年打仗，我们家老爷子救过他的命，为了救他，我们家老爷子被炮弹炸废了。”

寇豆豆惊讶地望着梁小宝:“你是说，你爸爸变成那样是为了救他?”

梁小宝点点头:“这是周叔亲口对我说的，两发炮弹呼啸着飞过来，我爸爸飞身过去把周叔扑出去好几米远，炮弹就在他头顶上爆炸了。”

“那你不如把天海的工作辞了，跟着他干，有这层关系，他肯定会帮你的。”

梁小宝点了点头："我早就想这么干了。"

寇豆豆高兴地抱着梁小宝亲了一口："那你还等啥，明天你就去辞职。"

"不行，我这么干，我们家老爷子肯定扒了我的皮！"

寇豆豆一下子不高兴了："那你答应我的事情，什么时候才能兑现啊？梁小宝，我可告诉你，我的等待是有时限的，过期不候！"

寇豆豆说着，起身拎起自己的小皮包出门走了。

梁小宝放下手里的酒杯，一路追出来："豆豆，你听我解释，你听我解释……"

已经是凌晨了，滨海城市的马路上冷冷清清。高大的风景树遮掩了昏暗的灯光，把街道衬得有些阴森。寇豆豆在前面走了一阵就害怕了，等着梁小宝追上来。两只夜猫正悠闲自得地在路灯下徘徊，看到寇豆豆来，箭一般从她面前窜过去，一下就钻进了她脚边的绿化带里。寇豆豆尖叫着转身扑向了追上来的梁小宝。

寇豆豆把脸埋在梁小宝的怀里嘤嘤地哭着："小宝，你说，我们两个像不像那两只在城市里窜来窜去的流浪猫？"

梁小宝把寇豆豆抱在怀里拍着她的后背："你放心，豆豆，我肯定能让你过上好日子，我们家老爷子在天海集团有股份，我答应你的事情肯定会兑现。"

梁小宝和寇豆豆是在一次综艺选秀节目中认识的。

那一次选秀，梁小宝没进前四十，却认识了正在艺术学院读书的寇豆豆。

梁小宝喜欢唱歌，小时候在老家云南，他光着屁股跟小伙伴到河边洗澡，那些大婶大妈，叔叔阿姨们总是在河边唱歌，久而久之，他就学会了一些原生态的云南民歌。因为他老在宿舍里哼哼，车队的同事们看到电视台举办选秀节目，就怂恿他去报名参加，没想到初选还过了。剧组里，梁小宝碰到蔻豆豆就一见钟情，觉得这姑娘五官长得不算漂亮，但身材却是一流的好。排练节目之余，两个人有一搭没一搭地聊着天。蔻豆豆出生在东北一个偏僻的小镇，很小随父母到天海市做小生意。她从小就爱唱歌跳舞，在艺术学院舞蹈系里，也算是个出类拔萃的苗子。那次选秀，蔻豆豆一路过关斩将，势头很好。落选后的梁小宝成了蔻豆豆粉丝团里的中坚力量，鞍前马后地张罗，打海报，送鲜花，让蔻豆豆十分感动。后来，连蔻豆豆自己也没想到，她会在六进四的时候折戟沉沙，生生被挡在了决赛的门外。失败后的蔻豆豆陷入了暗无天日的日子，天天睡觉、泡吧、上网。眼看着要毕业了，工作一点着落都没有，父母不停唠叨，她一生气就从家里搬了出来，梁小宝就是这个时候真正走进了她的生活。梁小宝帮着她租房子、找工作、请专业老师，给她加油打气，到处寻找选秀机会。可是她的成绩越来越糟糕，最差的一次连初选都没有过。

后来，两个人终于恍然大悟，选秀也是拼经济实力的。转眼间，三年时间过去，很多次，蔻豆豆对梁小宝说，我们干脆结婚算了，一天大一天，靠选秀出人头地的道路有些不切实际了。梁小宝不甘心，他相信，凭借寇豆豆的实力，肯定能在娱乐圈杀出一条血路来。

眼下就有一个机会，电视台文艺部打电话给寇豆豆说，台里马上要举办“谁是大腕儿”的全国海选赛，她可以报名参加。

已经决定放弃明星梦想的寇豆豆，一下子又被挑动了。她准备辞去酒吧 DJ，全身心投入比赛。

梁小宝也一直在谋算从梁家宝那里拿一笔钱。他答应寇豆豆，这次一定要给电视台一笔赞助费，让她能进入决赛。可是眼看比赛的日子一天天临近，梁小宝还是不知道该向父亲怎么说。梁小宝能感觉到，寇豆豆开始对他失望了。一个不太好的预感在他心底滋生，弄不好，他的爱情鸟要飞走了。这些年，追求寇豆豆的有钱人层出不穷，她哪一天想不明白，放下架子从那些土豪大款腰包里掏钱出来不是没有可能的。

梁小宝决心用结婚这个理由从父亲梁家宝手里弄一笔钱。他二十六岁了，结婚、买房、买车，这些理由足够充分吧。如果父亲不同意，他就去找戈向东。戈向东不行，他就去找周海龙借钱。寇豆豆说得对，资源放着不用就白白浪费掉了。

11

周海龙真的喝多了。凌晨，他睁开眼，卧室里昏暗的灯光让他的视线有些迷离。朦朦胧胧中，好像十九岁的丁馥芬站在他的门口，穿着一身草绿色的军装，冲他大声喊，“十四床，打针。”

周海龙揉了揉惺忪的睡眼，门口一个人也没有。

他一直喜欢丁馥芬这个样子，白皙的脸蛋，细长的脖子，浑身上下散发着水灵灵的气息。从战场回来，他觉得第一件事情就是找一个丁馥芬这样的城市女孩，过一辈子城市人的生活。

周海龙出生在山陕交界的一个小山村。他不知道父亲为啥给他起了“海龙”这个名字。连绵不断的秦岭跟大海沾不着边，七折八拐的山沟沟把祖祖辈辈给窝在了大山的褶皱里。从记事起，他眼里的女子都是灰土土黄泥巴一样的肤色，稍稍懂点男女之事，就听那些骚包男人讲女人。他家乡早年有些汉子走四川，回来的都说天下的女子就数四川的好。虽然身材不高，但皮肤像雪一样白，水灵灵的，光滑得像缎子。那时候，他就想着，如果有一天能跑出这大山，一定要娶一个四川的妹子做媳妇。

从死亡线上被拉回来的周海龙，第一眼就看准了丁馥芬。

在武汉住院休养的那些日子，他对丁馥芬的爱恋已经不可自拔，丁馥芬的身影、声音、笑容，哪怕是她走过去留下的那股清新的气味都让他深深着迷。每天，周海龙都要到丁馥芬工作的外科晃荡一趟。虽然那时候他的伤在几个人中最轻，但他每天做事勤快，早晨打扫整栋病房大楼走廊里的卫生，帮助护士为病号收拾床位，什么事情都抢着做。战场上的杀敌英雄，能放下身段干这些事情，让医生护士们都感动不已。可周海龙做这些事情的时候，心里却最美，因为每天能看到丁馥芬，能嗅到她身上那股迷人的气息。

可是，丁馥芬没有看上他周海龙，她看上的是戈向东。周海龙知道，漂亮女人的眼睛总是朝上看的，何况丁馥芬这样美丽的青春少女。戈向东是高干子弟，被授予战斗英雄的荣誉称号，有文化，人还长得帅，即便是将来转业，也能进入到省会城市。论条件，他没有一个可以跟戈向东相匹敌的优势。丁馥芬作为戈向东病房里的护士，为他买书、洗衣服、抄写报告，两个人几乎形影不离。但周海龙并没有放弃追求之心。有一天，他吞吞吐吐地告诉戈向东他在追求丁馥芬。戈向东皱着眉头愣了一下，随后就笑着对他说："丁馥芬是个好姑娘，加油，兄弟！"从此之后，戈向东故意和丁馥芬保持了距离。周海龙感激涕零，大哥就是大哥，总是能体恤他的感受。

戈向东转业回省城后，周海龙感觉到他的机会到了。可他万万没想到，丁馥芬宁愿嫁给一个家住在天海市的残疾军人，也不愿意嫁给他这个四肢健全的年轻军官。那个瘸子周海龙认识，叫杜威，是兄弟部队轮战时留在陆军医院的老病号，执行任务时地雷炸的，一只腿高位截肢。

周海龙被丁馥芬打倒了。他万分痛苦地找到丁馥芬问她为什么。丁馥芬咬着牙说，她要转业进省城。半年后，20岁的丁馥芬嫁给了父亲是天海市卫生局局长的杜威，有了这层关系和她立过二等功的条件，她顺利地被安排到了市立医院任外科护士长。

周海龙再一次见到丁馥芬时，他已经转业被安排到城市信用社做信贷科副科长了。那段时间，丁馥芬的日子苦不堪言。她的丈夫杜威不仅残废了一条腿，还被炮弹炸坏了睾丸。在貌美如花的丁馥芬面前，一个失去了男人尊严的丈夫将如何表现可想而知。丁馥芬每天夜晚都被折磨得死去活来。这个消息，周海龙是在跟戈向东喝酒的时候听他说的。那时候，戈向东还担任着省长秘书，已经跟梅雅莹结婚了。戈向东说这件事情的时候痛心疾首，他支持丁馥芬离婚，并且已经为她在筹划调动的事情了。戈向东还嘱咐周海龙，抽时间去陪陪丁馥芬，毕竟当初救过他们的命。听到这个消息，周海龙的心都要碎了。他心里明白，当初他转业要求来省城，一方面是冲着戈向东这个大哥的热情，一方面也有他和丁馥芬的情感因素。想到自己的爱情遭遇，他那时候似乎就已经意识到，丁馥芬宁愿嫁给一个瘸子也不愿意嫁给他的原因了。丁馥芬是冲着戈向东赌气来省城的。可她没想到，当她一脚踏上杜威的海盗船，义无反顾来省城寻找爱情的时候，戈向东已经结婚了，新娘子就是她的同事梅雅莹。

几个月后的秋天，周海龙在省立医院集体宿舍的走廊里见到了面容憔悴的丁馥芬，她已经离婚了，戈向东帮她调动了工作单位。周海龙邀请她一起吃饭，没想到她这一次爽快地答应了。

那是一顿极其有情调的烛光晚餐。晚宴设在天海市唯一的一家西餐厅，偌大包厢里只有他们两个。橘黄色温暖的烛光里，带露的玫瑰含苞欲放，淡淡花香四溢。周海龙曾经对丁馥芬断言，这个世界上只有他最了解她想要的浪漫。一脸倦怠的丁馥芬瘦弱得有些让人生怜，虽然依然漂亮，但无忧少女的模样已经消耗殆尽。受尽婚姻和爱情双重打击，她看起来身心疲惫、五内俱焚。

周海龙以为，她应该像一匹跋涉在情感沙漠里的骆驼，面对这样的浪漫，她会觉得在漫长的情感沙漠里寻到了绿洲和河流，她会感动得热泪横流。事实上并没有，丁馥芬表现出了从来没有过的冷静，她没把惊喜、愕然、悲伤、懊悔、谴责表现在脸上，她把这一切淤积在自己的心底，所以晚饭吃得没有丝毫浪漫可言。周海龙小心翼翼地陪着她吃饭，没有问她来省城后发生的一切。丁馥芬也没说，只是闷着头吃东西，喝酒。丁馥芬静静地望着周海龙问："你不想知道我这几年过得怎么样？"周海龙摇了摇头："我就想问你今后有什么打算。"丁馥芬惨淡地笑了笑："还能怎么样，该怎么样就怎么样。"周海龙倒了满满的一杯酒："对，该怎么样就怎么样，那我们就好好喝一顿，一醉方休！"最后周海龙喝得人事不省，醒来时，他发现丁馥芬一身雪白地躺在他身边，自己也一身赤裸，小麦色的皮肤跟阳光下那具白得耀眼的躯体映衬分明。他不知道，丁馥芬是怎么把他送回来的，也记不起他们之间到底发生了什么。

现在想起来，周海龙觉得那天晚上发生的事情有些荒诞。太阳照到窗户口的时候，她完全醒过来，她披着自己的衣服去了卫生间，秋天的天气已经很凉了，她却往赤裸的身上浇凉水。她披着毛巾走出来，晃着刺眼的身体站在他眼前，垂下眼帘说："看吧，你终于可以看清楚了。"

那段时间是周海龙人生中最曼妙的一段时光。

无数个夜晚他们都沉浸在酒后的狂欢里，然后她把身体铺成一条洒满月光的路，任凭他大卡车般的身体一次次碾过。或许是压抑太久的原因，他们昏天黑地地发泄着情欲，如同两尾相濡以沫的鱼。没多久，丁馥芬说她怀孕了。听到消息的那一刻，周海龙狂喜不已，他们这段时间形影不离，丁馥芬肚子里的孩子当然就是他的孩子。那个时候，他已经升任城市信用社的信贷科科长了，单位领导对他十分器重，给他分了一套两室一厅的房子。他万分诚挚地向丁馥芬求婚，可遭到了拒绝。时间就这么一天天拖着，转眼间，丁馥芬的女儿出生了。

生下孩子的丁馥芬仍然住在单位的集体宿舍里，一个离过婚的女人，未再婚就生了孩子，在唾沫星子都能淹死人的上世纪八十年代，周围人群的冷言冷语如潮般涌来，丁馥芬还是不愿意结婚。那时候，戈向东辞职了，干起了建筑公司，丁馥芬也辞职到戈向东的公司管财务。最后不知道什么原因，两人闹翻了，丁馥芬一怒之下带着孩子去了广州。

三年后，淘金归来的丁馥芬带着三岁的女儿丁敏慧出现在众人的面前时，她已经是天海市医疗器械公司的老板。那时候，大型医疗器械全靠国外进口。但丁馥芬的生意不是特别好，每年就靠着一两套医疗器械的交易过活，公司半死不活地经营着，从南方挣回来的几个钱也快花完了。偏偏她又倔强得要命，戈向东和周海龙每次送钱过去都被拒之门外。一天，周海龙偶然听说到丁馥芬正在跟市立医院洽谈一项从德国进口二手 CT 的生意，市立医院只能掏出 120 万，丁馥芬的医疗器械公司需要垫资 60 万，共担风险。为了促成这笔生意，让丁馥芬渡过难关，周海龙就去找了丁馥芬，跟她商量以贷款方式先投入 60 万，等医疗器械一到，马上返款。丁馥芬不想让周海龙参与这件事情，也不想贷款。

周海龙就对她说，这笔贷款他想办法，算是入股，将来赚了钱他要分红。最后他从信用社里挪了 60 万，连同市立医院的 120 万一起汇入了深圳一家公司的账户，可钱一汇出去，如石沉大海。市立医院等了半个月也没见到德国 CT 的影子，而丁馥芬的上家如水雾一样蒸发了。当信用社领导带着警察找到周海龙的时候，他才知道，他们被骗了。

周海龙的窟窿最后被戈向东用工程款填上了。当他从看守所里被放出来，得知丁馥芬把丁敏慧托付给了戈向东夫妇，只身一人找那个骗子上家去了。那一刻，他心里充满的不是怨恨，而是愧疚。值得欣慰的是，丁馥芬临走为他留下了女儿丁敏慧。可丁馥芬也留下了一句话，丁敏慧跟他周海龙一点儿关系都没有，那是别人的孩子。

周海龙根本不相信。

他被城市信用社开除了公职，收回了住房，一无所有的时候，他相信他还有丁馥芬为他留下的女儿，这是他生命中唯一渴望得到证实的希望。很多年，周海龙固执地把丁敏慧当成自己的女儿。他推算过，丁馥芬怀上孩子的前后，只有他们住在一起，他们不知疲倦地占有着对方的身体。在那样情山欲海的日子里，丁馥芬怀上了孩子。

这些年，丁敏慧一直跟着戈向东夫妇生活。虽然周海龙把丁敏慧当成自己的孩子，用生命疼她、爱她。可是丁敏慧还是不愿意接近他。丁敏慧很小的时候，就把他当成了坏人。一个进过监狱的贪污犯，像颗发霉的种子，在她幼小的心灵深处长出了一棵邪恶的树。每次见到他，丁敏慧总拿着怯怯的目光去看他。他只能在心里抱一抱她，吻一吻她，默默感受他生命的延续。

戈向东一直劝告他，在他没有跟丁馥芬结婚之前，不要打破一个孩子宁静的生活。戈向东是对的。丁敏慧到戈家的时候已经有记忆了，丁馥芬告诉她，他的父亲是远洋海轮的船长，一直呆在国外，是个大英雄，只有她长大的时候，父亲才能回来看她。在丁敏慧天真烂漫的童年里，如果突然间冒出来一个进过监狱的父亲，让她戴上一顶私生女的帽子，对她的成长一定会造成很坏的影响。戈向东答应他，等丁敏慧大学毕业后，选择个适当的时机，为他们做个 DNA 鉴定。

可是，随着年龄的增长，在丁敏慧身上根本找不到他的影子。她长得越来越像戈向东。鼻子、眼睛、下巴，甚至连说话时候的神情都像，更要命的是两个人的感情情同父女。看到丁敏慧黏在戈向东身上撒娇的样子，他心里嫉妒得简直要发疯。人们都说，女儿是父亲上辈子的情人。他怎么能容忍情人恋着别的男人？

过去，每天哪怕是再累，看到丁敏慧就浑身充满力量。可是，时间越长，他越害怕见到丁敏慧。他害怕有一天听到一个他不想听到的消息——丁敏慧是戈向东和丁馥芬的女儿。这个谜一般的问题一直在折磨着他，以至于让他有些精神恍惚。

丁敏慧在戈向东和梅雅莹的培养下很快成长为一个十分优秀的女孩子。二十多岁的她不仅出落得高挑漂亮，还是留美的双料博士。而丁敏慧越是优秀，他内心的煎熬就越强烈。

假如生活在他仅存的希望中欺骗了他，那他真的是没有继续下去的勇气了。

12

周海龙开车带着梁小宝找到梁家宝的时候，他正在海滨广场晨练。

梁家宝的晨练只有一项内容，那就是打军体拳。这套军体拳他打了三十多年，从当兵那天起，每天早晨从来没有间断过。从战场归来时，梁家宝英俊的面容就彻底毁了，面部大面积的灼伤让他的五官变得有些扭曲，原本说话就磕巴，受伤后，不仅磕巴嘴还跑风，说话呜呜啦啦很少有人能听懂，久而久之，他的话更少了。可他的身体仍然十分硬朗，腿脚十分利索，军体拳一招一式打得虎虎生风。战场上所谓的幸运只是偶然，丛林战最遵循大自然法则，优胜劣汰显现得更为突出。梁家宝的特长是跑得快，耐力强。当兵时，长跑、刺杀、匍匐拳，这三项他能在全连排到前几名。来到天海公司后，戈向东把保安部交给了他。梁家宝从三四名门卫开始带，最后带出了一支近百人的保安队伍。这些年，天海集团四个子公司，十多家下属单位的保安都是他手把手教出来的门徒，天海集团总部包括下属公司、项目部没出现过一起治安事件和群体性纠纷。梁家宝带领的公司保安部，年年都是天海市的治安先进单位，连副市长兼公安局局长的魏东阳都不得不佩服，几次在全市治安表彰大会上称赞："梁家宝带出了一支保安队伍的'王牌铁军'。"

梁家宝的后面跟着十几个晨练的老头儿，他们是他最忠实的粉丝。他很远就看见周海龙的奥迪汽车开了过来。

梁小宝远远地喊父亲："爸，周叔有事情找你商量。"

梁家宝斜着眼睛看了一眼周海龙，接着打他的军体拳。

周海龙只好带着梁小宝向梁家宝走过来。

梁家宝看了一眼周海龙，摇了摇头，一句话没有说。

周海龙靠近梁家宝："我知道你不愿意跟我说话，我说，你听，行吗？"

梁家宝"嗯"了一声，蹦出来三个字儿："有……屁……放！"

周海龙忍不住笑了："憋老半天，就这仨字儿？大清早的，不卫生！有些事我得说说你，你百分之五的股份留在天海集团下崽呢，让你儿子到处借钱花，你好意思吗？"

梁家宝斜着眼睛看了一眼周海龙，从嘴里挤出来几个字："关……你……屁……事！"

周海龙哈哈笑了："嘿，这次四个字！关我屁事，就因为你把钱看得那么紧，你未过门的儿媳妇吹了！我们要不是战友，我管你屁事。你的儿子要结婚了，要买房子、买车子，你不管，戈向东不管，我管！"

梁家宝又从牙缝里挤出来两个字："你……放……"

周海龙看着梁家宝说话费劲就替他说了："我放屁，行了吧？你说我们家小宝……"

梁家宝打断他的话："是……我……家！"

周海龙又笑了笑说："行，行，是你家，你说小宝找个大学毕业生容易吗？谈恋爱得吃饭，送花，看电影，你每个月给他一千块钱的零花钱，够屁用啊。现在的姑娘多现实，你以为还是你那时候找幺妹儿啊，你放着那么多钱干什么？"

梁家宝磕磕巴巴地说："我……没……钱！花钱，自己……挣！"

周海龙质问梁家宝："你没钱？你的年薪，你的分红，天海集团你有百分之五的股份，你不买房，不买车，只进不出，你没钱，你骗鬼去！”

梁家宝摇了摇头：“那……不是……我的……钱！”

周海龙拉着梁家宝：“梁子，你的脑子真他妈的被炮弹炸扁了，法律上，那就是你的钱，百分之五的股份，一亿七千万，他戈向东一分都少不了你的！如果你面子抹不开，把股份书给我，我替你要。”

梁家宝突然恼怒起来，他一把把周海龙推了个趔趄。愤怒使得他原本扭曲的面孔更加变形了，脖子上青筋暴起，他磕磕巴巴地吼出一句话：“你……混蛋……滚！”

周海龙没想到，一向性格温和，对他毕恭毕敬的梁家宝突然发起飙来。他满脸的尴尬和羞怒。可此刻他只能把怒火压在心底。梁家宝不再是个正常的人了。那场战争之后，他在思维上就是半个废人。

梁小宝没想到事情会弄成这样难堪的局面，埋怨父亲：“爸，你说你这人，说话就说话，你怎么推人呢。”

愤怒的梁家宝甩手给了梁小宝一记响亮的耳光。梁小宝被突如其来的耳光打得眼冒金星，他捂着脸蹲在地上嚎叫着：“爸，你怎么又打我。”

梁家宝犯病了。他打完梁小宝，丢下还未从尴尬氛围中回过神来的周海龙，沿着滨海的防护大堤开始了奔跑。这些年梁家宝只要一发病，就会玩命地奔跑。周海龙知道自己这个时候不应该出现在梁家宝的面前，更不应该向他提天海集团股份的事。

周海龙慌忙拉着梁小宝上了汽车，让他一路去追梁家宝。

梁小宝一边开着车，一边小心翼翼地望着周海龙：“周叔，我爸又犯病了，得赶紧去找我戈大爷，没有他的命令，我爸肯定停不下来，说不准他会再一次跑到云南去。”

周海龙心里开始紧张起来，他把奥迪车停在了路边，下了车对梁小宝说：“我下车，你开着我的车，快点儿去找戈向东。你爸这儿，我跟着他。”梁小宝答应了一声，开着车打个转向，朝着戈向东居住的地方开去。

周海龙边跑边望着梁家宝不停奔跑的身影，他的思绪一下子就回到了丛林。在那个暗无天日，遍地布满地雷和陷阱的死亡峡谷里，如果不是眼前这个不停奔跑的梁家宝在敌军炮弹落下来之前飞身一跃，把他扑倒在堑壕里，他的结局会跟倒在峡谷里的那些人一样，至今尸骨还埋葬在战场上。

梁家宝救过他周海龙的命，这一点，多长的时间都改变不了。

梁家宝犯病的原因只有他周海龙清楚。这个寡言少语的人是想用这样的方式告诉他，他周海龙已经忘了那场战争了，已经忘记他们兄弟五个歃血为盟的承诺了，他周海龙是一个背信弃义、忘恩负义的家伙。周海龙清楚，从天海集团出来的那天，他和孙茂群注定会成为被唾弃的对象。可是，他戈向东就兑现他的承诺了吗？他亲口答应老连长林春风，让活着的人活得更好。梁家宝活得好吗？他的儿子梁小宝活得有尊严吗？不仅梁家父子，他周海龙、孙茂群整天活在他戈向东的光环之下，哪怕他们每个人再优秀、再能干，在别人看来也都是他戈向东的恩赐。他们有活得更好吗？这些年他周海龙跟着戈向东在商海里东征西讨，帮助他把最初一个小小的建筑公司打造成整个天海市数一数二的龙头企业。这里面他功不可没，可天海集团还是他戈向东的天海集团，跟他周海龙有什么关系？负上一个背信弃义的罪名让自己获得新生，周海龙觉得还是值得的。

梁家宝下了滨海大道，一路朝着南下国道的方向跑去。他的奔跑速度很快，才十几分钟，就把周海龙远远地抛在了后面。周海龙气喘吁吁地站在路边上，望着梁家宝的身影渐渐消失在他的视线里。他不得不敬佩，梁家宝的脑子虽然不太好使，但这些年仍然保持着一副硬朗的身板，他的身体却已经远远不如这个傻子了。

他焦急地在路边等着拦的士，很快，他发现自己犯了个错误，他应该早就这么做。此刻，滨海大道的尽头连一辆车都没有。他以为，以他的体格，追上脑袋不太好使的梁家宝是小菜一碟，可梁家宝让他望尘莫及。

13

梁家宝奔跑在南下的国道上。

早晨的太阳真好。阳光照耀在平坦的柏油路上，前面亮堂堂地泛起金色的光芒。柏油路两边是翠绿欲滴的隔离带，翠绿之间，初夏的花儿正在灿烂盛开，风里裹挟着花香迎面而来，一路芬芳。路上车很少，梁家宝跑得很惬意。耳朵边上是呼呼的风声，风声里一直回荡着老连长的那句话："梁家宝，连里要是有人不团结，你告诉我，我来修理他！"

梁家宝要跑步去云南。他心里只认准一件事：找来老连长，问题就解决了。他只有忘我地奔跑，才能平静下来，在朦胧的意识里，他觉得老连长好像就在前面不远的地方冲他招手。

梁家宝越跑越有劲儿。他不知道，在他后面，戈向东驾驶着汽车已经追上来了。他已经有过一次独自从天海市跑步去云南的经历。上一次是因为戈向东跟梅雅莹离婚，笨嘴结舌的梁家宝劝了这个，再劝那个，最终两个人还是分道扬镳了。梅雅莹救过他们的命。当年从茂密的丛林里冲出来，他和戈向东的血都快流干了。那天，医科大学毕业才一年的梅雅莹做了两台大手术，还给戈向东输了300CC的血，是梅雅莹把徘徊在生命边缘的他们拉了回来。

梁家宝一直把梅雅莹当成心中的菩萨。他认为好人和好人就应该永远在一起，他想不通，两个好人在一起也会离婚。得知戈向东和梅雅莹离婚的消息后，他把自己关在屋子里喝得酩酊大醉，第二天就失踪了。后来，戈向东找到那天跟他一起喝酒的保安问情况："梁部长临走就说一句话，他要找老连长回来修理你。"

那一刻，戈向东想哭又想笑，眼泪遏制不住地往下流。梁家宝心是干净的、他还完完整整地保留着那些战争记忆。当兵的时候，只要战友发生矛盾，梁家宝就会跑步去找老连长。

那一次，戈向东让三四个人开着车在一千多公里的公路上寻找。一个多月后，他才在边境的烈士公墓林春风的墓前等到了衣衫褴褛的梁家宝。从天海市到南国边境，一千七百六十公里，这个傻子用了三十七天才跑到老连长的墓碑前。那天夜里，戈向东和梁家宝在烈士公墓里呆了整整一个晚上。

眼下的事情一下子又扰乱了梁家宝的心，他看不明白，想不明白，为什么生死关头都不离不弃，愿意为对方舍弃生命的兄弟，却为了钱而分开了。

想不明白的梁家宝只有再次跑着去找他的老连长。

戈向东一边驱车慢慢跟在梁家宝后面，一边不停地劝着他。

梁家宝丝毫不理会他，仍然迈开脚步朝前跑。戈向东踩了一脚油门儿，加快车速超过了梁家宝。他把车靠着国道边停下来，下了车，等着梁家宝跑过来。他猜不准，他的命令在梁家宝面前是不是还管用。

很快，梁家宝跑近了，戈向东大喊了一声："梁家宝，听口令，立正！"

梁家宝立刻停住了奔跑的脚步，嘴里喘着粗气立正站在那儿看着他。望着浑身上下大汗淋漓的梁家宝，戈向东既生气又心疼。

他扔给梁家宝一块毛巾，批评他："梁家宝，你又去干什么？”

梁家宝擦完汗把毛巾扔给戈向东：“有人不团结，我要找连长来收拾他。”

戈向东紧紧地把梁家宝抱在怀里，泪水忍不住再次奔涌而出。戈向东哽咽着在梁家宝耳边说：“梁家宝同志，我是副连长，这件事交给我，请你相信我，这件事我能处理好。”

梁家宝接着又问：“有人想撤退怎么办？”

戈向东把梁家宝松开，拍了拍他的肩膀说：“梁家宝同志，这不是撤退，这是为了更好的进攻！迂回穿插，懂不懂？”

梁家宝点了点头，可还是不想上车：“我得告诉连长一声，我们是要穿插迂回！”

戈向东开始一脸严肃地学着林春风的语气命令他：“梁家宝同志，一名战士不服从命令是十分危险的。听我的命令，上车！”

梁家宝有些不情愿地上了车。

戈向东递给他一瓶矿泉水，梁家宝真的渴了，仰脸一口气把矿泉水喝干了。

戈向东感觉到这次梁家宝的病严重了。在老爷子戈正北的丧礼上，戈向东就发现他就有点不对劲了。梁家宝一个劲儿伸着手指头不停地问魏东阳，老二和老四为什么不来。魏东阳劝他不要管那么多事，干好自己的事情就行了。梁家宝就有些恼火，不停地皱眉头。看来，周海龙和孙茂群离开公司的事情他已经知道了。

梁家宝有些累了，喝完水，一头歪在汽车的后排座上睡着了。

戈向东心里像是压上了一块石头。应该给他找一个好医生看看了。可是，梁家宝一直认为自己的身体健健康康，能吃能喝能睡觉。在这件事情上，梁家宝是敏感的，他最不喜欢别人认为他不是一个正常人，他能做正常人做的一切事情，他常常把别人对他的关心和照顾当成对他能力的轻蔑，对他人格的侮辱。

梁家宝让一向果断的戈向东犯难了。

14

丁馥芬没想到女儿丁敏慧会跟她同一个班机从香港到天海。这也难怪，丁馥芬这两年一直坐头等舱，丁敏慧坐的是经济舱。

机场出口，当她看到丁敏慧高挑靓丽的身影款款出现在她视线时，一股悲凉瞬间蔓延到了全身。丁敏慧从美国回来，路经香港转机竟然没有跟她联系。

在丁敏慧的世界里，丁馥芬这个生母被视为不存在。当年，丁馥芬把几岁的丁敏慧托付给戈向东和梅雅莹只身出走时，恶果早就种下了。每个人都应该为自己的选择付出代价。丁馥芬的代价是，她唯一的女儿像是从心底把她给删除了。记忆是最难恢复的事情，因为很多选择不可能重新来一遍。

丁敏慧完全遗传了戈向东的血统。她身材高挑，容貌白皙秀丽，气质端庄典雅，一身嫩黄色的女性职业装，一头长发半飘散着，浑身散发着年轻知识女性的时尚魅力。

两个人从两个方向拉着行李一起出现在接机人的面前。

丁馥芬穿了一身米色格子的职业时装，虽然也快五十岁，身材却没有变化，肌肤仍然娇嫩，除去岁月在眼角留下了鱼尾纹，她走在人群中仍然有很高回头率。

青春是无敌的，在青春貌美的女儿面前，丁馥芬不得不由衷地在心里说，她老了。越走越近，丁馥芬的心里越紧张。她想张嘴喊一声女儿，可还是没有发出声音来。

丁敏慧似乎已经发现了她，脸上掠过一丝惊讶之后很快恢复了平静。二十几岁的丁敏慧表现出了跟她年龄不相符的成熟。不过，她还是冲丁馥芬点了一下头，微微笑了一下，加快脚步朝着接机的林浩楠走去。丁馥芬虚惊一场。女儿让她避免了一场不必要的尴尬，她的内心有了拥抱她的冲动。在这世界上，她只有这一个最亲的人了。

林浩楠像是没看见丁馥芬，他接过丁敏慧的行李箱，亲昵地揽着她的肩膀，两个人高兴地朝着机场门外的停车坪走去。丁馥芬在那儿呆呆地站着，她走神了。以至于忘记了魏东阳曾经打电话告诉他，她出门的时候可以走绿色通道直接进入机场的贵宾厅。她正要转身往绿色通道走，远远看见魏东阳和政府接待办的一群人迎面走过来。

天海市政府接待办举办了一个隆重的接待仪式和新闻发布会。市委书记和市长亲自出席了东业集团在天海市蓝海经济商业圈的项目启动仪式。仪式由副市长魏东阳主持，市长和丁馥芬都讲了话，电视台和新闻媒体也紧跟着进行了报道。接待晚宴上，周海龙也出现了，他端着酒杯跟熟人碰杯寒暄，偶尔还朝丁馥芬看过来。但在丁馥芬看来，不远处这个年近半百仍然风流倜傥的男人是她一生挥之不去的烦恼。从十八岁那年在战场上救他那天起，这个烦恼就在她生命中如影随形。

那天晚上，她和梅雅莹一起值班，半夜里接到了通知，让她们去接伤员。当她们乘救护车赶到的时候，孙茂群和周海龙两个人还能说话。周海龙的伤口外部消毒处理一开始就是丁馥芬负责的，一颗子弹嵌进了他的肩胛骨，有三枚弹片嵌进了大腿和臀部，浑身上下都是血。周海龙的脾气大得出奇，双氧水一接触到创伤面他就开始骂人："妈个巴子的，老子没被敌人打死，也被你们弄死。"周海龙骂人的样子很可怕，面目扭曲，眼珠子瞪得像是要掉下来。周海龙不停地喊疼叫骂着，丁馥芬处理伤口的时候就有些慌张，一不小心手术镊子就碰到了嵌在骨头和肉里的子弹，周海龙"嗷"的一声叫起来，一脚踢翻了她手里的医疗盘，大声骂道："你们这些该死的东西，就不会换一个手脚利索点儿的，真想弄死我啊。"正在处理孙茂群伤口的梅雅莹只好换过来给他处理伤口。这是丁馥芬跟周海龙的第一次见面，那时候，她的第一念头是以后千万别再和这个活土匪碰上。周海龙和孙茂群被拉走后，医务处处长在巡逻队的带领下开始沿着边境线寻找其他的生还者。

这一找，找到了丁馥芬生命中最重要的男人戈向东。

戈向东和梁家宝被发现时，已经是黎明时分。因为双方还在打仗，敌人发现了这边的情况，开始无目的地朝着这边打枪。在巡逻队率先控制了周围的有利地形，用机枪压制住对方的火力后，医疗小队才上来救人。梅雅莹和丁馥芬爬到戈向东和梁家宝身边的时候，发现两个人的血都快流干了。戈向东在前面，手里死死地攥着武装带扣环的一头，武装带的另一头系着梁家宝的武装带。很显然，戈向东是带着梁家宝一步步爬过来的。那一瞬间，丁馥芬立刻就对面前这个男人产生了由衷的敬畏。他到死也不肯放弃自己的战友，拖着一个一百多斤的身体一路冒着敌人的炮火爬行，这需要多么大的勇气和力量！丁馥芬把手放在戈向东的鼻孔和颈动脉下摸了摸，对着梅雅莹摇了摇头："怕是不行了，救也是白救。"梅雅莹把手搭在戈向东的胸口和脉搏上，躬身就把戈向东背起来了说："血压快没了，得赶紧输血！"

那一天，梅雅莹和丁馥芬两个人轮流把戈向东背到了几里外的救护车上，浑身上下浸透了戈向东的血汗。也就是从那一天开始，两个情同手足的姐妹同时爱上了这个男人，生命中一切的一切，跟这个男人纠缠着分不开了。

很多时候，丁馥芬感觉自己无法面对梅雅莹。听说戈向东和梅雅莹已经离婚了，她不知道他们的离婚跟她的介入有没有关系。这些年，她丢失的东西太多了，青春、爱情、婚姻、亲情、友情……这些逝去的东西，有的能找回来，有的已经随着时光流逝得太远了。

既然是麻烦，她就必须面对。何况此刻已经不是麻烦了，他们要合作。

离开香港前，董事长朱江龙专门找她谈了关于跟周海龙合作的事。朱江龙好像很了解周海龙在天海资本运作的能力，做企业最大的目的就是追求经济利益的最大化，丁馥芬自然明白这个道理。

丁馥芬和周海龙举着杯子向彼此走去。

如果不是周海龙的出现，当年十八岁的丁馥芬早就把戈向东拿下。这样，也就不会发生戈向东回城后娶了梅雅莹，她也不会为了见戈向东屈身婚嫁的悲催事了。往事不堪回首，在她看来，这个男人生生地横在她和戈向东中间，用半生的时间跟她死磕了。

俗气的问候，虚假的寒暄，言不由衷的碰杯。十几年后的邂逅对丁馥芬来说平淡无奇。

周海龙还是用火辣辣的目光看着她，由衷赞叹："你还是那么漂亮。"

丁馥芬举着酒杯笑笑说："这辈子你见到我说得最多的，就是这句话了。"

周海龙呷了一口红酒说："三十多年，我向来始终如一！"

丁馥芬皱着眉头故意嗔怪地问了他一句："周总是在批评我，还是在自我表扬？"

周海龙苦笑着说："丁总还是这么敏感，批评你不敢，在你面前我总是惶恐，害怕有一天你就像一股烟那样从我面前消失得没影，再想见你，就难了。"

丁馥芬佯笑："周总说话真有意思，拐弯抹角地骂我是妖精，不过，现在不行了，是妖精，我也老了，早就没七十二变的本事了。"

周海龙暧昧地在她耳边悄声说："这辈子遇到你，我早就被你摄取了七魂六魄！"

丁馥芬望着周海龙一本正经的样子，复杂地望了他一眼说："那你可要当心，我们的合作就要开始了。"

周海龙举起杯子和丁馥芬碰了碰："合作愉快！"

丁馥芬也举起杯子饮尽了半杯红酒，她无法预知，在经历了二十年前那次医疗器械事件之后，他们还能不能合作愉快？

15

朦胧的灯光被不断升起的水雾笼罩着。丁馥芬躺在五星级宾馆的浴缸里，心绪如这淡淡的水雾氤氲在一片温暖里。酒会上她喝了很多酒，这样的场合喝酒是最好的交流。端起酒杯的丁馥芬觉得自己是个优雅的女骑士，微笑中就能把对手挑落马下。中国是个有着几千年酒文化的国度。一个肌肤如雪，长相漂亮的女人，能喝酒是最大的资本。洋酒、白酒、啤酒、红酒，各种各样的酒是她最好的武器，二十多年来她从来没有因为喝酒失态过。每次酒会结束，回到家里洗个澡，好好睡一觉，第二天她照样精神抖擞地去上班。可此刻，丁馥芬躺在38摄氏度的温水里，却一丝睡意也没有。她第一次感觉到自己喝多了，意识有些模糊，肉体却十分亢奋。温水浸润着她的肌肤，白皙细腻的肌肤因酒精变得粉红。置身于天海的夜晚她的身心竟然出现了异样的燥热，是因为这座城市，还是因为这座城市里有她追逐半生的男人，她说不清楚。最后，她把手停留在了腹部。那个已经不太明显的剖腹产刀痕是冰凉的。这种冰凉的感觉像把刀一下子就切割掉原本升腾起来的欲望。这是这座城市带给她唯一的疼痛，也是她唯一的甜蜜。

一个生命从这里诞生了，这是她和戈向东无法分离的见证。

丁馥芬出生在四川宜宾。那里的美女跟盛传几百年的五粮液那样出名。尽管她七岁的时候就跟着当兵的父亲去了成都，可宜宾女人的大胆、浪漫、高雅、率真一点不剩地继承了下来。天资聪颖的她，十七岁就不甘于巴蜀大山罩住的那片天地，高中毕业独自一个人顺着长江一路直下去了武汉，在父亲战友的帮助下进入了军营。

那段感情应该是从戈向东在武汉陆军医院养伤时开始的。

在没有跟戈向东亲密交往之前，丁馥芬惹下了周海龙这个强盗。周海龙的伤不重，肩胛骨上和臀部的弹片取出来后，伤口恢复得很快。因为要陪护戈向东和梁家宝，周海龙就一直混在医院里，每天让医生开一些消炎片、维生素之类的药物调养身体。他有事没事总喜欢往心脑外科跑，直嚷着自己的脑袋疼，让梅雅莹给他看脑子。其实，他是想来看身受重伤的戈向东，更想看到丁馥芬。

丁馥芬是护士，每次见到周海龙来，都要跟他打嘴仗，慢慢地，两个人就熟悉了。丁馥芬觉得周海龙并不像之前那么讨厌，并且对她很上心。他每天会给她买些好吃的水果、饼干、罐头和电影票，说是要报答她和梅雅莹的救命之恩。开始，丁馥芬还有些不好意思，渐渐地也就不那么抵触了。后来，戈向东脱离了危险期。周海龙就约丁馥芬去看电影。丁馥芬犹豫再三，还是跟着周海龙去了。她没想到，电影放到一半的时候突然间停电了。黑黢黢的电影院里，周海龙抓住了她的手，把她揽在了怀里。那一刻，她想挣扎，可周海龙的劲太大，稀里糊涂就被他亲了一口。丁馥芬的初吻就这样被夺走了，她当即就甩了周海龙一耳光，哭着从电影院跑回了医院。

之后，丁馥芬就不愿意再见到周海龙了。周海龙却丝毫没有被那一记耳光所吓倒，追求的攻势越来越猛烈。每天都要到丁馥芬上班的护士站晃悠一圈，有事没事找她搭讪。丁馥芬把周海龙的所作所为告诉了密友梅雅莹。梅雅莹听后十分生气，当即就警告周海龙，如果再不收敛就告诉戈向东，并且让他办手续出院回连队。那时候，戈向东的身体渐渐恢复，已经开始下床走路了。自称天不怕、地不怕的周海龙，提到戈向东还是有些害怕。周海龙告诉梅雅莹，进攻暂时告一段落，但并不表明不会再次发起攻击。梅雅莹把周海龙的话转告给丁馥芬后，只听到一声冷笑："这样的男人一点骑士风度都没有，我爱的是骑士，不是斗士。"

从那天起，周海龙真的就迷上了古罗马帝国的骑士。仔细想想，丁馥芬觉得，戈向东是她的毒药，自己何尝不是周海龙的毒药？

戈向东的出现让丁馥芬感受到生活中的五彩阳光，觉得自己一下子找到了心目中仰慕的那种具备骑士风度的英雄。按理说像丁馥芬这样生活在军营里的漂亮女孩子，是男儿国里的稀有动物，进入成年，周围就不乏优秀的追求者。可丁馥芬见惯了大领导家的奶油蛋糕和野战部队的粗鲁土著。在她眼里，外表英俊、学识渊博、谈吐儒雅的戈向东才是她要寻找的那个勇敢睿智的骑士。更重要的是，戈向东耀眼的英雄光环瞬间照亮了她。丁馥芬作为抢救英雄的医护人员也立了二等功，梅雅莹立了个三等功。战功是军人至高无上的荣誉，接过立功证书的那一刻，十八岁的丁馥芬激动得浑身发抖。按理说，二等功应该给梅雅莹，但因为丁馥芬参加戈向东的事迹报告会表现突出，抢占了军功。

戈向东率领着侦察连四名幸存者穿越死亡线归来，立刻在军队掀起了一股学习英模的狂澜。表彰报告下来，五个人全是一等功臣，上级还为戈向东组织了专门的事迹报告会。毫无疑问，丁馥芬是“孤胆英雄戈向东”事迹报告团里最抢眼的明星。报告会上，她绘声绘色讲述英雄九死一生的传奇故事，声泪俱下，感人肺腑。巡回报告团一路走过来，大家无不赞赏丁馥芬，夸她是报告团里不折不扣的“催泪弹”。面对激情四溢的会场，她讲述时，台下总会掌声雷动。演讲时而被潮水般的掌声淹没，时而让整个会场泣不成声。

很多年以后，丁馥芬还十分肯定，那时候，她内心对戈向东的情感表达是真挚的，没有丝毫的演绎成分。除了一个少女对英雄的崇拜和仰慕外，更多的是痴迷的爱恋。爱情让丁馥芬痴迷，每次见到戈向东，她总是控制不了自己去接近他。

算起来，丁馥芬和戈向东在一起也度过了半年的甜美时光。正是这半年的时光，像毒药一样蔓延了丁馥芬的一生。她们那个年代，第一次爱对一个女人的一生至关重要。那个春天，所有的鲜花都是为他在开放，所有的快乐都因为有他的存在，所有的泪水都在为他奔涌。

事迹报告团一路行走在大江南北，所有的风花雪月都装在了美丽少女丁馥芬的心里。她成了他的影子，他在哪里她就会出现在哪里。跟他单独相处的时候，她会把自己最姣好聪慧的一面呈现给他。她知道戈向东是喜欢她的，没有一个青春奔放的骑士，不爱美貌如花的公主，可她不知道这种喜欢到底是不是爱情。

那个湖边的桃林，漫天飞舞的桃花，花瓣发酵酝酿出来的芳醇。他的目光掠过她花瓣一样的笑容，她的皮肤立刻在春风里微微泛起一丝颤栗，那是一个情窦初开的少女悦人的颤栗。那个春天她第一次为他穿上了用三个月津贴买来的粉色连衣裙。他抱了她，他说她就是他的桃花。她说，她愿意一辈子都做他命里的桃花。那一天，她愿意把自己的一切都奉献给她。他抚摸着她的头发，认真专注的眼神，长长的秋草般的睫毛让他的眼睛深不可测。她渴望他能像所有爱情电影里的镜头那样去亲吻她。可是，戈向东拍了拍她的背，只是用手温柔地抚摸着她的头发，很像抚摸一个很小很小的孩子。那天，他只记得戈向东贴着她的脸说："你真是个可爱的小东西。"

回到陆军医院后，丁馥芬被爱情的火焰灼烧得身心俱焚。每天一睁开眼睛，见不到戈向东她心里就惴惴不安。戈向东的身体要做第二次手术，丁馥芬主动要求做主刀医生梅雅莹的助手。麻醉师为戈向东打完麻醉药后，戈向东雄健的身体呈现在她和梅雅莹的面前，当她的手触摸着戈向东身体的时候，火焰像是从她的指尖开始向身体蔓延，爱情之火燃烧得她浑身颤栗。她有些意乱情迷，递上来的医疗器械总是出错，弄得梅雅莹差点把她换下去。她知道，那时候，梅雅莹也在心里暗暗喜欢着戈向东。青春女性的心是敏感的，敏感得可以触摸到任何的风吹草动。她们一个宿舍，丁馥芬清楚地看到梅雅莹提起戈向东时眼睛里闪烁着的那种光芒，崇拜、爱慕、倾心和向往。跟梅雅莹的条件相比，丁馥芬除了拥有出色的容貌和窈窕的身姿，几乎没有与之相抗衡的资本。梅雅莹是大学生，医院重点培养的青年心脑外科专家。她只是一个普通的护士，她害怕梅雅莹先于她向戈向东表白。手术后，她把处于昏迷中的戈向东推向了病房。那一夜，她申请了陪护。那个月光皎洁的夜晚，在那间散发着福尔马林味道的医院病房里，她第一次吻了她所爱之人的嘴唇，虽然他不知道。丁馥芬弄不明白戈向东是不是真的爱她。

或许他们的爱情刚刚开始就结束了。在戈向东的心里她只是一个让他爱怜的“小东西”。戈向东伤口一天天地好转，出院的日子也一天一天地迫近。想到戈向东要离开，丁馥芬的心就揪得紧紧的。她悄悄地写了一封厚厚的情书亲手递给了戈向东，可是戈向东在接到情书的第二天就出院了。

丁馥芬不知道是不是因为自己火辣辣的示爱吓跑了戈向东。没多久，她从周海龙的口里得知戈向东转业的消息。那时候，她几乎要发疯了，她不知道她梦中的骑士到底怎么了，突然间决定离开。她有些猝不及防，不知道自己该怎么做了。那个黄昏，她偷偷坐上了火车跑去戈向东的连队。她要告诉他，她爱他，她要阻止他做出这样一个愚蠢的决定。她是一个为了爱可以不顾一切的女人。尽管她心急如焚地一路追赶，可她还是去晚了，戈向东已经办完了手续，踏上了回省城的列车。

那天，她发了疯一样跑向了火车站。

绿皮火车已经开了，她跌跌撞撞地追着火车跑了很远，一边奔跑一边冲着远去的火车大声哭喊：戈向东，我只爱你一个。

记忆就像一列失控奔跑的火车，漫无边际地把丁馥芬卷入了过去的时光……

第二卷

1

林浩楠陪丁敏慧在天海国际大剧院看一场意大利歌剧。富丽堂皇的舞台上，由意大利著名歌唱家领衔的《堂吉诃德》正在上演。

林浩楠不太喜欢看舞台表演，他最大的嗜好是看好莱坞战争大片。这个习惯是从上大学时养成的。只要是战争大片，甚至那些不着边际的太空宇宙之战，他都喜欢看。战争片的声、光、电，无论从视觉还是听觉上都令人震撼，影片剧情跌荡起伏，场面宏大，异常惊险刺激，每部战争片里都有不死的英雄。林浩楠想做的就是那个不死的英雄。或许是身上流淌着英雄的血，骨子里遗传了军人的硬度。林浩楠天生就有英雄情结。

尽管意大利男高音歌唱家的声音高亢洪亮、余音绕梁，林浩楠还是走神了。他不喜欢歌剧这种咿咿呀呀慢节奏的东西。但丁敏慧喜欢。她从小学过音乐和舞蹈，钢琴通过了十级考试，舞蹈参加过省里的比赛，很有些文艺青年的范。此刻，她刚从美国回来，难得在天海看上一场纯正的意大利歌剧。

林浩楠太累了。他闭着眼睛仰躺在座椅靠背上，大脑仍然在飞速运转。或许是周海龙和孙茂群离开的原因，戈向东开始不断给他压担子。很多活动，戈向东都放手让他一个人去应付了。那块远离市区，临山靠海的荒蛮之地几乎成了戈向东生活的全部。可对天海集团来说，五号地贷款的压力很大，它给原本就十分脆弱的资金链条带来了更大的压力。林浩楠搞不明白，一向精明的戈向东为何变得如此盲目而固执起来。直觉告诉他，戈向东心里有一个更庞大的计划，但这个计划迟迟得不到实施，五号地就像巨兽的血盆大口，大量的资金被悄无声息地吞噬进去。地产行业的资本运作，就是要在短时间内得到资金利润的最大回报。这些年，天海集团一直都是这么做的。

凭借天海集团在地产界十几年的良好声誉，新楼开盘，客户的资金就会源源不断地涌进来。像天海这样如日中天的地产业巨头根本不存在资金的压力。可此刻，滨海五号地不被业内人士看好。天海集团被五号地拖着，放慢了发展速度，如果短时期得不到有效改善，资金链一旦完全断裂，整个集团就会陷入新的危机。一想到此，林浩楠心里像是压了一块巨石，喘不上气来。

天海集团不得不割肉了。戈向东决定卖掉化工二厂。

戈向东从天海市国资委收购化工二厂的时候，曾经创造了全省第一家民营企业收购国有企业的典范。说白了，天海集团为政府承担了一个甩不掉的包袱。早年的化工二厂是一家生产制冷剂的小军工厂，并入天海集团后，主要还是生产制冷剂。戈向东曾经为这家小厂倾注了很多心血，从人才引进、新产品开发到市场开拓做了很多工作，最终让这个小厂变成了每年盈利上千万的企业。可是，近些年来，因为全球气候变暖和环保的原因，国家对这一类化工企业提出了更高要求，制冷剂产品遭到前所未有的打击。一年前，孙茂群曾经带着这个厂进行了技术改造，耗费巨资研发的低碳新产品也即将问世。没想到，这个时候公司发生了变故。孙茂群釜底抽薪，还带走了产品研发团队，新产品搁浅了。

戈向东让林浩楠负责卖厂的事情，并给他提了一个要求：企业剥离后，必须妥善安置在岗员工，因为这些员工很多是退伍军人和军人的后代。林浩楠想辩解，但口头上还是果断地答应了，因为他知道，戈向东有军人情结。

林浩楠清楚，孙茂群对化工二厂早就虎视眈眈。这些年，孙茂群管理两个化工厂，周海龙管理地产业务，两个人号称是天海集团的两驾马车。孙茂群离开的时候，曾经流露过要接手化工二厂的意图。可暴跳如雷的戈向东根本没有允许他把话说完，就让他走了。

林浩楠正在跟一家民营企业洽谈，工人的安置成了谈判的焦点。作为正常的商业行为，作为卖方，林浩楠无法左右收购方的用人问题。

经过几次艰难的谈判之后，林浩楠感觉对方只想收购工厂，没有诚意安置员工。他请示了戈向东。戈向东说，员工就业是谈判的首要条件，安置不好员工，就不要谈。戈向东常常把他的员工当作自己战场上的士兵，无论自己境遇如何，始终不肯抛弃。林浩楠十分郁闷，他对戈向东越来越不理解。市场就是市场，面对残酷竞争不能掺杂太多的个人情感。这些人，会成为企业的累赘，会像滨海五号地那样一步步把公司给拖到绝境。

丁敏慧沉浸在缠绵悱恻的歌剧中，她丝毫没有注意到林浩楠正在走神。林浩楠还一直不清楚这次丁敏慧从美国归来的真正原因。他问了几次，丁敏慧没有正面回答他，只是对他说，女儿就是父亲的贴心小棉袄，她这次回来是要履行一下她小棉袄的职能，温暖一下她的戈老爸。成年后的丁敏慧，说起戈向东总是两眼放光："这些年，戈向东爸爸太不容易了。"

丁敏慧的归来，让戈向东阴霾的心情豁然开朗。她像一阵快乐的风，瞬间吹散了戈向东内心堆积的乌云。经历了兄弟背叛和丧父打击的戈向东，满怀愤懑、压抑和悲痛，身体状况急转直下，精神状态也糟糕极了。

丁敏慧整天黏着戈向东，陪他吃饭、散步、游泳、钓鱼，聆听戈向东描绘滨海五号地的宏伟蓝图。丁敏慧给他讲她在美国的那些趣事，逗得他不时哈哈大笑。丁敏慧还带着戈向东去了美国西雅图和位于美国西海岸的西点军校，从美国回来之后，戈向东像换了一个人，他开始上班，着手处理公司的一些重要事务了。

像是久病遇到了良药，精神颓废的戈向东瞬间神采焕发，像是回到了从前，他又是一个斗士了。

林浩楠半眯着眼睛假装被舒缓悠长的音乐所陶醉，他不想让丁敏慧看到他的疲惫和无奈，那样会让她觉得他不够儒雅绅士，对艺术不够尊重。

丁敏慧在耳边像是自言自语，又像是轻声对他说："乌鸦反哺，羔羊跪乳，在天海集团的危难时刻，考验我们的时候到了。"

丁敏慧的话让林浩楠感动。戈向东是一个合格的父亲，从小到大，他在他们两个身上倾注的心血远比自己的亲生儿子戈睿要多得多。

林浩楠经历了人生中最昏暗的童年。他从生下来就没有见过父亲林春风。林春风只是他生命中的一个符号或一个传说，风一样忽的刮过来，转瞬间就没有了踪影。他的记忆里只有母亲李琳和住在偏僻小城破旧巷子里的那个家。他重病缠身的爷爷奶奶终日倚靠在门口的槐树下，对着只有八九岁的姑姑林雪梅呼来喝去。林浩楠第一眼看到戈向东出现在他们家门口时，他以为是他的父亲回来了。那时，还没有人告诉他，他的父亲已经死在了硝烟弥漫的战场。母亲只是告诉他，爸爸是个英雄，在部队执行任务不能回来。弯弯的巷子里，当他呼喊着"爸爸"跑向戈向东的那一刻，他清楚地记得，全家人难以抑制内心的悲痛，哭声一片。戈向东也哭了，他蹲下身子，一把把他扛在了肩头，满是泪水的脸紧紧地贴在他的脸上。

在没有见到戈向东之前，林浩楠无数次猜测父亲林春风的模样。伟岸挺拔的身躯，英俊帅气的脸庞，果敢刚毅的做派，这才是英雄的形象。戈向东的出现，印证了他的猜测，他的父亲应该就是这样的人。

可戈向东不是他的父亲，他的父亲永远留在了战场。很快，他母亲李琳改嫁了。继父隋同春的模样完全颠覆了他心目中“父亲”的形象。

他五岁的时候，李琳嫁给了街道小厂的宣传干事隋同春。那个身材干瘪，唯唯诺诺，终日戴着眼镜的家伙很快成为了他的父亲。林浩楠的心理落差太大了，他不喜欢这个有些驼背，形象有些猥琐的父亲，更不喜欢隋同春给他起的那个名字。隋同春给他取了个名字叫“隋意”。他是英雄的儿子，怎么就这样随意让人改了名字，成了别人的儿子？上小学时，他在作业本上工工整整地写下了“林浩楠”三个字，从此，他再也没有叫过那个男人一声父亲。

漫长的童年岁月里，林浩楠像个孤单的斗士。

隋同春和母亲李琳所在的工厂倒闭了，波涛汹涌的市场经济大潮让这个家庭也受到了冲击，他们只能依靠每月一笔来自远方的汇款和打零工勉强维持生活。隋同春是个酒鬼，几杯酒入肚，他干瘪的身板和蚕豆大小的胆子像是瞬间壮大，浑身充满了力量，家庭战争一触即发，他开始违背自己婚前的承诺摔东西打人。

林浩楠清楚地记得，母亲改嫁结婚时，戈向东作为娘家人，从省城拉来了电视机、电冰箱和洗衣机。那个年代，在他们那个小县城里，那场婚礼，母亲嫁得很风光，丰厚的嫁妆让新郎隋同春美得合不拢嘴。可是，日子还是要一天一天地过，随着时间的推移，这种看似美满的婚姻很快出现了裂痕。没改嫁之前，母亲李琳当初提出要求，嫁给隋同春后，就不再生孩子了。两个人合力把他养大成人。当时隋同春答应得很好，愿意把他当成自己亲生的孩子。可是，婚后的第二年，隋同春就要求李琳给他生孩子。李琳怀孕后，就赶上了隋同春下岗。精神颓废的隋同春，拿着戈向东每个月给他家邮寄的钱天天买醉，醉醺醺地回到家后对着李琳和林浩楠就是拳打脚踢。日子过得最惨的时候，家里的电冰箱和洗衣机都被那个混蛋卖掉了。冬天，刚刚生过孩子的李琳不得不用手为他们洗衣服。

李琳只好跟戈向东商量，把林浩楠送到寄宿学校。进了寄宿学校，林浩楠像是找到了自由的天堂。学校的院墙根本约束不住狂放少年的自由散漫，童年和少年时代的林浩楠像只野猫四处游荡。曾经有一段时间，他几乎迷恋上了这种无拘无束的时光。

每个月，林浩楠会准时收到戈向东从省城邮来的生活费和零花钱。这些钱不用担心被继父隋同春抢过去买酒。耳边也没有了母亲李琳和那个丑陋男人的聒噪。丰衣足食，风一样自由的林浩楠做起了英雄梦。或许是被隋同春揍惯了，林浩楠渴望周围的人都被臣服。每个月 100 元的零花钱成就了他的梦想。这些钱，让他在寄宿学校里很快笼络了一大帮小兄弟。

林浩楠被戈向东从少管所接到省城那年，他已经 15 岁了。那时，林浩楠俨然是他们家乡县城家喻户晓的人物了。他统领的“少年帮”风靡了全城的中学，效忠他周围的手下不下百人。或许是血统里流淌着英雄的鲜血，林浩楠打架的时候格外拼命。他曾手持铁棒面对三个身强力壮的痞子，在绝望中取胜。那次，林浩楠一战成名，成为了少年们心目中的英雄。少年时代的林浩楠是风光的，前呼后拥的崇拜者和望而生畏的目光让他感觉到了人生的辉煌。可年少不经事的盲从和冲动也给他带来了洗刷不掉的耻辱。少管所的那段不光彩的污点还是给他留下了不可消弭的阴影。

林浩楠在享受着风光人生的关键时刻被戈向东踩了急刹。

戈向东明白，林浩楠这样的孩子缺少的不仅仅是物质和金钱，他需要一个被他内心接受的父亲。到省城后，林浩楠被安排到了最好的初中。从新学校报到那天起，林浩楠毫无拘束的生活就被五个野蛮的男人给“劫持”了。戈向东、周海龙、魏东阳、孙茂群和梁家宝，五个凶猛彪悍的男人出现在他的生活里，让原本以为强大的林浩楠一下子感觉到了自我的渺小。比起他们在战场上勇猛的杀戮，他的那些所谓的壮举不过是小儿科。林浩楠的一举一动都逃不过他们的眼睛。在他们面前，林浩楠毫无反抗之力。他们一个比一个凶狠霸道，即便是身体有些残疾的梁家宝，伸手就能把他撂倒。“混世魔王”林浩楠在这五个人面前只得乖乖就范。失去“自由”的日子里，林浩楠却得到了更多人的关爱。戈向东和梅雅莹对他倍加关心，从生活到学习几乎无微不至，与同龄人相比，林浩楠的吃、穿、住、行，拥有的物质条件都是最好的。以至于后来，羡慕不已的戈睿总是抱怨地对父母开玩笑：“老爸老妈，我到底是不是你们两个亲生的？”

戈睿大学毕业被戈向东、梅雅莹送去了军校。戈向东给戈睿的目标只有一个，如果不遇到战争成为烈士，要做一辈子职业军人。这就意味着，未来天海集团的重任会落到林浩楠的肩膀上。戈向东已经把天海地产交给他了，这是天海集团的半壁江山。林浩楠想着这些，兴奋的同时也倍感压力。

遍地黄金的年代，麻雀变凤凰的大戏每天都在上演。可是麻雀蜕变成凤凰之后，他面临的不仅仅是天海集团的辉煌，也有难以突破的困境和艰难。

庞大企业肌体里流淌着戈向东的血液，秉承着戈向东的品格，企业内部存在着不可逆转的弊病。林浩楠对这样的弊病深恶痛绝。戈向东对昔日战友的放纵，对烈士后代、军人家属的迁就，让他不能接受。外表严厉的戈向东，其实内心极其柔软。如果不是他不够强硬，周海龙和孙茂群根本拿不走那么多钱。周海龙是在走投无路的情况下加入企业的。戈向东几乎倾家荡产，用两百万元把他从看守所捞了出来。孙茂群在加盟企业之前，只是郊区贩菜的小商贩，每天风里来雨里去赚点小钱养家糊口。一个贪污犯和一个市井小民，却堂而皇之地拿走了天海集团五分之一的资产。他们利用了戈向东的善良和宽容。

周海龙和孙茂群的背叛，切断了天海集团的资金链条，让公司陷入了举步维艰的危局。林浩楠觉得他这个时候，接手天海地产，前面困难可想而知，可不管怎样，他的梦想就要起飞了。此刻，高亢的男高音正在演绎堂吉诃德大战风车的桥段。他的梦想就像这殿堂里回荡的命运交响，张开翅膀扶摇直上。

林浩楠伸出手搂了一下丁敏慧柔软的腰肢。

丁敏慧扭了扭身体："别闹，好好看戏，多好的一场戏啊。”

林浩楠贴近她的耳边说：“现在，我们两个应该是男女主角。”

丁敏慧诡秘地看了一眼林浩楠，指着台上正在大战风车的堂吉诃德小声说：“想做主角，我们到舞台上演一场。怎么样？你有勇气饰演堂吉诃德吗？”

丁敏慧说着，拉着林浩楠就要往台上走。

林浩楠被吓住了。丁敏慧这个鬼灵精不论场合任何刁钻古怪的事情都做得出来，他压低声音说：“别胡闹了，这里坐满了观众。”

“没有勇气，是无法成为堂吉诃德的。”

丁敏慧说话的时候，一脸的冷静和严肃。林浩楠奇怪地看着自己青梅竹马的女友，突然感觉她竟然十分陌生。童年、少年时代的丁敏慧像一只不知疲倦和忧伤的蝴蝶，每天都在飞翔和奔跑，从来不愿意停下来思考。现在，她竟然迷恋上了堂吉诃德这样的精神斗士。或许这就是成熟的魅力。

意大利歌剧终于在辉煌的奏乐和歌声中落下了帷幕。

林浩楠拥着丁敏慧走出剧院。上车时听到丁敏慧问了他一句话：“你不觉得，我们的戈老爸就像歌剧里的堂吉诃德吗？”

2

“商场和丛林里的博弈没什么两样。无论是怎样的厮杀，都无法躲避谋划和算计，更无法避免财富一次又一次的分配，情感同样可以随着利益的分配一次又一次地发生错位，偏离你预想的跑道，甚至离你越来越远。处于这样的丛林，无数眼睛在瞄准你，就像当年你用枪口瞄准敌人那样，你的敌人也已经锁定了你和你的队友，你必须在对抗和妥协之间做出果断的抉择。战争状况下，你可以命令你的部属为达到某种作战目的去牺牲；商战里，没有军规和命令，你的队友理论上没有牺牲自己的义务，他们有选择妥协和对抗的权利，你可以义无反顾地向前冲，可你得尊重你队友的权利。所以，你不能过度责备别人的背叛，更不能过度自责或懊悔。”

戈向东喜欢跟养女进行这样的探讨。这样的劝解富有哲理和诗意。此刻，丁敏慧就坐在他对面，眨动着一双乌黑明亮的眼眸向他娓娓道来。

“戈老爸，请你听我把这段话讲完你再反驳。我不否认你们之间曾经有过口头的盟约。盟约虽然经历了生死的考验，但未必经得起时间的砥砺。时间对任何东西都具备杀伤力，无论是青铜器、活化石，还是微观世界里的原子、分子和微分子，经历时光荡涤之后之所以能存留下来，只能说明时间还不够久远。可以断言，时光的长河里一切都会被腐蚀、被衰减，远古时代的很多东西都在时光里化作了齑粉和尘埃。你不可能要求一切如故。钢铁尚且如此，何谈语言。世界上最靠不住的就是语言，它就像一阵风，来去匆匆，留不下任何痕迹。所以，我们就有了文字，有了法律，有了道德规范和行为准则。这样做的目的就是为了规范我们曾经说过的话，做过的事，并为此承担责任。”

戈向东没有反驳也没有赞许，只是微微地笑着。她说得没错，时间是个可以改变一切的利器。转眼的工夫，眼前这个身材曼妙的漂亮女子已经不是当初老是腻在他身上撒娇的小姑娘了。她像是一夜间长成了大人，成熟、冷静、理性而睿智，看问题更加全面，语言更加缜密。

戈向东刮了一下她的鼻子说：“你说得太快，我的小棉袄，你的戈老爸快50岁了，脑袋还挨过炮弹，我得有个思考的过程。”

丁敏慧注视着戈向东的眼睛：“年龄越大的人越容易怀旧，怀旧的原因是害怕忘记，害怕一切美好和伤痛的记忆被时光湮灭，所以，努力地去想念、回忆，让原本拥有的美好深陷记忆的牢笼。戈老爸，我找到了你不快乐的原因。”

戈向东把她按在椅子上，给她倒了一杯咖啡说：“丫头，你说得对，可也不完全对，你没经历过那样的年代和那场战争，没经历过那样瞬间的死亡，没经历过死亡给活着的人带来的痛苦。是的，我害怕忘记，害怕忘记那些人和那些事。因为很多人都死了，我还活着，你明白吗？丫头！”

丁敏慧接过咖啡，往里面加了几块方糖，用勺子搅了搅：“戈老爸，不开心的事情就像你端给我的咖啡，要想把苦涩的咖啡变出甜味来，你就得加糖，还得不断地搅拌。你照顾了那么多的烈士家属、遗孤，企业里接收了那么多复转军人、伤残士兵。烈士的亲人老有所养，病有所医，他们的后代毫无顾虑地拿着你的钱上完大学考研究生、出国留学深造，这都是高兴的事。想一想这些你心里的纠结就会释怀了。你用一生要实践的承诺，不必担心后继无人，我觉得我发起的‘红星公益基金’会接着做好这件事情的，它有一套完善的申请、审核、资助的法律运行程序！比你的那一套要科学多了。”

戈向东把头往沙发的后背上靠了靠，感动地说：“谢谢你，丫头，难得你这样理解我，你的戈爸爸还没有老到让你接班的时候，不过我还是想先看看你那份基金的运行情况，我想从公司拿出两千万加盟你的‘红星公益基金’，怎么样啊？”

丁敏慧奇怪地看了戈向东好大一会儿，见他一本正经不像是开玩笑的样子，笑着说：“公司财务不是很紧张了吗？我们‘红星公益基金’不干釜底抽薪的事，不过这个事情我记着，等天海集团渡过难关，你得加十倍地给我投钱。”

戈向东拍着一个账本：“从成立公司那天起，每年百分之十的收益都存在这里，这些钱除了资助那些贫困的烈属、军属家庭和资助孩子们上学外，我从来就没动过它。这也是我这些年拼命做企业，拼命挣钱的意义所在。这些钱，不仅现在不能动，将来也不能动，有它的存在，我才会觉得我活得有意义。钱不白打给你，你要把基金的运行机制给弄科学了，让它发挥更好的优势。”

丁敏慧放下咖啡走到沙发后面，为戈向东按摩着脑袋："你大可放心，我们已经开始着手研究这方面的事情了。不过，戈老爸，当务之急，我还是帮助公司快速上马新项目，扭转因资金断裂导致的被动局面。告诉你一件事，不准生气，我准备带着科研项目回国了。"

戈向东皱了一下眉头："你的研究项目不是已经得到美国政府的支持，可以进入商业运作了吗？"

丁敏慧果断地说："我决定把这个项目拿回来，加盟天海化工，你觉得怎么样？"

戈向东心里涌起了一股暖流。丁敏慧研究的 QF 离子膜项目是硅氟化工产业顶级产品，号称化工领域皇冠上的明珠。过去，这项研究只有少数国家掌握着相关的技术，国内的同类产品完全依靠高价进口。为了拿到准确的核心数据，丁敏慧和她的助手历经了三年的艰苦试验。眼下，实验室产品已经通过了美国相关部门的科学论证，取得了生产资质。这个项目凝聚了丁敏慧五年的心血。凭借这个项目，她和她的研发团队完全可以在美国过上贵族阶层的富足生活。戈向东摇了摇头说："天海集团能支持得住，再说你研究的 QF 离子膜项目是西雅图当地政府的重点项目，拿回国内，他们能同意吗？"

丁敏慧扶了扶鼻梁上的眼镜："我的研究项目我做主，就这么定了，不过，有件事情，你得答应我。"

戈向东舒服地闭上眼睛："你说吧，我的宝贝女儿就是要星星月亮，我都想办法摘下来。"

丁敏慧深情地说："你得跟梅妈妈和好。这个世界上，我最爱的人只有你们两个。我要亲眼看到我最爱的两个人幸福快乐！"

戈向东感动地拍了拍丁敏慧的手，坐起来对她说："丫头啊，你妈妈从香港回来了，就住在天海市滨海别墅，你抽个空，也去看看她，毕竟她是你的生母，是她把你带到这个世界上来的。"

丁敏慧的脸色一下子阴沉了下来，她咬了咬嘴唇，没说话，站起身来头也不回地出门了。

戈向东知道自己说错话了，可他不得不这么说。这些年来，丁敏慧和丁馥芬两个人的关系一直像敌人一样紧绷着。戈向东心怀愧疚，他弄不明白，世界上最亲的两个人怎么就成了敌人。丁敏慧告诉过他，在她面前不要提她的母亲丁馥芬，如果非要提起，丁馥芬在她的称谓栏里是"那个女人"。戈向东久久地盯着丁敏慧离去时关上的那扇门，这个孩子一点儿都不像丁馥芬，很多的时候更像他。没离婚的时候，梅雅莹曾经不止一次地提醒他，丁敏慧很像他。那时候，他根本没在意，随着时间的推移，这种相像不仅仅是在外表上，现在神情和做事准则都像了。戈向东曾经也有过这样荒唐的想法——丁敏慧是他跟丁馥芬的孩子，他和丁馥芬唯一的一次肉体接触孕育了这个孩子。那一次荒唐一直是戈向东的心结，以至于在后来的日子里，每次见到丁馥芬，他总怀揣愧疚和不安。戈向东转业后第三年的那个夏天，丁馥芬跟杜威确定关系之后，也到了省城。接到婚礼的请柬，戈向东心里五味杂陈，他没想到丁馥芬会来省城，更没有想到她嫁给的是伤残军人杜威而不是周海龙，想起跟丁馥芬在一起的日子，戈向东心底总会泛起丝丝甜美，他喜欢那个美丽的四川姑娘。在陆军医院养伤的那段日子里，如果不是兄弟周海龙迷上了她，他很有可能会爱上她的。离开医院回到连队很长一段时间，丁馥芬美丽的脸庞、窈窕的身姿还是常常会出现在他的梦境里。他不清楚，一直在他面前信誓旦旦宣布已经跟丁馥芬有了实质性进展的周海龙，就这样阴差阳错地让丁馥芬嫁给了别人。戈向东从心底希望这个美丽、单纯、善良的姑娘能跟周海龙结成幸福的一对。他希望她找到好归宿，找到她想要的生活。

戈向东和梅雅莹如期参加了丁馥芬的婚礼。

婚礼上的丁馥芬漂亮得张扬，雪白的婚纱把精巧的身材映衬得美妙动人，白皙的脖子天鹅般挺得笔直，显示出美女的高雅气质和独特的艳丽。跟梅雅莹谈恋爱的那些日子，戈向东总是莫名其妙地想到丁馥芬。相比梅雅莹的端庄大方，丁馥芬多添了几分妩媚与女性天生的柔弱，举手投足间都充满了令男人魂牵梦绕的楚楚动人之感。这些年，他一直在心底对两个女人进行比较。梅雅莹的胸怀像宽阔无边的草原，他可以像烈马那样任意的驰骋，跑累的时候可以躺在那里歇一歇，她总是能包容他、接纳他。跟梅雅莹相敬如宾生活的近二十年中，她在家庭中的角色更像童年逝去的母亲，每时每刻都能从她那里感受到类似于母亲的关爱，他对她产生的那种依恋好像是与生俱来的。他不知道这种依恋是不是爱情。

而丁馥芬不同。丁馥芬是盛开在无边草地上的奇花，那娇艳欲滴的爱恋像在骨头里盛开，迷人的芬芳无时不在吸引着他。或许，这两个曾经把他从死亡线上背回来的女人，在他睁开眼睛的一刹那就刻进了他的生命里，在历经生死浩劫之后，他们之间注定要发生扯不断的联系。

事情发生在丁馥芬婚后的第二年初夏，她一脸忧郁地告诉戈向东，她要离婚。那天，她白皙的脖颈上一片片黛青色的淤痕清晰可见。毫无疑问，她遭遇了家庭暴力。结婚后，丁馥芬才知道，杜威是战争中交换回来的战俘。那场战争不仅让他失去了男人的功能还让他饱受了心灵的折磨。丁馥芬说，杜威每天夜里总在做梦。噩梦醒来，杜威残破的身体就伏上她的身体，开始变着法子折磨她。这样的折磨让丁馥芬痛不欲生。当初她嫁给杜威是为了能进省城，可她没想到自己坠入的是痛苦的深渊。丁馥芬用哀怨的目光望着戈向东，那一刻，他的心仿佛要碎掉了。丁馥芬在没有进省城之前曾经写信告诉过他，这一辈子只认准他。可他那时候刚刚跟梅雅莹结婚，同样是救过他生命的女人，他不能背叛自己的妻子。丁馥芬要求戈向东想办法把她从市立医院调出来，最好能脱离市卫生局。杜威的父亲是市里卫生局的领导，也是她离婚的最大障碍。

丁馥芬的离婚大战持续了半年之久。戈向东利用关系把丁馥芬调进了省立医院。丁馥芬拿到调令的那天带着自己的行李离开了杜家。在省立医院的单身宿舍里，为了庆祝胜利逃亡，丁馥芬做了一桌子菜宴请戈向东。那注定是个荒唐的夜晚，陪着省长应酬到深夜的戈向东接到了丁馥芬的传呼，他已经喝了很多酒，脚步飘飘忽忽地一路赶到了丁馥芬的住处。当门一开，他就看到一袭长裙倚在门口的丁馥芬深情地望着他，漂亮女人满脸的笑靥和周身颤抖的样子格外迷人。他一进橘色灯光朦胧的小屋，就被丁馥芬两条绵软软的胳膊箍住了。他拼命地遏制住内心野兽般的欲望，用手抠开了丁馥芬的搂抱。可越是抠，那两个长藤般的手臂缠绕得越紧。很久，丁馥芬松开了他，为他倒上了一杯红酒。他端起酒杯，惺忪着醉眼环视着屋内的一切。十几平米的单身宿舍被她收拾得很有格调，淡紫色的墙纸，米色的地板，一张小床上铺着粉红底色印着卡通图案的床单，墙上挂着她年轻时穿军装的照片和一些他们的合影。他们紧紧挨在一起，她笑得是那么灿烂。房间的装饰跟当年她在陆军医院时一模一样。丁馥芬举起酒杯满眼泪光地望着他："为了两颗久违的心重逢干一杯!"两个人碰了杯，仰脸都干了。那天晚上他们说了很多话，喝了很多酒。他感到浑身燥热，很快就醉了。他一直怀疑，丁馥芬那天给他喝的酒里有问题。事实上，他喝过酒之后性能力一直不那么好。可是那次，燃烧在他内心深处的情欲像火山岩浆喷薄那样炽热。他无法控制地抱住了丁馥芬瓷器一样美妙的身体。身不由己地向后倒，倒向那张铺满鲜花的小床。

后来的事情发生在床上，两个人的衣服被对方剥离得不剩一丝一缕。他们的舌头相互交织在一起，挑逗、吮吸、试探、纠缠，他把整个脸深埋在她坚挺丰腴的双乳间，轻轻地碰着、亲吻着、舔舐着。他的一只手抚摸着她胸前一只跳动的白鸽子。继而，他的手掠过她的小腹，那个地方光滑柔软，他的手抚摸过去像轻盈抚过美丽的羽毛，羽毛覆盖之处，娇嫩的生命之门花朵般绽放。

他们已经交融到一起，此刻没有什么能把两个人分开了。这个世界只剩下他和她，哪怕天崩地裂，天塌地陷，都跟他们没有任何关系。一切都不存在了，只留下两个人的呻吟和身体在汁液四溅的摩擦中发出的声响。最后，戈向东灵魂出窍般躺倒在柔软的躯体之下。她把整个身体都覆盖在他的身体上，久久不肯下来。那个狂欢之夜，他没有做梦。他在一片肉体的馨香中一直睡到第二天的中午。

戈向东不知道，这一次荒诞的肉体接触，是不是就有了丁敏慧。他后来很多次问过丁馥芬。丁馥芬总是摇着头回答得很坚决："不是！"

现在，是与不是，已经没有很大关系了。丁敏慧跟他们生活了将近二十年，他在心底已经把丁敏慧和林浩楠当成了自己的亲生儿女。某种程度上，他对这个女孩子的爱超过了自己的亲生儿子戈睿。

3

渤海湾被淡淡的雾霭笼罩着。海上没有太阳，也没有风。大海像个晨起慵懒的女人，睡眼惺忪。林浩楠起了个大早，他要赴鼎盛文化公司吴总的海钓之约，他清楚，吴总其实是要和他洽谈化工二厂的事情。他隐隐约约能感觉到吴总背后有人在操纵，这个人可能就是孙茂群。孙茂群拿着天海集团的股份回到了市郊的孙家铺子，拉起了人马，准备租地建厂。林浩楠已经看过他新建工厂的图纸复印件，工厂的建筑和流水线，完全是化工二厂的翻版。这些年孙茂群在天海集团一直是分管化工产品线的副总，掌握着天海化工的商业资源，他再次创业，肯定离不开化工产业。

林浩楠不喜欢孙茂群的欲盖弥彰。他想收购天海的化工二厂，完全可以当面找他谈，让一个中间人牵线搭桥，完全是多此一举。戈向东从边境回来之后，谈话间已经流露出了原谅孙茂群和周海龙的意思，“如果分家能让他们过得更好，分了就分了”。孙茂群可能不知道戈向东此刻的心思。他们决然离开，或许就没有想要取得戈向东的原谅。想到这里，林浩楠在心里笑了：“既然孙茂群想这样绕着圈子玩，那就多绕几圈，不能轻易就让他得逞。”

林浩楠不喜欢钓鱼。钓鱼不是年轻人的事情，漫长的等待是熬人的。年轻人更喜欢直接见到想要的结果。可商业就是这样，很多交易隐藏在诡秘的水面之下。对于洽谈业务的双方来说，钓鱼钓的是对方的底牌。

白色的游艇静静地在海面上游弋。大腹便便的吴总显然是钓鱼的高手，对垂钓海域的选择，季节天气、海洋潮汐、风力风速的预测，鱼群、鱼种和生活习性的判断很有一套。他还带了两个艺术学院的妙龄女子，一个叫吴洋，一个叫寇豆豆。寇豆豆身材极好，浑身上下错落有致。她穿了一条低腰的短裤，胸前裸露的尺度有点大，饱满的乳房和幽深的沟壑一览无余。吴洋的年龄小一些，大概十八九岁的样子，个子很高，衣服穿得更裸露，美人鱼一样的金色裙子，开衩很高。两个女子像是第一次乘坐私家游艇出海，感到新鲜有趣，兴奋地站在船头张开双臂跟成群的海鸥打着招呼。一群海鸥飞过来，落在游艇的甲板上，和两个漂亮的女子亲昵嬉戏。

这里的海鸥很喜欢游人，因为它们可以不费力气地觅到食物。大自然任何生物都躲不开物质的诱惑，海鸥、游鱼，包括这两个美貌如花的女子。

林浩楠和吴总把钓具放进海里，两个人的目光一起投向远处的海面，表面上看，像是把全部心思都投入到了钓鱼，其实心里都在琢磨该如何切入正题。

吴总看了一眼正在拿着食物喂海鸥的两个女子，最先打破了沉默：“这两个女孩，将是下一届电视台选秀节目的冠亚军，你觉得怎么样？”

林浩楠知道吴总抛出这个话题不过是个开场白，

他扫了一眼嬉笑的女孩们，很快把目光收回来，心里嘲弄了一番眼前这个脑残的老板。看来，这个自诩的钓鱼高手土豪想用这样的鱼饵来钓他的底牌，显然是没有对他进行过了解。此刻，他虽然有些厌恶，却不得不捺着性子随着他的话题往下说："惭愧，惭愧，我对电视台那些选秀节目不感兴趣，可我就想不明白，比赛还没有开始，这冠亚军怎么就出来了呢？"

吴总笑了笑，又把目光投向了远处的浮漂。

林浩楠在想，该不该给丁敏慧打个电话或者发个信息。这段时间，他们两个人都很忙，单独在一起的时间很短暂。他掏出电话，发现手机一点信号都没有。吴总笑着说："这里是公海，联通是没有信号的，要海事电话或者全球通才行。"林浩楠顺手把手机关了。吴总也掏出手机关了。

林浩楠知道，他们之间的谈话开始切入正题。

"跟你透个实话，厂子不是我买，是天海原来的孙总。原本这厂子他可买也可不买，但考虑到天海一下子被他跟周海龙拿走那么多钱，资金链条肯定会有问题。所以，他决定买，如果谈得拢，最好尽快把合同签了，耽搁一天，天海就损失一天。孙总也是个有情有义的人，毕竟是天海的老人嘛，感情还是有的。"

林浩楠在心底冷笑了几声，可他表面上不露声色，没有回答。这时，他的鱼竿上鱼了。林浩楠使尽全力抖动着鱼竿，收着鱼线。海水清澈透明，那条鱼在水里挣扎、扭动，金色的鱼鳞在水面上翻滚。大鱼被拉上水面，两个姑娘一阵惊呼。寇豆豆抱住鱼让吴洋给她照相。吴洋照完相，摆了个美人鱼摇摆的动作让寇豆豆给她录视频。这条鱼显然来得不是时候，打断了他们之间私密的谈话。两个女子跑过来照相也有些不合时宜，吴总看着两个天真无邪的女子直皱眉头。一阵喧哗过后，重新投下鱼饵，正题开始了。

林浩楠装糊涂："我们谈到哪儿了？"

吴总却把话题打住了，目标转移到了鱼上，把话题抛给了他："浩楠老弟的钓技不错，那么快就上大鱼了，对于我们的合作是个好兆头。"

林浩楠一边调整着鱼线，一边说："眼下，对于我们天海集团来说，确实是个好兆头。前些日子，化工二厂急着售卖确实是因为公司的资金链条出了问题，最近，集团公司引进了新能源项目，国家发改委和科技部都对这一项目刮目相看，为此国家还启动了863计划的专项启动资金，天海准备动用十个亿上这个项目。吴总，我们谈的事情可能要黄。"

"如果是购买机器设备和生产线呢？反正你们要上新项目。"

林浩楠抬头看了看阴霾的天空："这个我看有戏，不过价格问题我们要重新讨论，过去我们有安置工人的附加条件，现在没有这一条了，新的项目上来，厂子还要招人，而那两条硅氟产品的生产线，可能要淘汰掉。这套设备都是孙总从美国进口的，性价比他心里比谁都清楚，如果他真的对天海有感情，你让他自己报个价。"

林浩楠再度把问题抛给了对方，他知道孙茂群瞄准了天海集团流动资金短缺的问题，急于割肉，故意把收购价格压得很低。两条生产线上马时耗资一亿九千万，都是经过孙茂群的手划走的，现在他给出的价格却不到一个亿。

林浩楠恨得咬牙切齿。比起周海龙，孙茂群更可恨。林浩楠从小就不喜欢孙茂群，这个人看起来黏黏糊糊，遇到事情爱和稀泥，看似忠厚的外表下面隐藏着狼一样的野心。先是撤股，然后再由他人出面买厂，想着这个落井又下石的家伙，林浩楠的内心充满了鄙视。这件事情，林浩楠一直没敢告诉戈向东。他要是知道孙茂群背地里搞这样的勾当会更伤心。这个推着三轮车卖菜的郊区农民，从天海集团拿走了几个亿的股份，还不满足，想继续挖墙脚再捞一笔。

天阴沉得可怕。起风了。风裹着大团的乌云从海面上滚过来，大雨欲来。林浩楠建议吴总返航。吴总摇了摇头仍然不死心，他的鱼竿还没有上鱼。

吴总说："这样的天气垂钓金枪鱼很好，我换上香饵，争取能钓一顿晚餐。"

林浩楠只好又下钩垂钓。

吴总一边调整着鱼竿，一边不想失去机会地问林浩楠："两条生产线设备，你的预想价格是多少，能不能给个底，生意成与不成，我们也给孙总一个考虑的依据。"

林浩楠想了想说："不能低于一亿五千万吧，再低了我恐怕无法向董事长交代。"

吴总思考了一阵子说："一亿两千万，我替孙总当

一次家。”

林浩楠摇了摇头，他望了望天，已经开始下雨了。他一边收拾渔具一边说：“这样的天气不大适合垂钓，看来吴总的金枪鱼大餐是没希望了。”

吴总有些尴尬，他也开始收拾渔具：“没关系，雨停了，我们接着垂钓，进休息室，我们好好喝一杯。”

暴雨倾盆而至，雨滴敲打着游艇的玻璃窗户，把整个世界变得灰蒙蒙一片。奢华的休息室里，两个姑娘刚刚冲洗完毕，裹着睡衣，散发着浓浓的香味，端过来热气腾腾的咖啡。吴总接过寇豆豆的咖啡，伸手在她丰腴的臀部拍了一巴掌。吴洋把咖啡递给林浩楠的时候嫣然笑了一下，露出了两个洁白的小虎牙。吴总挥了挥手，两个姑娘娉娉袅袅地出了休息室。

寇豆豆的身影从林浩楠面前掠过，他总是觉得这个身材火辣的女孩好像在哪儿见过。一愣神儿的工夫，寇豆豆的身影飘远了。

吴总呷了一口咖啡说：“浩楠老弟，年纪轻轻，就是上市公司的接班人了，前途无量啊，可你得听老哥一句，赚钱不能忘记消遣，这个世界，只有快乐才是你自己的。可能，你还没有来公海钓过鱼，这里才是快乐的世界，它会给你带来无尽的惊喜和快乐。我每次来这里，总要呆上一两天，游艇的鱼舱里装满了金枪鱼、鲈鱼、红斑，这才不枉来公海一趟。”

林浩楠喝了一口咖啡，躺在长椅上，闭着眼睛听着窗外的风雨声，说：“既来之，则安之，我就全凭吴总安排吧。”

4

丁敏慧带着 QF 离子膜项目和两名助手回到了天海市。她优雅地坐在戈向东总裁的办公桌前，望着一脸愕然的养父嫣然一笑问道：“戈老爸不欢迎我们加盟?”戈向东心里涌起一股难以抑制的感动，他慈爱地望着笑容灿烂的丁敏慧，一时间竟然不知道该说些什么。

他站起身来，伸出双臂，紧紧地拥抱了这个美丽率真的姑娘。这样主动的拥抱，在丁敏慧成年之后就少有了。

丁敏慧归国的事情，戈向东虽然心里有准备，可面对带着科研成果归来，一脸坚定的丁敏慧还是吃了一惊。丁敏慧团队研究的科研项目，戈向东是清楚的。这一号称“硅氟化工产业哥德巴赫猜想”的技术打破了美国和日本的长期垄断，她的归国使中国成为全球第三个拥有离子膜技术和生产能力的国家。QF 离子膜一旦投入生产就等于宣告了这一产品完全依赖国外进口的历史终结。丁敏慧在天海集团大厦面临危机的时刻，带着研究成果义无反顾地回来了。

丁敏慧的归来，等于为天海集团带来了一个化工工业的高科技实验室。这个实验室是戈向东梦寐以求的。涉足化工行业以来，戈向东一直对旗下的两个化工厂生产的低端产品十分不满意。丁敏慧前往美国就

读生物学博士学位时，两个人曾经就此问题进行过探讨，低碳环保清洁能源是未来天海集团化工产业的出路。丁敏慧说过一句话："戈老爸，你放心，我去美国，一定给你带一个实验室回来。"

戈向东没想到，这个丫头的疯话却言之必果。丁敏慧到了美国就考取了化工行业的博士，还网罗了一大批从事氟碱工业研究的人才。短短五年，她果真给他带回来一个生产高端产品的实验室。

戈向东再也无法抑制内心的激动，他扭过头去热泪纵横。他控制了一下失态的心情，重新回到自己的办公桌前。

丁敏慧似乎觉察到了戈向东的这一情绪变化，她把两名助手叫进来并做介绍。两位年轻的博士，年龄都在三十岁左右。男的叫周刚，主要负责材料合成方面的研究。女的叫颜婉，主要负责实验室的数据和科研资料的汇总。

周刚高高的个子，身材清瘦，鼻梁上架着一副高度近视眼镜。颜婉的个子不高，剪了一个蘑菇头，胖乎乎有些可爱。两个人衣着朴素整洁，乍一眼看去就是知识分子。介绍完他们的情况，丁敏慧还没忘记介绍说："我刚到美国的时候，多亏他们夫妻俩照顾。"

丁敏慧做完介绍，两个年轻的博士对着戈向东深深鞠了一躬。戈向东慌忙扶起两个年轻人说："天海集团危难之时，两位放弃美国优越的条件跟丫头回到国内帮我，我戈向东还不知如何感谢呢，怎能承受二位的大礼。"

周刚和颜婉满眼泪光。周刚说，他们两个都是那场战争中牺牲烈士的后代，上大学和到海外读书一直依靠戈叔叔的资助。

戈向东记得他们父辈的名字。两个烈士，一个叫周承志，一个叫颜玉强。戈向东只知道他一直资助着这两个烈士的后人，没想到今天他们竟然以这样的方式见面了。周刚的父亲周承志曾任戈向东所在连队的副指导员，牺牲的时候，二十八岁。颜婉的伯父颜玉强是河北人，牺牲时是连队的排长，才二十六岁。两个人牺牲在戈向东他们执行任务前。他们是为进攻部队开辟通道，用身体滚雷时牺牲的。他们的结局跟林春风一样，生命连同肉体一起留在了战场丛林。烈士墓里只埋葬了他们的部分遗物。

戈向东握着两个年轻人的手说："感谢你们能在这个时候回来帮我，我知道，你们留在美国肯定生活得更好，天海集团给予你们的财富和生活条件肯定不能跟美国比。但有一点请你们相信，天海集团不会忘记你们的。"

周刚感动地说："戈叔叔，您就别再这么说了，没有您寄来的钱，我和颜婉连初中都读不完，别说去美国读博士了。我家的条件更差一些，我父亲牺牲后，爷爷奶奶悲痛成疾，常年卧在病床上。甘肃那地方太穷，为了给爷爷奶奶治病，家里所有值钱的东西都卖完了。我的母亲忍受不了生活的艰辛，带着我的妹妹改嫁去了四川。奶奶去世的时候，买棺材的钱都是您寄来的。您寄的钱治好了我爷爷的病，让我们度过了那段很艰难的时光。我从上初中到出国读博士，用的都是叔叔您的钱。这些年来，报答您成了我学习的动力。”

戈向东把周刚夫妇安排在了海滨别墅区。工资和中层干部一样实行年薪制，因为别墅区距离市区较远，两个人可以按要求配车和雇佣保姆。戈向东让他们抛开所有的生活顾虑，立刻着手在集团公司专门成立新产品研发试验室。QF 离子膜项目上马后，两个人和丁敏慧可以持有天海化工相应的股份。

周刚和颜婉道谢出门去了。

丁敏慧歪着脑袋一本正经问戈向东：“戈老爸怎么不给我安排住处啊？”

戈向东笑着说：“这段时间，家里只剩下我一个孤家寡人了，你不会看着你的戈老爸一个人住在家里吧。”

丁敏慧撒起娇来：“戈老爸你就是偏心，为什么浩楠哥哥可以单独住海边的大房子，我就不能单独住。”

戈向东哈哈笑着说：“浩楠是男孩子，我要求他好好干一番事业，把你从家里娶过去啊，你们两个要是现在结婚，戈爸爸给你们准备一套岛上的别墅。”

丁敏慧嘟着嘴：“那还是算了吧，省点钱干点正事吧，等我的股份下来，我就宣布‘红星公益基金’全面启动。”

戈向东一脸严肃地问：“丫头，我怎么觉得，你跟浩楠好像突然间冷静起来了。你们两个，不会发生什么问题了吧？”

丁敏慧咯咯笑着出了门，在门口回头说：“我的戈老爸，爱情不是每天都疯狂的，我们正在处于冷静期，这说明，我们开始认真对待我们的未来了。”

丁敏慧调皮地冲戈向东做了个鬼脸，消失了。

戈向东望着门口消失的丁敏慧摇了摇头，自言自语：“这帮年轻人，真是搞不懂！”

5

丁敏慧和林浩楠左右簇拥着董事长戈向东出现在新产品新闻发布会上。那一刻，周围的人禁不住一阵惊呼。丁敏慧一身米黄的职业套装，一头栗色的卷发，白玉般的细长脖颈，细细的铂金钻石项链在灯光下熠熠夺目。闪烁的镁光灯下，形象改变后的丁敏慧微笑着面对镜头，明亮的双眸闪烁着激情，透着睿智和自信。林浩楠西装革履，高挑的身材，棱角分明的小平头、俊朗的五官，眉宇间透出一股刚毅与果断，有种英姿飒爽的豪气。戈向东显得更加精神了，原本花白的头发染过后乌黑发亮。他面带微笑，迈着军人坚定的步子走上了红地毯。天海媒体都清楚，戈向东是个极其低调的人，他不喜欢在媒体面前露面，他的身影很少出现在电视荧屏和媒体推介上。

QF离子膜新能源产品的上线会，戈向东亲自在媒体面前亮相，可见意义非同小可。大家都猜测，天海集团肯定会有大动作。果然，戈向东不仅高调地宣布新能源产品的投产，还宣布了集团公司两位年轻副总经理的任命：林浩楠副总主管天海地产，丁敏慧副总主管天海化工。这一消息的宣布无疑在整个天海商界引起了震动。也就是说，未来天海集团的大任将落在两个不到30岁的年轻人身上。

两个年轻副总如何驾驭天海集团这个庞大的商业航母，成了大家普遍关注的问题。电视、网络、报刊媒体的记者争先恐后地蜂拥而来，这对年轻的恋人一下子成为了焦点中的焦点。很多时候，新闻的背后远远超过了新闻事件本身。大众媒体更关注新闻人物之间的私密关系。会上，戈向东还透露了一个十分重要的信息，他将鼓励并支持两位年轻副总的创新思路，带领企业创造新的辉煌。戈向东的讲话，给所有的媒体留下了一个悬念：昔日的战斗英雄，天海半岛家喻户晓的地产巨人真的要隐退了吗？戈向东这样的英雄人物历来都是奇人。关于奇人故事若干个版本的四处流传，就成了传奇。

讲完话，戈向东就离开了现场。招待宴会和新闻采访的事情交给了林浩楠和丁敏慧，一对金童玉女被正式推向了公众，明天，整个舆论将会铺天盖地地大肆宣传，他们的合照将会出现在媒体的头版上。

丁敏慧带来的高新技术项目缓解了天海集团的贷款压力。由于这一项目是国家经济战略的重点科技项目，国家发改委和省科技厅非常重视，首批下拨研发资金一亿七千万。新兴产业的落户势必引起银行和投资企业的敏感关注，天海集团重新获得了数十亿元的企业投资和巨额贷款的支持，当日天海集团股票涨停。

乌泱泱的媒体记者中，身着蓝色晚礼服的范梦蕊格外扎眼。相比丁敏慧的时尚简单，范梦蕊则是妖艳靓丽。范梦蕊是天海电视台经济频道的新闻节目主播，丁敏慧大学时的同学。两个人在一起住了四年，算得上是大学时代的闺蜜。所以，宴会一结束，范梦蕊以做专访为借口，连拉带拽地把丁敏慧拉上了车。丁敏慧一头雾水地坐在副驾驶位置上，任凭范梦蕊在滨海大道上把车子开得飞一样。滨海大道两边霓虹闪烁，就像整个迷你版的蓝海经济特区，林立的高层建筑勾连成城市无边的森林。车子上了高架桥，远处天海一色，整个大桥像横卧在碧海中的一条巨龙，漫天的灯火鱼鳞般光彩夺目。

丁敏慧从来没有这样仔细看过天海的夜色。五年里，这片海滨荒芜的山地，一下子就变成了比纽约还炫目多彩的城市。丁敏慧再次确信，她带着团队回国发展的选择是对的。滨海大道两侧的知名建筑，许多出自天海集团，戈向东为环海蓝色经济区的城市建设奠定了基础。望着美丽的滨海大都市，丁敏慧从心底为戈向东感到骄傲。很多年过去之后，天海这座城市将永远铭刻着戈向东的名字。

丁敏慧不知道范梦蕊要把她带到哪里。她一路飙车，把路边幽幽暗暗的风景树和路灯不停地抛在了后面。她看了一眼身边一身名牌、珠光宝气的大学同学暗自思忖：范梦蕊带她出来绝非采访那么简单，因为她太了解，这个女人向来是一分投入十分回报。

范梦蕊出身干部家庭，她的父亲是天海省的国土资源厅副厅长，母亲也在政府部门任处长。大学时代，范梦蕊走的是精英路线。天海籍的同学中她只跟丁敏慧关系要好。作为闺蜜，丁敏慧最看不惯范梦蕊势利的做派和泛滥的爱情观。范梦蕊目光只盯着校园里那些省部级领导或京城要员的公子。外经贸大学算是商贾权贵子弟云集的地方。刚刚入学半年，涉世不深的范梦蕊就稀里糊涂把童贞交给了一位军队干部的儿子。大二时，范梦蕊又遇上了一位美籍华人富商的儿子，于是，甩掉男友就成了不可逆转的选择。在她与新任男友爱得昏天黑地的两年中，当她得知美籍华人富商手里拥有的财产远远不及国内的一个暴发户时，便毫不犹豫地转身投入了一位山西煤老板儿子的怀抱。大学毕业后，范梦蕊接着读研，很快又喜欢上了一个有妇之夫的京城官员。爱情泛滥必然成灾。读完研究生，想留在京城的范梦蕊被人捉奸在床，仓惶狼狈地逃回了天海。这山望着那山高，到头来还是回到了她父亲的山头上，回到天海市，她凭着父亲的关系没太费劲就进了省电视台，凭着自己的姿色和经济学硕士头衔，没太费劲就坐上了经济节目主播的位置。

保时捷在海湾别墅区的大门口停了下来，依山傍海的滨海别墅戒备森严。范梦蕊刷了一下 VIP 会员卡，自动门徐徐打开了。

丁敏慧假装有些嗔怒地问范梦蕊："范小姐，不是说要做专访吗，怎么神神秘秘地带我来这个黑黢黢的地方，你别以为我不敢跟你翻脸。"

范梦蕊嘻嘻笑着："你别不知道好歹，等一会儿见到一个人，你就不会跟我翻脸了。"

车缓缓地在一号别墅区停下来。豪华别墅二楼亮着灯，优美的钢琴曲传来，这曲调，丁敏慧十分熟悉，是舒伯特的《小夜曲》。在她五岁以前，每天晚上入睡时，丁馥芬常常播放这首曲子。

丁敏慧心里暗骂范梦蕊多事，她的脸色也立刻变得格外阴沉。范梦蕊小心地看了一眼丁敏慧的脸色，赔着笑脸问："怎么，真要跟我翻脸了。怎么说，她也是你的母亲，可怜天下父母心。"

丁敏慧生气地看了范梦蕊一眼，她根本不清楚她们的母女关系，还以为自己做了件好事。

或许是听到了汽车的声音，雍容华贵的丁馥芬下楼打开了院子里的灯，走出门来迎接。范梦蕊和丁敏慧下了车，朝着门口走去，灯光下的丁馥芬仍然保持着高贵的气质。范梦蕊走近她，亲密地挽着她的手："丁阿姨，我把您的宝贝给您带来了，你们好好聊聊。"

丁馥芬把两个人领进了装饰奢华的宽大客厅。

进门的时候，丁敏慧拉了一下范梦蕊的手，在她耳边悄声说："你要想我不跟你翻脸，你怎么把我接来的，还怎么把我送回去，否则，这姐妹没得做了。"说完，她故意又把声音放大了说："你在楼下等我一会儿，你不是说了吗？今晚我们要去泡吧，不醉不归！"范梦蕊听了，知道丁敏慧心里不快，但又不能损了丁馥芬的面子，就大声对丁敏慧说："得意忘形了吧，今晚你们母女团聚，应该好好聊聊，把丁阿姨一个人留在家里，多不好，我们改天再玩。”丁馥芬听了两个人的交谈，笑了笑说：“梦蕊，你稍等一会儿，我们很快就完，桌子上有水果，你先吃点，想喝咖啡自己去煮。”丁馥芬说着，自己先上了二楼，丁敏慧随后跟了上来。

母女俩在沉默中相互对视。

大约是几个晚上没睡好，丁馥芬的眼睛里布满了血丝。一对母女，宛若刚刚相识的路人。楼上宽阔的卧房，一架米白色的演奏钢琴静静地立在那儿。在丁敏慧的印象里，这钢琴应该是丁馥芬为她准备的，孩提时，她因为弹琴不认真多次被她用尺子打到手肿。

丁馥芬先说话了：“不知道你现在还弹不弹钢琴。”

丁敏慧苦涩地笑了笑：“早忘干净了，如果有一天我有了女儿，我绝对不会让她弹钢琴，因为我没有教她的耐心。”

丁馥芬突然间落泪了：“敏慧，我不知道我该怎么做，你才能原谅我，作为一个母亲，连我自己也无法原谅自己！”

丁敏慧咬了咬嘴唇：“你不用忏悔，对我来说，这个世界上，血缘是没有概念的，正如我不知道我是从哪儿来的，我的父亲是谁，我的母亲又是谁。你可以认为我是你身体流落到这个世界上的一部分，但这是没用的，这一部分已经没有了关于你的一切记忆。很抱歉，我的脑海已经没有了你的一点一滴。”

丁馥芬哭出声来：“我的孩子，你可以惩罚我，诅咒我，但我求求你，你不能不认我，这个世界上，我只剩下你一个人了，除此之外，我一无所有！”

丁敏慧丝毫没有动容："千万别这么说，你有很多，财富、男人、爱情，你什么都不缺，你很贪婪，不停地想拥有得更多。"

丁馥芬有些歇斯底里地哭喊："不，孩子，你不知道，所有的一切你都不知道，我苦苦追求的，我想要拥有的，什么都没有。"

丁敏慧看了她一眼："其实，当初很简单，你把我塞给我的父亲就行了，最起码我知道我是从哪儿来的？我的亲生父亲是谁？我会不会是个被人遗弃的私生子？这些莫名其妙的问题一直困扰着我。虽然有戈爸爸和梅妈妈像父母一样疼爱我，可我的童年十分不快乐。不过，现在我已经不考虑这个问题了，我不在乎我从哪儿来的，我是谁的孩子，我只知道将来我能够成为谁。如果你没有别的事情，丁总，我告辞了！"

丁敏慧说着转身下了楼，招呼正在喝着咖啡的范梦蕊说："我们走了！"

范梦蕊把刚煮好的咖啡放在桌子上问："怎么，那么快？"

丁敏慧没好气地说："你走不走，你不走我打电话叫车了！"

丁敏慧说着朝门外走去，范梦蕊急忙跟了出来。

丁馥芬从楼上追下来，追出了门，按了一下车钥匙，院门口的车库门开了，两束刺眼的灯光下一辆红色的奔驰跑车出现在眼前。

范梦蕊一阵惊呼："好漂亮的车啊，还是限量版的。"

丁馥芬拉住丁敏慧的手说："知道你回国工作，我就给你买了这辆车，敏慧，这车你一定要收下，这是妈妈的一点心意。"

丁敏慧摇了摇头说："谢谢你的好意，这车我不能要，戈老爸知道我开这样的车肯定会骂我的，再说，我是公司的副总，有车坐。梦蕊，我们走吧！"

范梦蕊还要说什么，丁敏慧已经出了院门。她只好开车追了上来，在前面截住了丁敏慧。上了车，两个人一路无话。范梦蕊知道自己冒昧地做出这事已经惹丁敏慧不高兴了，母女两个谈得不愉快，她想道歉却又不知道从何说起。

进入市区，丁敏慧紧绷着脸，她望着车窗外的街景，斑斓的霓虹带着仓皇的姿态一闪而过。繁华城市的深处，装饰奢华的商场和彩灯闪烁的夜总会像谦卑的侍女静静地恭候在道路的两旁。烟花四溢，笙歌漫天。夜色里的天海注定是个不眠的城市，是从繁华到世俗两个极致的滨海城市。耸立的高楼大厦如幽深的丛林，深陷其中的人们刚刚睡去，而夜的精灵才刚刚苏醒。酒吧夜场的门口聚集着几个年轻人和一群打扮妖艳的女子，她们就是这个深夜里不眠的精灵。

6

深度颤栗酒吧的 DJ 台上，梁小宝没有找到寇豆豆的身影。酒吧大厅里，炫目的灯光，震耳的音乐，帅男靓女们不时在熙熙攘攘的人头间穿梭，像游弋其中的鱼。不管 DJ 台上有没有身材曼妙的寇豆豆，这里仍然一如既往地声色迷离，激情刺激，眼花缭乱。

寇豆豆人间蒸发了。人不见踪影，电话关机。梁小宝到她住的地方等了两个晚上，也没有等到她的影子。梁小宝心里慌得很，他知道这回他跟寇豆豆不妙了。尽管这些日子，梁小宝整天在医院陪着父亲梁家宝，但还是没有从父亲那里弄到钱。梁小宝心急如焚。病房里的梁家宝对任何事情反应都很迟钝，唯独对钱的事情很敏感。他摇着头，摆着手，瞪着眼睛，嘴里只蹦出一个“不”字。梁小宝感到悲伤无助。寇豆豆肯定是找钱去了。这座城市里，漂亮女孩子找钱不是一件困难的事情。

DJ 台上的女郎换成了调酒师小美。小美是寇豆豆带出来的徒弟，留着男孩子一样的板寸头，戴着大耳麦站在台上一边调着音乐，一边引领着大家尖叫。小美看到梁小宝进来一只手忙活着磨碟，一只手招呼他做个喝酒的动作，她示意等她下班后一起喝一杯。

梁小宝要了一瓶洋酒。周海龙跟酒吧的老板打过招呼，梁小宝喝酒可以记在他的账上。梁小宝举着酒瓶向小美示意，小美点了点头，开始了新一轮的刺激音乐和尖叫，现场的气氛又达到了 high 点。跳钢管舞的皮裙女孩开始在钢管上下翻飞，舞台、吧台边的男男女女开始冰火缠绵、投掷骰子、花样猜拳。那些貌似温柔可人的靓丽美女开始了她们的营生，一个个俯在锦衣男士的耳边推销自己。本来这就是声色犬马的地方，男人要的是销魂迷魄，女人要的是放浪形骸。按理说，跟长期混在场子里的女子交往，这种结果早晚会出现，可想到寇豆豆会突然跟自己断掉，梁小宝的心还是会很痛。疼痛之后，他就会痛恨此刻还躺在精神医院病床上的父亲。他在心里做过很多假设，如果梁家宝不对他那么苛刻，他能拿到一笔钱，寇豆豆也不会离开他。如今，周海龙和孙茂群都拿着几亿的钱走了，梁家宝却因为几十万的小钱伤了儿子的心。

一阵狂欢过后，舞台上的歌女开始唱歌。梁小宝给来到身边的小美倒了一杯酒，小美看都没看，仰脸就干了。这小丫头才十七岁，职业学校还没毕业就出来混了。小美告诉他，寇豆豆找个地方准备比赛节目去了。梁小宝向小美打听起寇豆豆与男人交往的情况。小美闪烁其词："这是女孩子的秘密，豆豆是不可能透露的。"最后小美转告梁小宝："豆豆说，别老到酒吧喝酒了，人过一天大一天，也该想想以后的日子了，这样浑浑噩噩地混着，老死也混不出个样儿来。"

梁小宝听了，心里一下子凉了。寇豆豆是想告诉他，别再来酒吧找她了，她不会再来酒吧上班了。

梁小宝喝完了一瓶洋酒，晃晃悠悠地出了酒吧。他回头看着"深度颤栗"四个字，突然间笑了。他一边晃悠着朝前走，一边自言自语："深度颤栗，真他妈的够颤栗的，我颤栗得浑身发抖。"说着说着哭了起来。

这是他第一次如此早就离开酒吧。以前，他总是接寇豆豆回家。现在，他却不知道寇豆豆身在何处。

他只有孤单单踟蹰前行。夜深了，城市的夜晚除了霓虹看不到星光，整个天空都被高大建筑遮蔽了。梁小宝沿着人行道一路歪歪扭扭地走着，他喝得有点多，突然间想吐。他找到了一个散发着刺鼻恶臭的垃圾桶，一阵翻江倒海的呕吐过后，他满眼泪花。他觉得自己身处在世界上最黑的地方，除了几个蜷缩在垃圾深处的老鼠和一只饿得发昏的流浪狗外，连月光也不肯光顾。

梁小宝蹲在垃圾桶旁边开始呜呜地哭。从云南的小镇上搬到城市已经快二十年了，他还生活得像一只无家可归的流浪狗。那时候，他跟着父亲梁家宝一路修鞋都不曾有这种感觉，虽然喝醉酒的梁家宝老是无缘无故揍他，可他有熟悉的伙伴和老乡。年轻一代的几个人里，数他最窝囊。林浩楠和丁敏慧刚刚被任命为天海集团的副总，戈向东的儿子戈睿在部队当连长，未来极有可能迈入将军的行列，孙茂群的儿子孙昭阳当了警察，魏东阳的女儿是京城有名的大律师。而他只是一个普通的打工仔，一个连女朋友都无法保护的悲催之人。他不知道，梁家宝当初为什么要生他，戈向东为什么要把他接到这个城市来。这个世界，原本就多他不多，少他不少。梁家宝精神正常的时候还能骂他，甚至打他，可此刻，梁家宝的脑子已经糊涂了，很多时候根本就认不出他了。这个城市，他连说话的人都没有。

天气突然阴沉下来，原本黑暗的夜晚就更加黑暗了。梁小宝打亮了打火机，点燃了一根烟，叼在嘴里。

他过去是不抽烟的，这几天抽得厉害。打火机很快照亮了周围的一切，他不愿意熄灭。整个城市的黑夜太漫长了，如果自己不点亮黑暗，没有人来拯救他。城市的夜风拂过他的指尖，冰冷过后，他感觉到灼热的疼痛，风挟裹着嫣红的火苗在夜风中婆娑起舞，火苗很快被吹灭了。可那火苗好像苍茫天空中的蝴蝶一样翩然飞舞。那是黑暗中火的幻影，夜行人心存的唯一希望。

梁小宝东倒西歪地过了马路，一辆保时捷飞快地从远处疾驰而来，一个紧急刹车。车轮与地面强烈摩擦，爆出四溅的火花，发出刺耳的声响。梁小宝看到轿车在他眼前不到两米的地方戛然而止。车门打开，一个身材高挑的美丽女子尖锐的呵骂随即而至："你他妈的醉鬼，闯红灯找死啊。"

梁小宝睁开惺忪醉眼斜视了一下对方，嘿嘿地笑着说："我就是找死，宁为花下死，做鬼也风流。可惜，我没死，还活着！"女子气愤地上来，高跟鞋照着梁小宝就是一脚。梁小宝倒在了地上，起身正想发作。后座上的丁敏慧下车来惊愕地问："小宝，怎么会是你？"

梁小宝揉了揉眼睛："敏慧姐，这是怎么回事？"丁敏慧又生气又好笑，拉过梁小宝看了看，见身上没什么大碍就对他说："上车吧，这么晚了还在外面晃荡，喝了这么多酒。"范梦蕊看着丁敏慧拉着这个年轻的男人上车就有些奇怪，"这位是谁啊，你认识？"丁敏慧说："你怎么开的车，这是我弟弟，你差点轧着他，还踢了他一脚。"范梦蕊气嘟嘟地说："我怎么知道他闯红

灯啊，我还没找他算账呢，吓我一身冷汗。我怎么不知道你还有一个弟弟啊。”丁敏慧说：“别废话，开车吧，他是我梁叔叔家的孩子，我们从小一起长大，跟亲弟弟一样。”

上了车，丁敏慧心疼地对梁小宝说：“三更半夜的，你不在医院陪着梁叔叔，怎么偷偷跑出来喝酒了？”

梁小宝见到丁敏慧竟然又呜呜地哭了起来。

范梦蕊看着他孩子一样哭泣的样子，不禁觉得可笑：“男子汉大丈夫，还真哭了？”

丁敏慧接过话茬：“就是，男儿有泪不轻弹，都大老爷们了，还那么爱哭。”

梁小宝趴在副驾驶的后背上，浑身抽搐，一边哭一边对丁敏慧说：“姐，我今天把女朋友给弄丢了，我心里难受，就是想哭。”

丁敏慧拍着梁小宝的肩膀：“别哭，有什么事跟姐说，别闷在心里。”

童年时代，丁敏慧就十分照顾这个小她一岁的弟弟。因为她是女孩子的缘故，她自然成为了大家捧在掌心里的宝贝。梁小宝不一样，他来得最晚，身上还带着很多邋遢散漫的习气。所以，在他们的群体里，梁小宝像个突然闯入的异类，孩子们总拿异样的目光看他。戈睿和孙昭阳不喜欢他，魏沛姗看到他总是躲得远远的，害怕他身上那种酸酸的味道。记忆中的梁小宝不太合群，总是用怯怯的眼光看着他们。他想融入，可内心又自我排斥，常常处于那种自我矛盾之中。那可怜的目光像一只失群的麋鹿。

林浩楠和丁敏慧站在马路边望着梁小宝的身影消失在幽暗的巷子里，呆呆地都不知道说什么好。

丁敏慧听到林浩楠喃喃地说了一句："看来，这一回，小宝是真的伤心了。"

"他好像从来没有找到过生活的自信。"丁敏慧幽幽地回应了一句："我们是应该多关注一下梁叔叔和小宝了。"

林浩楠目送梁小宝走后，问站在一旁的丁敏慧："去喝一杯怎么样？"

丁敏慧摇了摇头说："太晚了，戈老爸还在等我回家呢。"

林浩楠知道丁敏慧仍然遵守着戈向东和梅雅莹给她定的规矩，女孩子不能太晚回家。丁敏慧也知道此刻林浩楠想跟她在一起享受被任命为副总的快乐，可她觉得此刻不是狂欢的时候，明天他们都还有很多繁杂的事情要处理。

林浩楠把丁敏慧送到了院门口，在车旁亲吻告别。戈向东的屋子里还亮着灯。丁敏慧知道戈向东还在等她回来。晚上，她忘记给戈向东打电话了。

林浩楠开着车悻悻地走了。丁敏慧开了门，戈向东果然在等她。戈向东给她热了一杯牛奶端给她，这是她睡觉前的习惯。丁敏慧躺在床上，想着母亲丁馥芬孤独空荡的别墅，她第一次觉得丁馥芬很可怜。

7

夏日的滨海沙滩。远处的天与海连成一片，宝石般碧蓝。岸边的摩天大楼毗邻高耸，绿色的风景树，大片大片盛开的鲜花环围着海滨浴场，细细的沙子一望无际，跟白玉般拥抱着沙滩的微浪幻化成一幅美丽的画卷。这是丁馥芬的二号地。

丁馥芬躺在遮阳伞下欣赏着她的领地。这是东业集团从天海嘴里生生抢出来的一块肥肉。大自然弱肉强食，何况是竞争凶猛的地产行业。对于地产大亨们来说，每一块商业用地都是和无数野禽猛兽经过一番残酷的撕咬和吞噬之后，血淋淋地抢到嘴边的。在这场生猛的资本比拼中，天海集团退出了二号地的争夺。

戈向东怀揣着生死盟约分崩离析的伤痛躲到他的五号地舔伤去了。周海龙和孙茂群的离开并没有让天海集团坍塌，关键时候，是女儿丁敏慧救了他。

远处的吊塔一个连着一个，新的摩天大楼和商业场所正在拔地而起。不久之后，这里将变成人声鼎沸的商贸中心。

丁馥芬半眯着眼睛，玫瑰精油的香气弥散在海风中，馨香迷人。她翻过身来，香薰按摩理疗师柔细的手指顺着她的脊梁从上而下推过，酸痛随着这一推拿渐渐向脚端跑去。范梦蕊介绍来的薰香师手法果然不一般。丁馥芬由衷感叹，八五后的年轻女孩子更知道享受生活。想起自己二十几岁，她正背负着诈骗犯的罪名，抛下几岁的女儿跑到香港躲债。

理疗师由衷地赞叹她皮肤洁白光滑，完全看不出她已经四十八岁了。虽然脸上还没有明显的皱纹，浑身的皮肤还没有松弛，但岁月的痕迹还是十分明显，尤其是腹部那道弯曲的疤痕，常常让她的内心疼痛不已。在人生那段昏暗的日子里，她义无反顾地生下了女儿。女儿成了她生命中最疼痛的记忆。她常常自我安慰，丁敏慧还不能理解一个女人在分娩时遭遇的艰难和痛楚，那种一次次努力尝试完成肉体分裂时的疼痛，只有做过母亲的人才能够亲身体会。她心存希望，希望有一天女儿能幡然醒悟。她相信她能够等到那一天。

阳光暴晒的沙滩和海水明晃晃地耀眼，丁馥芬有些困乏。对面的别墅里还睡着她的老板朱江龙。他是昨晚秘密赶到的。难以想象，当近八十岁的朱江龙躺在她身边的时候，她的整个身体竟然是亢奋的。当那一双枯树枝般的手抚摸她的身体时，她竟然浑身战栗。他的身体精瘦，松弛的皮肤褶皱在腹部，一根根肋骨突兀。跟他在一起，她总是觉得自己很年轻。二十八岁的她就跟这个男人绑在了一起。那时候是因为钱，从上世纪九十年代初期开始，两百多万的欠款借条就像一张卖身契约，消磨了她二十年的绚丽时光。

最初，她是被动麻木的。渐渐地这种麻木就成了一种自觉。男人待她不错。跟她在一起从来不提钱的事，从来不提工作以外的要求。事实上，每次都是她主动的。每个夜晚，她总是沐浴完毕，躺在床上静静地等着他。他给她升职，给她加薪，直至把她提拔到集团公司副总兼财务总监的位置。虽然她知道，自己这些年为东业集团的崛起发挥了很大作用，她所得到的这一切跟他们之间的床笫关系无关。东业集团上市的前夜，她把积攒够的两百万元的支票递给他，他没推辞，爽快地收下了。随后，他给了她公司百分之十的原始股份。她成了东业集团六个原始股东之一。那天夜里，朱江龙告诉她，他离不开她，想让她陪伴到他生命的尽头。她答应了，她是公司的财务总监，百分之十的股份意味着她一夜之间成为了拥有亿万资产的富豪。可是，他们之间又形成了新的契约。

昨夜，朱江龙询问了二号地工程的建设情况，然后就提到了周海龙。集团公司董事会决定任命她为东业集团驻天海市子公司的董事长和集团公司的财务总监，周海龙被任命为总经理，主要负责东部新区项目的融资和开发业务。

命运像是再次开了个玩笑，把两个纠缠了大半辈子的人又一次绑在了一起。

回到天海这些日子，尽管周海龙多次约请，她每次都婉言推辞了。她不知道见了他到底该说些什么。医疗器械事件之后，她在很短的时间里从老板朱江龙那里借到了钱，还清了他的所有欠款，但还是给他造成了牢狱之灾和失业的痛苦。这段经历是周海龙心理上很难抹平的伤痕。一个单身生活了二十年的老男人，面对尘世的纷杂，他的生理问题和心理问题该如何解决，是什么样的力量支撑着他这么多年来独自生活？

周海龙肯定还会说爱她。可她不爱。她宁愿委身年近八十岁，浑身布满老年斑的朱江龙，也不愿意跟他在一起。周海龙的爱毁掉了她的一切。丁馥芬说不清楚，她那段时间跟周海龙在一起到底为了什么，是和戈向东赌气，还是旺盛的雌性激素需要男人的平衡。这个男人还固执地认为丁敏慧是他的女儿。他问过她很多次，她说过不是。可她越说不是，他越觉得可疑。这个男人像是要用一辈子跟她死磕。

丁馥芬换上衣服才一会儿的工夫，周海龙就到了。

他理着平头，消瘦，但精干。他的身上散发着一股清新的味道，西装革履，领带打得一丝不苟。她伸出手跟他握了一下，算是不失礼节。握手的时候他眼睛像灼烧了一下，热情不减当年。她见到他依旧漠然。他们之间没有爱情，自然不会衍生出痛苦、怨怼和失落。他们所有的见面，她心里几乎都是厌烦的感觉。她知道这样对他来说极不公平，可他的存在让她遭遇了更多的不公平。

他递过来一个厚厚的文件夹，东西太多，她不想看，也没有足够的耐心马上就看完。她说要把文件留下来慢慢看。他说不急，他有足够的时间等待。

周海龙给东业集团在天海的公司起了个名字，龙腾置业。集团公司的大佬董事们在会上一下子就通过了。公司的法人栏里，她和周海龙的名字赫然并列。她觉得自己好像一下子被愚弄了。很显然，朱江龙是在见了周海龙之后才来劝她妥协的，一切都是他按照程序走完一遍后，才让她最后一个知道，还要她签上自己的名字。周海龙把她劫持到了一辆战车上，接下来他们要捆绑在一起朝前走。丁馥芬皱了皱眉头，她心里已经开始愤怒了。这就像当年在陆军医院的时候，他约请她看电影，在一片漆黑的电影院里掠夺了她的初吻。

他看到她办公桌边的咖啡机和两包巴西进口的黑咖啡。于是他站起身来开始仔细地研磨着咖啡豆。他做这些事情的时候很安静，在他身上找不到一丝莽撞和冲动，丝毫看不出来他曾经是个悍勇矫健的特种兵。很快，他将煮好的咖啡端给她，并十分仔细地在旁边放了一块方糖。她假装仔细地在看融资报告和企划方案。方案肯定出自他的手，一丝不苟。

她抬起头，看到他一边呷着咖啡，一边倚在落地窗前望着窗外的海景，丝毫没有要离开的意思。她调整了一下自己的心情，因为她知道这样的日子会很漫长。她端起咖啡吹了吹，咖啡腾起的烟雾氤氲了她的视线。事实上，他看起来也很年轻，一点儿都不像五十岁的人。他比戈向东保养得好，她看过戈向东的照片，他的两鬓明显斑白了。周海龙这样的男人是年轻女人追逐的目标，他有挑选女人的足够实力。可他仍然单身。

他终于找到了跟她说话的机会："其实，我早就想把公司起名字的事情告诉你，可约请了你几次都没有如愿，我知道你躲着我，我说过，这辈子你躲不开。过去的事情已经过去了，要开始的事情还要开始。"

周海龙笑了。不过，这笑声让她感到五味杂陈。

她盯着他微微笑了一下，把话题绕到工作上去了。

周海龙把厚厚的资料转化成简明扼要的汇报，几句话就把他的鸿篇巨制叙述得格外清晰。他口齿清晰，思维敏捷，语言表达能力远在戈向东之上。戈向东注重沉稳，周海龙注重激情。两个男人性格迥异。

这些年，她一直在香港做财务和金融方面的工作，所以很快被他的融资计划打动了。国家对半岛蓝海经济特区的规划宏图，让大量的外地资本潮水般涌向天海市。手持巨资的投资商们都在瞄准沿岸重点项目抢滩登陆。东业集团抢到的二号地只是天海市房地产市场微不足道的项目。巨大的财富聚集在天海市的东部。那里随着跨海大桥和海底隧道的贯通，很快就要兴建远洋码头和跨海高铁站。这些项目的落成意味着新的商业区随之诞生。

周海龙说这番话时信心百倍。他像一个指挥千军万马的将军把一张折叠得不成样子的城市地图铺在丁馥芬的面前。望着周海龙胸有成竹的样子，丁馥芬也激动了起来。这是一个宏伟蓝图。可是要完成这个宏伟蓝图就要打败无数个对手。资本比拼的残酷胜过战场。这个城市一夜之间暴富，一夜之间成为穷光蛋的，大有人在。这些对手里，天海集团是最强劲的一个。虽然他们在二号地之争中拿下了进军天海的桥头堡，可天海集团遍布全省的二十几个子公司也是一股不可小觑的势力。任何壁垒都是从内部攻破的，朱江龙找到了周海龙这个锋利的武器。朱江龙告诫她，商人要在大利益面前学会妥协。这些年，她一直都在妥协，是为兑现一个说不出口的契约，还是迷恋巨额的财富和拥有的权力。丁馥芬说不清楚。熟悉她的人都说她是个美丽聪慧的女人，可没人知道她就这么稀里糊涂地枉费了青春，沦落了爱情，失去了自我。

丁馥芬问了对手天海地产和戈向东的情况。

周海龙阴沉着脸，摇了摇头说："他把地产这一块交给了林浩楠，整个春天，他就窝在他的五号地里种树，他想去寻找他的世外桃源。天海的地产界已经是刀光剑影，他还幻想着世外桃源，他这样做不是天真就是疯了。"

丁馥芬一瞬间走神了。片刻，她也摇着头："真是猜不透啊，他的脑子里到底都装了些什么？"

丁馥芬搞不清楚，戈向东是就此隐退，还是等待着创造新的奇迹。

8

仿佛是一夜之间，滨海五号地荒芜的山坡长满了热带树木。针叶灌木，宽大的芭蕉、插柚紫、风吹楠、红厚壳、肉豆蔻、山黄麻、金丝李、大青树、马椰果、番龙眼、倒缨木、玉蕊、团花、蒲桃、青藤和大片大片的木棉树。整个山谷在温泉水的滋润中，成了一片花草肥美的湿地。

戈向东一头扎在了他的滨海五号地垦荒种树。这件事让包括林浩楠、丁敏慧在内的所有人百思不得其解。除了在公司有大的战略性问题需要拍板决策的时候，办公大楼几乎找不到他的身影。关于滨海五号地的开发与利用，戈向东一个字没提。股东们也没敢问，他们都知道，戈向东是个怪人，这些年一直保持独自思考重大决策的习惯。五号地的开发项目部由他亲自组建。他聘任了国际一流的建筑设计师和园林设计师，还聘任了一位负责绿化的植物学女博士做董事长顾问。女博士是丁敏慧从网上招募而来，名叫罗雅，二十七八岁的样子，留着男孩子般亚麻色的短发，穿着一身墨绿色的户外活动迷彩，一脸的青春痘，浑身上下散发着旺盛的植物生长气息。戈向东看着她这样的打扮和精神劲头，丝毫没有博士文气儒雅的影子，整个一街头跳街舞的野小子。

戈向东不禁皱了一下眉头。看着他皱眉头的样子，丁敏慧和罗雅哈哈大笑。罗雅自我介绍说，她也是丁敏慧“红星公益基金会”的志愿者，军人的后代。她的爷爷曾经是某边防团团长，当年的战争中，她爷爷的团里牺牲了一百多人。她是家里的独生女，爷爷做梦都想让她成为军人，从小把她当成男孩养着，可她最终也没能当上兵。这些年她一直在研究热带雨林植物，对雨林植物的物种起源、生长习性、育苗培育十分熟悉。戈向东听着罗雅介绍气候、季风、温度、湿度等对植物生长的影响，一下子就着了迷，当即就敲定，由罗雅担任五号地项目部的绿化顾问，她的意见和建议可以不经过项目部直接呈送他审批。

大批的植物从各地运送过来，按照园林设计师的要求，成片成片地植满了山坡。戈向东一身迷彩服跟在女博士后面，指挥着工人栽树、浇水。大棵的植物，庞大的根系存留着，用保鲜膜覆盖，树身上吊着营养液。大量的枝叶被剪去了，伤残的部分覆盖着营养物质和营养膜。栽到山坡上的树在经受了异地水土的考验之后，奇迹般地活了下来。罗雅指着那些树对戈向东说，老兵，这些植物明年春天就会绽放嫩绿，夏天就能开出美丽的花朵。

戈向东徜徉在他的绿色长廊里。他把车远远地停在海边，徒步沿着曲折的小路往山上走。路两边排列整齐的温带树木，像尊贵客人般招摇着自己的身姿。它们可以进入、融合、包容，共同营造一片清新的碧绿。穿越城市钢筋水泥蓬乱丛生的建筑森林，他愈发珍爱这片蓝天碧水拥抱的苍翠森林。这里还能生长记忆，生长着温暖和生死离别的伤痛。

天空开始下雨，雨水沐浴着这些绿得油光发亮的树叶。他的记忆一下子又回到了那个遮天避日的无边丛林。印象里，也是滂沱大雨，那棵大树无限伸展着树冠，大树下青筋般暴起的树根边仰躺着奄奄一息的林春风，随之而来的是那一声惊天动地的轰响。雷霆般的暴雨倾盆而至，明明是正午时分，阴霾的云层把天空遮掩得如同黑夜。他站在树林里一动不动地任凭着暴雨的冲刷和雨点的击打，朦胧的视野里他隐约能看到那些奔跑的身影。

戈向东在雨中伫立了很久。夏日的雨来去匆匆，很快雨停了。风卷走了乌云，整个山谷一片翠绿，连山崖也爬满了青藤，无数深绿色的叶片，闪耀在阳光里，簇拥着刚刚绽放的雪白花朵，一团团旺烈地盛开着，圣洁而美丽。断崖下面的石阶小路，被碧绿的树木遮掩着，远远看去，自山顶而下像一条绿色的瀑布，置身其中，又像行走在花海长廊。戈向东静静地走着，心绪平静，呼吸均匀，他想一直就这样走下去，走到尽头。

9

大雨滂沱的时候，林浩楠坐着他那辆路虎赶往位于市区南部的滨海五号地去找戈向东，开车的是他的助理梁小宝。梁小宝喝醉酒的第二天就接到了新的任命，职务是集团公司副总经理助理。说是助理，其实就是专职司机。按照规定，公司的副总一级是不配专职司机的，林浩楠改了称呼称他为助理。林浩楠告诉梁小宝，副总经理助理是暂时的，助理的工作有人做，目的是让他学习一些房地产项目管理方面的知识，将来好到下面的项目部去做经理。梁小宝对新的任职很高兴，他感激涕零地望着林浩楠：“我就知道，大哥不会看着我不管的。”仅仅一个晚上，梁小宝就把酒后的醉话忘得一干二净。

林浩楠从市长秘书梅子路那里得到了重要的商业信息，国家要在天海东部滨海郊区建设国际贸易示范区。梅子路是他学生时代的死党。大学时代，俊朗帅气的林浩楠重新找回了“少年帮”老大的感觉。远离戈向东五兄弟约束的林浩楠，自由而且自信。大学校园，他是老师信服的学生会干部，女生们崇拜的偶像，男生们敬佩得五体投地的大哥。算起来，梅子路是林浩楠众多兄弟中最不起眼的一个，他出身天海普通的干部家庭，个子不高，还很瘦弱，尖尖的鼻梁始终架着一副高度近视眼镜，唯一的优点是文章写得好。大三的时候，梅子路靠情书勾上了一个陕西的女生。这女生长得很招摇，据说是一位煤老板的女儿。两个人的关系发展得很快，大三的下半年已经如胶似漆。不料，有一天，梅子路的女朋友哭哭啼啼地跑过来找到林浩楠，说她跟梅子路到街上买东西，梅子路稀里糊涂地被一群不明身份的人拉上了车，车子朝着高架桥的方向跑了。林浩楠简单地问了一下情况，那女孩子支支吾吾，说她家里的男朋友知道了她跟梅子路的事，要带人来教训他。林浩楠一面安排人报警，一面吩咐同学打电话就近叫车。很快，林浩楠带着十多个兄弟一路狂飙追上了那伙人，硬是把梅子路给抢了下来。

这场因恋爱引发的斗殴事件幻灭了梅子路的爱情，却成就了林浩楠的英雄形象。梅子路此后一直唯林浩楠马首是瞻，他毕业后考上了公务员，最先是社区的普通办事员，靠着一手好文章赢得了当时常务副市长的青睐。去年，新一任政府换届，常务副市长扶正，梅子路就被调去做了秘书。

林浩楠曾向梅子路咨询过戈向东拍到的滨海五号

地，得到的回答是：城市开发的中心是东部，目前还顾不上滨海山区。这就意味着五号地的前景并不看好。可是，五号地虽然远离市区，但在寸土寸金的滨海半岛上，作为商业用地也价格不菲，关键是这片地太大了。整个海湾，即使不包括远处的山地，也足足有七千亩。这块地每搁置一天，银行利息跳动的数字就触目惊心。所有人都替戈向东着急。

作为商人，资金必须要循环起来，这个道理连傻子都懂。东业集团的二号地已经搞得风生水起，很多楼盘还没有开盘，大笔的资金就涌进来，他们已经赚得盆溢钵满。周海龙挂牌开业的龙腾置业已经把目标锁定到了东部郊区的大片土地。据确切消息，他们已经开始大量融资。根据市里的规划，跨海大桥和海底隧道贯通之后，要在这里建立国际贸易示范区。看似荒芜的上百平方公里的东部新区，将成为云集高铁站、千亿吨码头、国际贸易示范区的商业中心。这消息就像一阵风，风刮到哪里，就把无数希望的种子刮到了哪里，财富的梦想就会在哪里生根发芽开花，蓬勃出万紫千红的繁荣景象。东部新区成为了商人们吸金的深海，周海龙千亿元的融资计划已经开始启动。林浩楠了解他，这个人有计谋，手段又凶狠，是个典型的商业杀手。

很多次，林浩楠想建议戈向东甩掉五号地这个沉重的包袱，轻装前进向东部新区进军。可他张了几次嘴，最终也没把话说出来。戈向东正热衷于滨海五号地的未来谋划。他这样的想法跟戈向东背道而驰。天海地产要想有新的作为，资金成了大问题。好在天海化工正在崛起，新投产的新能源项目成了集团公司的金字招牌。资本不断涌进来，股票不停在升值。丁敏慧是个化工天才，QF 离子膜产品不负众望，一投产，订单就从全世界如雪片飞来。氢能源产品的研发进展顺利。不久，另一项科研成果也将完成从实验室到产品的转化，这一产品将用于国防工业和航天领域，天海化工完成了低端产品到高端科技的飞跃。

丁敏慧成为了天海集团力挽狂澜的福星。

林浩楠已经半个月没有见到丁敏慧了，她往往是周一从国内飞出去，周末才飞回来。原材料基地的建立，国内外的产品推介会、订货会、市场拓展……

天海地产却一直处于低迷徘徊的状态。风起云涌的外地乃至国外资本在滨海登陆，实力强劲的龙腾置业剑指东部新区。天海地产作为昔日地产界的老大，能不能在这场资本的博弈中占到上风，不仅关系到赚多少钱的问题，也直接影响到它在地产界的地位。

过去，林浩楠总是听周海龙抱怨副总的艰辛，他没有体会，此刻，他真正体会到了负责一摊子事情的艰辛。市场评估、资金预算、投标、竞标、开盘、营建、营销、物业，大大小小二十几个地产子公司和项目部让他应接不暇。他还要抽出大量的时间和精力运筹东部新区的事情。这些年来，他跟着戈向东学会了未雨绸缪，那就是把所有不利的因素完全消灭在决战之前，这样才能在战斗中取得主动权。

雨珠狂暴地击打着车窗玻璃，前方烟雨氤氲之处就是滨海五号地。林浩楠看到了戈向东的越野车。

梁小宝把车停下来，望着远处的滨海远山不由赞叹:“没想到天海还有这么美的地方，这远山，这树木，还真有点儿像我们云南的山水，只是这海是蓝的，我们那里的水是绿的。”

林浩楠没有理会他。城市的主题是钢筋和水泥，钢筋和水泥堆积到哪里财富就会产生在哪里。地产行业盖楼盘就像播种插秧，没有播种插秧就别渴望五谷丰登。滨海五号地看似美丽是插不下秧苗的。或许，戈向东的计划里根本就不打算在这里建设高楼大厦。

滨海五号地的开发一直是一个谜。没有人知道戈向东想干什么，能干成什么。整个海湾和两座山除了所谓的珍花绿树，没有一座建筑开始启动。戈向东只让设计师一遍又一遍地现场勘察，不断熟悉周围的地形，丈量土地。每一寸土地，每一个沟壑的数据都要求计算精准。戈向东手里有一枚战争期间常用的炮兵计算盘，距离、坡度、仰角，比计算器都算得精确。戈向东的精神状态超常地亢奋，仿佛一下子又找回了当初他带领建筑工人创建天海建筑品牌时候的劲头儿。大家都在猜测，戈向东很有可能要在滨海五号地创造天海在建筑界的又一个传奇。

戈向东可能已经胸有成竹，或许也可能他在等待时机。

这个谜除了戈向东自己，没人能猜到谜底。

林浩楠在戈向东的车子旁边等了很久，迟迟不见他回来，这时候天放晴了。林浩楠让梁小宝开车回去了，他要和戈向东单独谈谈自己的想法。他又等了很长时间，戈向东终于一身湿淋淋地回来了，这个奇怪的人竟然冒着大雨在树林子里散步？戈向东一边用毛巾擦拭，一边询问林浩楠：“这么着急，找我肯定有大事情。”

林浩楠脱下自己的上衣给戈向东披上：“看这样子，也不是说话的时候，我们回市里吧，回市里我做专门汇报。”

戈向东上了车的后排：“那好，你开车。”

10

林浩楠进军东部新区的战略计划，戈向东连夜看了。计划写得很周密，每一个步骤每一环节都考虑到了，最终的问题仍然集中在资本的准备上。天海集团抽不出充足的资金用以应对来自外部资本的冲击。近两年，外来资本对天海地产形成了合围之势。在商品住房和商业地产的价格战中，天海地产已经处于劣势。林浩楠在战略计划里粗略提到了滨海五号地。戈向东看到这里，皱了一下眉头对坐在沙发上期待他表态的林浩楠说：“滨海五号地我有新的计划，不在你这场战争范畴之内。”林浩楠知道，戈向东认准事情后固执得像块石头，滴水不进。

林浩楠进军东部新区的计划得到了戈向东的鼓励，但没有解决核心问题。天海地产要想打翻身仗，资本是决定因素。解决不了资金问题，他的战略计划纯粹是纸上谈兵。

林浩楠郁闷地走在走廊上，姑姑林雪梅看到他情绪不高，就上来询问："怎么，傻小子，看起来不高兴？"

林浩楠勉强笑了笑，没有吱声。

林雪梅追过来："嘿，小子，我问你呢，没听见我说话吗？"

林浩楠皱着眉头一本正经地对她说："林总监，你别老小子小子地叫，我是你的副总。"

林雪梅装作一脸严肃地说："是，林副总！"说过之后，她自己都笑了。

林雪梅最近的精神状态不错。她精神状态不错的时候，说明集团公司账面上肯定躺着八九位以上的数字。林浩楠要回自己的办公室，被林雪梅拉住了。她说："我的助理刚刚煮了咖啡，一起来尝尝吧。"林浩楠就跟着林雪梅进了她的办公室。刚坐下，林雪梅的助理端来了咖啡，她是金融专业的硕士生，像是正在奶着孩子，一身职业裙装像是要被她给穿爆了，猛一看，她的年龄要比林雪梅大得多。

林浩楠端起咖啡杯在鼻子上嗅了嗅，陶醉地闭着眼睛，赞美了一句："咖啡煮得真是不错，只是人的模样差些。林总监，你的助理该换了！"

林雪梅在他的屁股上拍了一下："喝着人家煮的咖啡还没好话。"

林浩楠说："咖啡是好，形象差些。"

林雪梅瞪了一眼林浩楠:“我这里要的是能干活的，不要售楼小姐，你可别小看她，资深的注册会计师，在外面年薪拿到好几十万。”

林浩楠吐吐舌头，耸耸肩说:“像你一样的经济适用女。”

林雪梅用文件夹轻轻打了一下林浩楠:“越发地不着调了，我是你姑姑。”

两个人闹了一阵后，林浩楠说了自己的烦恼。

林雪梅也不知道滨海五号地的开发计划，只是说，这些日子董事长和民政部门联系得十分密切。戈向东跟民政厅厅长谈话时她去签报告，听到他们谈论过五号地。至于开发什么大项目，她也没有听清楚。听完林雪梅的话，林浩楠更是一头雾水。

林雪梅也向林浩楠说了一件让她烦恼的事情，她曾经的嫂子李琳来找她了，想让她跟林浩楠说说，把弟弟隋意从公司的设计部门换到下面的项目部去，安排当个经理。林浩楠立刻就皱起了眉头。十三岁离开隋家时，他就发誓，从此他跟姓隋的没任何关系了，隋意这个名字更是让他厌恶至极。那年，他如果像其他孩子那样软弱，隋意这个破烂不堪的名字就会很自然地冠到他的头上。至于那个同母异父的弟弟，林浩楠连看一眼都不愿意。隋意丝毫没有遗传母亲李琳的基因，他长得太像隋同春，一张驴脸生气的时候拉得老长。这件事，隋意已经找过他了，被他骂了个狗血喷头。母亲可能还不知道，隋意刚刚犯错误，他和张默林担负滨海小区小高层楼房的图纸设计，可工程进行到一半，图纸数据就出了问题，工程部差点扒掉了一层楼。

搞错图纸的事情他还没有追究，隋意竟然还想着下到项目部去当经理，真够厚颜无耻的。愤怒的林浩楠就想起那个成事不足败事有余的张默林，这两人简直一丘之貉。母亲李琳太软弱了。从记事那天起，母亲给他的感觉就是太软弱，除了软弱，印象里的母亲还是很美丽的。她为人慈善，性格柔和，在家乡的小县城，也算是个美人儿。林春风牺牲后的五年里，作为烈士的遗孀，母亲是在泪水和苦水中度过的。她上有两个病恹恹的老人，下有两个年幼的妹妹，怀里还抱着一个孩子。丧夫的痛苦和生活的压力一下子压倒了这个原本就不太坚强的女人。长大后林浩楠常常想，母亲当年改嫁给其貌不扬的工厂干部隋同春，很多时候是出于对生活的无奈和绝望。她以为隋同春是她的救命稻草，没想到再次坠入了痛苦的深渊。

林浩楠喝完最后一口咖啡，舌尖上淡淡的苦涩随着味蕾蔓延到了全身。他觉得这件事情没完。林浩楠出了房门，林雪梅追在后面问他："我怎么给你妈妈回话？"

林浩楠冷冷地抛下一句："你告诉她，这件事情没门。"

或许是从戈向东那里碰到了钉子，也或许是隋意和张默林的无耻激怒了他。林浩楠回到办公室就叫来了设计院院长。年近六旬的院长一进门，林浩楠就给他一条指示："让张默林和隋意立刻到财务结账，马上卷铺盖滚蛋。”老院长对林浩楠的决定十分支持，他答应赶走张默林，却建议隋意留岗察看。张默林依仗着自己是烈士的后代，动不动就去找董事长，在设计院就是一颗定时炸弹，拿不掉他，设计院始终有个麻烦。其实，设计图纸出错后，设计院对问题进行了调查，问题主要出在张默林身上，他是项目的负责人。何况，出事后，隋意曾经向设计院认真检讨了自己的过错。他还年轻，应该给一个改错的机会。

面对老院长的犹豫不决，林浩楠果断下了决心，两个人一起开。

老院长疑虑地望着林浩楠："要不要请示一下董事长？"

林浩楠摆了摆手："不用，我是主管地产的副总，有权处理这些小问题，就不要再麻烦董事长了，有什么问题，你来找我。"

院长出门没多久，张默林就气势汹汹地闯进了林浩楠的办公室。他喋喋不休地辩解、咆哮、责问、叫骂，任凭他怎么说，林浩楠只是坐在老板椅子上冷冷地看着他。张默林又提起了当年跟戈向东一起打仗牺牲的父亲。林浩楠勃然大怒："如果你的父亲还活着，你可能还跟着他在散发着牛粪味的水田里插秧，你们老家的那山窝窝里，有几个拿着别人的钱读中学、读大学，上完大学读硕士，读完硕士拿着别人的钱去美国读博士？你还别觉得不服气，我告诉你，你的父亲是为国家作战而死的，男人从军战死沙场，为国捐躯义不容辞，他的死跟天海集团，跟董事长戈向东半毛钱的关系都没有；再有一点，我替你更正一下，你的父亲叫张宝才，是在前一次战斗中牺牲的，那时候，戈向东根本还没上战场，更别说认识他。今天说起来，你父亲也不是什么光彩的牺牲，他是因为天黑撒尿误踏上地雷被炸死的，这件事还有人证。张博士，关于你的父亲，你还想听吗？”

张默林瞪着眼睛望着林浩楠，一时间语塞，他真不知道他的父亲到底是怎么死的。他的父亲只有因公牺牲的通告，没有烈士的牌匾。

林浩楠紧接着说：“那我还说说你。不错，你是美国一个三流建筑学院毕业的博士，请问，你完成博士学业后在美国呆了几年？辗转应聘过多少家公司，你在几家公司过了试用期？你是怎么离开的？你还美其名曰建筑系高材生，知名大学的海归？你在哪一家公司都没有通过试用期，回国后，你又应聘了三家公司，三个公司你没干够半年，都是被人赶出来的。海归博士，你的父亲要是知道有你这样无能的博士儿子，不用战死，也会羞愧而死！”

张默林刚想张嘴，林浩楠根本不允许他分辩：“你是在衣食住行没有着落，口袋里摸不出一枚硬币的时候主动找上门来的，天海集团收留了你，承认你所谓的海龟博士头衔，按照引进海外人才的待遇，给你工作，分给你住房，给你每年十几万的年薪。你自己罗列一下，你来天海几年都干了哪些丰功伟绩，你的处女作是滨海浴场的一个公共厕所，工程部让你改了三遍都没有达到施工要求，这次又出了如此大的纰漏，我给你个建议，从现在开始，你撞破脑袋到大街上去碰瓷，看有哪个傻子开车撞上你！算你幸运！”

张默林所有的辩解都被堵在了喉咙里，他觉得眼前这个比他年轻的副总是个比他想象中还要可怕的角色。他的每一句话都像浸毒的刀锋，一下刺中他的要害。面对这样的狠手，他只有以退为进。他抛下一句：“乳臭未干的小儿，我不与你纠缠，我找董事长说去。”

林浩楠在他出门时大声说：“去吧，你把我刚才说过的话原封不动地告诉董事长，如果他说这不是事实，你不用走，让他开了我。”

张默林气呼呼地出了门，骂骂咧咧地朝前走。可他没有往戈向东的办公室走，而是下了楼。可能他连自己都觉得，这次他玩砸了。

那天夜晚，林浩楠在职工宿舍里找到了隋意，他正在收拾自己的行李。大学毕业的时候，母亲李琳找到了戈向东，把他招聘到天海集团的设计院。当时，在设计院画图纸是最安逸的工作。工作的第二年，他找了对象，贷款买了房，日子过得就有些紧。后来听张默林说下面的项目部挣钱多一些，如果当上经理，还能有些灰色收入，这样还房贷的压力就轻松一些，这几年母亲的身体不好，他想早一点挣到钱结婚，把母亲接到省城。没想到母亲刚把这件事说给林雪梅，他的工程图纸就出了问题。

林浩楠没有正眼看这个弟弟，他从口袋里掏出一张银行卡：“这里面有二十万，密码是妈妈的生日。”

林浩楠扔下银行卡，转身走了，他不想看到弟弟隋意接到银行卡时的表情。

出了职工宿舍的门，林浩楠看到梁小宝站在路灯下等候着他。很多时候，梁小宝很懂他。按照他的话说，原本两个卑微的灵魂，彼此总能看到自己过去的影子。林浩楠曾经无数次假设，假如不爆发那场战争，假如他的父亲林春风不死，他的生活会怎么样？父母肯定很恩爱，即便是父亲转业回到他们家乡的小县城，他们也能够过上平庸但很安逸的生活，他会在那个小县城里娶妻生子，像所有男人那样过着简单而充实的日子，最起码，他心里不会有负担。他还假设过，假如当初戈向东不把他从少管所里接出来，他出来后会接着混日子，最不济，也就是一颗子弹从后脑穿过前脑，也没有这么多烦恼。很多时候，他和梁小宝一样，没有选择。

这个时候，林浩楠特别思念丁敏慧，爱情是疗伤的最好良药，他掏出电话，突然想起来，丁敏慧此刻正在由旧金山飞往韩国首尔的飞机上，这一周，她有两个合同要签。

梁小宝看着他一脸惆怅地出来，拉开了车门。林浩楠坐上了车。

梁小宝发动了汽车问他："老大，去哪儿？"

林浩楠闭着眼睛仰躺在后排座上，有气无力地说："今夜我把自己交给你了，你把我带到哪儿都成。"

梁小宝踩了一脚油门说："那好，我们走了。"

11

林浩楠和梁小宝在“深度颤栗”酒吧里遇到了周海龙。周海龙坐在酒吧的旋转圆凳上优雅地呷着鸡尾酒，调酒师在他的面前杂耍般调着酒。周海龙也看见了林浩楠。共同居住在一个城市，两个人却有好久不见面了，不是因为一个住在城东，一个住在城西，而是因为两个人成为了对手。其实，童年时光里，林浩楠敬畏戈向东，崇拜周海龙。很多时候，他觉得自己跟周海龙的性格很像。

初三的下半年那个残阳欲坠的傍晚，老家县城里几个前来寻仇的痞子手里拿着砍刀把林浩楠追到了巷子尽头，林浩楠眼看就要没命。这时，周海龙出现了。林浩楠亲眼目睹了周海龙打架，那才叫绝杀。眨眼工夫，三个人全部仰面倒地，血流满面。

因为是在他绝望时刻的拔刀相助，所以林浩楠记忆特别深刻。周海龙手无寸铁，靠的是肘部和膝盖。那一刻，林浩楠觉得，夕阳中的周海龙形象极其高大。

周海龙冲他和梁小宝招了招手，林浩楠只好走了过去跟他寒暄。尽管笑容仍然很亲切，但这亲切里总觉得少了些什么。周海龙拍了一下梁小宝的肩膀说：“小宝，这些日子怎么没见你来这里喝酒？”

梁小宝不回答，端起调好的酒一饮而尽。

周海龙像是突然明白了：“我说过，寇豆豆这女孩，没有足够的票子你是钓不到的，这事怪你，没有钱，怎么不找我拿，我一个孤家寡人，生不带来，死不带去的，要钱有什么用。”

梁小宝看了一眼周海龙说：“周叔，咱不说这个行吗？”

“好，周叔不说，喝酒，喝酒。”

周海龙一边喝酒一边看着林浩楠：“怎么，小子，不跟你叔喝一杯？是不是觉得我跟戈向东闹掰了，我就是你的仇人了。大人的事情跟你们小孩子没屁关系。你是林春风的儿子，即便你是他戈向东的亲儿子，我也是你叔。我跟他是过命的兄弟，即便成了对手，他也是我大哥。”

林浩楠苦笑了一下，跟周海龙碰了一杯。周海龙这样说，有些自相矛盾。他拿着股份决然离开的一瞬，他心里的大哥早就没了。林浩楠仰脸喝完了那一杯酒。洋酒的烈性很大，他咳嗽了几下，脸呛得通红。林浩楠放下酒杯说：“事实上，戈老爸早就没事了，他说还是分开好，只要大家觉得开心，怎么做都可以。”

周海龙又问梁小宝：“你爸怎么样了？”

梁小宝一边看着摇摆的歌女，一边喝着酒：“还那样，一会儿清醒一会儿糊涂的。清醒的时候骂人，糊涂的时候也骂人。”

周海龙突然间一脸严肃起来：“他的情况看起来比想象中糟糕，告诉我他住在哪里，我明天去看他。”

梁小宝突然低下头伤心地说：“你别去看他了，我害怕他再跑了。要是再跑，他的身体状况根本扛不住。”

周海龙变得伤感起来，昏暗的灯光里，他的脸上浮起一丝悲伤。他仰起脸干了一杯酒狠狠地骂了一声："狗日的战争。你们接着喝吧，我走了。"

林浩楠和梁小宝起身送他，周海龙伸手制止了。他在离开的时候对梁小宝说："别灰心，小子，要是男人就把失去的都夺回来，能用钱摆平的事就不算事，明天你找我，那女的要钱，我给。"

周海龙出了酒吧。林浩楠和梁小宝重新坐下来喝酒。林浩楠打量着这家装潢奢华的酒吧。他早有耳闻，这里高素质、高品位、高学历的"丽人军团"风靡蓝海半岛。看似波澜不惊，但每一家高级娱乐场所都遵循一个雷打不动的准则，越是糜烂不堪的风月场，表面看起来越是风平浪静。这样的地方从来不乏男人和女人的故事，只是这些故事发生在帷幕后面，最龌龊最肮脏地深藏在夜幕之下，任何语言表白的爱情都会化作指尖缭绕的烟雾，很快消失在糜烂的空气中，无声无息。粉紫色昏暗的灯光，摇曳的人影，面贴面厮磨缠绵的男女，错乱的情欲。附近卡座里一对男女，不停地推杯换盏，女的很年轻，男的很魁梧。少女青春的身体依附在男人的怀里，男的把嘴紧贴在女的耳边，咬着女孩子的耳朵说悄悄话，女孩笑得花枝乱颤。

林浩楠的眼前一瞬间浮现出寇豆豆水蛇般的身体和迷离的眼神，心里想说的话终于憋不住了。"小宝，有件事情我想告诉你，但你必须答应我不准急。"

梁小宝看了林浩楠一眼："什么事情神神秘秘的，你说吧。我不着急。"

林浩楠说："你的那个寇豆豆，我见过，跟一个姓吴的男人在一起。"

梁小宝愣了一下，继而叹了口气说："我知道，她去找钱了。"

林浩楠拍拍他的肩膀说："我知道你心里很自责，可是小宝，我得告诉你，每一个人都想成功，但成功的道路有千条万条，她有她成功的途径。当然，我不否认你们之间存在那种感情，可她的选择你无法左右。"

梁小宝目光呆呆地望着DJ台上身姿摇摆的小美："她原本可以选择不那么下作地活着，我答应过她，跟着我能让她过上好日子，能让她活得很精彩，可是我没做到，她肯定认为我是个糊弄她的骗子。"

林浩楠长叹一声，摇摇头说："又是承诺，人总是试图为自己说过的话受累，可语言是最靠不住的，它就是一阵风，来匆匆，去匆匆，如果我们的语言都那么可靠，还要我们的法律有什么用，这个世界上根本不需要什么法律、警察、军队，也不会发生犯罪和战争，大家都可以靠承诺搞定一切。你觉得这可能吗？"

梁小宝也叹了口气说："所以她会伤心、会失望、会离开，最初跟我在一起的时候，她还是个纯洁的姑娘。在没有发生这件事情之前，她拒绝了很多诱惑，拼命地抗争，她一直把我当作精神的依靠，可是，爱情最终还是被金钱打败，老大，你相信爱情吗？"

林浩楠点了点头，继而又摇了摇头："生活中到处都充满了悬疑，世界上可能没有永恒的朋友，永恒的敌人，更没有永恒的爱情，这一切都被猜忌、怀疑、蜕变、背叛、敌视、仇恨湮灭了，爱情就像燃烧的火焰，它只存在于这个过程，离开这个过程，一切就像燃烧之后的灰烬，一阵风就消失得无影无踪，就是这样。”

梁小宝用惊奇的目光注视着林浩楠：“那你跟敏慧姐呢，她是那么的爱你。”

林浩楠笑了笑说：“所以我们尽量把这个燃烧的过程拉长，不断加薪添柴，寻找新的可燃情感，不让爱情之火熄灭。这个世界上千万别指望爱情死灰复燃，更不能指望星星之火可以燎原。如果幻想着有这么一天，你得有足够的耐心和勇气。如果爱，就在现在。”

林浩楠跟梁小宝喝完了周海龙留下的那瓶酒。

一记响亮的耳光从附近的卡座里传来。刚才缠绵呢喃的两个男女片刻之间就发生了矛盾。又一声响亮的声音传来，男人铁掌般的耳光风一样刮过女孩的脸庞。女孩被打得很疼，她弓着身子，捂着脸伤心地哭泣，嘴里还不停地说着对不起。

梁小宝喝了一杯酒，鼻孔里哼笑了一声说：“刚才那个混蛋还在女人耳边说，宝贝儿，我爱你！”

“所以我说，任何表白都是靠不住的，语言经不起时间的考验，翻脸比翻书还快。”

“仔细想想，你说得还是很对，别的不说，你就说我们的长辈，他们兄弟五个，为了对方可以用身体挡子弹，滚雷场，爬回来的时候血都快流干了，那是怎样的一种感情，现在还不是四分五裂。只有我那个被炮弹炸瘪了脑袋的老爹和举止古怪的戈伯伯还守着那句话。”

林浩楠没有再说话。在他看来，父亲说那句话纯粹是多余。他不是法官也不是君王——说过的话一言九鼎有强制的执行力。他自己做不到的事情却用一句话折磨着别人的一生。如果不是因为这句话，戈向东很有可能是军队一名叱咤风云的将军或是天海省的一方大员，凭着他当时的发展势头、个人能力和人脉关系，职务肯定会在魏东阳之上。他会像魏东阳那样享受着万人的尊敬，过着无忧无虑的生活，根本用不着扮演一个救世主的角色，给自己的人生平添那么多的烦恼和责任。他猜测，或许林春风那时候是他们几人中最高的指挥官，他们只要沉浸在过去的时光里，就会习惯地执行他的指令。这个理由根本不靠谱，快节奏纷杂的城市生活，有谁还为往事活着了。只有傻子才会把记忆停留在过去的某一个时刻。梁家宝就是一个例子。战场短暂的生活成为了他的全部，如果时光能穿越到当年那场战争，他相信，硝烟弥漫的阵地上，会只剩下戈向东和梁家宝在孤军奋战，拼死坚守。现实社会，想做一个纯粹的人太难了。

林浩楠突然间想起丁敏慧曾问他，戈向东像不像意大利歌剧中的堂吉诃德。仔细想起来，他觉得戈向东出奇地像。他的轨道总会不停地发生偏转，他的人生列车总是朝着别人意想不到的方向飞驰。

第三卷

1

孙茂群没想到戈向东会派林浩楠和丁敏慧参加他的化工厂投产庆典。天海商业界金童玉女的出现还是给有些冷落的会场增添了几分光彩。客人不多，林浩楠大多认识，都是天海化工的老客户。确切地说，这些人都是孙茂群的老客户。因为他曾经是天海集团分管化工的副总。丁敏慧端起酒杯向孙茂群和客人们频频敬酒。林浩楠满面笑容心里却一直在冷笑，这件事情孙茂群做得不仅过分，而且无耻。人总要为自己的行为付出代价的，只是他该付出的时候还没有到。林浩楠知道，丁敏慧他们正在研究同类产品的升级版，产品不仅质量更好，更环保，成本价格只是孙茂群他们生产的同类产品的一半。也就是说，孙茂群很快就会在产品的更新换代中被抛弃。向孙茂群祝贺，是戈向东逼着他们来的。他们一个要去海南参加新产品的推介会，一个要参加一块商业用地的竞拍。可戈向东给他们下了命令——无论如何必须出现在孙茂群的庆贺典礼上。

孙茂群笑得很灿烂。他最近很风光，刚刚当选了村里的村委会主任，廉价租用了村里的土地，便宜地买到了天海化工尚未投产就转让的设备和两条生产线。他觉得终于做了一回自己。在天海集团的战车上，他奋战了整整二十年，从戈向东把国营化工厂收购到麾下那天起，他就是天海集团化工产业这条轮子上的驱动。这一下，他终于有了自己的产业。

孙茂群从战场下来就下了海。算起来，他是兄弟五个中经商比较早的一个。戈向东、周海龙、魏东阳他们三个是军官，都风风光光地做了公务员。他是士兵，只能被分配到国营化工一厂干仓库保管员，工资每月五十七块五。那时候，几个人聚在一起喝酒，每次都是周海龙和魏东阳做东。后来，孙茂群就辞去了工厂的工作买了一辆机动三轮，从郊区贩菜到城里去卖，倒来倒去就成了他们几个中最有钱的人。戈向东虽然跟着省长当秘书，但每月都要给那些烈士的家里寄钱，所以月初向孙茂群借钱是常事。那几年里，孙茂群记过一笔账，戈向东共向他借过两万多块钱。上世纪 90 年代初期的两万多块，能在天海最繁华的地段买一个小院，戈向东就是每个月不吃不喝也得还他好几年。在孙茂群看来，谁要是说他只爱钱，不讲兄弟情分，那是睁眼说瞎话。尽管这些钱后来戈向东辞职下海后翻倍还给了他，可那是在五年以后了。此一时彼一时，当时的两万多几乎是他孙茂群的全部积蓄。虽然他知道，戈向东的这些钱都给了那些死去兄弟的亲人，可那些钱都是他风吹日晒挣出来的。几个兄弟中，能把全部家当拿出来支持他戈向东的也只有他一个。所以，孙茂群觉得，拿走天海的十分之一的股份，没觉得有什么良心不安。

乱哄哄的招待宴会进行到一半，林浩楠拉过丁敏慧在她耳边嘀咕了几句。两个人就端着杯子走向了孙茂群。

林浩楠凑近孙茂群说：“孙总，如此盛大宴会，受董事长的委派，我和敏慧代表天海集团衷心向您表示祝贺！”

孙茂群哈哈大笑：“浩楠啊，我们都是一家人，客气什么，无论发生什么事，我还是你和敏慧的孙叔叔。”

丁敏慧也举着杯子敬了孙茂群一下：“孙叔叔，我刚刚接手天海化工，您是前辈，希望您以后多多指点，戈爸爸特意嘱咐我，要向您好好学习。”

“哪里，哪里，听说敏慧的新项目是化工行业的明珠，叔叔惭愧啊，叔叔要向你学习啊。”

一阵寒暄后，林浩楠和丁敏慧向孙茂群告辞。孙茂群送他们两个上车时热情地说：“你们两个要多来家里玩。”

林浩楠敷衍着：“会的，想你的时候，我们自然就会来。”

丁敏慧对孙茂群说：“戈老爸让我转告你，支持你创业，但一定要做好水污染和空气污染的处理，这一点很重要，出了事情就是大事情，如果需要天海集团帮忙，我会派出技术人员帮你处理。”

孙茂群皱了一下眉头：“谢谢他的好意，我会处理好的，我也欢迎他有时间来厂里指导。”

丁敏慧和林浩楠看出了孙茂群明显的不快。

林浩楠驾驶着车辆开上了环城高速，他摇下车窗对着窗外啐了一口唾沫，似乎想把憋在心里的一股恶气吐出来：“挖墙脚的东西，先是忽悠董事长盲目地引进设备，自己私下里建厂，然后拿着股份兑现离开，在天海资金链条脆弱的时候趁火打劫，低价买回设备。他算准了董事长会卖掉化工二厂。自从他在二厂上这个项目，二厂就没有正儿八经地赢过利。这是个连环圈套，不愧是郊区卖菜的出身，真是能算计。”

丁敏慧扭过头捂着嘴哧哧地笑着：“整个会场就你装得够像，怎么看你怎么像电影里的两面人。”

林浩楠也笑了笑：“跟孙总比，我们的演技差远了。”

车子接近市区。林浩楠放慢了速度问丁敏慧：“是去机场接着飞，还是找一棵树栖息一会儿，享受一下夏日的滨海冲浪？”

丁敏慧歪着脑袋问：“你觉得呢？”

林浩楠语塞。他们相识十几年了。那年，她九岁，他十三。现在他们已经熟悉得像一个整体。印象中，她的一切好像都是由他在主宰。她跟在他的后面，像他的影子一样伴随在左右。或许是因为太熟悉，两个人的肉体接触总是充满羞涩。很多次，他们热烈地拥抱，抚摸，接吻，但最终还是实现不了肉体的交融。他们彼此都十分焦灼地想化作一团火去燃烧对方，可肉体接触的瞬间，矜持和排斥就出现了。从炽热的目光中，丁敏慧能看出林浩楠对她的渴望，这是一个成年男子对情爱本能的渴望，她也为之怦然心动。她的身体里开始涌动着情欲的热潮，雨露般的湿意浸润着女性隐秘的快感。此刻，她渴望他的粗野冲破矜持的牢笼，打碎横亘在他们中间的障碍，她相信男人旺盛的荷尔蒙激素有足够的力量摧毁这一切。很多次，她信誓旦旦做好了为爱情献身的准备。可面对男人关键时刻的迟疑，她就会不自觉地拒绝。最接近成功的一次，是她第二次出国读博士前那个夏日暴雨前的午后。窗口野蔷薇的香味异常浓郁，绯红色的花朵带着野性盛开得有些嚣张。她的身体被紧紧地拥抱在他火炉般滚烫的怀里，那双已经生长出粗黑汗毛的双臂紧紧地箍着她的腰肢，凶悍的双手不断用力，像是要把她的身体揉到他的身体里面。

那一刻，她的大脑空白一片。野蔷薇浓郁的花香、暴雨到来之前泥土潮湿的气息和他身上充满力量的雄性味道一起袭来。她的身体在发抖，心灵在战栗。粗野的喘息，滚烫的气息紧贴在她的耳畔。男人在她的背后赤裸着上身……一道闪电划过窗前，锐利的惊雷切割过阴霾的天空在窗口炸裂，像一个巨大的火球从他们眼前一掠而过。惊雷之后，像是一切都静止了。他松开她，打开了窗户，相继而来的暴风雨渐渐熄灭了灼热的呼吸，冷却了他们紧贴在一起的滚烫的皮肤。很久，两个人都没有说话，她从身后抱着男人，把身体紧贴在他健壮的后背上，甜蜜而沉醉。这个午后，在记忆里一直滋润着她在美国留学的日子。她爱他，这一点毋庸置疑。

他们曾经想到过结婚，最终还是决定让时间考验一下这种青梅竹马的爱情，他们害怕会被亲情的纠缠蒙蔽了眼睛。因为他们的出身不同，又成长在特定的情感氛围里，所以对爱情和婚姻关系的理解更为复杂一些。很多时候，他们也产生过疑问，他们相爱的关系，是否真的要有一个世俗的安排，他们之间的感情或许可以用另外一种理想的形式存在。她始终觉得，像她这样的女子，他是她最合适的伴侣。几年里，无论她有多刁钻，他总以善良和宽厚容忍她。在她面前，他的彪悍和粗野，变得儒雅而绅士。他呵护她像捧在手中的精美玉器，不容忍任何的损伤或摩擦。她崇拜他的彪悍，以及他身上散发出的那种惊人力量；她仰慕他的儒雅，在他身上，她能找到戈向东的影子。

也许是后来受了西方教育的影响，她慢慢注重女性的权利与独立，她觉得女人应该做男人能做的一切，不知不觉中她已经不那么温柔了，命运把她打造成了一个叱咤商场的钢铁猛士，为了天海集团的利益，四处拼杀，当年上大学时小鸟依人般缩在他的大衣里吊着他的脖子亲吻的样子已经不复存在。

林浩楠默默地开着车，望了一眼目光盯着窗外不说话的丁敏慧，询问式地替她做了个决定：“去机场吧，我查过，飞往海南的航班还有两个。”

丁敏慧点了点头，林浩楠打了转向，路虎一路狂奔冲向了机场高速。

从美国归来的这些日子里，两个人都觉得他们之间像是出了什么问题，本来在一起的日子就少，相见时又总是相敬如宾。他们都知道这样下去对两个人的情感很危险，可真正待在一起又觉得无话可说。

登机前，她主动吻了他。他的唇有些滚烫，张开嘴包容了她。

她说："或许，你应该向我求婚了。"

他说："好，拿下东部新区，我用一万朵玫瑰向你求婚。"

这算是他对她的承诺。漫长的岁月里他们之间从来没有过承诺，没有过约定，他们靠彼此的心有灵犀来感触对方的精神和物质的需求满足。他们曾经无忧无虑地享受生活恩赐于他们的自由、放松和散漫。他们都不知道爱情如果套上承诺的枷锁会是个什么样子。但既然爱了，很多时候需要有个结果。戈向东很多次问他们什么时候结婚。他们都没有回答，他们有足够的借口，因为天海集团把创造明天辉煌的使命压在了他们的肩膀上。他们心里都清楚，戈向东想看着他们幸福。

他们那代人看来，爱情的幸福就是婚姻的美满。

2

戈向东几乎每个早晨都陪伴梁家宝跑步，气喘吁吁的他显然跟不上，他的肺部有伤，只能跟在后面慢跑。梁家宝超越他，他会为他鼓掌加油。梁家宝对超越别人很兴奋，像加了油似的会更使劲儿往前跑。他的奔跑没有终点，他的终点是直到自己跑不动为止。梁小宝有时也会跟着跑，但时间长了就会厌烦。戈向东心里清楚，指望梁小宝照顾肯定不行。年轻人喜欢上网、泡吧、野游，没有足够的耐心整天待在医院陪伴一个毫无道理可讲的精神病病人。何况，喜欢热闹玩耍的梁小宝像是个没有长大不懂事的孩子。想着梁家宝的未来，戈向东忧心忡忡。

戈向东能觉察得到，梁家宝的病情比想象中糟糕。

梁家宝迷糊的时候远远比清醒的时候要多得多。他的夜晚比白天更漫长，每天早晨，他会围绕医院门口的空地无休止地奔跑。没有人能阻止他停下来，只能等待他跑到自己瘫软。梁家宝说，他身后像有子弹在追逐着，他丝毫不敢倦怠，他觉得一旦停下来，子弹就会击中他的身体，他身后的敌人就会扼住他的脖子，让他窒息而亡。

梁家宝奔跑在自己的记忆里。

面对这样的父亲，梁小宝无计可施，从记事开始父亲就这样了，只是随着年龄的增长，他奔跑的频率越来越频繁，奔跑的时间越来越长。他看过美国电影《阿甘正传》，他不知道父亲是不是患上了像阿甘那样的病症。

梁家宝一直就是跑步健将。没参战前，他是军区侦察兵山地武装越野的冠军。那次比武，戈向东带领着梁家宝、周海龙、魏东阳他们夺得了越野、格斗、射击和敌后侦察比武的四项冠军。

他们曾经都是侦察兵的骄傲。

精神病医院门前的空地不大，道路狭窄而逼仄。梁家宝很想到外面的马路上去跑一跑，可是紧紧关闭的大门和高高的铁丝网把他奔跑的脚步给锁住了。没人敢把梁家宝放出去，他已经跑出去三次了。每一次都是医院十几个年轻医生追回来的，最远的一次跑出三十几公里，让小伙子们累得几近虚脱，最后还是开车追上的他。

戈向东咨询医生，能不能把梁家宝带到一个更宽阔更自由的地方去治疗。医生对戈向东的建议十分赞赏。他们说，这样创伤性的心理疾病，住院治疗的效果并不明显，时间长了，社会行为能力就会衰减，很多病人完全失去社会行为后就会完全痴呆。毫无疑问，病人应该跟家人在一起，更多地融入社会。那一刻，戈向东没有犹豫地说，我就是他的家人。

戈向东带着梁家宝去了滨海五号地。下了车，梁家宝就一路飞奔没入了丛林。他看着那些蓬勃生长的树木，那种难以言表的喜悦和激动令他热泪盈眶。丛林里的小木屋，被刷成草绿色，被高高低低的树木遮掩着，很像当年他们的小哨楼。到了滨海五号地，梁家宝就不愿意走了，他断断续续地向戈向东要求，他不回医院了，他要住在这里。看到戈向东点头应允了，他一个连着一个地敬礼。

两个老兵开始重温他们过去的岁月。

梁家宝一直飞奔在戈向东前面，时不时，梁家宝还等等他，拉着他跑。他还结结巴巴地说他们要快点跑，老连长在前面等着，连队要集合了。有时候，戈向东会顺着他的意思快速跑几步。有时候他会命令梁家宝，你跑去告诉连长，你就说副连长要去团部受领任务。梁家宝就不再纠缠他了，一个人风一样翻过山坡跑得没影了。渐渐地，戈向东也恢复了奔跑的速度。

仿佛这些年短缺的运动量找补回来了，身体机能慢慢得到了恢复，腹部的赘肉被燃烧掉了，胸前消失的腹肌也凸鼓了起来，浑身上下充满了青春的活力。

秋风一日比一日遒劲，夜以继日地围剿着夏日最后的热情。山上温带植物的叶子开始飘零，沿着溪流的热带植物在地下温泉的浇灌下却仍然郁郁葱葱。

天然温泉已经完全开发出来了。地下八百米处正处于地壳板块的活跃部分，喷薄而出的热量经过泉水的逐步消减冒出地面，热气腾腾。温泉下宽阔的草地一直曼延开来，反季节盛开的野花在碧草间热烈地开放。

戈向东尾随着梁家宝一路奔跑而来，筋疲力尽地躺在了绿草野花之间。只有经过剧烈的运动过后，躺在松软的草地上，梁家宝的思维才是正常的。两个人仰望着碧蓝碧蓝的天空。梁家宝像是从梦中苏醒一般望着周围的一切发呆，他像是从漫长的过去穿越时光的隧道，瞬间进入了现在时。没有黑暗、狙杀、爆炸、陷落、恐惧、死亡充斥的记忆，真好。像被粘连起来的无数碎片，又像一条奔涌不息的河流，梁家宝在虚无缥缈的空间里往复穿梭。

躺在草地上，梁家宝像是一下子又回到了那个夜晚，戈向东带他爬过边境线时就是这种感觉。像是穿过十八层地狱之门，人世间的天地一下子就变得广阔无边。他仿佛在黑夜里看到了生命的亮光，听到了生命的呼唤和歌唱。

四野寂静，梁家宝只能听到自己的心跳和戈向东浑浊的呼吸。这呼吸是他曾经熟悉的。那个时候他面临死亡，血压濒临心脏不能起搏的临界点。戈向东把他绑在自己的腰带上，在茂密的草丛中一步步艰难向前爬行着。那时候，他们两个伤得最重。林春风和两个重伤员自杀后，戈向东就下了死命令——不准自杀。

活着比死亡痛苦多了。那时候梁家宝的痛苦不仅仅来自于伤痛，还有拼死拖着他往前的戈向东。戈向东的血要比他流得多，他的身体沿着鲜血染满的草丛随着戈向东的身体移动，血在他的身下还很温热。时间变得无比漫长，每一秒都是煎熬，他认为那一刻他们必死无疑。国境线距离他们还很遥远，戈向东用两个肘部爬行。迷离的目光里，他看到戈向东肘部的皮肤已经磨没了，只剩下惨白的骨头在支撑着往前爬。他拼命地想挣脱，可周身用背包绳捆绑着，动弹不得。他知道，这样不仅自己活不了，还会把戈向东给拖死。他想大声地吼叫，可周围都是敌人。密不透风的树林，一人多高繁茂的草丛，看不到天空，看不到周围，只能看到身下一条血染的通道。那一刻，他的内心要崩溃了，只能在心底哽咽着。意识渐渐地消失，视线渐渐地模糊。

知觉恢复的时候，他和戈向东正躺在幽暗的灌木丛里。潮湿的地面上两个人躺成两段血染圆木。四下一片漆黑，什么也看不见。前面的戈向东死死地抱着边境线的界碑，已经没有知觉。梁家宝伸出手去触摸了一下他的双脚，他的身体已经开始凉了。他的头仍靠在扎得他丝丝作疼的灌木上，血腥的气息在夜空中弥散开来，混杂着夜间植物被折断后流出的汁液的味道和久违了的祖国泥土的芬芳。从树木的枝丫间可以看见辽阔的夜空，没有星星也没有月亮，夜空中的云如同电影荧幕一样散发着微弱的光亮。他的大脑空空如也。他努力搜索着发生的事情，记忆脆弱得不堪一击，那些片段就如同散落一地的碎片，怎么也拼接不起来。或许从那时候开始，他的大脑就碎掉了，往事一片一片地无法完整地复原。肉体失而复得，痛感随即而来。他的脑袋上有一大片耷拉下来的东西掩盖住了眼睛。原来是包扎的伤口开裂了，那些血糊糊的东西正是他的头皮。一个可怕的意识瞬间从大脑传递出来，他的脑袋已经变形了，他渐渐地又失去了知觉，他听到耳边有女人的呼唤，而后很长一段时间是汽车轰鸣的声音，由远而近，接着由近而远。

梁家宝的记忆复苏了，他认出了躺在身边的戈向东，他躺着的姿势就像那个夜晚抱住界碑的姿势。脸朝地，撅着屁股，努力地拉着他。梁家宝抱住戈向东的两条腿呜呜地哭泣起来，用不太利索的吐字呼唤着："副……连……长，哥……大……哥！"他认出了戈向东。

戈向东感动地坐起来，让梁家宝的脑袋平躺在他的腿上，用颤抖的声音说："我就知道，你肯定，没事的，家宝，加油，我们是打不死的勇士。"

3

在机场通道口，戈向东看见儿子戈睿正在门口冲他招手。二十多年来这是他第一次亲自开车接儿子，想到儿子他内心满是愧疚，孩提时代的戈睿总是说，他的爸爸是别人的。

戈睿拉着行李从通道里走出来。高大威武，平头，穿着一身藏蓝色的便装，行走时保持着军人的姿态，脚步稳健，在穿梭的人流中，打眼一看就知道是当过兵的人。这些年，戈睿在部队的表现出乎他的意料，军校毕业后短短五年，两次荣立一等功。这次从国外担任军事观察员回来已经是侦察营的代理营长了。

戈睿从小身子瘦弱，皮肤白皙，在那群孩子中间算是最不打眼的一个。或许是父亲经常责骂的缘故，他总喜欢低着头走路，样子看起来有些懦弱。那时候，家里的三个孩子，戈向东只能骂他。戈睿从小话不多，很安静，挨骂的时候也不顶嘴，蹲在地上低着头，像等着挨斗的地主。很多次，戈向东责怪妻子梅雅莹给儿子取名字取坏了。他那时候一直坚持儿子取“锐利”的“锐”字，戈向东的儿子就应该像一把锋利的战刀。战刀所指，见血封喉。梅雅莹表面上妥协了，可有一天他翻开户口本一看，“锐”字已经变成了睿智的“睿”。梅雅莹说，儿子名字里已经有一把刀了，即便做个剑客，也得做个剑法高超的剑客。戈向东见木已成舟，也就没计较，但是后来，戈睿的几次表现让他彻底失望了。

戈睿上初中的时候还没有完全发育，皮肤跟女孩子丁敏慧一样白皙细腻，两个人年龄相差不到一个月，长得又特别像，走在一起，大家都以为戈家生了一对双胞胎女儿。放学路上，一帮痞子总在半路上劫着戈睿和丁敏慧要零花钱。每次被劫，戈睿不反抗，也不呼救，口袋里有多少钱就掏给别人多少钱。有几次，他还动员丁敏慧掏钱。丁敏慧不掏，戈睿就跟痞子商量，她不掏就算了，明天我拿双份。痞子不理会他，碰巧林浩楠赶到了，三下两下就把痞子给收拾了，戈睿站在一边不帮手也不说话。林浩楠把其中的一个痞子拉到戈睿面前让他扇耳光，他畏畏缩缩地站在一边连手都不敢抬。从那天以后，丁敏慧放学就不愿跟戈睿在一起了，每天由林浩楠骑自行车带着走。

这件事让戈向东十分恼火，把戈睿叫到书房里一顿臭骂，骂他是“怂包”。那天戈睿第一次跟他顶嘴，说他不是“怂包”，他是不想打架，打架是野蛮行为，他以喜欢打架的人为耻。戈向东气急了，他怒吼着：“那你跟老子说说，当年老子在边境线上打架杀人难道也是不文明行为？”戈睿从地上站起来，扭着脖子反驳：“那是战争，那是敌人，我妈妈说了，对待敌人要像秋风扫落叶一样残酷无情，对待同志要像春天般温暖，他们是同学，不是敌人！”戈向东更是气急败坏：“他欺负你姐姐，问你要钱，他还是你的同志？”戈睿脖子上的青筋暴了出来，扯着嗓子反驳：“那他们也不是敌人，我们要讲道理，不能打架！”梅雅莹一直在一旁听着他们两个争论，看着理屈词穷的戈向东不禁乐了。戈向东哭笑不得：“这就是你带的好儿子，都他妈的可以当律师了。”

戈向东接过儿子的行李。眼前昔日被他骂作“怂包”的儿子肤色黝黑，额头上那道隐隐约约的疤痕更是平添了几分英武之气。这道疤痕是在硝烟弥漫的异国战场留下的。戈睿他们所在的联合国军事观察组遭遇政府军和反对派的激烈战斗，弹片擦着头皮飞过去的，稍稍向下一点儿就会正中眉心。上了车，戈向东伸出手在儿子额头上心疼地抚摸了一下，戈睿一边系着安全带一边说：“没事，只是让炮弹擦伤一点皮，那场内战只是常规化的战争，如果是大国之间的较量，我就没这么幸运了，目标锁定，精确打击，很难有人生还。”

和平的日子里，戈向东这个老兵因儿子而骄傲。汽车行驶在机场返城的高速路上，戈向东对戈睿说：“儿子，有件事情我必须告诉你……”

戈睿把头抵在车窗上哽咽着说：“你别说了，我知道，我爷爷他不在了，我不怪你们，肯定是他不让你和妈妈告诉我的，都是军人，我理解，只是，只是爷爷他……”

戈睿突然泣不成声。戈向东一手把着方向盘，一手拍着儿子的背说：“儿子，在你爷爷看来，你这个孙子比他的儿子成功。人生没有重新选择的机会，即便是有重新选择的机会，可面对你死去的那些叔叔们，爸爸还得选择今天所走的这条路，你知道，战争是残酷的。”

戈睿止住了哭泣，从纸盒里抽出纸巾擦了一把眼泪鼻涕：“没有当过兵的人，根本无法走进我们的世界，理解我们的情感。没有经历过生死，就不知道生命的珍贵和瞬间失去同伴的痛苦，爸，你不用向我解释什么，我尊重你的选择。”

戈向东再次拍了拍儿子的肩膀说：“你懂我，我很欣慰。”

越野车一路奔跑，快到市区的时候已经华灯初上。戈睿望着一望无际的大海和倒映在海水里绚丽斑斓的城市，对父亲说：“我想去看看爷爷。”

戈向东拐上了滨海大道，朝着偏僻的市郊一路疾驰而去。

夜色像潮水般漫延。潮水在夜色中退却。诡秘的大海上往来的商船和渔船星火点点。戈向东带着儿子来到一块不久之前还处于海水中的礁石上。戈睿不解地望着戈向东问：“爸，你怎么把我带到了这里？”

戈向东望着波涛汹涌的大海说：“按照你爷爷的遗愿，他就葬在这无边无际的大海里，他说他是渔民的儿子，却在陆地上征战半生，死了，还是要回归到故乡大海里。”

戈睿站在礁石上，从怀里掏出勋章和鲜红的证书对着苍茫的大海大声呼唤：“爷爷，您听着，您的孙子戈睿回来了，爷爷，您听到了吗？”

空旷的海面上传来大海退潮的怒吼，潮水把他的声音带出很远，回声淹没在了夜色里。一声高亢的轮船汽笛响起，像是对戈睿呼喊的回应。

他站在海边默默哭泣。这个世界上，给予他人生最大支持的，应该是他的爷爷戈正北。林浩楠和丁敏慧进入戈家后，父亲把所有的重心都转移到这两个孩子身上去了。某种意义上，他的成长岁月里是缺乏父爱的。中学时代的叛逆期里，他对父亲的抵触心理与日俱增，因为在父亲那里，他得不到一句表扬和赞美，更多的是嘲讽和责骂。

爷爷戈正北填补了他生活中的空白。那个开朗的老头，像个少年般好玩，戈睿更愿意跟他交朋友。暮年的戈正北像一本厚厚的书，他的经历，他的气质，像磁铁一样吸引着戈睿。他从不教条，与孙子的交谈从来都是探讨式的。

戈正北把自己青春年少时对世界的认知，对战争的理解，对爱情的体验，都毫无顾忌地说了出来。空闲的时候，戈正北就会带着孙子去部队，看部队的历史，聊部队的英雄，跟部队的年轻人交谈、打篮球、踢足球。干休所那帮司机、警卫员，戈睿大部分都能叫出名字。后来，戈睿作为天海市的理科状元毅然报考军校，很大程度上也是受了爷爷的影响和鼓励。爷孙俩的感情更像是亲密无间的朋友。

他是从丁敏慧的微信上得知爷爷去世的消息的。那天，戈睿正在协助调查一起屠杀平民的事件。惨不忍睹的尸体和满墙醒目的弹孔告诉他，这是一起胁迫驱赶后用机枪进行扫射的杀戮。触目惊心的屠杀和爷爷去世的噩耗差一点就把他击倒在地，他满怀悲怆地扶住布满弹孔的报废汽车一阵大哭。同行的翻译和同事都急切地问他怎么了，他低下头默默地对着远方，深鞠一躬，哽咽着用英语说：“就在昨天，我最尊敬的亲人离去了。”

一位外国军人向他伸出大拇指赞颂他怀抱一颗神圣的悲悯之心。

戈睿沉痛地告诉他：“这不是悲悯，是彻骨的悲痛。”

戈向东的拥抱把戈睿从沉痛的缅怀中解脱出来：“你的爷爷是幸运的，最起码他半生征战，九死一生，可以魂归故里。”

戈睿也拍了拍父亲的背说：“你们进行的那场战斗我曾经认真研究过，就当时而言，我认为你跟连长林春风的指挥都是正确的，都是为大局出发，试图以最小的代价换取战斗最大的效益。所以，你不必为自己做出的决定感到不安。后来，团部突然改变了作战计划，那也是依据你们提供的情报临时做出的调整，如果不调整盲目地组织进攻，那么死去的就不仅仅是你们连的几十个人，而是血流成河。后来，根据敌方解密的情报，那个山谷屯聚着敌人一个机械化步兵师和两个团。你们用几十个人换取了几百条生命和中国军队的荣誉。”

戈向东愕然地望着儿子，久久说不出话来。

戈睿接着说：“我接触到这个战例的时候深深受到震动，那时候我们的侦察手段和轻武器装备太落后了。

战争如果放在今天，几乎用不着你们这么大规模大纵深地深入敌后进行侦察，依靠侦察卫星就能引导巡航导弹和航空兵进行打击。特殊情况下，这种敌后渗透侦察还是要认真准备的，战争最终决定胜负的还是在于人，未来侦察兵仍然肩负着引导、打击、毁伤、评估的重任，所以战争一旦开打，牺牲在所难免。”

戈向东长叹一口气:“是军人，就要随时准备牺牲，可是活着的人怎么办，现在的官兵大多都是独生子女，一个人的离去，会影响到几个乃至十几个家庭。战争中的军人，死亡是容易的，痛苦的是活着的人啊。”

秋风凉了，戈向东站在礁石上，望着苍茫大海再度陷入了沉思。

4

得知戈睿回天海的消息，魏沛姗当夜就飞回了天海。

魏沛姗喜欢戈睿。熟悉他俩的人都知道。

魏沛姗从幼儿园就跟戈睿一个班，也算是两小无猜。

有一次，魏东阳开玩笑似的对梅雅莹说：“嫂子，有一天，我们家沛姗要是跟你们家小子成了，我们就真是一家人了。”梅雅莹高兴地笑着说：“你要是愿意，这儿媳妇我现在就定下了。”二人玩笑般的调侃恰巧被魏沛姗听到了，她那张白皙的脸庞瞬间红成了熟透的苹果。

那年，魏沛姗在西南政法大学读书，听说丁敏慧跟林浩楠好了，高兴得不知所措，连夜坐火车去长沙国防科技大学找戈睿。上车没有座位，她站了一夜绿皮火车，一到长沙火车站，一掏口袋，发现钱包和车票都不见了。戈睿闻讯赶到车站的时候，她正在补票室门口栅栏边蓬头垢面地蹲在那儿呜呜地哭。戈睿责怪她来的时候也不打电话。

魏沛姗拿眼睛怯怯地望着戈睿说:“我是逃课来的，我怕你不让我来。”望着魏沛姗楚楚可怜的样子，戈睿揽住她的肩膀拍拍她说:“没出事就好，你要是出了事，魏叔叔不吃了我才怪。”依靠在戈睿健壮的胸口，一身疲倦和委屈的魏沛姗感到所有的不愉快烟消云散。傻傻的她见了戈睿第一句话就告诉他，丁敏慧跟林浩楠好了。那一刻，魏沛姗没有看到戈睿的伤心。他只是轻描淡写地说，好就好了吧，有什么奇怪，他们很多年前就好了。戈睿就是这么个波澜不惊的人。或许那时候，一身戎装的戈睿没有闲心去想男女间那些风花雪月的事了。

戈睿要准备物资器材到野外进行外训，就请了一天假，陪她游览了岳麓书院和湖南第一师范后，给她买了票匆匆送她上了火车。那一次去看戈睿的经历，魏沛姗把它当作人生中最快乐的时光，虽然只有短暂的一天。黄昏的时候，戈睿在站台上送她上火车时，那句话她一直憋在心里。她想说她喜欢他，她想跟他好，可这句话在嘴边火团儿一样滚来滚去，还是没有说出口。少女的矜持和羞涩，让她错过了一次表白的机会。

戈睿军校毕业到部队后，魏沛姗曾经应戈睿的邀请去过一次军营。戈睿连队的一个士兵家里涉及经济纠纷，需要聘请一个专业律师。戈睿找到了魏沛姗。没到过军营的魏沛姗一下子就被这个男人的世界吸引住了。清一色青春洋溢的军人，朝气蓬勃，每一个人身上都散发着向上的蓬勃力量。魏沛姗看着戈睿站在这些年轻士兵面前，挺拔自信，霸气十足的样子，怦然心动。戈睿曾经对她说，男人的帅来自军营。过去，她曾经质疑过。此刻，英姿飒爽的队列在她面前一走过，社会上那些衣冠楚楚的型男，打扮得花里胡哨的"伪娘"靠边站。

那场官司，魏沛姗帮那个士兵打赢了，为他们家挽回了十几万元的经济损失。戈睿和那个战友请她吃了一顿饭。饭桌上那位高大健硕的战士泪流满面。官司打赢了，挽回的不仅是他们的家产，更挽回了一个军人家庭的尊严。后来，戈睿说，那位士兵是他们连里的尖子，在国际特种兵比武赛场上拿过很多个冠军，是一位赫赫有名的钢铁战士。男儿有泪不轻弹，魏沛姗面对着泪流满面的特种兵不知所措。

戈睿告诉她，只有他们这些经历过生死磨砺的军人才知道同伴的重要和友情的珍贵。"战友"这两个字，是可以彼此把命运相托的。

魏沛姗产生了免费为军人实施法律援助的念头，当她把这个念头告诉戈睿时，他激动地冲她直竖大拇指。那一刻，魏沛姗心里产生了从未有过的甜蜜。戈向东和父亲魏东阳常常告诫她，赠人玫瑰，手留余香。

原来做公益事业的幸福感就是这么来的。

在部队的几天里，戈睿没有时间陪她。戈睿带领的连队是尖刀部队，训练十分紧张。戈睿担任教官的特种兵“魔鬼训练营”闻名遐迩，从他们连队走出去的士兵个个身怀绝技。作为对魏沛姗的感谢，戈睿为她组织了一次小规模的特种兵技能观摩。士兵们表演了攀登悬崖、城市反恐、擒拿格斗和硬气功。魏沛姗兴奋得差点把手掌都拍肿了。

戈睿前往国外担任军事观察员的那段日子，魏沛姗每天都看国际新闻。画面里的枪炮声和弥漫在残垣断壁间的硝烟让她惊心动魄。为了不让亲人们担心，戈睿每天都发微博。微博里，戈睿会把当天发生的那些惨不忍睹的画面和战争情况发表在博文里。魏沛姗每天都看，每次都会跟帖写出篇幅很长的祝福和思念。关注戈睿成了她生活中不可或缺的一部分。当一个人的生活成为另一个人生活的一部分，生命成为另一个人生命的一部分，情感成为另一个人情感的一部分，这可能就是人们所说的那种生死不渝的爱情。

戈睿休假的消息是梅雅莹告诉她的，接完这个电话，她心中像小鹿乱撞。戈睿出国一年多的时间里，她几乎每天都在渴望见到他。每次视频电话，她总是握着电话不忍关掉。魏沛姗一直跟梅雅莹联系密切。每次见面，梅雅莹总是喜欢买一些礼物给她。她拒绝的时候，梅雅莹就跟她半开玩笑地说：“拿着吧，给你买就等于给我们家买。”她心里清楚，梅雅莹希望她跟戈睿在一起。

魏沛姗从北京回来的那天晚上，她跟梅雅莹躺在一张床上。交谈中，梅雅莹告诉了她一个连戈睿和丁敏慧都不知道的秘密：丁敏慧是戈睿的亲姐姐，是戈向东跟丁馥芬的女儿。听到这个消息，魏沛姗很久才缓过神来。的确，两个人的额头、眉毛、眼睛、鼻子、嘴巴，尤其是尖尖的下巴，真像是一个模子刻出来的。魏沛姗突然间释然地笑了，原来她心里如此惦记的情敌，竟然是姐姐。

那天夜里，梅雅莹跟她讲了很多过去的事情。讲了那场战争和战争中的人；讲了她跟戈向东的爱情以及她跟丁馥芬的过去。梅雅莹还讲了戈向东转业后所经历的那些事；讲了那些烈士和那些烈士的亲人、遗孤。她们聊到了很晚，要睡觉的时候，梅雅莹望着天花板长叹一口气："做一名军人难啊，面对生死，需要担当的太多；作为一名军人的妻子，更难，你得跟他一起担当原本不该担当的一切。"

这些年，魏沛姗亲眼目睹了戈向东和梅雅莹的担当。他们两个为了那些军属、烈属操碎了心，费尽了神。戈向东那些战友和那些战友的亲戚、朋友不断登门，南来北往，什么要求都有，孩子上学、亲戚找工作、带老人来省城看病、家里困难需要救济……戈家几乎成了车马店，吃、住、行都得管。

魏沛姗躺在梅雅莹身边，眼睛盯着天花板上模糊的吊灯轮廓，久久不能入睡。她眼前浮现出的全是戈睿的影子和军营那些年轻的士兵。她知道梅雅莹对她说这番话的原因。梅雅莹知道她喜欢戈睿，想让她冷静地思考一下她跟戈睿的未来。

一个女人对男人的爱慕最初是从崇拜开始的。因为崇拜就特别关注，因为特别关注就开始惦记。但真正的爱情是通过时光慢慢滋养起来的。爱情就像一粒种子深埋在厚厚的土层，萌动、发芽，在时光年轮中茁壮起来，枝蔓蓬勃，直到开满鲜花。这些年来，无论是大学校园里主动献殷勤的奶油小生，还是后来职场上风流倜傥的成功人士，魏沛姗的身边从来不乏优秀的男性。可是，把他们跟心目中的戈睿作一下比较，这些人犹如皓月旁点缀的繁星，跟她心中常常惦记的戈睿相比，微不足道。

5

戈睿陪着戈向东和梁家宝跑步。滨海五号地的秋天没有那种肃杀的感觉。翠绿的热带雨林树木像是适应了温带的生活仍然生机盎然，博士罗雅用科技手段为地处温带的滨海城市留住了一片天然的氧吧。

阳光温和而持久。斑驳的光落在树林间的鹅卵石小路上，让那些光亮的石头闪烁着迷人的光芒。戈睿跟跑在梁家宝后面一个身位的地方，隐隐能听到梁家宝急促的喘息声。他不想超越他，这样的老兵值得敬佩。事实上，在他的部队里，至今仍然能找到这样品质的老兵。军营就是这么一个特殊的地方，体验过这个集体生活的很多人都能保持一个良好的生活习惯。

梁家宝像是有了对手，他奔跑的速度显然比往日要快一些。戈向东在后面追逐着，有些力不从心了。前些日子，他悄悄去医院进行了检查，他肺部的阴影有些扩大了，医生告诫他不要做过于剧烈的活动，他只有慢跑，肺部那两块弹片正好卡在主干血管的两侧。手术是梅雅莹做的，她清楚弹片的位置，如果要剥离它们肯定会影响主干血管。他刚刚做过CT，两块弹片呆在那里还算是老实。

梅雅莹和魏沛姗坐在长椅上看着三个男人跑步。

山坳里的朝阳坡，阳光正好。魏沛姗被这里美丽的景色吸引住了，温泉边芳草萋萋，还有零星的野花在开放。这是繁华都市里很难寻觅的一处山水美景。明亮干爽的太阳光，照耀在眼睛里像是一点一点地融化掉了，温柔得令人沉醉。温泉里升腾起薄薄的雾霭，在远处苍翠的林木间久久不肯散去，那绿色的树木宛如刚刚出浴的丽人，披着一层随风飘动的细纱。远处就是波涛汹涌的海和正在建设的滨海别墅。别墅和别墅之间被绿色的植被笼罩着，看不出正在搭建的三脚架和施工的工人。

梅雅莹也很惬意。戈向东生意上的事情，她很少关注。她只是曾经听魏东阳说过滨海五号地，周海龙、孙茂群的离开就是因为这块地。现在看来，她觉得戈向东的选择是正确的。这里除了离市区远一些，确实是一片天然福地——三面环山，朝阳山坡面对大海，隐秘在山坳里的温泉更是一处奇观。尽管天海市遍地的海滨浴场，但到了秋天和冬天，寻觅一处温泉却是难上加难。梅雅莹在天海呆了将近三十年，她从来都没发现还有这样美的一个地方。戈向东总能看到很远的地方，丝毫不为眼前的利益所动。梅雅莹不懂生意，但她心里明白，久处喧嚣纷杂的都市，太需要找个地方静一静了。梅雅莹就想，如果有一天她退休能在这里颐养天年，未尝不是一个很好的去处。

梅雅莹不知道戈向东到底有多少钱。离婚的时候她也没有要他的钱。很多人劝她，最少也要戈向东百分之三十的股份。她不知道百分之三十的股份到底有多少。后来听魏东阳说，孙茂群百分之十的股份就拿走了天海几个亿。当时她吓傻了，她不知道丈夫竟然是传说中的“富豪”。没离婚的时候，她收到过不少以“家庭开支”名义给的钱，后来存起来也有几百万之多。这些钱她一分都没有动，那是他戈向东的钱。梅雅莹升任医院副院长的时候工资已经好几千块了，她的生活很简单，花不了那么多的钱。

梅雅莹的印象里，从认识戈向东的那天起，就没有花过他的钱。上世纪 80 年代中期，老爷子戈正北给了他们两万块钱，让他们结婚时用。那时候，正赶上林浩楠的母亲李琳再婚。戈向东用这些钱给李琳买了电冰箱、洗衣机和彩电。他说他曾经答应过老连长，要照顾好他的家人。他们的婚礼是用她多年积攒下来的钱办的，婚后七八年里，家里一直是一台十四寸的黑白电视机，家里的一切开销全靠她的工资和老爷子戈正北的退休金。她还从全家人的嘴里硬抠出六千块钱还了孙茂群的账。

梅雅莹不是个看重物质的人，她只在结婚时买过一件红羊绒大衣。她知道，戈向东心里装的事太多，装的人太多了。

早晨接到戈向东的电话，梅雅莹感到很奇怪。离婚后，他很少主动跟她打电话。戈向东跟儿子要去一个地方，问她愿意不愿意去。她提了个条件，要去的话得带上魏沛姗。戈向东在电话那端笑出了声，他知道梅雅莹的心思。他们之间常常有这种默契，一个眼神或者一个微笑，彼此就能心领神会。可这种默契只是他们夫妻生活的表面，很多时候，戈向东像个深不可测的谜，没有人能猜得懂。譬如，他能在不动声色中跟丁馥芬有了孩子，这件事就让她始料不及，也永远不可原谅。

三个男人大汗淋漓地相继跑过来。最先跑回来的是梁家宝，后面跟着戈睿。梁家宝指着戈睿冲梅雅莹竖大拇指。梅雅莹用毛巾给梁家宝擦着头上的汗，拍拍他的肩膀也竖起了大拇指。梁家宝的手术也是梅雅莹做的。当时在野战帐篷里，手术条件很差，脑部手术的要求又太高，创伤清理得不太彻底，到了后方医院，不得不进行了二次开颅手术。

梅雅莹最心疼的就是梁家宝。受伤时，他的年龄最小，才刚刚过完十九岁生日。手术后，梅雅莹对他的照顾就更细心一些。她亲自喂饭，自己掏工资买营养品，每个月一百来块钱的工资，大部分都到了梁家宝的嘴里。

梁家宝康复回连队前对梅雅莹依依不舍，他不止一次地对戈向东他们几个说："梅医生就像观音菩萨，她的恩情我一辈子都报答不完。"分手时，梁家宝送给梅雅莹一块缅甸翡翠观音，梅雅莹至今还挂在胸前。所以，梁家宝犯病的时候只认两个人，一个是梅雅莹，一个就是戈向东。

戈睿跑回来的时候，魏沛姗拿着毛巾迎了上去。戈睿穿了一件迷彩背心，浑身的肌肉在汗水浸泡下热气腾腾。魏沛姗为他擦着后背，戈睿没有拒绝，当指尖触及他宽阔的肩膀，一股男人陌生的气息袭来，她怦然心动。意乱情迷中，戈睿把她手里的长条毛巾要去了，他一边自己擦着汗，一边对魏沛姗说："沛姗，去车上给哥拿一瓶水来，渴死了。"

戈向东最后一个跑过来，他的嘴唇有些发紫。梁家宝嘲笑他跑了倒数第一。戈向东的呼吸有些急促，他的肺部隐隐约约又开始疼了。梅雅莹递给儿子一条毛巾，戈睿抓过来，擦着父亲背上直往下流的汗。在梅雅莹眼里，这是儿子第一次为父亲擦背，看着父子两个亲密的样子，她心里一阵温暖。

原本是幸福的一家人，却被另外一个女人生生地插了进来。梅雅莹想起这件事情就对丁馥芬心生恨意。

三个男人躺在绿油油的草地上小憩了一会儿，戈向东就让儿子陪着魏沛姗去看温泉，自己开车把梅雅莹和梁家宝拉走了。行驶的越野车上，梅雅莹呢喃了一句："你这辈子终于做了一件明白的事。"

戈向东没有回应，只是呵呵地笑着。

滨海五号地只剩下戈睿和魏沛姗。两个人沿着海边走着，魏沛姗问了他在国外的情况，戈睿一问一答，目光总是盯着远处向阳坡的山峦看着。魏沛姗看着他有些走神，就安安静静地不说话了。经历了异乡战火洗礼后的戈睿变得更加成熟了，男人又因成熟变得深沉，甚至深沉得有些忧郁。她不知道他在思考些什么。戈睿问了她的工作情况，她简单地做了回答。

两个人像是初次相识的朋友，说话都显得小心谨慎。梅雅莹和戈向东把他们单独留了下来，原因他们心里都很明白。他们小心翼翼地交谈着，彼此像带着一种仪式感般的心情，谁也不愿意触及那两个字。魏沛姗连自己都奇怪，两个八五后的年轻人，恋爱像是倒退了二十年，没有拉手，没有拥抱，甚至谁都羞于开口。这样的矜持连他们自己都觉得怪怪的。

还是戈睿率先打破了沉默："沛姗，我们还像过去那样做个好朋友，好吗？"

她推测过可能发生的各种情况。她以为不管什么情况自己都可以很坦然。但此刻，她的心里还是涌起了一丝悲凉。女孩子，被拒绝的感觉很心痛。她极力地掩饰着自己的失望，放弃自尊地问他："你心里有别人了吗？"

戈睿坚定地摇了摇头，他像是看出了她的失望和伤心，揽住她的肩膀说："沛姗，我知道我这样做你很伤心。可是，作为军人的后代，你是知道的，我所在的部队是陆军中的精锐，所以我们就像行走在刀尖上，时刻要面对什么，你想想就会明白。我害怕倘若有一天我离开，再也不能回来，会给你带来一生一世的伤心。过去，我们可能都不理解我们的父辈，他们肩膀上担负着原本不应该由他们担负的一切，他们不仅自己艰难地活着，还要承载着别人的痛苦，别人的快乐和幸福，但现在我明白了。沛姗，我想我给不了你想要的承诺。”

魏沛姗没想到戈睿会有这样的想法，像是一下子打开了一扇久闭的门，阳光瞬间照亮了她几近绝望的情感世界，她觉得她第一次走进了他的生命。

魏沛姗心里不由涌起一阵暖流：“我知道，可是即便是这样，我也愿意。”

戈睿不知道自己该说些什么，他轻轻地把魏沛姗抱在了怀里，把脸紧贴在她的耳边：“谢谢你，沛姗，越是这样，我们越是应该慎重对待我们的感情。”

6

东业集团“龙腾置业”的行业酒会上，丁馥芬和周海龙作为公司的董事长和总经理联袂出席。一脸粉刺疙瘩的周海龙，鼻头上的那颗粉刺红得发亮。五十岁还长青春痘的男人，显示了一个单身男人旺盛的荷尔蒙。丁馥芬的脸上似乎也看不出岁月的沧桑。

酒会由吴老板的文化公司承办，会址设在滨海高尔夫球场附近的净月会所。会场布置得不奢华，但很上档次。负责接待的女子像是海选过的，清一色的身着蓝底碎花旗袍，像摆设在碧水蓝天间的青花瓷器。

大厅里商贾云集，省、市领导亲临现场更是给整个酒会带来了不小的震动。龙腾置业给天海带来的利税已经超过了天海地产，没有哪个执政者不满心欢喜。魏东阳也随政府班子领导前来祝贺。他望着意气风发的周海龙和风情万种的丁馥芬，十分感慨。

巨大的“龙腾置业”牌匾下，周海龙频频举杯。他不惜背叛生死与共的兄弟，或许就是为了今天。前些年，天海地产业的腾飞，让主管地产的周海龙有些膨胀，他常常在一些场合自诩自己是天海商界的一条龙。

龙是不愿久居人下的。

东业集团给了周海龙腾飞的机会，龙腾置业大概就此得名。

领导们匆匆打个照面就走了。临走时，市长把魏东阳留下来，要他给老战友撑场子，以此表示市政府对龙腾置业的重视。出门时市长对魏东阳说：“老魏，你的战友个个都是精英，天海商界，复转军人横刀立马，我们还真得好好总结总结。你以工商联谊会的名义，把这些精英网罗起来，在天海搞出点大动静来。”魏东阳笑着说：“让一个公安局长搞这些，你不害怕我把你的财神爷给吓跑了。”市长也哈哈大笑:“这个我倒不顾虑，有你这个分管公安的副市长保驾护航，天海市治安风平浪静，商业繁荣，你出面，大家心里才最放心嘛。”一群人簇拥着领导出了会场，目送长长的车队渐行渐远。

范梦蕊出现在丁馥芬和周海龙面前，几个人在一起寒暄着，魏东阳朝他们走过去。因为主管政法和公安，魏东阳跟范梦蕊很少打交道。他只在经济频道中见过这个漂亮能干的女主持人。

此刻身着晚礼服，袒露着后背和深深乳沟的范梦蕊，美丽得着实让魏东阳吃了一惊。从荧屏到现实生活，这样的变化太大了。丁馥芬向魏东阳作了介绍，魏东阳礼貌性地跟她握了握手。作为市公安局长，魏东阳掌握着各个会所的内幕，他知道这家新开业的净月会所，背后的老板就是眼前这个年轻女孩。

从法律上找不到任何违规和破绽，会所的法人另有其人，一切看起来跟范梦蕊毫无关联。魏东阳曾经听周海龙说过，他的地是东业集团从省国土资源厅的常务副厅长范运成那儿拿到的。由此看来，范梦蕊的私人会所出现在这里就不足为怪了。

四个人聊了一会儿。魏东阳觉得时间差不多了，就告辞离开。出门时他觉得领导们真是可笑，把一个公安局长留在这里，像是戳在富人们心里的一根木头，要有多堵心就有多堵心。他知道，他的离开，才是这些富人们快乐的开始。周海龙和丁馥芬把他送到门口，然后就随着范梦蕊应酬去了。作为经济频道的资深主持人，这些富豪范梦蕊都熟悉。龙腾置业需要与当地显贵沟通和交流，她是最好的媒介和桥梁。

酒会一直持续到很晚。皓月当空时，富豪们酒足饭饱，或听琴赏月，或饮茶作赋，或回到别墅私约情人，或乘私人游艇出海，各寻其乐。

喧嚣繁华散尽，丁馥芬也准备离开。

周海龙对她说：“你看这明月清风的，我们两个不该喝一杯吗？”

丁馥芬笑了笑：“我们两个最应该喝一杯，地球飞转了十几年，把我们再一次转到了一起。”

周海龙不无感慨：“我曾经拍着胸脯对你说，我要给你想要的生活，现在看来，没有我，你也能找到这样的生活。”

丁馥芬长叹一口气：“这样的生活也未必是我想要的，不说了，为我们今后的愉快合作，为龙腾置业的兴旺发展，干一杯。”

两个人一饮而尽，放下杯子，站在别墅的栏杆前看着月光下退潮的大海。

周海龙最先开了口：“执着害人，更多的时候是伤己。”

“可要是没有执着，就失去活着的意义了。”

周海龙摇了摇头说：“你说得也对，没有了这个，人生就像失去了方向，这些年我们都是靠执着活下来的。”

周海龙曾经对丁馥芬说过，爱你，就会想办法给你想要的生活。这句话周海龙说了两次。一次是他向丁馥芬表白的那个清晨，一次是他因涉嫌挪用公款被逮捕的那个黄昏。他至今都清楚地记得，他说这话的时候丁馥芬的回答，她不爱他，根本不需要周海龙准备给予她的生活。

第一次说这话的时候，丁馥芬正深陷单恋的泥沼里不可自拔。那时候丁馥芬对戈向东的爱到了如醉如痴的地步。那个清晨，他把戈向东转业的消息转告给身心俱焚的丁馥芬，他从丁馥芬脸上看到了透顶的绝望，这个消息像是一把刀子捅进她的胸膛，她悲痛欲绝地捂着胸口蹲在地上久久不肯起来，好大一会儿，才站起来，擦干眼泪，一脸坚定地说："我要转业，我要进省城。"周海龙告诉丁馥芬，她的一切努力都是没用的，戈向东不会爱她。

戈向东临走时让周海龙捎给丁馥芬一封信。那封信没有密封，周海龙看了。戈向东在信里对丁馥芬说，他给不了她承诺，也给不了她想要的生活，他祝福她跟周海龙能够幸福。

那个阳光明媚的清晨，周海龙对满心悲怆的丁馥芬说："他不爱你，我爱你。爱你，就一定能想办法给你想要的生活。"

他记得那一刻丁馥芬对他鼓足勇气的表白有些歇斯底里，她推开他安抚的手大声控诉："我要跟戈向东在一起的生活，你能给吗？"周海龙心怀一颗打不碎的爱恋之心，他认为爱情是可以培养和忍耐出来的，他可以包容她的一切，甚至她的不爱和排斥。

周海龙清楚，戈向东从来没有向丁馥芬承诺过他爱她。自从他告诉戈向东爱上了丁馥芬之后，戈向东就掐断了同丁馥芬之间所有的联系。

戈向东转业之后，丁馥芬一心想转业进省城。但根据转业文件规定，如果没有直系亲属或配偶的户口在省城，丁馥芬的这个梦想根本就不能实现，她只能回到她的老家宜宾那个小县城去。

周海龙一心想转业进入省城很大程度上是因为丁馥芬。令他没想到的是，他的转业也没能换来丁馥芬的爱。在他等待分配的半年里，丁馥芬以杜威妻子的身份出现在了他面前。命运就是如此喜欢开玩笑，周海龙总是觉得自己慢半拍。

医疗器械被骗事件后，当主管信贷的副行长和警察出现在他面前的时候，他没有丝毫的畏惧和不安。他淡定从容地伸出手，自觉地让冰凉的手铐铐住了他的双手。那一刻他心想，毕竟他给了丁馥芬一段幸福的省城生活。他满怀欣慰，他和丁馥芬还有了漂亮的女儿丁敏慧。他面带微笑地对着满脸泪水的丁馥芬说："钱的事情你不要管，和敏慧一起等着我出来，相信我，爱你，就会想办法给你想要的生活。"说完，他听到丁馥芬嘶哑着声音说："我很快会把钱还上的，你根本不知道我想要什么样的生活。"周海龙仰脸望了望远处西边的天空，那个黄昏很绚丽，整个宿舍楼边的林子都沐浴在一片红光里。回头望过去，丁馥芬就站在院门口的大树底下，凄婉而美丽。

周海龙那时候一直认为自己完全可以成为供丁馥芬和女儿栖息的大树。而事实证明，他在丁馥芬强大的内心里连一棵小草都不是。戈向东把他从看守所里接出来不到半个月，他就接到了丁馥芬从香港汇来的两百万元支票。

女人，有时可以温柔得小鸟依人，有时也可以强悍得像凌空展翅的鲲鹏。

丁馥芬已经把自己变得十分强大了。她此刻是东业集团财务总监兼任龙腾置业的执行总裁，确切地说，她现在是周海龙名义上的上司。

周海龙希望她批准他那个庞大的融资计划，其实批准与不批准没有什么两样，东业集团总裁朱江龙已经定下了调子，只不过他想得到丁馥芬的承认。虽然，他这样做丁馥芬心里会不舒服，但不这样做，他的心里会更不舒服。这是他的梦想，他要轰轰烈烈燃烧一回，哪怕像当年的老连长那样，宁肯粉身碎骨也要把自己化作一声惊天动地的轰响。

夜风吹来微微的清香，这是来自丁馥芬身上淡雅的香水味。海上的游轮灯火辉煌，把幽蓝幽蓝的海衬托得更加诡秘。周海龙邀请丁馥芬去喝茶。他没想到，丁馥芬想都没想就爽快地答应了。

一身碎花旗袍的女孩把他们两个迎上了茶亭。两棵铁树枝繁叶茂地遮掩着窗口照来的月光。周海龙支走了准备表演茶艺的服务员，自己开始动手泡起了茶。他泡茶的动作很娴熟。

丁馥芬静静地注视着他有条不紊的动作："我知道你想问我什么，但请原谅，这件事情我觉得你已经没必要刨根问底了。"

周海龙没有说话，轻轻倒满一杯茶示意丁馥芬品尝。

丁馥芬端起茶，在鼻子前仔细闻了闻，一股清新的茶香沁人心脾。她放柔了语气说："海龙，我不想把私事掺杂到工作中来，这样会影响我们的合作。"

周海龙也喝了一杯茶："丁总裁怎么就知道我要问

哪件事情，怕是心虚吧？”

“我有什么可心虚的，我从来没有说过敏慧是你的孩子，至于她是我跟谁的孩子，这件事好像跟你无关。”

周海龙点了点头：“我知道，不管敏慧是不是我们的孩子，这个问题已经不重要了，关键她是你的孩子，我们共同的心愿是让这个孩子过得更好。”

周海龙的一席话让丁馥芬放松了绷紧的神经。她把品过茶的茶杯放下来，心情放松地望着窗外。

周海龙又倒上了一杯：“你放心，我不会把我们这代人之间的不愉快带给孩子的。”

丁馥芬重新端起杯子放在嘴边呷了一口，说：“是啊，就让那些荒唐的岁月和荒诞不经的事情过去吧，他们应该有他们的生活。”

周海龙热切地望着丁馥芬：“我们也应该有我们的生活。”

丁馥芬望着充满期待的周海龙，她不知道该怎么接过他的话茬。或许是到了知天命的年纪，莽撞、野蛮的周海龙变得成熟、稳重，仔细想起来，眼前这个男人也算是一个有责任感的男人。在这个物欲横流的时代，有点成就仍然还有责任感的男人已经凤毛麟角。她不敢肯定这些年来对周海龙的憎恶是否会因再次的重逢而消弭。他在一个错误的时间和错误的地点生硬地插入了她的生活。因为他的存在，让她逝去了青春和最宝贵的爱情。对于一个青春芳华逝去的女人来说，爱情已经是虚幻飘渺不着边际的事情，她已经被捆绑在一个老人身上二十年了。她不知道她跟朱江龙在一起究竟是为了什么。

无数个夜晚，她躺在一个大她三十多岁的老人身边，听着他的鼾声追忆浪漫的青春和浪漫的爱情，是多么残酷的一件事情。泪水对于她来说已经是奢侈品。那些眼泪都在无数个不眠之夜伴随着时光流水般远去了。那些终将逝去的青春和爱情，只是她孤独记忆中的一抹虹影。

周海龙说得没错，他们应该有他们的生活了。她觉得自己很悲哀，她一直坚持着爱情至上，可爱情只是她生命中的一个传说。周海龙热切地望着她，眼前这个五十岁的男人身体健康，精力跟三十几岁的男人没什么区别，难道这个男人就是她终生的依靠吗？这个想法产生的瞬间，连她自己都不相信。

7

林浩楠把儿时伙伴聚集到天海集团旗下的蜃楼明珠旋转餐厅吃巴西烤肉。之前，他去请示了戈向东。戈向东很满意地望着他说:“这是你们这一代人的聚会，你是老大，他们都是你的亲人，必要的时候你这个大哥要学会负重和担当，更要学会宽容和接纳，忍让和委屈。我这个大哥做得就很失败，否则，你周叔叔和孙叔叔也不会离我而去。我的脾气不好，爱骂人。希望你能把他们团结起来，我们天海集团有很多这样的兄弟姐妹，他们的家庭跟你几乎都是一样的。因为那场战争，他们失去了亲人，他们应该比别的同代人过得更好更幸福。”

林浩楠从戈向东的办公室出来，心里沉甸甸的。他没想到一顿饭也能让戈向东讲出这么多话来。他觉得原本兴高采烈的一顿饭变味道了，他心理上感到了负担。这段日子，他突然发现戈向东苍老了许多，两鬓已经斑白了，而且有雪白的趋势，连说话也有些啰嗦了。在他印象中，戈向东说话做事干脆利落，一副大将风度。这一点，是林浩楠最崇拜他的地方。

或许是，人一天天老去，思想和行为都会发生蜕变。

华灯初上时，戈睿、魏沛姗、梁小宝先到了。林浩楠告诉大家，丁敏慧正在从机场赶回来的路上，她要大家一定等她，他们聚在一起太不容易了。

孙昭阳姗姗来迟，身材不算高大，但体形健壮的他看起来十分威武。特警出身的他最近升任了刑警大队的第一中队长，意气风发。他肤色黝黑，刚从非洲维和回来半个多月。他开玩笑说，在非洲夜里根本看不到人，只能看到雪白的牙齿飘来飘去。

戈睿伸出双手跟孙昭阳碰了碰，击掌三声，张开双臂抱了抱，算是见面礼。这是高中毕业后两个人最熟悉、最男人的独特礼节。

戈睿照着孙昭阳肌肉凸起的胸脯捅一拳：“非洲的阳光和野牛肉真是好，这肤色油光闪亮，胸肌也发达了不少。”

孙昭阳拍着自己的胸脯："比你们侦察兵还是差一点。"

梁小宝举手向林浩楠申请："来晚的等一会儿罚酒三杯。"

孙昭阳看了看屋子里的几个人，狡辩说："我可不是最晚的，敏慧姐还没到。"

林浩楠笑着说："丁敏慧请假了，她正在从机场赶来的路上。"

孙昭阳在戈睿身边坐下来，对林浩楠说："请没请假我们也不知道，反正你们两个是一伙的。"

孙昭阳从小跟戈睿的关系最铁，跟林浩楠的关系差点。过去在一起聚会，两个人总是抬杠。孙昭阳看不惯林浩楠老大一样的做派，他总觉得林浩楠骨子里有一种阴森森的东西，凶狠而邪恶。在戈睿和丁敏慧的事情上，孙昭阳更为林浩楠的横刀夺爱愤愤不平。在戈家，戈向东和梅雅莹一直宠着他。林浩楠要风得风，要雨得雨，哪怕是要命，戈向东都舍得给他。林浩楠从不缺钱，吃穿住行是同龄人中最好的，他的一辆山地车能顶戈睿的好几辆。戈向东无条件地满足林浩楠的一切要求，而这一切他却好像心安理得。

孙昭阳对林浩楠这种心安理得十分厌恶。一个人要有自知之明，他毕竟不是戈向东和梅雅莹的亲生儿子。

谈话间，大家都在讨论林浩楠刚刚换的新车。那辆新款限量版的宝马越野，要好几百万。孙昭阳有些不舒服，他觉得这样的事情不值得炫耀，而是过分地张扬和无耻。这些年，孙昭阳经手的富二代犯事的案件太多了，暴力、杀人、强奸、吸毒……这些人为所欲为，践踏法律和道德如家常便饭。

金钱可以糜烂生活，锈蚀灵魂，滋生罪恶，让年轻变成冲动，让常人变得疯狂。

孙昭阳厌恶这样的张扬和招摇。

一身名牌西装的林浩楠风流倜傥，一副天海集团副总的架势，让人反感。

孙昭阳觉得戈向东真是疯了，把一个超级现代商业集团的旗舰交给一个海盗做大副。而且看这架势，这大副很快就会取而代之成为真正的船长。真难以想象，天海集团的商业舰队要是变成了不折不扣的海盗船，结果会是个什么样子。

林浩楠给孙昭阳打电话的时候，他刚跟父亲孙茂群激烈地吵了一架。

孙昭阳从非洲回来后，立功、升职、晋衔。孙茂群又当选为区里的政协委员，可谓喜上添喜。但父子两个却闹翻了。

孙茂群的化工厂，污水处理系统和空气净化系统极差，孙家铺被弄得是乌烟瘴气，一条清澈透底的沙河也变得臭气熏天。孙茂群当选村委会主任时向全村人承诺，他要带领全村人过上好日子。可是，刚刚拿上化工厂工资的村民们沾沾自喜没几天，突然发现自己把赖以生存的环境给祸害了。于是，有人就开始挑头闹事。

父亲孙茂群找到他，让他带刑警把带头闹事的人给抓起来。孙昭阳本来就对父亲从天海集团挖墙脚、厂子污染环境，心存不满，听他这么说自然就没有理会他。孙茂群骂儿子是白眼狼，孙昭阳反唇相讥：“白眼狼也是跟你这个老子学的。”孙茂群气得直翻白眼骂道：“你他娘的到底是谁的儿子？”

“谁的儿子也不能为虎作伥。”

孙茂群怒气冲天地走了。他放话，一定会想办法摆平。

孙茂群现在财大气粗，相信钱能摆平一切。孙昭阳想叫住父亲，可他已经头也不回地走远了。夕阳里，满怀愤怒的孙茂群走得很快，微微驼背的背影有些颓废。孙昭阳心里清楚，他这个儿子让满心欢喜的父亲彻底失望了。

他觉得，父亲这样早晚会出问题，他不明白，一直踏实肯干的父亲为何突然间爱慕虚荣起来，一意孤行地跟自己的生死兄弟翻脸，成立“茂群化工集团”，自己担任董事长，还从天海集团旗下挖了一个女会计当总经理。那个总经理孙昭阳见过，三十几岁，招摇得像个妖精。令人可笑的是，孙茂群还当选了区里的政协委员，据说还要参选市里的人大代表。

巨额财富就像潘多拉魔盒，掀开盖子，欲望如洪水猛兽般鱼贯而出。按理说，孙茂群在天海集团当副总，戈向东每年给他的年薪和分红足以让他们一家人过上富足的生活。但金钱能使人膨胀，人心不足蛇吞象。孙昭阳替父亲担心。他刚刚带队抓了郊区海王村的村支部书记。一个其貌不扬的村干部，竟然鲸吞了村子里几千万的卖地款。他手底下养着几十个带黑社会性质的亡命徒，身上还背了两条人命。抓这个村支书时，他们付出了很大的代价，那些亡命徒手上有枪，他们队里一死一伤。

孙昭阳的心情糟糕透了。接到林浩楠的电话时，他本想拒绝的，当他听说戈睿也在，就不得不强打起精神。很长时间不见儿时的伙伴了，尤其是这几年，或许是职业的习惯，孙昭阳觉得只有跟戈睿才能谈到一起，尽管他跟林浩楠都在一个城市，但他们却鲜少见面。他总是觉得，林浩楠骨子里透着一股匪气。

聚餐安排在豪华餐厅的包房，包房窗外就是烟波浩渺的大海，酒柜里摆满了洋酒，法国白兰地、拉菲、路易十三……琳琅满目。林浩楠伸出手请戈睿选酒。戈睿问孙昭阳喝点什么。孙昭阳看了一眼林浩楠说："既然林总这么豪爽，就先来瓶82年的拉菲吧。"林浩楠打开酒柜，拎出了那瓶红酒。孙昭阳接过来就去拿启瓶器。

戈睿在后面踢了一脚孙昭阳的屁股说："臭小子，刚从非洲回来脑子就空白了，这瓶酒能养多少非洲流浪儿童。"孙昭阳说："你跟戈老爸一样，菩萨心肠，常怀一颗悲悯之心，非洲流浪儿童有非洲政府，有联合国难民署，跟咱们一毛钱的关系都没有，有好酒，先喝了再说。"孙昭阳说话时看了一眼林浩楠。林浩楠知道他话里有话。孙昭阳的意思是说："别觉得戈家欠你们林家的，你父亲林春风在战场上死了，那是为国捐躯，善待你，那是因为戈向东心地慈善，你自己心里别没数。"

林浩楠心里有些不快。戈向东让他当好大哥，他觉得根本不可能。多元化的时代造就了多元化的思想，他们这代人的基因里早就失去了父辈们的单纯。虽然不高兴，但他依然笑容满面："开吧，虽然我不像周叔叔跟孙叔叔那样拿公司的股份，但我的年薪好歹还能喝几瓶这样的酒。"

话赶话，脱口而出。林浩楠说出的这句话，就像一把毒辣的剑，刺得孙昭阳满脸通红，林浩楠在拿他的父亲说事儿，他想争辩，可没有说出口来。

孙昭阳见到戈睿的时候本来心里塞满了亏欠，现在林浩楠把伤疤揭开了，更让他无地自容。

戈睿听出了他们话里的火药味，也看到了孙昭阳的尴尬。他接过孙昭阳手里的酒瓶，放回了酒柜，云淡风轻地说了一句："我们就喝啤酒吧。"

孙昭阳就坡下驴："那就喝啤酒吧，免得林副总肉疼。不过开车的就不要喝了，几百万的豪车撞了是小事，醉驾是要被刑拘的。"孙昭阳蔑视地看了一眼林浩楠，话里的火药味仍然十足。

戈睿拉孙昭阳坐了下来。他知道孙昭阳眼里容不得沙子。

事实上，看到林浩楠那辆豪车的瞬间，他心里也不舒服。林浩楠仍然没有改掉过去小混混的习性，张扬、追逐名利。在林浩楠买车这件事情上，戈向东娇惯、纵容、毫无原则的毛病又犯了。

可戈睿又不能说什么，很多话只能憋在肚子里。父亲戈向东对林浩楠向来是有求必应。

话不投机，酒就喝得很别扭。戈睿怕冷场，主动找孙昭阳和梁小宝斗酒。作为组织者的林浩楠觉得自己被冷落和孤立了。很早就是这样，作为这个城市的外来者，他很难融入戈睿和孙昭阳他们的生活。

酒过三巡，丁敏慧才赶到。梁小宝要求她自罚三杯，丁敏慧豪爽地倒了三杯啤酒一饮而尽，"还是宝儿心疼你姐，一路上没喝水，渴死我了。"看着大家面面相觑的样子，丁敏慧知道自己的举止把他们吓住了，笑着说："这点小酒，小意思，白酒、红酒、啤酒、洋酒，就啤酒是我的强项，这次订货会，我喝倒了六个纯爷们。"

戈睿心里一阵难过。过去温文尔雅的女博士丁敏慧被天海集团打造成了一个不折不扣的女汉子。在天海集团最危难的时候，是这么一个纤纤弱女子力挽狂澜，救倾厦而不倒。

魏沛姗把丁敏慧拉坐在自己身边，给她要了一份烤牛排。丁敏慧一边吃着，一边望着戈睿额头上的疤痕走神了。说不出的原因，虽然她只比戈睿大了一个月，可随着年龄的增长，她对戈睿情感十分复杂。关爱？怜惜？眷恋？她连自己都说不明白。

林浩楠似乎也觉察到了丁敏慧眼神的变化，就悄悄从一边推了推她说："别傻看着你兄弟发愣了，牛排凉了可不好吃。"

戈睿似乎觉察到了丁敏慧的关心，就摸着额头上那块疤痕说："没事，就是让弹片给擦了一下。"

丁敏慧心疼地嗔怪他一眼说："那么不小心，距离眼睛和太阳穴也太近了。”

魏沛姗接过话茬说：“当初在视频电话里看到他伤成这个样子，我都担心死了，战场可真不好玩，恐怖死了。”

丁敏慧看着魏沛姗憨态的样子乐了：“这下我可放心了，我这傻兄弟终于有人担心了，沛姗，你这弟媳妇，我先认了。”

魏沛姗一下子红了脸，她推着丁敏慧说：“敏慧姐，你不带这样的。”

两个人闹了一会儿，大家又开始喝酒了。

孙昭阳端着杯子站起身来说：“真正感悟过生死的，怕只有我跟戈睿。所以，只有我们才理解我们的戈老爸。来，为了我们的戈老爸，干一杯！”

大家高呼着“干杯”。

孙昭阳接着讲了一段他在非洲执勤时候的故事。

那个黄昏，他们的车队经过非洲西部高原上的一座桥梁，前面的车子刚刚接触到桥面，一声惊天动地的巨响，他就看到一辆警车飞上了天，车队遭遇了地雷，最前面车上的三名警察随着警车被炸成了碎片。这三名警察中其中一个是他最好的朋友。而这个牺牲在异国的烈士出国前才结婚没多久，妻子的肚子里还怀着三个月大的孩子……

孙昭阳讲述这个故事的时候神情哀伤，把好端端酒场的气氛，搞得悲悲戚戚。戈睿把孙昭阳拉坐下，站起身来说：“我们说点儿高兴的事吧。”

丁敏慧站起身来说：“那我就说一件让大家高兴的

事，天海化工即将在东南亚三个国家建立分公司，如果大家有时间的话，可以顺着湄公河一路漂流，体验热带雨林的旖旎风光，所有费用，我全部负责。”

梁小宝率先欢呼：“坚决拥护敏慧姐的提议，去野外旅游，我第一个报名。”

孙昭阳也起哄：“这真是件高兴的事，我们可以组团响应，湄公河上有我们的武装特警巡逻，我给你们保驾护航。”

魏沛姗也积极响应，“我们可以趁机考察一下热带雨林植物，去的时候让植物学博士也跟上，争取再引进一些奇花异草。”

戈睿笑着说：“对于你们来说很简单，可我的身份只能在国境线这边行动。”

大家终于转移了话题，开始讨论野外旅行的物资器材准备。

8

午夜，大家散去。餐厅只剩下林浩楠和丁敏慧。林浩楠沉默了很久不说话，端着酒杯心情沉闷地望着餐厅的窗外。

丁敏慧从后面抱住他悄声问：“怎么了？”

林浩楠低沉地说：“我想到了那个女人肚子里的孩子，这世界只要有战争和杀戮存在，就会有像我一样的悲剧人物诞生。”

丁敏慧握了握他的手悄声说："悲剧人物？你比我强多了，你最起码知道你的父亲是个英雄，谁能告诉我，我的父亲是谁？"

林浩楠语塞。

丁敏慧知道这顿饭林浩楠吃得不高兴。她拿过林浩楠手里的杯子放到桌子上说："我知道最近你的压力太大，地产业的资本运作问题一直制约着天海地产的发展，龙腾置业的融资已经开始了，可以预测，他们的目标是横扫天海所有地产企业，独家做大。这个你不必太担心，天海集团不是这么容易被击溃的。"

林浩楠望着窗外，陷入了沉思。这些年他从戈向东那里得到的太多，按照他的江湖理论，出来混，总是要还的。他不知道，戈向东把他推到集团公司接班人的位置上到底是什么样的心理。天海集团凝聚了戈向东所有的青春和梦想。难道，他就这样轻易地把天海集团交给他这个毫无血缘关系的人？很多人想不明白，他更想不明白。

不久前，他开除了那个叫张默林的博士。他痛恨一味索取不知道感恩的人。可在很多人的眼里，他林浩楠索取得更多，财富、地位，甚至爱情。

戈睿和孙昭阳的态度让林浩楠一下子清醒了很多。很显然，那辆限量版的宝马越野刺激了他们的神经。他有点后悔换车了，几百万的豪车确实很扎眼。戈向东给他签字的时候，也皱了眉头，虽然最终还是签了，但他可以看出戈向东的不悦。

林浩楠有自己的道理，在富人的圈子里混，面子是很重要的。上市公司的年轻副总，总得有一辆跟他身份相匹配的车子。这不是他林浩楠的面子，而是天海地产的招牌。

林浩楠心里清楚，他跟戈睿的关系很难做到亲兄弟那样和谐，他们之间有心结。自从他来到戈家，就抢走了本应该属于戈睿的一切。戈向东和梅雅莹的情感偏移，让戈睿心生嫉恨，更重要的是他抢走了丁敏慧。戈睿和丁敏慧是大家眼里公认的金童玉女。戈睿喜欢丁敏慧，作为大哥，他不该横刀夺爱。他应该拒绝丁敏慧在大学时代对他的表白，那时候就应该狠一狠心，割断那段感情。

爱情是自私的。就在刚才，丁敏慧看戈睿的眼神还是让他心里有了醋意。他已经深深爱上了眼前这个魅力十足的女子，他想割舍已经不可能了，她已经成为他生命中的一部分，根本无法分割。

或许，从那个黄昏，他跟在戈向东后面走出少管所的大铁门，他的人生就跟戈向东联系到了一起。他们的关联缘于父亲林春风的死亡。成年之后，林浩楠一直被父亲林春风的死亡之谜所困扰，他不知道他的父亲在战场上到底发生了什么事情。父亲对他来说，太遥远，太陌生。

他曾经无数次对着镜子想象林春风的模样，中等身材，精瘦但很健壮，眼睛不大但很明亮。在母亲李琳的描述中，他永远穿一身草绿色洗得有些泛白的军装，一尘不染的黑皮鞋。林春风这样的形象也曾无数次走进他的梦里，但直到今天，也仅仅是他生命中的一个传说而已。

直到他成年，母亲才饱含热泪地告诉他，他的父亲年轻时就是他这个样子，他几乎是他父亲的复制品。很多时候，戈向东一直盯着他看，连他也觉得很奇怪。

餐厅要打烊了。两个人上了的士。一路上，丁敏慧偎依在他的怀里，把散发着馨香的头紧紧地靠在他的肩膀上。

丁敏慧在他耳边轻声呢喃：“楠，我们结婚吧？”

林浩楠抚摸了一下丁敏慧的脸，他发现她的脸是潮湿的，这些日子她也很疲惫。他的印象里，丁敏慧像无忧无虑盛开的花朵，从没有忧伤的时候。或许，她从来没想到有一天她会挑起天海化工这副担子。丁敏慧去美国最初读的是生物专业，研究生物起源，她说她喜欢穿越浩淼的时空到远古时代去探寻生命的奥秘。大学时代，喜欢文艺的丁敏慧，时尚、浪漫、爱幻想。可后来，她还是强迫自己改学了化工。

林浩楠知道她不喜欢那些分子、原子、微分子，更不喜欢实验室那些呛鼻的味道和无数次反应、融合、燃烧和裂变。丁敏慧说，无论怎么结合，诞生的东西都是没有生命的，没有生命的东西就不会有温度，冷冰冰的东西让她觉得她做的一切毫无意义。可她最终还是成为了这方面的专家。

丁敏慧说，她的生命还存在着另一种意义。戈向东和梅雅莹抚养了她，培养了她。她就必须义无反顾地承担爱的责任。林浩楠最能理解丁敏慧此刻的心境，他们两个来自不同的家庭，却有近乎相同的命运和成长经历。

他们的生命都存在着悬而未解的谜。丁敏慧不知道亲生父亲是谁，没有人告诉她，她的生命是从哪儿来的。所以，她喜欢探究生命的起源。他知道他的父亲是谁，可除了知道林春风这个名字之外，他对父亲的一切一无所知。他们只有靠彼此的体温来温暖慰藉孤独的心灵。

或许，这也是两颗心逐渐接近并走到一起的原因。

林浩楠吻了吻丁敏慧的额头，那股淡淡的清香吸引了他。他又吻了吻她的嘴唇。她的嘴唇薄薄的，温暖而柔软，有一股清凉的薄荷味道。丁敏慧很热烈，她调皮地叼住他的嘴唇，他反过来把她的唇吮吸到嘴里。她逃脱，他追逐。嘴唇交融在一起，激烈地打架，激烈地交流，激烈地倾诉。他们像两条相濡以沫的鱼儿游到了一起，呼吸对方给予的氧气。

终于，丁敏慧满足地长叹一声。

林浩楠把下巴紧紧抵在她的锁骨上。她很瘦，锁骨突兀，他的下巴正好挂在那儿。车外夜晚的街景快速掠过，五彩斑斓。林浩楠看着窗外的夜景发呆。丁敏慧问他在想什么。林浩楠用下巴蹭了蹭她的锁骨说，你这儿就像个尖锐的鱼钩，一下子就钩住了我的下颚，亲爱的，我是你的鱼了。

丁敏慧又吻了吻他的嘴唇说：“我们是我们的鱼。”

林浩楠把嘴巴凑近她的耳边说：“亲爱的，你今天看戈睿的眼神不对，有些痴迷啊。”

丁敏慧推开林浩楠的嘴巴，用手指着他的鼻子说：

"吃醋了，你竟然吃我弟弟的醋，有点出息好不好？"

林浩楠把手伸过去，搂住她的腰肢说："我倒没关系，人家魏沛姗的眼神可不对了。"

丁敏慧挣扎着笑呵呵说："你别拿魏沛姗说事，说，是不是心里泛酸了？"

林浩楠使劲儿把她往怀里搂了搂说："是，那眼神，爱都透到骨头里了。"

丁敏慧挣脱林浩楠的拥抱，一本正经地说："我老是觉得戈睿就是我的亲弟弟。就在昨天夜里，我做噩梦了。我梦到一个空旷的山坡，山坡上长满了青草，一眼望不到边。戈睿突然变得很小，小得好像还在蹒跚学步。我拉着他朝着一片密林走去。天很快黑了。静静的密林被夜色笼罩着，淡淡的雾霭升起来了，覆盖了我们来时的路。我们迷路了。这时候，从林里突然出现了一群拿枪的人，他们拿着AK47不停地冲我们射击，子弹从我们的头顶嗖嗖地飞过，在天空中编织出金光闪闪的网。我拉着戈睿拼命地跑，可是怎么都跑不动。那些黑衣人最终还是把戈睿给带走了，我听到他在密林里'姐姐，姐姐'地叫我。我追着他们拼命地喊，不停地哭。醒来的时候，我发现我满脸的泪水……"

出租车在路边停了下来，司机冷冷地问："你们到了，下还是不下？"

林浩楠望着丁敏慧，像是在征求她的意见。

丁敏慧像是还深陷在梦境中，听见出租车司机的催促，猛然一抬头，看到了戈家的老宅，她抱歉地对司机说："对不起，我下。"

林浩楠望着丁敏慧，他以为她会跟着他走。

丁敏慧下了车，在车窗前嘱咐林浩楠："回去洗个热水澡，早点睡。"

林浩楠摇上车窗，车子徐徐开走了。

丁敏慧看着出租车消失在夜幕中，转身要进门的时候，她看到戈向东的卧室里仍然亮着灯。丁敏慧住在家里，所以只要她不打电话请假，戈向东都会等她回来。她无法满足林浩楠的恳求，一天不结婚，她就不会离开这个院子，这儿是她长大的家。从青春期开始，梅雅莹就开始教她女孩子安全方面的常识，譬如，按时回家，不跟陌生的男人交往，不让男性触摸或亲吻身体，不穿暴露的服装等等。

9

高铁站和跨海大桥将相继竣工把天海东部的滨海郊区变成了聚宝盆。一场惨烈的资本厮杀即将开始。在这场旷日持久的消耗战中，小股势力和游兵散勇很快被清理出战场，留下的都是势均力敌的地产精锐。戈向东支持林浩楠在高铁站商业圈上奋力一搏，集团公司整合了大部分资金用于备战。面对一场恶战，天海集团已经严阵以待。作为天海地产的新统帅，林浩楠夜以继日地调集兵力，应对四面楚歌的局面。他和丁敏慧的婚事只好暂时往后延迟了。林浩楠预计，这场战斗，这个冬天或下个春天都不一定能打完。

丁敏慧提议前往热带雨林旅游的事自然也就成了泡影。

戈睿假期休完必须返回部队了。离队的前一夜，梅雅莹让儿子回她那里住一晚。这天夜里，梅雅莹告诉了儿子一个秘密。丁敏慧是他同父异母的亲姐姐。戈睿听到这个消息的时候不停地摇头。可面对一纸DNA鉴定报告，他不得不接受这个残酷的现实。戈向东高大的形象瞬间在他的心里倒塌了。

戈睿问母亲，父亲知不知道这件事。梅雅莹说，或许他真的不知道，也或许，他是揣着明白装糊涂。戈睿得到这个炸雷般的消息后第一下想到的，是丁敏慧倘若知道这件事的反应。这件事情足以让这个刚烈的女子肝胆俱裂。这是一把足以能杀人的利剑，岁月也锈钝不了它逼人的锋芒。

戈睿愣了很久没说话。良久，他低着头对母亲说："这件事情跟敏慧无关，她没有选择，你不能怪她。"

梅雅莹望着已经恢复冷静的儿子叹了口气："敏慧这样好的孩子，我怎么忍心去责怪她，可这件事情终究是掩盖不住的，我憋了好多年了，可是今天还是忍不住对你说了。"

冷静后的戈睿对整个事情进行了分析。很显然，这件事对丁敏慧最不公平。戈向东可能已经知道了这件事情的真相，他不愿意伤害丁敏慧，只有引而不发。丁馥芬自然知道丁敏慧是谁的女儿，按她的性格也不会对丁敏慧说明。

丁敏慧至今仍然被蒙在鼓里，这对她来说过于残酷。戈睿想到那天聚餐时，丁敏慧望着他额头上那道疤痕爱怜的眼神，心里像是一下找到了亲情的温暖。如果丁敏慧知道自己的身世，那么这个比他仅仅大一个月的姐姐所承受的痛苦可以想象。从童年开始，丁敏慧对生命起源就很感兴趣，这说明她对这件事情是十分在意的。

戈睿和母亲静静地坐着。时间过得真慢，每一秒都像是煎熬。戈睿终于鼓足勇气站起身来，他拨通了丁敏慧的手机。

戈睿约请丁敏慧去咖啡馆聊天。他想跟她好好聊聊。丁敏慧爽快地答应了，还在电话里笑着说："什么事情不能在家里聊，还那么庄重。"

戈睿强迫自己平息复杂的情绪："明天我就回部队了，好心请你喝咖啡还不行？再说了，这可是我第一次单独约你。"

戈睿打完电话起身穿衣服准备出门，看见梅雅莹疑惑地望着他，就安慰她说："妈，你放心，我会把这件事情埋藏在心底，我就想安慰安慰她。"

戈睿的眼圈突然红了。

深秋，外面有些冷。天上星星点点飘着雨，萧瑟的寒风吹过孤寂的街道和稀疏的行人，空荡的街显得有些寥落。

咖啡馆位于僻静的街角，是一个很多年的老店。高中上学的时候，戈睿和丁敏慧每天上学的时候都从这里经过。每次从这儿经过，望着进进出出的少男少女，他就想，有一天他一定请丁敏慧进里面喝一次咖啡。那时候，少年戈睿心里对一起长大的丁敏慧产生了一种朦胧的情愫。

外面霓虹闪烁，里面其实很幽静。长长的书架和满架子的图书把一个个卡座隔离开来，随手可以抽出本书来阅读，或坐在那儿静静地享受乡村音乐带来的惬意和安逸。晚上，咖啡馆的生意不太好，只有几对情侣在卿卿我我。戈睿找了个偏僻的角落坐下来，静静地等候。他无法再约请少年时的梦中情人，即将到来的是他至亲至爱的姐姐。

丁敏慧匆匆赶来。由于离家很近，她没有开车，像是赶了一段路，头发被风吹得有些凌乱，橘色灯光里面色微红。丁敏慧用手习惯性地梳理了一下头发坐下来。戈睿要了两杯加奶的黑咖啡。咖啡端上来的时候，戈睿主动给她加了一块方糖。丁敏慧说:“你知道，我不喜欢太甜。”戈睿的话在喉咙里裹了老半天，努力抑制住内心的复杂情感，“黑咖啡太浓了，会苦的。”

丁敏慧用咖啡勺搅了搅:“我在美国的时候就喜欢喝苦一些的咖啡，苦咖啡能提精神。”

戈睿望着咖啡店周围的环境说:“我告诉你个秘密，你不准笑我。”

丁敏慧看着戈睿一脸庄重的样子还是忍不住先笑了，戈睿示意她不要笑。丁敏慧忍住笑说：“你说吧，我保证不笑。”

戈睿搅动着咖啡低着头说：“高三的时候，我就站在这家咖啡店的门口望着你远去的背影，曾经有个愿望，就想有一天请你在这家咖啡馆喝一次咖啡。”

丁敏慧忍了忍，还是没忍住笑：“今天如愿以偿，感觉如何？”

戈睿呷了一口，苦涩从舌尖通过味蕾蔓延了全身。他故意放松自己的心情，望着丁敏慧调侃般地说：“说实话，少了那份浪漫，多了几分深沉。”

“应该是，少了几朵玫瑰，多了一瓶陈醋。”

戈睿附和着说：“我在我们家算是完了，林浩楠把所有的东西都拿走了，包括我最喜欢的女生，我只有吃醋的份了。”

丁敏慧用食指弹了一下戈睿的脑门：“我是你最喜欢的女生，魏沛姗听到不伤心死，说说看，这回休假，跟魏沛姗处得怎么样？”

戈睿喝着咖啡说：“我暂时不想考虑这个问题。”

丁敏慧急忙说：“不想考虑可不行，梅妈妈已经着急了，再过几年她就退休了，她想在退休后有个活泼的小玩具陪她，你和魏沛姗得抓紧给她制造一个。”

戈睿反驳她说：“你可真是变了，什么叫制造，真粗鲁。”

丁敏慧叹了口气说：“不粗鲁怎么办，戈老爸拿我当儿子用，天海化工，整个集团的半壁江山啊。”

戈睿有些动容地说：“都是我这个儿子没用，帮不了他。”

丁敏慧说：“你算说错了，你在部队就是在帮他，当年，他没走完的路，你接过他的枪接着朝前走，这个忙，你帮大了。你不知道，这些年他虽然做企业，心思却都在部队上。天海集团的退伍军人，已经超过了企业员工的三分之一。尤其是天海化工的员工，整个就是一个作战师，从车间到机关，完全军事化管理，抓教育、走队列、搞会操，前两天，他还把我叫到办公室批了一顿，说我只注重效益，不注重管理。好了，不说了，我们还是说说从前的事情，人长大了真是烦恼，各种压力蜂拥而至，要不想点好事情，早晚会崩溃。”

戈睿陷入了沉思。

丁敏慧真的不知道自己的身世。这些年，戈睿最羡慕的就是父亲跟她之间的关系，两个人情同父女，但更像朋友。戈向东可以放下家长的架子，坐下来公平地跟她讨论一件事情。戈向东溺爱她，宠惯她，更能理解她，支持她。

他不知道，如果她得知这样的消息会不会恨戈向东。

戈睿平复下心情，故意岔开话题聊那些童年的往事。

聊着那些往事，戈睿的心里就忍不住地疼痛。

丁敏慧初到戈家的那个清晨，院子里的蔷薇刚刚绽放。她穿了一件粉红色的裙子，跟着丁馥芬一起站在满墙碧绿的蔷薇栅栏边，天真无邪地笑着。那时候，她还没有想到她的母亲会把她遗落在这个家庭里，一留就是二十多年。

才几岁的丁敏慧好奇地打量着美丽的环境。很显然，戈家比她母亲逼仄的小屋漂亮多了，周围的人很快就被这个瓷娃娃一样的小女孩吸引了，娇俏的小女孩鲜花一样的容貌，惹人怜爱。

那时候，戈睿一直认为她是丁馥芬跟周海龙的女儿。周海龙刚刚被抓进了看守所，丁馥芬匆匆去赶火车，一个被托管的小女孩就成了他家里的成员。

每天，小女孩站在栅栏的门口等着她妈妈的到来。日光如水，沐浴着蔷薇翠绿的枝叶和那些粉嫩的花朵，从繁茂到凋零。很多人劝她、哄她，小女孩固执地坚守着。流泪、哭泣、呼喊，像枝头被遗弃的雏鸟，直到暮光降临，漫天的星斗和月光洒满天地，小女孩仍然没有等回来她的妈妈，可她固执地相信妈妈的承诺："妈妈只是去火车站接一个客人，很快就会回来。"

那个小女孩等了很多年，从粉雕玉琢成长到亭亭玉立，然后，她就不再等了。十年后的一个黄昏，一个衣着华贵的女人出现在绿色栅栏的门口，呼唤着她的名字。少女静静地站在那儿，根本没有理会女人张开双臂的拥抱。她只是冷冷地说："你走吧，我不认识你。"那个女子悲怆地对她哭诉、向她请求，她视而不见，只留下那个女人蹲在那里哭成一团。少女说，她在黄昏里等待了将近十年，在等待中母亲一天天从她心里死去。

那个女人伤心地走了，少女表情漠然。她不在乎她的母亲再次抛弃她，她找到了自己的家。一个十年无法兑现承诺的人，在她心里早就已经死去，那么，一个二十六年从未露出真实身份的男人还能在她心里活着吗？

戈睿心里不寒而栗。

咖啡馆里的人越来越少，最后只剩下他们两个人。橘黄色的灯光像一条时光隧道，供思绪在其中来往穿梭。他们两个聊了很久，竟然一连喝了五杯咖啡。咖啡足以让人的精神兴奋，他们最后还是聊到了他们的父亲戈向东。

丁敏慧对戈向东的崇拜像心底树起的一座丰碑，任何语言和赞美都无法形容戈向东人格的光芒。丁敏慧毫不掩饰地说，如果英雄还年轻，她会毫不犹豫地爱上他。戈向东有金刚不可比拟的坚毅性格，一诺千金的豪爽与洒脱，他草原般宽广无边的胸怀，菩提般的仁慈和善良，是当下绝大部分男人具备不了的。她说，她最佩服他的是他对财富和欲望的控制。在财富和欲望面前，他所表现出来的超常脱俗和冷静，最能诠释财富的真正意义。她不像是在谈论他们的父亲，她像是在谈论她心目中的一个神。

不知不觉，已经很晚了。咖啡店的经理走过来，抱歉地催促他们。丁敏慧还觉得这样的交流太短暂，她说这些年来，只有她能够真正走进戈老爸的内心。

他们出了门，冷风吹着零零星星的雨点打在脸上，有些凉意。戈睿脱下他的冲锋衣给她披上。她没有拒绝，冷风里她有些孱弱。

两个人就在咖啡屋前告别。分手时，戈睿对丁敏慧说：“我想抱抱你，行吗？”路灯下她笑了，笑得很灿烂。她伸出细长的双臂拥抱了他。他抱着她，把嘴巴贴在她的耳边像是深情地呼唤：“姐，我爱你！”他和她突然热泪横流。她亲吻着他的额头说："弟，我也爱你。"

他听了，用嘶哑的声音哽咽着："姐，答应我，如果我们的父亲不像我们想象中的那样伟大，我们也要一如既往地爱他。"

丁敏慧也哭了，她用力抱了抱他点着头说："姐答应你，我会的。"

雨像是大了。一辆越野车呼啸着，风一样刮过去了，溅起的水花在路灯下显得格外明亮。戈睿拦了一辆出租车，钻进去向丁敏慧摆了摆手。丁敏慧送走了戈睿，走在秋日雨夜里，一点儿都不觉得冷，内心的火热随着那声呼唤传递到全身。

从小到大，戈睿从来都没有这样呼唤过她。莫名的兴奋和感动让她有点儿不知所措。她舒展了身体，对着寒冷潮湿的夜空激动呼唤了一声："弟弟啊，我亲爱的弟弟。"

丁敏慧觉得，在这个世界上，她是个幸福的人。

10

梁小宝把越野车开得飞快，就在越野车飞速过去的一瞬，他看到丁敏慧和戈睿在咖啡馆前热烈拥抱的一幕。他有些想不明白，丁敏慧就要跟林浩楠结婚了，怎么还会跟戈睿拥抱在一起。看来，天底下已经没有任何东西来约束爱情了。海誓山盟的爱情不过是一股来去自由的风，随心所欲地刮来刮去。

电视台新的选秀节目开始直播，梁小宝在舞台上再次看到了光彩照人的寇豆豆。可是，他只能站在舞台下面阴暗的一角看着她演出。

寇豆豆摇摆着身体在唱歌，无线麦克风传出来她有点沙哑而甜美的声音。她变了，单纯可爱女子沦陷风尘，娇巧的脸庞显得沧桑而凄艳。

天气有些寒冷，下台后她用貂皮上衣包裹着赤裸的双腿。上个赛季也是深秋，她从舞台上下来，梁小宝总是用军用大衣把她包裹起来，紧紧地搂在胸膛前，用自己的体温温暖她，她蜷缩在他怀里瑟瑟发抖，像严冬刚出母体的麋鹿，在他的怀抱中获取热量。她会把冰凉的小手顺着他的毛衣一直伸向他的胸膛，用冰凉哆嗦的嘴唇吻他的脖子，满足地不停呼喊，暖啊，暖啊。

此时，她谢幕下来，她像是没有看见他。她身后还跟了一个十几岁的小助理，屁颠屁颠地满地跑着给她拿东西。

寇豆豆从他身边匆匆走过的一瞬，眼神淡漠，面容妖冶奇异。

梁小宝心里一阵悲凉。他不知道为什么还要来这里看她表演，让原本就千疮百孔的心坠落在地上，碎成齑粉。

他的承诺已经让她鄙视。她已经下定决心自己用青春博取她想要的辉煌。

爱情只不过是生命中的一个游戏。新的游戏开始，旧的游戏就要换代了。快乐也好，痛苦也好，无所谓。

寇豆豆已经不像以前那样纯洁了。纷杂、躁动、浮华的生活，哪个处于生活底层，渴望成功的年轻女性还像贞女一样保持着自己的纯洁？

生活就是这么现实。

林浩楠和丁敏慧的青梅竹马，曾经让他相信爱情可以忠贞不渝。可这个秋雨绵绵的夜晚，眼前的一幕对他来说简直是个讽刺，丁敏慧看起来冰清玉洁，在情欲和利益面前也未能脱俗。未来的天海集团，戈睿才是真命天子。因为他的血管里流淌着戈向东的鲜血。傻子都不会相信睿智超人的戈向东会把自己的巨额财富交给一个与他毫无血缘关系的人。林浩楠虽然高高在上，境遇也好不到哪儿去。

跟寇豆豆在一起的一幕幕，像电影一样在梁小宝脑海中重复上演，那个艺术学院舞蹈系的女生，影子一样充斥了他的生活。他可以不去找她，但他无法摆脱对她过去的记忆。她花瓣一样的嘴唇，摇摆成蛇形的身体，倾泻如瀑布般的长发，散发着少女般舒适的馨香，让他着迷。她没有任何背景，平常而深入地扎根他的生活，盛开出姹紫嫣红的奇葩。因寇豆豆的存在带来的快乐让他沉溺其中，他觉得自己还是从心底爱着她，没有她的日子，像在沸腾的热油里一样煎熬难过。他确信寇豆豆也爱着他，但他不确定她的爱是否是因为他曾经许下的那个承诺。

人人都想把日子过得更好，生活变得更急更直接，没有人去关注过程。

梁小宝决定去找戈向东。他知道这样做会再次激怒原本就不太清醒的梁家宝，可他必须这么做。他无法忘记寇豆豆，每天夜里，他会发疯一样思念她。他不知道寇豆豆是怎么想的，他要努力去争取了。否则，他真的会疯掉。林浩楠没有花钱购买豪车之前，梁小宝还曾为是否去求戈向东要钱而纠结。林浩楠能花几百万买一辆越野车，他为什么不能？

梁小宝蹲在戈向东的办公室里哭泣。他说因为没有钱结婚，他把未婚妻给弄丢了。戈向东把梁小宝拉起来，让秘书给他倒了一杯水。

梁小宝悲悲戚戚地渲染了他跟寇豆豆的经历。戈向东静静坐在那儿，认真地听他讲。梁小宝讲得情深意切。戈向东像是被感动了，时而点头，时而沉思。他给戈向东编造了一个凄婉的爱情故事，把戈向东抓住了。

他说他认识寇豆豆的时候，她在街头卖艺。寇豆豆读大学时，父亲遭遇车祸，母亲患有严重的肾病。寇豆豆想通过选秀改变自己的命运，把父母接到省城来照顾。两个人一起参加了选秀节目，寇豆豆孤苦伶仃的遭遇打动了他，两个人就相爱了。为了挣钱给母亲治病，寇豆豆不得不每天晚上去酒吧做 DJ 唱歌、跳舞。

梁小宝又说到了他们的爱情。他说寇豆豆不是一个物质女孩，是被家境所迫，如果凑不够给她妈妈治病的钱，她妈妈就会死，万般无奈下她只好跟上了一个大款。现在，他只有替寇豆豆偿还那个大款的一百五十万，才能把她找回来，他不能失去这样心地善良的女孩，他们商量好了，结婚后一定好好照顾父亲。

戈向东拍打着痛哭流涕的梁小宝说："别哭，孩子，如果是钱能解决的问题，那就不是问题，因为钱可以努力去赚，这样的好孩子错过了，就再也没有了。"

戈向东给梁小宝批了一百五十万。他把支票递给梁小宝说："我不知道这些钱能不能把你的女朋友找回来，如果不够，我会交代浩楠再批给你，去吧孩子，你的父亲正在养病，我希望你不要去打扰他。"

梁小宝接过支票，内心一阵狂喜。他懊悔自己，老早就应该这样做，天海集团有他们梁家的股份，他取出这些钱是天经地义的。过去是因为他拿不到父亲梁家宝的签字，如果能像周海龙孙茂群那样撤出股份，他同样也是高居人上的富豪。握着那张上百万的支票，梁小宝对自己的未来充满了信心。

戈向东望着梁小宝消失的背影一阵感慨，他陷入了深深的自责。

这些年，忽视了梁家宝和他的孩子。自从幺妹去世后，梁家宝就没有再娶妻。或许，从那天起，这爷俩就没有过上真正意义上的家庭生活。梁家宝来省城的时候就患有轻度的精神疾病，生活上能照顾自己已经很不错了。所以，梁小宝的教育一直是困扰他和梅雅莹的最大问题，梅雅莹曾经给梁家宝张罗过几个女人，其中一个还来自他的云南老家，年龄比梁家宝小。这女子模样周正，干活利索。但梁家宝的心里只有死去的幺妹，他认为是自己害死了他一生最爱的女人。

如果幺妹不固执地嫁给已经伤残的他，就不会死，她会像所有女孩子那样，生一大群子女，快乐地在山间田头唱歌。幺妹的美丽永远留存在他空间极其狭小的记忆里，不会被遗忘或湮灭。

梁小宝来省城的时候已经六岁，像一个从荒野里走来的野孩子，自由得像原野上的风，想刮到哪里，就刮到哪里。下班后的梁家宝总是找不到自己的儿子，戈向东就派人四处去寻找。最后，大伙儿总会在垃圾场、大桥下面、涵洞里的流浪人群中找到脏兮兮的梁小宝。以至于后来，戈向东不得不把梁小宝送进了封闭式管理的寄宿学校。或许是童年养成的习惯，梁小宝对收养流浪动物有癖好。一段时间，梁家宝的家里猫狗成群，他的童年只有这些无家可归的小猫小狗是他的好朋友。

梁小宝走后，戈向东打电话到天海地产的售楼部，让他们精装修一套别墅。几年前，戈向东曾嘱咐售楼部门在海边为他预留了几套别墅，等几个孩子将来成家用的，现在梁小宝大了，梁家宝疯着，他该替他张罗了。

11

梁小宝找到了寇豆豆。寇豆豆居住在高档小区的单身公寓。上午十点，屋子里还拉着窗帘。梁小宝进门的时候，房间里灯光有些黯淡。寇豆豆一身睡衣，没有洗脸，也没有化妆，像是刚从睡梦中惊醒的猫，见是梁小宝，打着哈欠，一脸慵懒，睡眼惺忪。自从跟上那个神秘的男人，她不用出去挣钱。没有活动或者排练，她一整天都呆在这里，吃喝拉撒睡，像一只衣食丰足的仓鼠，没有白天也没有黑夜。偶尔她也会去一些高档会所，陪陪公司的客人。最初，她以为她是文化公司的签约艺人，但实质上，她就是公司的公关。喝酒仍然是她的职业，只不过称呼变得高雅一些。她有着签约艺人的身份，身后跟着公司固定的助理，这让她找到了一点腕儿的感觉。

过去，天一黑她就要出发，投身物质浮糜的人群，在猥琐男人蛇芯般的目光里放纵自己的身影。那是她的工作，夜色越黑，她就越放纵。

寇豆豆不想见梁小宝，她对他已经失望透顶，可是他一直给她打电话。她不知道他从哪儿弄到了她的电话号码，无休止地打。可这个上午，她突然想念他了。这个胖胖的、傻傻的男孩是唯一曾经给过她快乐和温暖的人。

屋子里还散发着那个男人的气息。床上、厨房、卫生间，甚至她身体上还存留着那个男人的痕迹。那个男人离开的时候，她的身体像是突然间被抽空了，连生命都变得无比空虚。时间像是凝固了，空洞而麻木。她的身体开始变冷，从柔软变成僵硬。新的一天毫无生机，她会像僵尸一样躺在那儿整整一天，等待黑暗重新把她唤醒。这个时候她突然想起了梁小宝。

她没想到，他不到十分钟就到了。梁小宝已经打听到了她住的地方，这些日子一直在她楼下徘徊，他对她的念念不忘让她有些感动。

寇豆豆脱掉了睡衣。睡袍里的身体一丝不挂。那个男人走后，她还没来得及穿上胸衣和内裤。她的头发蓬乱地倾泻下来，遮掩住了她瘦弱的双肩和结实饱满的胸脯。她伸出手对他说：“来吧，傻子，完事后赶快滚。”

梁小宝被她的举止吓住了。眼前的寇豆豆这么快就沦落得如此放浪形骸。他把睡衣扔给她的一瞬看到了她胸上的文身，两尾深红的鱼，两个乳房像鱼儿张开着诡异的嘴。随着身体的颤动，鱼儿像在她的身体里游。寇豆豆满含着眼泪假装调皮地指着胸脯对他说：“看，多漂亮的鱼，那个男人亲手给我文上的，我已经是别人的鱼了。”她傻笑着，抚动了一下自己的胸，两条鱼又游起来，嘴巴一张一合，她的泪水再也抑制不住，一直滑向她白皙的脖颈。

梁小宝一下子把她给抱住了，紧紧地拥抱着怀里绸缎一样光滑的身体，害怕一瞬间这条鱼就游到了别人的港湾。黑暗中，滚烫的泪水滚过她冰凉的身体，打湿了她胸前那两尾深红的鱼。梁小宝放开她，拉开一只帆布袋子，把一捆捆鲜红的钞票全部倒在了她的床上。他拉开窗帘，刺眼的光照在那一堆鲜红的票子上，反射出火苗一样的亮光，一下子把寇豆豆给惊呆了。梁小宝流着眼泪说：“豆儿，我给你说过，我会兑现我的承诺的，请你相信我。”

寇豆豆盘腿静静地坐在那堆钱的旁边，一动也不动，这对于她来说，已经晚了。她已经开始履行了别人的契约，即便是急着抽身，她的身体上已经打上了别人的烙印。她以为他只是个骗子，认识他的那两年里，他穷酸得像个混混。他说他父亲梁家宝是天海集团的董事成员，手里有着上亿元的资产。她以为是天方夜谭，痴人说梦，他给她立下的那个承诺只不过是海市蜃楼。

她傻傻地坐在那儿。原本可以好好爱一场的，她没想到会是这样一个结果。懊恼、沮丧、痛伤、愤懑、悔恨。突来的一切，让她手足无措。

寇豆豆穿上睡衣，静静地对梁小宝说："带上你的钱，走吧。"

梁小宝呆呆地望着她，突然哭了起来。他十分坚决地说"不"。过去他们也说过很多次分手，他总是哭着求她，每一次她都心软了。可这一次，她狠心地瞪着眼睛说："这次不行。"他哭得更厉害了，他压抑着悲怆，如果不压抑，这哭声将刺耳般响亮。她张开双臂把他的头深深地揽在怀里，用她的胸膛安慰他，然而此刻，她觉得最需要安慰的人恰恰是她。她突然疯了一样把他掀翻在床上，开始疯狂地撕扯他的衣服，解开他的皮带。他像是被吓住了，拒绝，挣扎，哀求。可她丝毫没有停止的意思。他的衣服很快被剥光了，窗帘也被重新拉上，灯也被关上了。

他们从来没有这样过，他们哭着在黑暗中开始，黑暗中停止，没有丝毫的愉悦和快感，他们像两条被扔到岸上的鱼——摇摆、挣扎、窒息。黑暗中他说：

“跟我走吧。”她没有回答，黑暗中只传来一声叹息。她翻身起来，摸索着找到了烟，她焦急地寻找打火机，找了很久却没有找到。他摸索到了打火机，蓝色火焰跳动起来，照亮了她惨白的脸和猩红的唇。她拿着烟的手指有些抖，她狠狠地抽了一口烟，浓烈的烟草呛得她剧烈地咳嗽起来。抽完烟，她把一捆捆钞票装进帆布袋子里说:“你走吧，不要再来找我了。”梁小宝不解地问:“为什么?”寇豆豆哭着说:“有一条鱼已经钻进了我的身体里了，我已经不再是从前的我了，忘了我吧，找个跟你能过一辈子的女孩吧。”梁小宝又哭了说：“我不在乎，我什么都不在乎。”

寇豆豆把他的衣服扔到他面前恼怒地吼道：“可我在乎，人要为自己做过的事，说过的话负责，你答应娶我，可你没兑现你的承诺，我们的协议终止了。带着你的钱快走，要不我翻脸了。”

寇豆豆真的翻脸了，脸色突然间变得很难看，眼睛也有些变形。她把那一袋子钱塞到他怀里，把他推出了门外。咣当一声关门声后，门里面传来寇豆豆沉闷的嚎啕。关上门，她不必压抑了。

梁小宝抱着那个沉甸甸的袋子出了门，像抱着一颗破碎的心。冬日的太阳被雾霾吞噬了，看不到一丝阳光的城市被浑浊的空气挤压着，沉闷而憋屈。这是个令梁小宝无限伤心的城市。他开始痛恨父亲梁家宝，拥有天海集团上亿的资产，却让它呆在账上，死死地守在那里，一分都不让他花。

傻帽透顶的梁家宝认为，他们父子能在城市里过上这样的生活，已经很拖累戈向东。清醒时的梁家宝曾经对他说过，人要想有尊严地活着，必须学会自立自强，不要老想着向别人索取。可面对挥金如土的都市，这句话何等苍白无力。梁小宝此刻觉得，父子俩生活在这座城市里跟当初在老家镇子上的生活没什么两样，甚至更可怜。他们像栖居在高大建筑阴暗角落里的两只流浪狗。

12

东部新区大片土地由外向内一片片被瓜分。外围一半的土地被龙腾置业控制了，周海龙见地就收。最接近自由贸易区核心繁华地段的土地却牢牢地掌控在政府手里，像一块流淌着鲜血，散发着血腥味道的肥肉，吸引猛禽巨兽们互相撕咬。一场资本的比拼再次展开。资本来到这个世界上，每一个毛孔都在流血。龙腾置业凭借着背后的东业集团，庞大的融资计划像一架吸金器，那些想从中牟利的投机商们，自然知道良禽择佳木而栖的道理。周海龙疯子一样咬住了天海地产，气势汹汹寻找他们火拼。天海集团在外围战中只拿到了整块蛋糕的五分之一。林浩楠坐不住了。新区建成，龙腾置业在价格战中会占主导地位，天海地产在这场博弈中，费尽九牛二虎之力拿下的土地将成为鸡肋。这就意味着天海地产将被驱赶出局，这样的结局将是天海集团的巨大耻辱。林浩楠不想前功尽弃，他要放手一搏，为捍卫天海集团的尊严而战。林浩楠驱车前往滨海五号地，找戈向东商量对策。初冬的天海市一片肃杀，雾蒙蒙的滨海大道两旁，所能目及的地方一片苍凉。远处，高高吊塔悬挂在高空中，向上生长的城市暂时静止。

天气预报，要下雪了，这可能是天海入冬以来的第一场雪。只有滨海五号地仍然一片碧绿，郁郁葱葱的山坡给苍凉的严冬带来了一丝生机。林浩楠把车停在温泉别墅前的空地上，招呼保安去叫负责人。

隋意跑过来告诉林浩楠："董事长带领设计人员再次勘察两座山的向阳坡去了。"林浩楠诧异地望着隋意。他清楚地记得已经把他开除了，而此刻他却出现在滨海五号地的工地上。隋意看出了林浩楠的疑虑，怯怯地说："是董事长找了张默林，我们才回来的，董事长让张默林当了设计部主任，我是项目部经理。"林浩楠皱了一下眉头，心里一股说不出的懊恼顿时升腾起来。

提起那场战争，戈向东铁石般的心肠都会变软，这是他的软肋。林浩楠没有说话，把目光投向苍茫的远方。隋意小心地问他："要不我去叫一下董事长？"林浩楠摇了摇头说："忙你的吧，我等他回来。"隋意答应着走了。这个弟弟性格随母亲李琳，有些懦弱。林浩楠猜测，这件事，母亲肯定又去求了戈向东。想到母亲，林浩楠就感到悲哀。这个软弱的女人不知道什么时候才能自己坚强起来。想到母亲，他不由自主就想到自己的父亲。那个只留下一个名字和一堆麻烦的男人，把一切责任都推到了戈向东的头上。

林浩楠只能在度假村前面的空地上不停地徘徊。周海龙把战火都烧到天海集团的家门口了，戈向东却一点都不着急，依然把心思全部都放在滨海五号地上。

滨海五号地的别墅区和温泉度假村前期工程已经竣工，留下的是山谷和两座山的向阳坡等待开发。林浩楠不知道戈向东打算在这两座山上干什么。看样子，这项目非同小可，否则他不会亲自动手一次又一次地反复勘察、丈量、计算、设计和修改。没有人知道他到底要干什么。

戈向东就像个谜。二十几年商海沉浮，他创造了一个又一个传奇。有人把戈向东称作天海商界的拿破仑，东部新区之战，林浩楠不敢确定这会不会是天海集团的滑铁卢。信息时代的资本运作，瞬息万变，有人一夜暴富，也有人一夜之间从巨贾变成一文不值的穷光蛋。

单单从滨海五号地的开发建设来看，林浩楠不得不佩服戈向东的眼光和设计理念的超前。对建筑行业，戈向东似乎有着巧夺天工、化腐朽为神奇的力量。一片廉价贫瘠的荒芜山地，短短时间里被他打造得郁郁葱葱，精致玲珑。戈向东曾经告诉过他，做地产重要的是看地。地产商看地就像玉雕匠人看石头。一种匠人是先选石头后雕物件儿，他要根据石材量材下刀，材料好，玉器天然浑成，光华夺目，材料差，物件儿品相就不足。一种工匠是先想好了要雕刻的物件儿再去找石头。好的石头不好找，遇上就会出精品，因为它是匠人所要的。滨海五号地在当初竞拍时面积最大，品相最差，可它是戈向东所要的，经过雕琢，果然不同凡响。山谷里先是发现了温泉，打造成了湿地，接着又成功移植了珍贵树木和奇花异草。这样宜居的地界，别墅区的房价丝毫不比闹市繁华地段的商业住宅便宜。可戈向东精雕细琢的建设速度太慢了。

地产业来不得慢工出细活。天海地产成功的商业模式是快打快撤。快速开发，快速出售，实现资金回笼的短、平、快。戈向东也是靠着这股犀利劲在地产界叱咤风云的。大战来临，戈向东却改变了打法。天海集团在滨海五号地上已经取得了银行巨额贷款支持，这就给东部新区贷款带来了很大的压力。林浩楠得到了一个重要信息。天海四大银行的行长好像对滨海五号地产生了浓厚的兴趣，像是商量好的一样，他们指出，如果天海集团能拿滨海五号地的别墅区和温泉度假村作抵押，东部新区开发获取银行新的支持没问题。因此市面上开始传言，戈向东在滨海五号地实施一项秘密计划，这项计划得到了省委领导和北京一位要员的支持。大家还知道，当年戈向东给老省长当过秘书。按常理，使用正在进行的项目作抵押，获得银行贷款不犯什么忌，只要银行的评估过了就行。事实上，天海集团旗下的天海化工、旅游、餐饮行业很多项目的贷款也都是这么操作的。林浩楠迫切需要戈向东用滨海五号地支持他一把。

可林浩楠刚刚产生这个念头就犹豫了，他预感滨海五号地是戈向东的底线。

林浩楠焦急地等了三个小时。戈向东带着设计部主任张默林等一群人从山上下来，看到林浩楠在度假村的绿草坪上不停地徘徊，就招呼他到温泉池边的小木屋说话。张默林看到林浩楠没打招呼，倔强地昂了一下头，闪身就走了。张默林还为曾经遭受的羞辱耿耿于怀，这辈子他恨透了林浩楠。

林浩楠盯着张默林的背影看了很久，他被张默林挑衅般的举止给惹怒了，这是对权威的挑战。张默林像是在用行动告诉他：黄毛小儿，有戈向东在，你奈我何？林浩楠强迫自己压下心头的怒火，跟着戈向东进了小木屋。

戈向东像是看懂了林浩楠的心思："张默林过去在集团公司的设计部工作，那里能工巧匠太多，大项工程轮不到他，我们得给他一些机会，你不能让一个博士在城市里游荡。"

林浩楠摇着头苦笑着说："董事长常讲军规如铁，我也是执行公司的纪律，否则我也不会连自己的弟弟一块儿开除了。"

"让他和隋意回来，我应该跟你打个招呼，不过我向你保证，不是朝令夕改，他们都是临时聘任制，不是天海集团的正式员工，滨海五号地工程完结，他们还是要离开的。"

林浩楠尴尬地笑了笑说："您是董事长，您说了算。"

戈向东看了看有些不舒服的林浩楠，说："我保证，下不为例。"

林浩楠不想再纠缠这件令人不悦的事情，转而汇报目前东部新区的战况。他重点讲了龙腾置业大兵压境的危局和天海地产面临的困难。

望着林浩楠忧心忡忡的样子，戈向东思索片刻劝他说：“关键是核心地段能否攻下，如还不能全胜，我们宁可舍弃。”

林浩楠焦急地说：“如果舍弃，我们前期的努力就白费了，那我们天海地产就真的被踩在龙腾脚下了？”

戈向东思忖片刻说：“战场风云瞬息万变，商场亦是如此，静观其变吧。”

林浩楠不明白静观其变的真正意思，经历了枪林弹雨和鏖战的戈向东并没有表现出丝毫的忧虑。他想继续再问，看戈向东没有继续向下探讨这个问题的意思，就没敢提四大银行贷款的事。他还没想好用什么样的办法才能说服戈向东，滨海五号地对于戈向东来说太敏感了。

滨海五号地是戈向东的情感雷区，周海龙和孙茂群就触雷了。前车之鉴，不能说不够深刻。

林浩楠以为接下来戈向东会和他聊五号地的事情。结果他没有，他把话题转向了他跟丁敏慧的婚事。戈向东说：“我知道你和敏慧这段时间都很忙，可再忙你们也得成家，不能因为拼命工作而耽误了婚事，你们都老大不小了，这么拖下去也不是个办法。”林浩楠口头答应着，其实他跟丁敏慧已经商量过了，等东部新区的地尘埃落定，他们就结婚。

天海地产身处重重包围，四面楚歌。丁敏慧的天海化工却蒸蒸日上，QF 离子膜项目，很快奠定了天海化工在同类产品中的霸主地位，海外市场拓展到了欧美、非洲和东南亚。林浩楠不想让人觉得，未来的天海集团，阴盛阳衰。天海地产在东部新区一战，只能成功，不能失败。一旦失利，天海地产的情况会急转直下，最终被驱赶出局。那样的话，连丁敏慧这个小女子也会嘲笑他的无能了。

戈向东又说到了梁小宝的婚事。“这事你要亲自去办，了解一下对方父母还有哪些要求，必要的时候，我亲自代表家长跟女方家人见一面。”

戈向东一脸认真的样子，让林浩楠差点没笑出声来。戈向东就这样被梁小宝忽悠了。这段时间，梁小宝正被他所谓的爱情折磨得死去活来，整天像失了魂一样。看着梁小宝稀泥糊不上墙的样子，林浩楠真是又气又恨。他觉得，当初脑子一热才让梁小宝做了他的助理。

林浩楠不以为然的表情让戈向东有些不高兴了，他奇怪地问林浩楠说：“你是他们的大哥，让你做这件事情很难吗？”

林浩楠认真起来，“戈老爸，我必须告诉您，小宝说的这件事根本不靠谱，他说的那个女子更不靠谱，是一个在酒吧跳舞的歌女。据我所知他们已经散了，根本没结婚这事儿，具体怎么回事，我回头让他自己告诉您。”

戈向东一头雾水，正要细问，林浩楠已经出了小木屋。

林浩楠一脑袋烦恼来找戈向东商讨应对之策，不但没有得到任何点化反而平添了梁小宝带来的麻烦。林浩楠上了自己的越野，摇下车窗对追上来的戈向东说："戈老爸，你放心，我马上就去找小宝。"说着，就启动了汽车。

戈向东说："浩楠，小宝我交给你了，别让他出什么事。"

林浩楠回答着，车子很快开远了。

13

纷纷扬扬的大雪很快覆盖了路面。林浩楠一边开车一边不停地给梁小宝打电话，可电话那端总是没人接。他又打电话给姑姑林雪梅。林雪梅说，前段时间，戈向东给梁小宝批了一百五十万现金。

林浩楠用手狠狠地摁了摁方向盘。

他找遍了梁小宝喜欢去的几家酒馆，最后在一家名叫"糊涂仙"的小酒馆里找到了酩酊大醉的梁小宝。下午四点，看到仍在酒馆里跟几个狐朋狗友喝酒的梁小宝，林浩楠就气不打一处来。他打发走了几个酒鬼，把喝酒喝得舌头都伸不直的梁小宝拖上了汽车。一路上，梁小宝把他的车吐得一塌糊涂。到了公司，林浩楠让保安把梁小宝拖进办公室，顺便打来一盆凉水。保安走后，林浩楠兜头一盆凉水把梁小宝给泼醒了。梁小宝晃着一头冷水，瞪着眼睛望着林浩楠吼道："你干什么？发什么神经？"林浩楠怒火中烧，他把梁小宝拎到镜子面前责骂道："你看看你的怂样子，一个酒吧的婊子就把你折磨得死去活来，你还有脸跑到戈老爸那儿要钱跟她结婚，你没病吧？找一个婊子结婚。"梁小宝的眼睛瞪得更大了，他指着林浩楠的鼻子吼道："我警告你，你怎么骂我都可以，你不要侮辱我的豆豆。"林浩楠在鼻子里哼了一声嘲讽他说："还你的豆豆，她还是你的吗？她就是一个婊子，跟一个婊子谈婚论嫁，这不上赶着戴绿帽子吗？亏你想得出。"愤怒的梁小宝攥紧了拳头，突然朝林浩楠的右脸猛挥过去。林浩楠根本就没有想到，一向对他言听计从的梁小宝会对他进行攻击，丝毫没有防备的他被打了个趔趄。梁小宝接着怒吼道："我警告你，不要侮辱寇豆豆！"林浩楠恼羞成怒，他狠狠地回了一拳，把梁小宝重重地击倒了。他还觉得不解气，用脚狠狠地踢了梁小宝好几脚。

梁小宝从地上爬起来，他指着林浩楠的鼻子怒骂道："我没拿公司几百万去买豪华轿车，我更没拿公司的钱挥金如土。我从我爸的股份里拿钱怎么了？你他妈有什么资格说我，我就是要娶寇豆豆，我就是要娶她，谁戴绿帽子还不一定呢，我告诉你，我亲眼看见敏慧姐跟戈睿抱在一起，我亲眼看见的！"梁小宝说到这里，被酒精麻醉的神经突然一激灵，他意识到自己说错话了。

梁小宝的话像子弹一样瞬间击中了林浩楠，他的眼前瞬间浮现出丁敏慧怜爱地凝望戈睿的眼神，直觉告诉他，丁敏慧跟戈睿之间，绝非像丁敏慧说的那么简单。他刚想拉住梁小宝问清楚，只见梁小宝慌不择路地跑了。

林浩楠沮丧地站在原地。这些日子，他觉得丁敏慧变了。过去，她一直黏在他身边，现在，随着两个人的工作一天天繁忙起来，他们之间的距离也越来越远。他们已经很长时间没有恋人的拥抱、亲吻等亲昵举止了，甚至连强烈渴望在一起的那种感觉也在衰减。

这不是一对恋人正常的状态。

从丁敏慧向他表白至今，虽然没有结婚，但他们之间也经历了时间和空间的考验。或许是丁敏慧回到公司后，两个人在一栋楼上办公，出现了审美疲劳。反正，这段时间状态不对。

大学时代，丁敏慧总用仰慕的目光含情脉脉地望着他，对他的所作所为总持赞赏的态度。但就在不久之前，因为购买新车的事情，她已经开始表达自己的不满了。他承认，天海化工的业绩目前超越了天海地产，成为了天海集团的支柱性产业。丁敏慧作为天海集团力挽狂澜的功臣，有些得意，也是正常的。可女人就是女人，他绝不能屈居一个女人之下。这也是他一直不愿意结婚的原因。

想到丁敏慧和戈睿的关系，一个奇怪而可怕的念头突然在他心里萌芽。丁敏慧是不是看上了未来天海集团总裁的位置，这个念头产生之后，林浩楠很快又否认了。这时候，鼎盛文化公司的吴总来电话了。天海一年一度的蓝色半岛财富论坛在净月会所举办，邀请他届时光临。本来论坛邀请函是发给总裁戈向东的，戈向东让他去。这段时间，他一直在忙，把这事给忘了。好在吴总是熟人，没忘记提醒他。他最不喜欢琐碎的事情，这样太牵扯人的精力。可戈向东告诉他，公司就是从琐碎的事情做起来的。简单的事情重复做，你就是行家，重复的事情用心做，你就是赢家。不处理事就不可能锻炼出面对问题敏捷的思维。这些琐碎的事情，他干财务总监助理的时候就开始接触了。

林浩楠心情烦躁地开车前往位于滨海小岛的净月会所。净月会所是半岛富豪扎堆的地方，被人习惯地称为“土豪俱乐部”。

林浩楠赶到的时候，论坛已经开始了。天海的第一场大雪并没有掩盖论坛的热烈气氛，窗外的飞雪反而给屋内的交谈增添了几分雅趣。天地只剩下白茫茫一片。室内的温度很舒适，会所里的女子个个漂亮，身穿的做工精美的旗袍上，姹紫嫣红的牡丹花旺烈地绽放。天海市的商界名流和相关的政府部门要员能来的都来了，不能来的也发来了贺函。天海电视台经济频道著名节目主持人范梦蕊亲临现场主持了论坛。镁光灯下，一身海蓝色金丝绒旗袍的范梦蕊身材修长，妩媚而不失文雅，娇艳而不失高贵，无疑是男人眼中的一颗璀璨明珠。范梦蕊清脆甜美的声音在大厅响起，介绍到龙腾置业时，来宾掌声如雷，丁馥芬和周海龙挥手向大家致意。身着白色晚礼服的丁馥芬雍容华贵，西装革履的周海龙风度翩翩，两个人的脸上洋溢着自信和从容。林浩楠出现在大家面前时，会场禁不住一阵惊呼。天海集团年轻副总的霸气、豪气和帅气，为论坛增添了许多光彩。他眉宇间透露出年轻人的自信和难以掩饰的锋芒。

主持人范梦蕊甜美的声音突然间也变得很激动，她用放大的声音向大家介绍："接下来给大家介绍的是天海集团未来的执行总裁，副总经理林浩楠。"会场沸腾了，掌声雷动。经历了周海龙和孙茂群的分家后，戈向东把自己关在滨海五号地，很少出席这样的场合，天海集团也曾一度淡出这些富人们的视线，林浩楠的出现让大家感觉到了天海的回归。

瘦死的骆驼比马大，何况这匹骆驼并不瘦弱。天海化工的迅速崛起很快让人感觉到了戈向东这个商业巨人的力量。戈向东是打不倒的英雄，天海集团还是天海名副其实的商业老大。

周海龙悄声对丁馥芬说："这就是你未来的女婿。"

丁馥芬盯着林浩楠看了一会儿说："男人长得太帅，女人就很难有安全感，不会是个绣花枕头吧？"

周海龙摇了摇头说："我看着他长大的，脑子好使，手腕更狠。"

丁馥芬笑了笑问周海龙："比你如何？"

周海龙也笑了笑说："他给我当过助理，算是我调教出来的徒弟。"

丁馥芬不敢预测，如果她把女儿的未婚夫作为头号敌人会造成什么样的结果，然而商场就是战场，不管对手是谁，都必须遵循丛林法则。她的目标不是林浩楠，而是戈向东。丁馥芬不喜欢周海龙的狂妄，轻视对手就失去了三成的胜算。她笑着问周海龙："你确认我们能全胜?”

周海龙更自信地说:“我无顾虑,他有掣肘。”

丁馥芬半信半疑地问:“你是说戈向东?”

周海龙点了点头:“按照林浩楠的性格,东部新区的地我们不会拿得那么顺利,他会在我们的融资计划还未完全展开的情况下,用戈向东的滨海五号地作抵押,取得银行的信任,那时,我们就是有天大的本事也撬不动天海集团这块大石头。可是,戈向东抱着滨海五号地不松手,他不会答应林浩楠用他的命根子去作抵押。这样,就等于给我们创造了条件。”

丁馥芬搞不清楚戈向东为什么会抱着五号地不松手。公司的战略策划部从滨海五号地搜集来的情报她都看了,一本厚厚的精美画册和高清视频把五号地已经凸显在地面上的建筑显示得一览无余。滨海五号地别墅区建得不错,环境设计新颖,整体绿化是先于建筑搞起来的,古朴的建筑像一颗颗珠宝镶嵌在一片苍翠的植被间。建筑和自然构图协调,画面和谐,浑然一体。戈向东不愧是地产界打拼多年的大鳄。滨海五号地无论是从设计理念和人文品质上远远胜过他们龙腾置业刚刚开发过的所有楼盘。因为有温泉的原因,滨海五号地很快成了天海富人们向往的地方。不难预料,那地方的房子自然价格不菲。可是,戈向东并未向社会公开出售这些房子,也没有任何的营销宣传。掩映在绿树间的那些别墅,就像待在深闺中的佳人,佩戴着神秘珍贵的珠宝,到最后一露真容之前都充满了悬念。

论坛结束后，是自助餐时间，林浩楠端着酒杯朝丁馥芬和周海龙走去。他神色坦然从容，面带微笑，丝毫没有商场对手的剑拔弩张，敬酒碰杯彬彬有礼。林浩楠的成熟显然跟他的年纪不相符。丁馥芬一眼望去，就觉得眼前这个年轻人深不可测。三人碰杯后寒暄一阵。丁馥芬对周海龙说:“我要跟小林说句话。”周海龙端着酒杯就走了。

丁馥芬和林浩楠来到了靠海的窗户。林浩楠望着眼前这个衣着华丽、容颜仍然美丽的女士，不知道该说什么好。按血统，她是丁敏慧的亲生母亲，应该是他未来的岳母。可这个传说中的岳母看起来是如此陌生。

丁馥芬望着窗外飘雪的夜景说:“我不想我们成为你死我活的对手。”

林浩楠耸了耸肩膀说:“可此刻，我们不可能成为朋友。战争还没开始，阿姨，你不会就劝我投降吧?”说着，林浩楠举了一下杯子，算是告辞的礼节，然后昂着头走了。

丁馥芬望着林浩楠远去的背影摇了摇头。过分的自信就是狂妄，他果然跟周海龙有些相似。

范梦蕊无疑是这次论坛上的明星。酒会上，那些大腹便便的土豪们追逐而上，犹如众星捧月。林浩楠才知道，这个被丁敏慧有些妖魔化的时尚美女原来不仅是这次论坛的组织者，还是净月会所的幕后老板。林浩楠正端着杯子依靠在窗前看着夜色中的飞雪，范梦蕊端着红酒杯翩然而至。范梦蕊轻启朱唇笑着问林浩楠："我是应该叫你大师哥呢，还是应该叫你小妹夫呢？"林浩楠回过神来跟范梦蕊碰了碰杯子说："美女请随便，怎么舒服怎么叫！"范梦蕊娇嗔道："你真幽默，你觉得美女应该怎么叫才算舒服呢？"林浩楠的脸腾地一下红了。

范梦蕊看着一脸窘迫的林浩楠笑着说："敏慧说得没错，现在看见漂亮女人，脸红的男子不多了。"

范梦蕊乱颤着身子笑着离开了，她太美丽了，林浩楠忍不住朝着她离去的方向多看了几眼。

14

酒会结束后已是晚上九点了，林浩楠在停车场启动车子的时候，接到了范梦蕊的电话。范梦蕊邀请他喝茶，作为学妹和女友的闺蜜，这样的邀请理由，林浩楠无法拒绝。重要的是，这个美丽的花魁是国土资源厅副厅长的女儿。她的父亲范运成正掌管着东部新区土地的决策权。范梦蕊一时间炙手可热。林浩楠也早想请她，熟络一下感情，此刻的邀约，正中他下怀。

净月会所的茶道闻名天海。天籁之音般的丝竹，翩翩起舞的歌女，浸润心脾的茶香，无不让人眷恋。林浩楠知道范梦蕊的邀请并不是仅仅为了喝茶。鼎盛文化公司的吴总就在附近的屋子候着。林浩楠觉得，范梦蕊不简单。她很有可能也是鼎盛的后台老板。天海集团的营销宣传，吴总独揽了公司的广告业务。凭吴总的人脉，戈向东不一定会给他那么大的面子。林浩楠升任副总后，戈向东把天海集团的勤杂事务都交给了他，天海集团的营销宣传自然由林浩楠负责。

行业里的规矩，明明是一蹴而就的事情，往往要绕很大一个圈子才能切到主题。或许这就是大家所说的人情世故。这世故里面总有九曲十八弯的故事。

外面飞雪飘舞，室内却温暖如春。绿萝悬挂在窗口，油亮的绿意让人感到了盎然春意。范梦蕊脱掉了裘皮外衣，更显得腰肢窈窕。

范梦蕊妩媚地瞟了一眼看她的林浩楠说："林总是今天财富论坛上最抢眼的男人。"

林浩楠望着范梦蕊，微微一笑说："范主持更璀璨，你的出现让所有女人黯然无光。"

"范主持？哈哈，你这称呼我喜欢，你看我这净月会所，风雅之地，更适合诵经讲禅。"

范梦蕊说着，双手合十，像模像样地做了个诵经的姿势念叨："无量圣尊，施主，你面带红光，必是大富大贵之人。"

林浩楠也哈哈大笑了。

飘逸而来的侍女端上香茶，范梦蕊挥手让她走了，她自己取茶、洗茶、泡茶，动作娴熟。林浩楠看着范梦蕊细白如葱的手指在茶具上翻转，禁不住赞叹说："没想到如此娇贵的美女，竟然还有如此高的泡茶功夫，佩服，佩服。"

范梦蕊莞尔一笑说："你没有想到的可多了。话说回来，能喝上我范大小姐亲自泡制的茶，那可是待遇不低啊。”说罢，她用茶盘端起一个小盅递给林浩楠，玩笑道：“官人，请品茶。”

品饮范梦蕊亲手泡的红茶，林浩楠还是有些不好意思。芳醇的茶香立刻弥漫开来，氤氲出一片温暖的氛围。

茶慢慢品，话慢慢说。林浩楠以为会谈到天海集团文化发展的事情，他没想到范梦蕊切入正题会单刀直指戈向东正在开发的滨海五号地。范梦蕊说，她向往那里的温泉和幽静的环境，想把净月会所搬到那里。林浩楠没说话，只是低着头啜饮着。戈向东把滨海五号地打造成了一颗明珠，宝贝自然人人都想要。丁敏慧老说范梦蕊是个贪婪的女人，好车，好房，好男人，她没一样不想要的。

范梦蕊看出了林浩楠的迟疑，就笑了笑说：“我是说如果，如果滨海五号地别墅有出售的可能，你一定要优先考虑我。”

林浩楠皱着的眉头仍然没有舒展。他摇着头说：“梦蕊，你知道，我左右不了我们董事长的思想，说句实话，直到现在为止我还不知道董事长到底要在那块土地上经营什么项目。”

范梦蕊微微笑了，白皙的两腮凹下去两个醉人的酒窝。她靠近林浩楠添了一下水，用一双乌亮的眼睛望着他说：“嘈杂沸腾的城市，找一个安放心灵的地方太难了。虽然净月会所的环境已经很好了，可是我想更好，每一个人都想更好，不是吗？”

林浩楠知道范梦蕊在如此关键的时刻不会冒失地

提出要求。一名商人，嗅觉应该是灵敏的。商场上最终还是要讲究规则，天上向来不会掉下砸人的馅饼儿。林浩楠从范梦蕊的话音里嗅到了自己想要的信息。她提出要求的背后肯定包含对自己有利的信息。所谓的投桃报李应该就是范梦蕊此刻的心理。果然，他们说到了正在博弈中的东部新区的核心地段。范梦蕊说，她探询了父亲的意思，因为有重要领导发话，商业圈的核心地段，政府意思侧重于交给天海集团。因为天海集团近些年来对整个城市的贡献最大。说完这番话，范梦蕊望着林浩楠说:“当然，这只是初步的考虑。”很多话不用说破，范梦蕊的话外之意已经够明确了。天海集团如果想拿到东部新区核心地段的那块地，范梦蕊就要搭顺风车，拿到滨海五号地的房子。林浩楠知道这件事情很难，可他还是口头上答应了。范梦蕊透露出的信息验证了市长秘书梅子路的信息来源。这就说明，他这些日子的努力正一步步接近他想要的结果。

正事算是谈完了，不管这件事如何发展，毕竟有了口头协议。接下来就是漫无边际的闲谈，一个年轻男人和一个年轻女人在一起无非就是怀旧。

范梦蕊说，她印象里的林浩楠是女孩子们仰慕的骑士。大学时代的林浩楠在女孩子眼里，人见人爱，花见花开。如果林浩楠那时候不是丁敏慧的男朋友，他们之间一定会发生点儿什么事情。范梦蕊说这话的时候，双手托着下巴妩媚地望着林浩楠。丁敏慧告诉过林浩楠，范梦蕊是个嫉妒心很强的女人，她永远容不下别人的东西比自己的好。大学时，林浩楠对范梦蕊的印象不太好。时尚新潮的范梦蕊漂亮而招摇，在男生圈子里像一朵火辣盛开的罂粟花。她白皙的皮肤，火辣的身材常常是男生们品头论足的话题。这样的女孩子从来不缺男生的追逐。

范梦蕊谈起他们在大学校园里发生的那件糗事。那是个夏日的正午，林浩楠去给丁敏慧送东西。丁敏慧不在，范梦蕊喝醉了酒。那天她刚刚跟一个官二代分了手。那个满脸粉刺的家伙欺骗了她，他有一群漂亮的外地女人。范梦蕊无法忍受她的智商输给了一头蠢驴，就用酒精来惩罚自己的无知。林浩楠走进她们宿舍的时候，范梦蕊正在摔东西，随着屋子里另外两个女孩子一阵惊呼，一盆泡了不知多久的衣服连同盆子不偏不斜盖在了他的头上。内裤、乳罩、内衣、洗衣粉泡沫五彩缤纷地挂在他身上。身穿内衣裤的范梦蕊看着一脸恼怒的林浩楠也不道歉，傻兮兮地望着他笑，她觉得这是她失恋后最开心的一件事情，浑身上下随着放荡不羁的笑声不停颤抖。

后来，尽管醒酒后的范梦蕊一再道歉，丁敏慧还是在这件事情上耿耿于怀。因为从那一天起，林浩楠再也没有到女生宿舍来找过她。

范梦蕊谈到这件事的时候仍然忍不住开怀大笑。她笑过之后叹了口气，望着窗外已经开始暗淡的夜色说："年少时的荒唐和怪诞让我品尝到了人生的苦果。人生原本就要品尝苦辣酸甜。我的苦涩不过来得早一点而已，因为知道了苦，所以现在一直不敢轻易地去品尝。爱情本来就没有永恒，没有人能告诉我应该爱谁，如何去爱。爱是随心所欲，也许它并不完美，甚至没有结局，难以言说，更有可能让人错愕、哀叹、气馁，可我，无悔。所以，读完研究生之后回到省城，我再也没有找过男友。现在，我最大的爱好就是去旅游。网罗一群精英驴友，去青藏高原，去沙漠戈壁，去冰雪覆盖的北极或者飞云流瀑的热带丛林，走在空旷的原野或茂密的丛林里就会觉得，人原本可以四海为家，四处有爱。”

这个夜晚，范梦蕊把心声呈现在林浩楠的面前。林浩楠很少插话，他品饮着醇香的红茶，感受着范梦蕊淙淙流过的记忆河流。范梦蕊讲了她在读书期间经历的几段爱情故事。这些故事气象万千，有诗情画意，有活色生香，有催人泪下，有荒诞不经。她说她所经历的所谓爱情没给她留下任何美好的东西，只有身体和内心的伤痛。

夜深了，远处海面的灯火渐渐熄灭了。

很多次，林浩楠想打断她的讲述，把话题转到正经的事情上来。可是范梦蕊已经没有再谈那件事情的意思了。林浩楠有些倦怠。眼前这个貌美如花的女子，在讲述与他毫无关联的事情，他不知道她告诉他这一切到底想说明什么。他们原本就不应该谈这些过去的事，因为他们的过去是两条永远不可能相交的平行线，他觉得这样的交谈十分乏味，可她还是没有停止的意思。范梦蕊问林浩楠：“你认为爱情是什么，是亲密的拥抱、抚摸、亲吻、做爱，还是融洽的交谈、心心相印，最终只为了一句口头的承诺或者一张狗屁不是的婚纸？喧嚣时代的爱情没有永恒，没有开始，更没有结束。一个瞬息万变的碎片时代，爱情也不例外，无论爱得如何荡气回肠，都抵挡不住外力的撞击，最终都会化成无数个碎片。海枯石烂，地老天荒的承诺又如何？沧海之水就取一瓢，宁可要一个碎片的辉煌，也不要一连串的暗淡无光。”

范梦蕊滔滔不绝地讲着她的爱情观。林浩楠听明白了，范梦蕊的爱情观，那就是：爱了，爽了，即便是最终散了，也无怨无悔。

林浩楠第一次觉得范梦蕊不像丁敏慧说的那么可怕。她是很放荡，但很真实。想到梁小宝的话，林浩楠就觉得他心里像是塞着一团蒿草。他不敢肯定梁小宝酒后所说的话是否真实，但可以肯定的是他和丁敏慧的爱情出了问题。范梦蕊问起了他和丁敏慧的爱情。林浩楠只是淡淡地笑着说：“也就那样，现在没有时间谈情说爱，我和她像两个斗士，在为天海集团的前途拼命。”“时间可真是个魔法师，丁敏慧这个昔日美丽温顺的小绵羊，转眼间就变成了叱咤风云的商界精英，上大学的时候可真是小看她了，我原以为她是只会躲在男人怀抱里撒娇的小女人，现在看来我错了，她不只是娇贵的公主，也可以成为彪悍的女王。”

林浩楠望着一脸温柔的范梦蕊，端庄贤淑的模样丝毫找不出风尘的痕迹。他笑着随口说道：“是啊，彪悍的女王也很可能变成温柔如水的公主。”

范梦蕊看了林浩楠一眼，莞尔一笑，给他加了些热水轻声问他说：“你不会是在说我吧？”

林浩楠的心被范梦蕊温柔的目光灼了一下，她这样看人的目光对男人很有杀伤力。这目光像精美茶杯上袅袅升起的雾霭，透着沁人心脾的芳香，令人沉醉。

第四卷

1

戈向东背着梅雅莹去北京做了一次检查。他感觉到肺部刀切般疼痛。医生说手术的危险性极大，如果保守治疗就不能做剧烈运动，稍大一些的肺活量会让那些弹片割破肺泡。医院里的病人更关注身体病变所产生的恐惧和担忧，戈向东对自己的身体没有任何忧虑。每次疼痛他都觉得身处茂密无边的丛林，老连长在丛林的尽头呼唤他。听到召唤，他身体里另外一个他早已经闪电般追过去。他愿意跟他们在一起，没有任何的负担和忧虑，连死亡都会变得如此轻松。战争过后，他清楚自己的身体，金属嵌入身体，连同疼痛的记忆一起成为他身体的一部分，很多次他想到过死亡。在苍茫无边的丛林里，死亡就像高悬在他头顶树枝上的那颗吊雷，吊雷的拉环用一根头发丝吊着，微风吹过来的摇摆就有可能让它炸裂。此刻，肺里的那两块弹片就像两颗用发丝悬挂着的地雷。他突然很恐惧，肉体倘若不复存在，意识也会随之消失，那么心智、记忆和意志也将不复存在。

他没有跟梅雅莹说过身体的不适。梅雅莹不只是前妻，更是专家，对他身体的熟悉超过任何一个技术高超的医生。她曾经向他建议，趁着他的身体还算健壮，做一次手术把埋在他身体里的碎片清除出来。她甚至已经联系到了国外顶尖的外科专家。

他拒绝了。

他不是不想清除这些破碎的弹片，他是害怕有一天失去了疼痛，那些惨痛的记忆会随着时间的流逝杳无踪影。某种程度上，他有些自虐。他不相信记忆能持久而坚定地存在，人会一天天衰老，记忆也会一天天衰减。很多时候，他更羡慕近乎疯掉的梁家宝，他的记忆仍然停留在年轻时代，青春、纯真、血性。梁家宝只有清醒的时候才会感觉到痛苦。他曾经说过很多次，生病对他来说是一件幸福的事情，他宁愿永远停留在那个时代不清醒过来。

清醒后的梁家宝，常常被失去战友和爱妻的痛苦折磨得痛不欲生。

大雪飞扬，厚厚的积雪已经铺满了地面。路上的行人很少，车到长安街时，戈向东让司机放下他，他一个人沿着长安街路边的行人道走向天安门广场。熙熙攘攘的车辆在风雪里穿行，此刻的广场却万籁俱寂。巍峨的人民英雄纪念碑屹立在一片雪白里，在灰沉沉的天气里，像一把倚天长剑，直冲云霄。雪簌簌地往下落。戈向东的耳边仿佛回荡着带着湖南乡音，低沉而肃穆的声音："三年以来，在人民解放战争和人民革命中牺牲的人民英雄们永垂不朽！三十年以来，在人民解放战争和人民革命中牺牲的人民英雄们永垂不朽！由此上溯到一千八百四十年，从那时起，为了反对内外敌人，争取民族独立和人民自由幸福，在历次斗争中牺牲的人民英雄们永垂不朽！"

军校毕业刚分配到侦察连的时候，老连长曾经考过他，问他人民英雄纪念碑上的碑文有几句话，多少个字，几个标点符号，他没有回答上来。战场上那些无聊的日子里，林春风曾经一字不落地背诵给他听。戈向东也曾经迎着狂风暴雨背诵过岳飞的《满江红》，那种豪情和悲壮，令人热血沸腾。那时，他更能够理解老连长的心情。大家都抱定了必死的决心。

戈向东常常为老连长能背诵下纪念碑上的碑文敬佩不已。老连长牺牲前曾告诉他，参战前，他做过调查，全连只有五个人去过北京，两个人见过人民英雄纪念碑。有一天，戈向东跟指导员做战前动员教育，一个年轻的战士问过他，如果他们牺牲，他们的名字会不会像前辈一样出现在纪念碑的碑文里。从那一天起，戈向东就开始背诵这些文字。

战争是残酷的。戈向东仰望着高耸的纪念碑在心里默诵那些名字，那些生命在岁月里已经化作了地下的白骨或风中弥散的尘土。

戈向东沿着纪念碑前的护栏转了三圈，他觉得为了国家和民族献身的英雄都值得人们铭记。但读图、读屏时代的年轻人更喜欢那些轻松、愉快，甚至恶搞吐血的事情，没有人愿意再提起苦难和流血。冬天，丁敏慧陪他去电影院看了一场电影。影片是冯小刚导演的《一九四二》。很多年，他几乎不去看电影，但这一次，他热泪纵横，影片中对战争的理解和民族苦难的诠释十分感人。后来，据说《一九四二》的票房硬是没有干过荒诞嘻哈的电影《泰囧》。他曾就这个问题跟丁敏慧进行过探讨。丁敏慧的回答令他心情沉重：“一个没有经历过伤痛的时代，有谁想在自己的心里插把刀子，观众进电影院要的是高兴，没有人想添堵。”戈向东想起自己的父辈和战友们，在战场上舍生取义，如果没有他们的牺牲，就不可能有现在的繁荣，更没有年轻人可以挥霍的幸福时光。

他不知道这个时代到底怎么了，没人愿意提起过去，提起苦难，提起伤痛。可是，一个国家和民族，没有了疼痛就会麻木。

想着这些，戈向东的心口又开始疼痛了，他迈着沉重的步子离开了广场，回眼望去，雪雾朦胧中的英雄纪念碑已经消失在视线里。

戈向东从北京回到天海，第一时间就去看望了老省长。老省长已经九十岁了，精神矍铄，思维敏捷。

老省长说：“我看了你的报告，能这样做，很难得。”老省长说话的时候声音有些嘶哑，他刚刚做完喉癌手术，声带有些撕裂。戈向东感激地望了他一眼。老人浑浊的眼睛开始潮湿。他摘掉老花镜，伸出一只干枯的手，拍了拍坐在他身边的戈向东说：“现在看来，你当初那么固执地离开是对的，如果你还在官场，就没有更多的时间去做你想做的一切。”戈向东也有些激动，老省长是父亲的战友。他们两个从家乡胶东半岛的小渔村一起去参军，从辽沈战役一直并肩战斗到抗美援朝，两个人的感情显然很不一般。当初，戈向东能给老省长当秘书，很可能也是出于这一层关系。那年，戈向东决然离开省政府自行创业，老省长曾经挽留过他，并答应位置先给他留着，如果他经商下海不成呛水回来还能有个归宿。

戈向东头也不回地走了。老省长十分惋惜，但还是尊重了他的选择。这些年戈向东做生意，从来没有打过老省长的旗号，也没有求他办过任何一件事情。可此刻，他不得不向老省长求助了。

老省长把他那份报告交给了生活秘书，然后亲手给他倒了一杯水说："人有生必然就有死。我们终究要一天天老去，可有一种东西对民族来说不可或缺。我跟你父亲那代人，算得上是会播种的一代人，可是，你们这代人对下一代的播种严重缺失，当然，物欲横流的时代造成了土壤板结，但至少你们这一代人没学会怎么应对复杂的环境去播种，现在你要干这个，我没有理由不支持你。"

戈向东听着老省长的话，激动地起身致谢。有了老领导支持，这件悬而未决的事情最终要落定了。戈向东邀请老省长去看他的滨海五号地。他高兴地答应了。他说："如果真像你报告里所说的那样，把滨海五号地开发成我们的理想王国，到时候，我肯定会去。叶落归根，我想家，更想念你的父亲，他在大海里漂荡太孤单，我得去陪陪他。"老省长说着，泪水顺着消瘦的面颊流下来，很久，凸起的喉结还在咕噜噜地动着，只有经历过生死的友谊才这样至死牵挂。

戈向东答应老人春暖花开的时候就带他到滨海五号地去住一段时间。老人对他的邀请充满向往，他果断地说，如果明年的春天我还活着，就去看你的理想王国。

戈向东辞别老省长出门时，满头白发的老人一直把他送到了院子的门口。回望孤独站立在雪地里的老人，戈向东的鼻子酸了。老人一生没儿没女，孤身一人，其实，当年他跟着老人做秘书时，老人就已经把他当作了自己的孩子。

戈向东的眼睛饱含泪水，雪花落在他的脸上，冰凉的感觉让他打了个冷颤，远方雾蒙蒙的一片，司机驾驶着车辆跟在他的后面，一直跟出去很远。苍茫寂寥的雪地上，他像一个孤独的行者。即便是孤独者，他也要一步步走下去。

2

热气腾腾的温泉水弥漫过戈向东疲惫的身躯。他像是睡着了，却又像是醒着。

这样的沐浴，戈向东只邀请了魏东阳和梁家宝。三个男人赤裸着身体躺在温泉池里，日渐松弛的身体多余出来的赘肉却掩盖不住战争残留下来的疤痕。戈向东身体上的伤疤最多，腹部蚯蚓般爬行的伤疤纵横交错。战场上下来，他曾经做了大小六次手术。

温泉池被高科技感光玻璃包围着，空间浩大，囊括了石头和溪流。四周热带雨林植物郁郁葱葱。水蒸气从遮天蔽日的芭蕉叶片上滚落下来，嘀嗒嘀嗒地落在水里。绿色植物被雾霭笼罩着，淡淡地不肯散去。这是他想要的，滨海五号地没有冬天的感觉，四季都是这样。

三个人都闭着眼睛，没有人说话。他们在寒冷的冬天感受着温暖和惬意。只有那嘀嗒嘀嗒的滴水声音，把久远的往事拉到眼前。他们被敌人追击的日子里，每天都在下雨，每天也都在放晴。丛林就这样像被盖在锅里蒸着。三个人的记忆漫步在战场上，青翠宽阔的山峦谷地，被苍茫雨雾弥漫着，没有风时，静静的喘息也能晃动树木的枝叶。

魏东阳先睁开了眼睛，他看了一眼身边闭着眼睛的两个人长叹一声说："那个时候要是有这样的澡洗就好了。"梁家宝睁开眼睛第一句话说的是："好！"战场上那些日子，能泡上一个温泉澡是奢侈的愿望。青春的话题被提起，三个人开心地笑了起来。

戈向东长叹一口气，这样的时光太少了。商场刀光剑影，暗流涌动，稍有不慎，就会被迎面而来的威胁杀落马下。此刻，他们无忧无虑地躺在温泉池里，这样的日子真好。美中不足的是五兄弟中少了两个，戈向东微微有些伤感。

三个人在水里躺了足足半个时辰。突然梁家宝光裸着身体站起来，戈向东问他干什么。他傻傻地回答，要去换岗，换老连长来洗澡。

梁家宝又犯迷糊了。他披上浴衣，朝着门外走去。很快，他又回来了。外面正下着大雪，冰冷的凉气让他瞬间清醒了。

这时节，是天海最冷的时候，外面寒风刺骨。

戈向东和魏东阳都笑了。笑过之后，两个人满眼泪水。

重新回到浴池里，梁家宝突然不说话了，一个人躺在水里，望着恒温玻璃覆盖的顶棚发呆。

戈向东喃喃的像是自语：“很多时候，家宝宁愿生活在过去的时光里，跟那些年轻的战友在一起，这样的感觉像是传染给了我，我也想穿越到那时光里去。在那里我们虽然被敌人的枪口瞄准，被飞舞的子弹追逐，被敌人的老牌特工暗算，可我还是愿意回到那样的时光里。有时候我就想，如果时光可以倒流，我宁愿代替老连长去死。如果他活着，处于我现在的位置上，他该怎么做？老二和老四给我的打击太大了，我以为我们五个活着的人可以互相搀扶去兑现我们的誓言，一直走到生命的尽头。可到最后，走在这条路上的人越来越少。我就害怕有一天，我突然在这条路上倒下了，我们身后没有让我们放心的追随者。”

魏东阳站起来，擦干身上的水：“你就是压力太大了，这个世界，你不可能强求每一个人和你一样，把一句话看得比命都重要。在缺乏诚信的时代里，能做到遵纪守法已经算得上高品质了。你在商海沉浮了二十几年，有一点，你应该比我懂，唯利是图是经济动物们的原始本能。周海龙能这样，我早在意料之中。他追逐欲望的念头太强烈，利令智昏，看不清前面的方向，一头扎在泥沼沟壑里不能自拔。这个时候，他内心的恶魔就被放出来了，看到谁都能撕咬。东部新区的事情我最清楚，他们龙腾置业首要攻击的目标就是你们天海集团，这些日子也难为浩楠这孩子了。老大，关键时刻你还得出手，我怕浩楠不是龙腾置业的对手。”

戈向东也擦着身上的水：“我担心的不是他在这场战斗中的成败，我是担心浩楠这孩子会经不起诱惑去走弯路。欲望有多大，罪孽就会有多深。我现在有些后悔当初把他领进商海，他应该做个公务员或者设计师、会计师。我更后悔当初把他交给周海龙调教，万一他要有个闪失，我没法向九泉之下的老连长交代。”

“那倒未必，天海集团最终的决策还取决于你，某种迹象表明，未来东部新区开发，政府还是倾向于天海集团，天海国际自贸区的基础设施建设不仅是天海的事情，已经上升到了国家战略，这里正在建设最大的港口，政府还是想更稳妥一些。”

戈向东不置可否：“一切都还是未知，眼下我的精力不在东部新区的开发项目上，我的目标还是我的滨海五号地，你知道我的性格，我的事没做完，不会碰其他事。话说回来，既然我把浩楠这孩子推到了天海地产的一线，也想放开手脚让他去搏一搏。”

魏东阳把话题转向了戈向东的滨海五号地其他项目的开发上，问他有什么计划，戈向东笑着没有回应魏东阳。这是他的秘密，在谜底没有揭开之前，他不会告诉任何人。

他的借口是等滨海五号地所有项目的基础设施建设完毕，再作决定。滨海五号地二期工程建设只剩下山谷和两个向阳坡，所有人的目光都聚集到了那里。他们期待着戈向东揭开谜底的那一天。

梁家宝打断了他们的谈话。三个人穿好衣服，躺在温泉边的竹椅上喝茶休息，玻璃窗外的鹅毛大雪正在漫天飞舞。魏东阳敬佩地望着戈向东说：“你为我们天海人创造了一块福地啊。”

戈向东满脸憧憬地说：“整个园区建成之后，它将不仅仅是一片美丽的湿地。”

3

天海电视台选秀节目决出了最后三强，寇豆豆果然身在其中，但第一名却是漂亮的十九岁女孩吴洋。颁奖典礼在欢快喜庆的音乐声中落下帷幕。台下的梁小宝看到怀抱第三名证书的寇豆豆很不高兴，发表的感言中也充满了伤感。舞台出口，看着新闻记者和粉丝们潮水一般跑向冠军吴洋，寇豆豆站在那里，满脸的凄然和尴尬。

梁小宝的心都要碎了。他从头到尾一直都在观看选秀赛。寇豆豆很努力，她的表现也很抢眼。但他心里清楚，所谓的选秀不过是一次商业操作，没有足够的经济实力，很难走向众人瞩目的顶峰。

电视塔下的霓虹迷人闪烁，熙熙攘攘的观众很快散去。梁小宝在寂寥宽阔的停车场孤零零地站着。寇豆豆进了化妆间一直没有出来，他很担心。他知道寇豆豆此刻脆弱得很无助。

终于，寇豆豆出来了。电视台门口的停车场，一个肥胖的男人从一辆奥迪车里钻出来，张开双臂拥抱了她。寇豆豆挣脱了男人的拥抱，生气地朝着黑暗中的马路走去，男人开着车从后面追上来。

梁小宝听到寇豆豆一边哭泣着大步朝前走一边歇斯底里地叫骂："你个骗子，无耻的骗子。"胖男人一路追过来，下了车，一把搂过了寇豆豆。寇豆豆厮打着男人仍然骂他骗子。男人像是恼怒了，挥手打了她两记耳光，并怒吼道："你以为你是什么东西?"挨了耳光的寇豆豆蹲在地上伤心地抽泣，胖男人还在喋喋不休地叫骂。这时，一个身影箭一般飞过来，随着棒球杆一甩，男人倒下了。寇豆豆惊愕地望着手握棒球杆的梁小宝，像是被吓坏了，站在那儿瑟瑟发抖。她磕磕巴巴地对梁小宝说："小宝，小宝，杀人了，你杀人了。"

梁小宝拉着寇豆豆上了林浩楠的宝马越野车，慌乱地启动了汽车。车子沿着滨海大道一路奔跑，他不知道自己要到哪儿去。寇豆豆不停地哭着说："小宝，你为了我不值，你去投案自首吧，你就说你不是故意的，小宝，小宝，我求求你，你要是因为我坐牢，我会一辈子都不得安生的，小宝，我求你了……"

梁小宝把汽车停在了大海边。熄灭了车灯，他搂过浑身发抖的寇豆豆，伸出颤抖的手对寇豆豆说："给我一支烟。"

寇豆豆用发抖的手在小包里扒拉了半天才找到烟，她抽出一根放在梁小宝的嘴上，慌乱地拨着打火机，几次都没有打着，梁小宝夺过打火机打了几下也没成功，他推开车门把烟和打火机狠狠地摔在地上，冲着波涛汹涌的大海怒吼："别逼我，你们他妈的都别逼我!"

寇豆豆从车里走出来，从后面抱住了梁小宝，她不知道应该如何安慰他。

许久，寇豆豆说："小宝，我们跑吧，跑到一个谁都不认识我们的地方，我不做明星了。"

梁小宝转过身亲了亲寇豆豆说："走，我们走，我们回云南，那里有十万大山，谁也找不到我们。"

两个人上了汽车，宝马越野车很快消失在夜色里。

4

这一夜，林浩楠睡得很晚。

明天就是东部新区基础设施建设的政府听证会，他跟设计部门一直加班到深夜。从公司出来的时候已经很晚了，他发现自己的车不在。梁小宝也不知道跑到哪儿去了，电话关机。那天跟梁小宝发生矛盾后，他第二天就想让他滚蛋。可想起戈向东的再三叮嘱，他还是忍了。他明白，梁家宝病了，此刻在戈向东心里，梁小宝十分重要。

林浩楠只好从公司要了一辆公车回家。回到家里，他看了一会儿材料，洗了个澡，就上床睡觉了。

林浩楠没想到，他刚刚入睡就被急促的门铃声惊醒了。他以为是梁小宝，可是，打开门进来的却是刑警中队长孙昭阳和三名警察。孙昭阳出示一张《拘传证》，一脸严肃地告诉林浩楠："你涉嫌一桩故意伤害案件，请跟我们一起到南郊公安分局去接受调查。"林浩楠莫名其妙，他不停地辩解，可孙昭阳丝毫不听他的解释，伸手给他戴上了手铐：“等到了分局再作解释吧。”

林浩楠对手铐不陌生。戴上手铐的一刹那，他的心抖了一下，冰凉的感觉瞬间从手腕蔓延到全身，像一把刀，刨开了他的伤疤。林浩楠始终觉得，少年时代的无知留给了他一段屈辱的经历。这经历像被扔进了墨黑的染缸里，任凭时光之水如何濯洗，还是无法漂白耻辱。他是进过监狱的人，面对手铐，他从心里抵触。

他首先想到的是周海龙的栽赃陷害。因为他想不出自己干了什么违法的事情。望着一本正经像审问犯罪嫌疑人一样的孙昭阳，他窝了一肚子的火。他们两个从小就不对付，成年后也是针尖对麦芒般见面就争。

林浩楠的辩解很快变成了怒吼：“孙昭阳，别以为你是警察就可以随便抓人，你要是找不到我伤人的证据，有你好看。”

孙昭阳不屑地看着困兽一样暴躁不已的林浩楠：“我们从现场取证，找到了落在现场的作案凶器，就是你曾经在我们面前展示过的那根限量版棒球杆，就凭这一样，我抓你就有充足的理由，带走。”

孙昭阳挥了挥手，两个警察推搡着一直辩解的林浩楠出了门。

得到消息的戈向东和丁敏慧急匆匆驱车赶到时，林浩楠正被推上警车，林浩楠望了一眼一脸惊愕的丁敏慧，什么话也没说，羞愧地上了车。他不想让丁敏慧看到这一幕。他心里清楚，一个曾经有过坐牢经历的人，再次被警察带走意味着什么。他看到戈向东和丁敏慧急切地向孙昭阳询问着什么。孙昭阳没有停留太长时间，简短地说明了一下情况，然后就上车了。

车子开走的一刹那，他看到戈向东一脸沉重。这一幕让林浩楠太深刻了。很多年前，当他从少年管教所出来的时候，戈向东就是这样的表情，沉重、哀痛和怜悯。林浩楠感觉自己隐秘的伤口再次被揭开，他怒气冲天，用手碰击着警车的玻璃大声冲孙昭阳吼叫："你他妈的孙昭阳，最好快点儿把事情给查明白，这件事情如果不是我做的，你他妈的就等着。"

孙昭阳嘲弄般地笑着说："会查明白的，证明你是清白的，我会很高兴，可这也需要证据。"

林浩楠在南郊公安分局一直呆到上午十点。这个上午，他像热锅上的蚂蚁一样，每一秒都备受煎熬。上午九点，政府听证会准时召开，听证会上他的表现将直接影响到政府对天海集团的信任。关键时刻，他却被警察带走了。从天而降的变故把他殚精竭虑的精心备战化为乌有，他所有的努力功亏一篑。因为他被抓，龙腾置业将会毫不费力地击败所有参与竞争的对手。他猜测孙昭阳抓他绝对不是一个巧合，说不定是周海龙和孙茂群商量好的，专门为他设下的一个陷阱。

孙昭阳搜查了林浩楠的车库和住房，传讯了设计部的一些人。林浩楠没有作案时间。

案发之后，梁小宝却奇怪地失踪了。

受害者是鼎盛文化公司的吴总，当时，他正在训斥自己公司的艺人，突然间就被人打了闷棍。好在钝器击打的力度还不够强，只是头部破裂，轻度脑震荡。法医鉴定后报告说，受害人经过治疗不会留下后遗症。受害人强烈要求警方严惩凶手。

根据电视台的监控录像和受害人的描述，寇豆豆和梁小宝被定为案件嫌疑人。孙昭阳的手下在邻市的高铁站找到了林浩楠的宝马，车站的视频监控拍到了梁小宝和寇豆豆的影像。孙昭阳电告了铁路公安机关，可消息传来，梁小宝没在终点站下车，他们在中途的一个小站下了车，然后就失去了踪影。孙昭阳打了很多次梁小宝和寇豆豆的手机，均不在服务区。

孙昭阳感到好笑。梁小宝从小就喜欢躲猫猫，玩失踪。现在，他竟然具备了反侦察能力，还知道在中途下车。

听完孙昭阳的描述，林浩楠差点把肺给气炸了。查明了情况，孙昭阳把林浩楠放了。从公安局出来，孙昭阳送林浩楠去停车场。林浩楠铁青着脸，一直不说话。孙昭阳掏出手机给丁敏慧打电话说明了情况，让她告诉戈老爸，林浩楠没事儿，是一场误会。孙昭阳向林浩楠握手致歉。林浩楠猛然一拳击在了孙昭阳的脸上。这一拳出手快，下手狠，孙昭阳的嘴角顿时流出血来。

林浩楠指着孙昭阳的鼻子吼叫着："你他妈的现在可以接着抓我，告我暴力袭警。"孙昭阳擦了一下嘴角的血："我说过，证明你是清白的，我会很高兴。"林浩楠又气又想笑，上了车，冷冷地对孙昭阳说："孙昭阳，你误了我的大事，别以为你跟周海龙私下的勾当我不清楚，我告诉你，这事儿我们两个没完。”

孙昭阳一头雾水地看着林浩楠乘车走了。他不知道林浩楠说这些话是什么意思，只是觉得，这一次，他们兄弟彻底撕破了脸。孙昭阳在心里开始检讨自己。作为一名警察，他不应该把对林浩楠的成见掺杂到工作中。晚上一到现场，他就发现了林浩楠那根眼熟的棒球杆，想当然地就认定这件事情是他干的。林浩楠有过殴打他人致残入狱的经历。小时候，林浩楠向他们炫耀过他当老大时的风光史。很多次，他和戈睿都被感染得十分兴奋，那时候，他们多少还有些羡慕。孙昭阳觉得自己是犯了经验主义的错误。魏东阳也多次告诫过他，办案子不能单单凭感觉和经验，很多时候感觉会把人领入误区，等恍然大悟之后，就会贻误最佳的破案时机。

孙昭阳怎么也没想到，这次动手伤人的是梁小宝。可能是梁家宝老揍他的原因，梁小宝比他们几个都要怯懦，干事情总是比别人要慢半拍。年少时，他们几个对梁小宝的照顾就相对多一些，这个习惯一直延续至今。这回，他觉得小宝算是遇到坎儿，没准得进去。而且，这件事不能让梁家宝知道。他原本精神状态就十分不好，知道这件事肯定会犯病。孙昭阳决定去找受害人，如果能取得受害人的谅解，这件事情说不准会有所转机。

孙昭阳驱车赶到医院的时候，挨打的吴总已经出院了。他找来主治医生询问了伤者的病情。医生说，伤者的脑震荡已经基本消除，回家养一段时间就好了。他决定还是要尽快找到吴总，给梁小宝争取个最好的结果。

5

林浩楠火急火燎地赶到听证会现场，会议已经结束了。望着周海龙和一群人说说笑笑从会场出来，他心里涌起说不出的滋味。在东部新区项目上雄心勃勃的他，第一次感到了失落和颓败。他发短信给市长秘书梅子路，对方只回了两个字:“面谈。”林浩楠把地点约在滨江大道的一家西餐厅。

梅子路匆匆赶到，一坐下来，就快速说道:“长话短说，市长他们吃完饭，我还要送客人上飞机。”他又看了一眼林浩楠眉头紧皱的模样，放慢语速说:“情况没你想象的那么严重，但不容乐观。”

林浩楠急切地问:“到底怎么个不容乐观?”

梅子路介绍了上午听证会的情况，给他透了个底牌。

林浩楠接受孙昭阳讯问时，听证会准时召开。因为天海集团的缺席，听证会成了龙腾置业的现场表演秀。周海龙巨大的融资力量和已经拥有的后备资金，令在场所有人都为之瞠目结舌。可是，市委张书记和市长考虑到城市住房的饱和度问题，担心地产业盲目扩张会造成银行业的巨大压力。城市北部郊区和南部已经出现了“鬼城”。他们不能预测未来国际自贸区外来人口到底有多大的入住量。很多专家对周海龙的鸿篇构想都持保留意见。市长想听听天海集团的阐述，他们竟然缺席。梅子路向市长解释说，天海集团负责这项工作的林浩楠副总经理因事不能到场，阐述资料将以最快的速度送到专家和各位领导的手上。

市长征求省里领导的意见，主管这项工作的副省长点了点头，国土资源厅的范副厅长却表示了不满，中间插了一句话说：“天海集团做老大做惯了，开个会也要大牌。”这是一个极其危险的信号。国际自贸区由省里垂直管理，范副厅长即将出任东部新区的管委会主任。这块大蛋糕该如何分？最终还得由他来拍板定案。

梅子路不无担心地对一脸沉重的林浩楠说：“看样子，未来的范主任对龙腾置业很看好，情况对天海集团极为不利。”说到这里，梅子路看了一眼林浩楠，笑着对他说：“老大，我听说，你最近跟范主任的宝贝女儿范梦蕊打得火热，拿下她，或许这是个捷径。”

林浩楠立即呵斥道：“想什么呢，她只是我们的校友，丁敏慧的闺蜜。”

梅子路放低了声音说：“高富帅遇到白富美成功率百分之百，我听说，这女人很传奇，而且能量非凡。”

林浩楠的脸阴沉了下来：“玩笑到此为止，快想一个万全之策。”

“办法倒有一个，那就是在东部新区还没有完全成为事实之前，用你们天海集团的滨海五号地置换，给你透句实话，自从你们家老爷子在滨海五号地发现了温泉，省里和市里都对那片地十分感兴趣，考虑到天海集团已经投入大量资金对五号地进行了场馆建设和绿化，省里和市里可以采用补贴或者购买的办法给予相应的补偿。这件事省、市两级的秘书长都找过你们家老爷子，可都被他一口拒绝了。考虑到老爷子的身份，他们没敢硬来，说是继续商量，但省里的主要领导一旦下定决心，硬顶是顶不住的，我的意思，你劝劝你们家老爷子，就坡下驴，能为天海集团争取到更大的利益见好就收吧。不过，不得不让人佩服的是，你们家老爷子真是眼光毒辣，一个远离市区的荒野山林，短短的时间就增值二十倍。”

梅子路传递出来的信息，让林浩楠又锁紧了眉头。但凡是跟滨海五号地有关系的话题，都直接切到了天海集团的命脉。林浩楠粗略地估算了一下，滨海五号地要按照梅子路说的价格转让给政府，整个天海地产就盘活了。那样的话，周海龙就是有天大的本事，也无法撼动他们的地位。可是，眼下，看戈向东的阵势，他根本不可能拿滨海五号地投入到东部新区的博弈上来。

梅子路站起身，整了整西装：“该说的我都说了，不该说的我也说了，谁让你是我大哥呢，你让我替你想的办法我也想了，更高的招数，我还真想不出来，你掂量着办。最后，我提醒你一句，你那个周叔叔真不是个善茬。我该走了，一堆事呢。”

梅子路刚要出包厢，林浩楠叫住了他，顺手在他的口袋里塞了一张银行卡。他摸了摸，笑着问他："有一天我犯事儿，这够不够杀头？"林浩楠抬起腿在他屁股上踢了一脚说："想什么呢，我的工资你花得还少啊。你最好别犯事儿，否则没人能救你。"林浩楠不担心梅子路会犯事儿。他跟的市长，在天海是有名的正义清廉。所以，梅子路的工资月月不够花，每月三十号不到，林浩楠准能接到他请求支援的电话。梅子路正在谈女朋友，要还房贷还要养车，日子过得也很紧巴。林浩楠告诉梅子路："没钱也不能贪，我要用银子供出一个清官来。"

梅子路跟一个清廉公正的领导，就会有一个好前程。魏东阳就是一个例子。他从农家子弟走上了副市长的位置，靠的就是能干和清廉。林浩楠有他的打算。他们这一代的几个人中，戈睿在部队，仕途发展再好，但跟地方接触太少，资源不对接；孙昭阳很有发展前途，但跟他不对付，很难指望；梁小宝就不用说了。天海集团日后的辉煌需要人脉，他得培养一个将来能为天海集团说上话的人。这个社会金钱很多时候是靠不住的，还需要强大的人脉资源支撑。天海集团之所以能走到今天，除了戈向东是个商业奇才外，还靠了几代人积累下来的深厚人脉。这些年，戈正北和老省长虽然刚正不阿，天海集团也没有靠违法的生意完成原始积累，但有一层这样的社会关系别人就不能小觑，就得有所忌惮。

时下，年纪轻轻的梅子路已经是副处级了。过两年，随着现任市长的升迁，他就会有更好的职位和平台。这就意味着，天海集团将会有更好的人脉资源。梅子路是他的原始股，有着广阔的升值空间。他这点投入，将来肯定会得到更大的回报。

送走梅子路，林浩楠给丁敏慧打了个电话。丁敏慧嗔怪他电话老是关机，她和戈向东都急死了，林浩楠安慰了一阵。随后又给戈向东打了个电话，电话里他把听证会的事情介绍了一下，戈向东听了说："谋事在人，成事在天，一切顺其自然。反过来看，也不是一件坏事。你当务之急是把政策吃透了，找出一个与众不同的建设理念来，然后静观其变吧，许多事情不能硬来，一切硬来的事情都会有硬伤。回来吧，回来后休息两天，你和敏慧到云南转一转，有可能的话把小宝给找回来，他可能是带着那个姑娘回老家云南了。"

林浩楠还想说什么，戈向东把电话挂了。他感到窝火，戈向东这个时候还在关心着闯完祸逃跑的梁小宝，让他丢下一大堆事情到云南去找那个混蛋。他懊恼极了。戈向东把风雨飘摇的天海地产交给他，却没有给予他足够的支持。或许在戈向东看来，天海地产的未来还不如梁小宝重要。

林浩楠叫来服务员结完账，在包厢里把整个事情顺了一遍。设计部已经把整个阐述用 PPT 演示文件发给了梅子路，梅子路及时把这些文件分发给了听证会专家和领导的秘书，这算是个补救办法。

接下来就是那个操盘的范副厅长。他想起范梦蕊向他提出的那个要求。他觉得，范梦蕊购买五号地临海别墅的事情应该能在戈向东那里通得过。戈向东看重的是温泉别墅和山谷、山坡的二期工程。林浩楠认为戈向东作为一名成功的商人，赔本的事情是不会做的，滨海五号地的开发无论是怎样的一个谜，有一点可以肯定，建好的别墅最终还是要住人的。就在不久前，戈向东带着他给公司销售部开了一个十分重要的会议，他要求天海地产二十几个楼盘待售的商品房进行降价销售。他强调，房地产企业干的是安居乐业的好事，不管别的房地产企业怎么做，未来的天海地产不建设“鬼城”，不留一套“鬼屋”。滨海五号地临海的别墅区已经竣工了，外围临海的别墅也开始做销售计划了。林浩楠交代经理，销售一旦开始，选十套相对独立的别墅留下来，到时有人会去找他。

那次喝茶过后，林浩楠和范梦蕊的联系多了，他们相互加了微信。范梦蕊喜欢跟他一起分享自己游山玩水的风景照片和沿途的趣闻轶事。她最近去了普洱。南方温暖如春的冬天，绿树花丛间的范梦蕊娇艳动人。她在微信里晒了一块宛若牛粪形状的东西，据说她淘到了一块民国时期的普洱茶饼。林浩楠跟她开玩笑说，怎么看起来像一坨牛粪。范梦蕊回信说，是不是牛粪等我回天海，我们一起泡一杯，品尝一下就知道了。渐渐地，林浩楠觉得范梦蕊也不像传说中的放荡，最多也只是娇媚，和她在微信上聊天，他总有一种心跳的感觉。

范梦蕊这样的女子更懂风情，更有魅力，他想什么，她总是一猜就透。有趣的是，她猜透了也不明说，总能委婉地用另外一番话准确表达。聊天时间长了，他对范梦蕊的微信像是产生了依赖，每天早晨打开手机，范梦蕊灿烂的笑靥总会出现在手机上。他觉得跟范梦蕊在一起，周围像是始终飘荡着一股自由的芬芳，让他精神放松，毫无拘束。

林浩楠打通了范梦蕊的电话，电话那端的声音最初有些慵懒，像是正在睡觉。林浩楠约请她喝茶，她欣然答应了。但她坚持把地点定在净月会所，“我带上那块民国时期的普洱茶饼，跟你一起品一下牛粪的味道。”

6

林浩楠西装革履赶到净月会所的时候，范梦蕊已经在那里等候了。

一推开仿古装饰的茶室门，浓郁的茶香随着热气弥散在温暖的空间里。范梦蕊的穿着总给人意想不到的美艳。她穿了一件蓝色旗袍，身体的曲线有一种水墨画的写意美感。她站在靠玻璃窗的位置，胸前两朵靛蓝色的花朵，凹凸出美丽惊人的沟壑，雪白的面孔和细长的脖颈裸露在窗口金色的阳光里，高贵而妖娆，性感圆润的嘴唇，湿润晶莹。她依靠在窗口望着他，俨然民国时期的曼妙女子。

范梦蕊纤细的手指在青花瓷器上翻转，手指间的茶香随着水雾蔓延开来，普洱的芳醇在她的手下像是穿越历史来到这里，悠远，厚重。

林浩楠接过她递来的香茶。她身体的馨香，飘逸在茶香之上，扑面而来。他从来没有嗅到过这样的香味，淡雅却极具穿透力。

林浩楠端着杯子望着她，由衷赞叹道：“看着你这身打扮，我像是回到了民国，茶香，人更香，梦蕊，你真美。”范梦蕊闻言一笑，露出两排雪白的牙齿。她用茶夹取出一个小杯给自己倒了杯茶，呷了一小口：“民国也不乏西装革履的男子，你这身西服，就跟我很合拍，感觉一下，我们身处民国大上海茶楼的感觉？”

林浩楠啜饮了一盅普洱，像是在品味着岁月的沉香。

范梦蕊侧头问他：“品一品，是不是有牛粪的味道？”

“微信上一句粗俗的玩笑，破坏了此刻的意境，真是罪过。”

范梦蕊却一本正经地说：“你觉得是罪过，那是因为你没真正品味过牛粪的味道。在玉树，在墨脱，在青藏高原白雪消融之后的牧场，晒干的牦牛粪散发着牧草鲜花的芳香和雪山溪流的灵性，经过高原日光的沐浴，干燥的牛粪用来洗锅刷碗，芳香就会留在盛放青稞酒、酥油茶、奶茶的器皿上，饮一口你能感受到广阔无边大草原上百草的味道和雅鲁藏布江的清澈和甘洌，你还真别说，在这块民国时期的茶饼上，我还真喝出了高原牦牛粪的味道。”

林浩楠一脸好奇地望着范梦蕊，觉得自己这些年有些孤陋寡闻。现在有些经济基础的年轻人，很少有人像他跟丁敏慧那样，整天为了使命去拼命工作了，他们要么宅在家里，要么云游世界。

范梦蕊又聊了一些南部热带雨林的风景，慢慢切入正题。她知道林浩楠约她喝茶，绝不单单是听她聊闲情轶事的。她知道此刻，他更关注东部新区的事情。果然，林浩楠很快就把话题扯到了东部新区的开发上。

范梦蕊温柔地看了一眼林浩楠说："很显然，你们天海集团听证会的缺席让我们家老爷子十分不高兴。他以为你们的董事长戈向东会出现在听证会的现场，可连你竟然也缺席了。上次我对父亲讲了你的一些构想后，鉴于省、市政府有用东部新区核心地段土地置换你们滨海五号地的意思，他确实把天海集团作为开发新区核心地段的重要候选者之一，出了这事，他有些动摇。"

林浩楠望了一眼窗外，冬天快过去了。窗前的迎春枝条开始泛黄。他想着范梦蕊的话。戈向东不是对东部新区的事情不上心，他是害怕别人惦记他的滨海五号地。如果他抱着滨海五号地不放，东部新区的事就会变得困难重重。

范梦蕊见林浩楠不说话，清楚他在想什么，继续道："省里、市里想要全盘收购滨海五号地。我想无非是看中了那里的天然温泉和优美环境。这件事不能怪别人，要怪就要怪戈向东太能干，他把滨海五号地搞得太好。省里有人已经给滨海五号地取好名字了叫天海明珠。我实话告诉你，我们家老爷子肩负的就是这个使命，你如果能说服董事长，天海集团跟龙腾置业的对决将毫无悬念。”

林浩楠摇了摇头说：“这件事情很难，你知道，我们董事长是军人出身，打过仗杀过人，他最不喜欢的是别人压他，压力过大，适得其反。你上次说的那个事我觉得可行，房子选好后，我带你去看。”

范梦蕊微微笑了笑，微笑里别有意味。她抬头望着林浩楠，轻声细语说：“温泉别墅我不敢奢望了，临海的别墅你能弄出几套我就很感激，我也不瞒你，我是净月会所和财富俱乐部的实际老板，财富俱乐部总得找个像样的聚会地点。”

林浩楠故作惊讶地问：“那你可是富豪中的富豪了，怎么，净月会所不是办得好好的吗？怎么想着搬家了？”

范梦蕊给林浩楠加了些茶水说：“这里虽然靠着海湾，总归是繁华地带，太吵闹，也太扎眼。我在岛上倒有两栋别墅，可那地方太小了，只能接待金卡的客人。我想找个大一些的地方。还有一点，这里租用的是龙腾置业的房子，你知道，在东部新区这个问题上，你那个周叔叔胃口大得吓人。他已经融到了几百个亿的资金，所有的房产都抵押了出去，一旦有什么闪失，我的净月会所总得有个去处。”

范梦蕊的话让林浩楠心里一惊。戈向东说得没错，周海龙果真借着东业集团的庞大躯壳去招魂募鬼了。这些融资如果没有强有力的监管很有可能就会出现问题。龙腾置业就像东业集团羽翼之下脆弱的卵，一不小心，一根羽毛就能把它刺破。周海龙像个红了眼的赌徒。那些投资者跟在疯子后面也疯狂了。

林浩楠装作羡慕地说："周叔叔不愧是金融出身，融资几百亿，大手笔，天海集团甘拜下风，想搭乘我们天海集团顺风船的也有不少，可我们董事长拒绝别人上船，我也是干着急没办法啊。"

范梦蕊一边往杯子里续水，一边轻描淡写地说："没有什么大惊小怪的，资本的汇集，无非是大鱼吃小鱼，小鱼吃虾米而已，既然搭顺风车的投资者不害怕翻船，放心把钱交给周海龙去赌，谁也没办法。"

林浩楠问范梦蕊："根据你的经验，龙腾置业能有几成赢的把握？"

范梦蕊想了想说："五成！最理想的结局是你们两家平分天下。"

林浩楠追问道："为什么？"

范梦蕊啜了口茶："凭直觉，你们天海集团自然有你们的优势，有时，诚信也是资本，戈向东这个名字和天海集团的口碑就很值钱。政府可以利用周海龙这样的赌徒撬动东部新区的启动，但绝对不会允许一个赌徒为所欲为，中国不是资本万岁的欧美国家，政府的调控职能远远大于资本的力量。"

林浩楠突然间佩服起戈向东的沉稳起来。东部新区这件事上，戈向东在大厦将倾之际从容不慌的气度，让人生畏。林浩楠缩紧的心暂时舒缓起来，他同时也对范梦蕊敏锐的洞察力心生钦佩，眼前这个女人，不愧是经济频道的当家主持人。林浩楠觉得，很多人对这个女人的认知有误区。

这时，范梦蕊的电话响了。她抱歉地起身到外面去接电话。

出门前，林浩楠偶尔听到了只言片语，电话那端传来的声音很熟悉，像是周海龙。范梦蕊接完电话回来，重新坐下来，脸色有些阴暗。

林浩楠问她："你没事吧？"

范梦蕊摇了摇头说："没事，一个朋友晚上约请吃饭。"

林浩楠用商量的语气对范梦蕊说："要不，我们散了吧？"

范梦蕊看了一下手表说："时间还早，虽然是在我的净月会所，但你是约请者，哪里有客人没说走，主人先撤的道理。"

林浩楠笑着调侃说："范主持日理万机，怕耽误了你的大事。"

范梦蕊静坐在那里说："我喜欢你叫我主持，佛家讲究戒律。我可能天生就是个不愿意接受戒律的人，我喜欢方便。我深知自己的缺点，就读了一些经书，突然明白，原来佛也不喜欢戒律。方便是没错的，方便别人就等于方便自己，方便不是随便，关键在于方便有度。"

范梦蕊接着讲了个故事。说释迦牟尼看到别人为他塑的金身，挥手把它打成了碎片。和尚们就问他，这是为何。释迦牟尼说，佛在内而不在外，你们心里根本没有我，只有一尊泥胎金身。和尚们就开始念经请求他宽恕，释迦牟尼说，念经也不能让我宽恕你们，经在心中，念出来的本不是真经，谈何虔诚。和尚们很奇怪，就问他，那佛祖留下万卷经文意欲何为？释迦牟尼长叹一声说，经文自在我胸，我一生只字未留，那些所谓的经文不过是你们的猜测而已。范梦蕊讲完故事，俏皮一笑："这个世界所有的表白都不可信，我只信我的感知。此刻，我感觉我们在一起很快乐。"

7

孙昭阳找到了受害人吴子牛。他感到很奇怪，吴子牛竟然跟周海龙在 KTV 包厢里唱歌喝酒。孙昭阳进来，周海龙把陪酒的女子赶出去，对吴子牛介绍说："这是我侄儿。"吴子牛给孙昭阳倒了一杯酒说："喝了这杯酒，咱们爷们好好聊。"孙昭阳接过酒杯："我在执行任务不能喝酒。"吴子牛有些不高兴："那咱们也没什么好聊的。"孙昭阳有些恼火，可为了梁小宝他忍了，他仰脸喝了那杯酒。

孙昭阳觉得这土豪不是个好惹的货色。像梁小宝这么胆小的人，能下狠手，除非是自尊和底线被践踏到忍无可忍的地步。孙昭阳把杯子放在桌子上说："爷们儿，说点实话吧。"吴子牛操着一口京片儿："那丫下手太狠了，抓住了吗？抓住了判个年把的，爷们请你喝酒。"孙昭阳特意就轻地笑着说："抓了也只能治安拘留，够不上判。"吴子牛摆着手说："那不成，我都脑震荡了，说不准伤了哪根大脑神经，以后我瘫了算谁的？”孙昭阳看了一眼周海龙。周海龙一脸茫然，像是根本不知道他们说什么。孙昭阳摇了摇头，他觉得周海龙太会装了，说不准这件事跟他还真的有关系。

那天夜里，林浩楠被抓参加不了听证会，最大的受益者就是他周海龙。孙昭阳突然间想起林浩楠离开公安局时说的那句话了，他认为是他跟周海龙沆瀣一气陷害他。

想到这里，孙昭阳一肚子火气。

孙昭阳拉过周海龙在他耳边轻声说：“叔，这事儿是小宝干的。”周海龙一脸惊愕，明白过来后立即倒满一杯酒对吴子牛说：“老吴，大水冲了龙王庙，打你的也是我侄儿。”吴子牛有些恼火，站起身来气呼呼地对他说：“我说老周，你到底有多少个没教养的侄儿啊。”周海龙拉住吴子牛坐下来说：“都是我战友的儿子。打你那小子，他父亲在战场上救过我的命，没有他我早被一发炮弹炸飞了。”

吴子牛有些难以置信，想了片刻说：“我可以不送他进监狱，可他带走了我的女人，这账不能不算。”孙昭阳怒火中烧，蔻豆豆明明是梁小宝的女朋友，怎么成了他的女人了。孙昭阳最瞧不起这样的人，有点钱就以为全世界都是他的。可他不想激化矛盾，而是要解决问题。

周海龙对吴子牛说：“老吴，这个我知道，那女孩我认识，酒吧的DJ，她真是我侄儿的女朋友，他们就要结婚了。”

吴子牛嘿嘿笑了两声：“那个不算数，她跟我有合约。”孙昭阳的愤怒像要被点燃了，但还是咬了咬牙把骂人的话咽了下去：“吴总，不管你们有什么合约，她要跟谁勉强不得，那是她的人身自由，不能强迫，强迫就是犯法。”吴子牛发怒了：“你他妈的什么警察，没抓住罪犯跑这里跟我谈什么犯法不犯法，识趣的赶紧滚蛋。”

孙昭阳看了一眼周海龙，没有说话。周海龙端起酒杯说：“老吴啊，你不能跟小辈儿一般见识，给我个面子，这事到此为止，你的损失我来弥补。”

吴子牛的脸一板，接过酒杯放在桌子上：“这事我没法给你面子，在天海地界上，没人敢对我动手。”

周海龙有些忍不住了挥手就给了吴子牛一记耳光。吴子牛被打蒙了，他捂住脸惊讶地看着周海龙不知道是什么情况。他没想到周海龙一下子就跟他翻脸了。周海龙指着吴子牛的鼻子说：“你他妈给你脸不要脸，我说了多少遍了，他是我侄儿，什么他妈的天海地界儿上没人敢对你动手，老子就打你了，怎么的吧？”吴子牛也跳起来，指着周海龙的鼻子骂道：“你他妈的周海龙，我们十几年的关系了，你他妈的打我，我跟你拼了。”骂完，他拎起洋酒瓶子冲向了周海龙。周海龙顺水推舟就把他撂倒了：“你算个鸟儿，我跟他爹是生死之交，你是吗？”倒在地上的吴子牛冲孙昭阳嚷嚷：“你是警察，眼看着打人也不作为，我要告你。”

“这儿没有警察，他说了，我是他侄儿。”

吴子牛爬起来，指着周海龙和孙昭阳叫嚣：“你们等着，我跟你们没完，我要让那小子坐牢，一定要他坐牢。”周海龙冷笑了一声：“吴胖子，我警告你，这事到此为止，识相的话，你就把嘴闭上，你别惹我出手，我要出手就不是脑震荡的事了，滚吧，我没你这样的朋友。”

吴子牛走了。周海龙坐在沙发上接着喝酒。

孙昭阳在周海龙身边坐下来说：“周叔，真是对不起，原本是想解决问题，没想到把问题又搞复杂了。”

周海龙看了一眼孙昭阳说：“复杂？能复杂到哪儿去？没事了，问题解决了，也就是赔点钱的事，吴胖子保准不出声了，小宝这臭小子，这回到底干了一回爷们儿的事儿。好！梁家宝的儿子还不算窝囊废！”

孙昭阳不敢肯定周海龙是否在演戏，如果是在演戏，那么戏演到这个桥段结束，周海龙也算良心发现。他早就知道，他们兄弟几个中，周海龙最阴毒。只是他想不明白，周海龙要对付戈向东和林浩楠，怎么能忍心拿梁小宝作为突破口。他看了一眼仍然在喝闷酒的周海龙想要离开，可看着他醉醺醺的样子又不忍心。

周海龙又打开一瓶酒：“侄子，你要不忙，就陪叔喝一杯，叔心情不好。”

孙昭阳没说话，坐了下来，他能理解他的感受。无论出于何种原因，兄弟反目总是一件痛苦的事情。父亲孙茂群回到郊区后，虽然风光无限，但兄弟反目始终也是他心里的一个症结。大家拥抱一起取暖二十几年，突然分开，会很不适应。或许，当初他们就不应该绑在一起做生意；或许在集团公司上市之前就应该分开，他们的分崩离析恰恰也验证了一个不变的真理：生于忧患，死于安乐。深厚的友谊也逃不过这个铁律。

周海龙说得没错，离开团队的日子是孤独的。当年，他们在战场深陷绝境，必须靠团队精神才能战胜敌人保全自己。失去了团队的庇护，他们很有可能就会被猎杀。那时，同伴活着就意味着多一份力量和安全感。天海公司最困难的时候，戈向东带领他们靠借钱度日，每天在工地上和那帮退伍兵们吃咸菜啃馒头喝凉水，他们靠的是一个共同的希望和信念，那就是把公司做大做强。可是公司做大，钱挣多了，分歧就来了。一个狼群里只有一个狼王，大家都想当狼王只有分开。分开后，他们又怀念身处狼群的日子。因为，他们要单独面对整个世界的威胁。

醉酒后的周海龙又开始唱歌。他点了一首《我是一匹来自北方的狼》，用嘶哑的声音声嘶力竭地悲怆高歌："我是一匹来自北方的狼，走在无垠的旷野中……"

周海龙唱着唱着开始哭起来。他先是哭自己孤独的前半生，又哭梁家宝的可怜，接着又哭战场上死去的那些兄弟，直到筋疲力尽。他哭着告诉孙昭阳："我就要成功了，我要用两年的时间打败天海集团，打败戈向东，我要用事实告诉他，我是最强大的。"

孙昭阳背着周海龙把他送回了家，冷冷清清的大别墅里一个人也没有。他开始有些同情周海龙了。从战场上下来，虽然他衣食无忧，甚至拥有巨额财富，可他好像就没有经历过像样的家庭生活。传说他跟丁馥芬有过一段同居的生活，但很快两个人就分开了，直到今天还分着。传说丁敏慧是他的女儿，丁敏慧却对他避之不及，从来没有把他看作父亲。他这些年来一直单身一人，在这座城市里，没有亲人，现在连一个像样的朋友都没有。长夜漫漫，他只有靠酒精麻醉才能熬到天明。想想，周海龙也算是一个可怜的人。

孙昭阳原以为，周海龙跟父亲孙茂群一起离开天海集团会更好地在一起。可他们两个人很少联系。或许，他们两个当初一起找到戈向东要求离开时，仅仅是因为利益关系暂时结成的同盟。孙昭阳曾经就这个问题问过父亲。孙茂群摇着头说：“我们两个根本就不是一条路上的人，周海龙太阴，跟他在一起，我脑子不够用，我害怕他把我吞得连一根骨头都不剩。”孙昭阳没想到父亲会如此形容自己的同盟。或许，这就是现实，他们真的不是一条路上的人。周海龙希望自己是个绅士或贵族，孙茂群只不过是个过惯了农村生活的小财主。

孙昭阳关灯出门，别墅沉寂在一片黝黑的植被间。走出很远，他仍然听见周海龙声嘶力竭地吼叫：“我是一匹来自北方的狼……”

那声音真像苍凉草原之上的狼嚎。

8

梁家宝似乎已经觉察到了梁小宝出事了。这段时间，他脑子清醒的时间相对要长一些，他磕巴着问了戈向东很多次。戈向东总说小宝出差了，很快就会回来。可一连很多天，他还看不到儿子的身影。他慢慢地变得有些狂躁，虽然脑子不大清醒，但他知道儿子太不省心了，没有他的监管，儿子会闯祸。他对戈向东不停地嚷嚷，要马上见小宝。

戈向东要丁敏慧和林浩楠放下手中的一切工作，随孙昭阳去寻找梁小宝。

林浩楠正被东部新区竞标的事务弄得焦头烂额。他原本就对梁小宝十分不满，听到让他放下手里的活去找人的命令，他没好气地回了一句："找他是警察的事情，我们到哪儿去找他？"

戈向东有些恼怒："警察要找的是逃犯，你要找的是弟弟，这能一样吗？"

林浩楠准备再争辩，被丁敏慧的眼色制止了。他担任公司副总以后，戈向东很少在众人面前用这样的语气跟他说话，这回是真生气了。他也一肚子气，梁小宝差点让他的努力付之东流，在东部新区土地招标如此关键的时刻，还要他放下手里的一切去找人，他觉得有些不可理喻。

戈向东似乎也觉察到了林浩楠的不满情绪。他放缓了语气说："我知道你担心东部新区土地招标的事情，你专注做事，这是好的。可眼下，当务之急是快一点找到小宝，把这个事情妥善处理好。生意做不成，机会还有，可小宝却只有一个。他不知道事情的深浅，万一想不开，后果不堪设想，你梁叔叔要是知道小宝犯事了，肯定会着急，他犯一次病就会加重一次，我这几天身体很不舒服，胸口老是在疼，如果我能去，就不会让你们去了。”

林浩楠还想说什么，但很快被戈向东摆手打断了。“东部新区的事情先放一放，去吧，找到小宝，把他带回家来。他要为他犯的错误承担责任，但是，你记住，浩楠，无论他有多么混，他都是你弟弟，不要放弃他。”戈向东用恳请的目光望着他，期待着他的回答。林浩楠只好不情愿地点了点头，和丁敏慧一起走出了戈向东的办公室。

丁敏慧感觉出了林浩楠这段时间的变化。女人是敏感的。

她觉得他们之间的感情像是出了问题，林浩楠好像突然疏远她了。她给他打电话他总是在敷衍，两个人在一起的时候，他也有些心不在焉。最明显的变化，他对她的热情在衰减。他很少拥抱她，亲吻就更少。那种恋爱中男女的热情和依恋像是从火焰中一下跌入冰点。尽管林浩楠把这一切归结于工作太忙，压力太大，可这个变化还是让她觉得有点害怕。

她想找他谈谈，可一直没有找到机会。

林浩楠对梁小宝的冷漠，丁敏慧不可理解。梁小宝固然可恨，可他毕竟是梁家宝的儿子，是他们一起长大的朋友和高于血缘之上的兄弟。丁敏慧常常用异父异母亲兄妹来定位自己和林浩楠、戈睿、梁小宝、魏沛姗、孙昭阳他们几个之间的关系。复杂的家庭情况，造成了他们这样的关系。若干年后，老一辈不在了，如果他们尚不能抱在一起取暖，又有谁能帮助他们呢？

此刻，丁敏慧觉得过去心目中那个侠肝义胆的林浩楠找不到了。

沉浮的商海，让他一天天蜕变成油滑、世故、冷漠、唯利是图的商人。戈向东期望林浩楠能成为他们这一辈人名副其实的大哥，担当重任，但他在梁小宝这件事上的表现，让人大失所望。

林浩楠、丁敏慧和孙昭阳在机场会合，前往梁小宝的老家云南。飞机上，林浩楠一直板着脸一句话都不说。丁敏慧也没说话，只是默默地看着他。因为上次误抓的事，林浩楠一路都没理孙昭阳。孙昭阳有些尴尬。他后悔一时冲动，没考虑林浩楠的感受，给他造成了心灵上的伤害。道歉的话，孙昭阳已经向丁敏慧讲过了，丁敏慧也替孙昭阳转达了。可林浩楠觉得这样伤害他的人，不容宽恕。

孙昭阳能感觉出林浩楠的抵触，他也只好保持沉默，他觉得此刻，道歉也无济于事，索性就不再提了。

孙昭阳跟丁敏慧分析，梁小宝肯定是被吓坏了，他以为那个男人被打死了，所以不敢跟家里联系，也不敢开手机。

丁敏慧小心翼翼地问："小宝会被抓起来吗？"

孙昭阳轻声地安慰她："抓是要抓，当事人如果不坚持，拘留几天就出来了。"

丁敏慧一听就急了："最坏的结局呢？"

"受害者已经构成轻伤，关键问题是，案发后梁小宝逃跑了，对待生命的漠视态度让人气愤，受害者如果不是被人发现及时送到医院，可能会因失血而死亡。如果上了法庭，他可能会被判刑。”

丁敏慧更焦急了。她搞不明白，她觉得要尽快找到梁小宝，争取宽大处理。可茫茫人海，他又藏在哪里呢？

梁小宝从小就喜欢跟大家躲猫猫，常常玩失踪。每当那个时候，丁敏慧就会焦头烂额，四处寻找，他根本不理解丁敏慧寻找他时的焦急心情。

丁敏慧没想到，成人后的梁小宝还玩这个。她又恼怒又伤心，眼泪止不住流下来，她哽咽着说：“我就是可怜他，他像一只流浪猫，从来没有感受过幸福。”丁敏慧哭着哭着，就联想到了自己。

戈向东虽然把她当作公主一样宠惯着，可她的命运跟梁小宝没什么本质区别。梁小宝的父亲是个傻子，她的母亲是个一心只要名利的女强人。他们都是躲在戈向东的羽翼之下，而他们的亲人对他们的痛苦和烦恼却无动于衷。

孙昭阳担心梁小宝逃到边境小镇，会跟那些偷渡客一起非法出境，越过边境就不好找了。丁敏慧听了心一下子又悬了起来。梁小宝不知道他犯的事有多深，万一他觉得自己打死了人，脑子一热带着寇豆豆偷渡出边境那就麻烦了。孙昭阳的提醒让丁敏慧体会到了戈向东的焦虑和担忧，那里，过一条河沟就是异国他乡。

机场出口，孙昭阳联系好的当地公安局同行早就在通道等候了。

孙昭阳向林浩楠伸出手说："找人是警察的事情，为了弥补我给你造成的伤害，人我们去找，你跟敏慧在这儿转转，有消息，我打电话给你们。"

丁敏慧从林浩楠后面捅了捅他的腰，他勉强伸出手。他望了孙昭阳一眼，没说一句话。

孙昭阳随着他的同行走了。

林浩楠和丁敏慧抬头望了望瓦蓝瓦蓝的天空和棉絮般的白云，果然是彩云之南。这清晰的湛蓝一扫北方城市的沉沉雾霾，给人豁然开朗的感觉。

林浩楠问丁敏慧："我们去哪儿？"

丁敏慧想了想说："我们先去小宝的家乡吧。"

去边境小镇的大巴车一天只有两班，林浩楠和丁敏慧搭乘的是最后一班，当他们到达小镇时已是黄昏。

林浩楠知道他们去那儿肯定找不到梁小宝，因为警察肯定在他们之前就搜索过了。不过既然丁敏慧提议要去，他只好陪着。他觉得他们这次出来找人，只不过是缓解一下戈向东内心的焦虑罢了。连警察都找不到的人，他和丁敏慧就是神仙也难把他带回天海。

林浩楠背上背着五十多斤重的登山包，里面装着野外住宿的行囊。丁敏慧也背着一个很大的户外旅行包，里面有文件、电脑、户外食品和日常用品。他们要在寻找梁小宝的旅途中办公，遥控指挥下属做事。

丁敏慧在美国留学期间常常户外旅游，曾经徒步横穿过科罗拉多大峡谷。她的野外适应能力很强。但林浩楠不喜欢山地旅游，他喜欢呆在家里或者海上，或者躺在游艇上吹着海风晒日光浴。所以，两个人在商量外出旅游的时候常常不能达成一致。过去，一直是丁敏慧妥协。这一次不同，这一次是找人，是执行戈向东的命令。丁敏慧想利用这次机会培养一下林浩楠，她曾经规划过，五十岁就退休，她要在爬山涉水中享受自然。因此，她觉得培养林浩楠的兴趣迫在眉睫。

大巴车出了市区，车子很快上了盘山公路，摇摇晃晃地在狭窄的公路上行驶。林浩楠看着车窗外的峡谷胆战心惊，车子稍有不慎就会飞出去，下山的车子行驶得更加缓慢。山下是一条河，河水连接着镜子般清澈的拦水坝，水坝下面是波浪纹般的翠绿梯田。

林浩楠无心欣赏路边的风景。他在想，范梦蕊能否说服她父亲。出门时，他给范梦蕊发了个微信。对方回信说，在这个关键时刻离开天海也太不靠谱了，龙腾置业磨刀霍霍想置天海于死地，天海集团的主帅却外出云游。林浩楠满肚子委屈，郁闷无语。

一个被高山屏障河流围绕幽静淳朴的小镇，就是梁小宝的老家。

丁敏慧和林浩楠去了梁家宝他们居住过的房子，院落四周残垣断壁，院子里还扔了一辆破旧自行车，锈迹斑斑，他们在院子里四处寻找，力图找到一点梁小宝回来的蛛丝马迹，最后彼此带着失望的眼神对望着。邻居一位大姐看他们好像在找什么，就走了过来搭讪，丁敏慧跟她聊了起来。

大姐说，这个院子住过英雄，二十年前搬到城市里去了，听说现在成了大老板，手里很有钱。邻居说到这里很纳闷地发着牢骚，小镇开始敞开接待外地的旅游团和背包客，街上都开始翻新房子了，只有他们家还这样破破烂烂，太影响景观了。

林浩楠问她见没见过梁小宝。女邻居摇了摇头——梁小宝根本就没有回家。

夜里，他们住在邻居大姐家里。丁敏慧向她打听起小宝的母亲。大姐一脸凄然地说，她的能干在镇上出了名，她绣的孔雀，全镇没人能比。只可惜，她生孩子时难产，流了很多血，那时候医疗条件太差，抬到县医院时血都流干了。女人死了以后，梁家宝的精神就不正常了。说到这里，大姐唏嘘不已："唉，这家人太惨了，如果女的不死，他们应该是幸福的一家人。"

那个夜晚，丁敏慧和林浩楠和衣躺在木屋的床上，望着窗外干净的夜空和皎洁的月亮，久久不能入睡。

丁敏慧喃喃道："我没想到在这里，我们的梁叔叔还有一段英雄和美女的传说，只不过有些凄婉。"

"是啊，这里应该是他的幸福地，也是他的伤心地，或许当初他就不应该离开这里。其实他在城市也无法忘记留在这里的美好和伤痛。这里有他深爱的人，很多时候，他就是靠这里的记忆来滋养那颗脆弱的心灵。这就是年轻时代的爱情，美好、缠绵。"

丁敏慧靠近林浩楠，侧过身子，下巴抵住他的肩窝："我在想，我们爱情的美好和伤痛在哪里呢？是在大学时代吗？现在想想，可能也不是，我觉得我最美好的回忆是高中那段时光，你站在学校门口等着我下课，然后用自行车载着我穿过弥漫着蔷薇花香的长廊，我从后边抱着你的腰。”

“是啊，人长不大该有多好，没有那么多的责任和义务，快乐、自由、无忧无虑。”

丁敏慧紧紧抱住他，说：“我仍然想那么简单地爱着你。”

林浩楠不说话了。这么简单的爱，他也渴望，可谈何容易？他抚摸着女友的手，她手指上戴着一枚钻戒，他也有一枚。他们已经订婚了。

林浩楠仔细想想丁敏慧的话，他们的爱情确实没有荡气回肠的桥段。没有生离死别，没有缠绵悱恻，像是一条静静的河水，没有跌宕起伏。他们此刻不像热恋中的情人，他们更像是长相厮守的一对老夫妻。他们像生活在一个容器里的两尾鱼儿，彼此清楚对方的每一块鳞片，却从没有感受过江河湖海里的波澜壮阔。

林浩楠紧紧抱了抱怀里的丁敏慧，他突然间对自己产生了怀疑，他不爱她了吗？他被自己的这个质疑吓住了，他立即否定了，显然在这个世界上她已经是他心里最亲的那个人了，他们虽然没有结婚，可长期在一起已经形成了信任、依赖、关爱的习惯，这样的习惯就像那个装着鱼儿的容器，装满了他们生活的全部。林浩楠想起了梁小宝那天说过的话，他看到丁敏慧跟戈睿抱在一起。难道丁敏慧背叛了他们的爱情诺言了吗？他不敢确认。但他告诫自己，他们的爱情不能失去信任，失去信任一切将不复存在了，这无论对于他还是丁敏慧，都是个致命的打击。

他松开了手臂，淡淡地说了一句：“睡吧，明天还要赶路呢。”说完，转过身去，正好手机响起了提示音，他拿起一看，是范梦蕊的微信，问他到了哪里。他回答在云南。范梦蕊发来了一首《彩云之南》的歌，并建议他有机会要去一趟香格里拉，拍一组雪山的照片回来。他关掉了手机，她有的是关于旅游的话题，除非你下线，否则会没完没了。

随后，他又觉得不对，打开手机给范梦蕊回了一条微信说，他不是旅游，是来找人的。林浩楠说不清楚是什么原因，他们的约会和通信越来越频繁。他最初把这样的感觉归结于迫切要利用她达到自己的目的，可后来发现又不单纯是这样。范梦蕊身上似乎有某种不可言状的法力，像是无声地在征服掌控他。他一直在努力抗拒着这种征服。

可是，男人对美丽女性永远有着充沛的审美精力，他们的征服欲望与生命热量剧烈燃烧。对他而言，此刻保持的清醒、自制和警觉都无法令这种燃烧窒息。这种燃烧在心灵的底层，已经不在他的掌控之中了。

他已经开始从心里排斥丁敏慧了，他不知道是因为有了范梦蕊的出现，还是因为梁小宝的那句醉话。他无比痛苦地知道，他们很难回到从前了。

丁敏慧悄悄钻进了林浩楠的被窝，从他身后抱紧了他，把脸紧紧地贴在他的背上，嗅着他身上淡淡的烟草味道。以前，林浩楠是不抽烟的，但近一段时间，繁忙和紧张的商场让他开始变得焦虑和烦躁。自从担任副总经理，尽管他竭尽所能，却仍感到力不从心。丁敏慧的手伸进了他的衣服，她有些心疼，他变得消瘦了。她知道，林浩楠负责的天海地产远比天海化工复杂得多。天海化工，她不需要处理那么多人际关系。她研发的产品永远处于化工行业高端的位置，她只需要把科研项目抓好，投资就会潮水般涌来。不过，从戈向东把重担压给他们的那一刻，他们安逸平静的生活就不复存在了，他们不再是戈向东羽翼下呵护的幼鸟，他们要自己独立飞翔了。

戈向东太累，飞不动了。他们不能眼睁睁看着戈老爸一头从空中栽下来。

山谷里的小镇太静谧了，世界只剩下月亮和星星，山川同河流。林浩楠翻过身把丁敏慧紧紧抱在怀里，两个人就这样拥抱着静静入睡。

9

丁敏慧和林浩楠在小镇上等了两天，仍然没等到孙昭阳传来消息。林浩楠有些按捺不住了，他眼前不断浮现出那天在吴总游艇上见到的那个妖冶女子。他不明白，梁小宝怎么就看上了她，真是孽缘，那种女子一眼看去，就应该是富人养在笼子里的金丝雀。一只流浪猫恋上金丝雀，注定是个悲剧。

林浩楠陪丁敏慧在古镇上转来转去。丁敏慧拿着梁小宝的照片见人就问。可是，小镇上没有一丝他的踪迹。

丁敏慧让人带着他们去了幺妹的坟头。梁家宝把妻子葬在河湾之上的茶林里，这里无疑是一片美丽的墓地。小小的坟丘依山而立，对面就是河滩。清冽的溪流从大山深处蜿蜒而来，山水冲刷下的石头光滑明亮。坟丘四周茶树遮映，坟头开满了鲜花。梁家宝很少跟他们谈起自己的妻子，或许这是他内心最剧烈的疼痛。或许是他知道妻子喜欢在河边和茶园里唱歌，就把她葬在了这里。这样，她就每天能听到姑娘们在河边嬉笑歌唱。

在坟地，丁敏慧有了惊喜的发现。坟丘的周围显然是被修过的，还新立下了一个石碑，上面镶嵌着幺妹年轻时的照片。照片下面刻着几个大字：阿妈石娥之墓，再下面是梁小宝、寇豆豆的落款和立碑的日期。看着这一切，丁敏慧禁不住热泪盈眶。梁小宝果然回来过，他是匆匆给母亲立了墓碑之后悄悄离开的。这个傻小子还不算太混，朝不保夕的逃亡中，没忘记给没见过面的母亲上坟。站在墓碑前，丁敏慧突然想，梁家父子如果回这个小镇生活该多好。这里的人单纯、善良，随着旅游业的发展，小镇的收入来源也越来越多。她想到了梁家在小镇上那个残破的小院，更加坚定了自己的想法。

她决定找到梁小宝，就跟他商量。梁家宝已经有了足够的财富，能回故乡来静静地生活，对梁小宝来说未尝不是最好的选择。

站在坟地里，林浩楠的心情是悲凉的。同样是睁开眼睛亲人就不在了，跟他相比，梁小宝算是幸运的。最起码，他知道自己的母亲葬在哪儿。悲伤的时候能够站在这里哭一哭。他至今也不知道父亲埋在哪儿。他只知道他的父亲是为了掩护部队撤退跟敌人同归于尽的。他曾经询问过魏东阳、周海龙和孙茂群，甚至还问过神经有些不太正常的梁家宝，他们口径统一。他看过母亲李琳手里的那些证书和一堆奖章。证书证明了父亲是个烈士，是个特级战斗英雄。但没人告诉他整个战斗过程和细节，没有人讲那些细节，戈向东说这是纪律。

这时，丁敏慧接到孙昭阳的电话，说他已经发现了梁小宝的踪迹。他曾经和寇豆豆在边境小镇上出现过，警察已经监控了那附近的村庄。

丁敏慧决定前往梁小宝出现的小镇。两个人辞别房东，背着行囊到小广场寻找出租车。背包客们熙熙攘攘，纷纷翘首企盼，好容易等到一辆面包车，车况也不太好。林浩楠要等下一辆，丁敏慧坚持不等了。两个人僵持了好大一会儿。

丁敏慧责怪林浩楠寻找梁小宝一点都不积极。林浩楠坚持说，这样的车况到了盘山公路上等于自杀。

原本和好如初的两个人开始了争吵。丁敏慧坚持要走，商量好价钱，就上了车。林浩楠只好不情愿地跟着上了车。半路上，果真像林浩楠说的那样，汽车在距离目的地八十公里的地方熄火了，熄火的地方正处于爬坡的半山腰，脚下就是万丈悬崖。林浩楠倒吸了一口冷气，如果车子是在下坡，后果难以想象。天色黑了下来，司机在修车，丁敏慧结了账，顺着山路朝前走。

林浩楠气呼呼地跟在后面，一路上两个人都不说话。

一路上，两个人走走停停，几经周折才找到了孙昭阳。

孙昭阳介绍，这个小镇距离对面的异国小镇不过半公里路，中间只有一座小桥。沿着河两岸的村落，两国的村民隔着河就可以打招呼。两边有频繁的商贸往来，语言基本上也是相通的。

这里是很多背包客的集散地，顺着河道可以游历泰国、马来西亚、印尼等多个东南亚的国家，人很杂。

孙昭阳说，两天前，有人发现梁小宝和寇豆豆到半山腰的寺庙烧过香，他们可能是在等这里募集散客的旅游团，想混在旅游团里过境。这两天武警对过境的游客加大了盘查力度，梁小宝说不准会在哪儿窝藏着。孙昭阳让人查了梁小宝的银行卡，几天时间，他们就花了六七万。孙昭阳已经让银行冻结了他的账户，估计他们身上还有不少现金。

孙昭阳准备带着丁敏慧和林浩楠去梁小宝烧香的寺庙。林浩楠以身体不适为由到招待所睡觉去了，丁敏慧沿着山道上的石阶走了很久，才到达半山腰的寺庙。丁敏慧有种强烈的预感，梁小宝走之前一定会给她打电话的，这些年，他们之间的感情很好。

丁敏慧从寺庙回来，林浩楠仍然在睡觉。孙昭阳想叫醒他吃饭，丁敏慧制止了说："让他睡吧，我们一路走了八十公里。"孙昭阳冲着丁敏慧竖起大拇指说："现在看来，所谓的少年英雄，不过是外强中干，敏慧姐才是真正的女中豪杰。"几个人吃完晚饭回来，林浩楠还在酣睡。

林浩楠的梦魇像一部战争大片正在无边的丛林展开。

他好像看到了父亲林春风，但看不清他的脸和腿，只看到他空荡荡的裤管在风中飘摆，像闪电一样穿梭在子弹和炮火中，一群矮个子军人持枪追逐着他，他好像被抓住了，被剥光了衣服挨了一顿毒打，他不停地惨叫着。

他看不见父亲的眼睛，整个眼眶里已经没有了眼珠。这时候，戈向东出现了，他背着父亲在丛林中奔跑，敌人在后面拼命追赶。戈向东也中弹倒在了血泊里，身上的父亲被抛出去好远，空荡荡的山谷，传来父亲嘶哑的声音在呼唤："儿子，救我，儿子，救我……"

他出现了。上级命令他们去执行一项秘密的营救任务。被营救者就是他的父亲，直升机把他和戈睿、孙昭阳、梁小宝空投到了丛林里。路上，他们遭遇了敌人，孙昭阳和戈睿都中弹倒地了，只有他一路往前冲杀。他看到敌人正挟持着父亲向密林中跑去。这时候丁敏慧、魏沛姗和范梦蕊也出现了，她们抬着戈向东。

林浩楠就问："戈老爸，我爸爸被敌人抓走了，我们该怎么办?”戈向东捂着胸前流着鲜血的伤口说，快一点去救啊。

他听完突然展开两翼飞了起来，很快追上了挟持父亲的敌人，可这时候，他听到惊天动地的爆炸声，父亲不见了。此时，梁小宝带着一群敌人包围了他，拼命地朝他射击，他拼命地奔跑，但梁小宝用枪抵住丁敏慧的头说，你不投降，我就一枪打死她。

他说别开枪，她是你姐姐……

可话还没说完，梁小宝的枪就响了，喷洒出来的鲜血映红了天空……

林浩楠的梦魇被一阵急促的电话铃声惊醒了，身边的丁敏慧翻身起床接起了电话，她听到那头哭泣的声音，急忙叫着“小宝，小宝”。这时候，电话那端传来了嘈杂的声音，很快，电话挂断了。丁敏慧不知道发生了什么，心里正急得像火烧一样，孙昭阳打来电话告诉她，梁小宝找到了。

10

梁小宝和寇豆豆被带到孙昭阳隔壁的房间里，丁敏慧进去的时候，他正灰心绝望地盯着地上发呆。

梁小宝看到丁敏慧，像生命中突然出现了亮光似的，起身急喊：“姐，救我。”

丁敏慧又气又怜：“你这个傻瓜，大家都担心死你了。”

寇豆豆忏悔道："姐，这事都怪我，要不是因为我，小宝他不会干这混事的，你跟孙哥说说，让他把我带走，把小宝放了吧。"

丁敏慧没有说话，她对眼前这个风尘味十足的漂亮女孩，本来没什么好感，可这段逃亡的日子里，她能跟着小宝不离不弃，也算是有情有义。

丁敏慧决定不为难她。

孙昭阳为了吓吓他们，始终没有告诉他们所犯的事儿有多大，他要警告他们，一个人犯错误是要付出代价的。

丁敏慧盯着梁小宝看了很久，他心里直发毛，拉着丁敏慧的手急切地问："姐，那个人是不是死了？我会不会被枪毙啊？姐，我不能死，我死了，我爸和豆豆怎么办啊？"

丁敏慧涌起一股"怒其不争"的感觉："你都要越境逃跑了，心里还有你爸？"

寇豆豆哭着说："路上我一直劝他自首，他要是判十年我等他，判一辈子我也等他，我替他照顾家里，可他就是不听。"

丁敏慧冷笑了几声："姑娘，你这些话，哄哄我傻弟弟可以。你要是爱他，你跟那个男人是怎么回事？至于他爸爸，我们兄弟姐妹一大群轮不着你去照顾。"

听到这句话，梁小宝惊慌绝望地跪了下来："姐，我走后，你要替我照顾我爸爸，照顾豆豆，小宝给您磕头了。"

丁敏慧拉起梁小宝，嗔怪地对他说："说什么鬼话，你打的那个混蛋没死，但是，你还是犯了法。”

梁小宝惊愕地望着丁敏慧，当他回过神来，正准备跟蔻豆豆拥抱，欢呼死里逃生时，孙昭阳走过来对他吼道：“蹲下，梁小宝，好好交代你的问题，争取宽大处理。”

孙昭阳又问蔻豆豆：“你愿意回到吴子牛身边，还是愿意跟着梁小宝，你一定要想清楚。”

蔻豆豆哭着说：“吴子牛是个骗子，选秀的事从头到尾就是个骗局，他欺骗了我，欺骗了很多女孩。”

孙昭阳在鼻子里哼了一声说：“你说他是骗子，得有证据。但就这件事来说，他是受害人，也是原告，这个案子一结，就要移交检察院了。再问你一遍，你是愿意回到吴子牛身边，还是愿意跟着梁小宝。”

蔻豆豆望了望梁小宝哭着问孙昭阳：“是不是我答应回到他身边，姓吴的混蛋就不起诉小宝了？”

孙昭阳摇了摇头说：“这个我不敢说，可能会，也可能不会。你只管回答我，回去后，你愿意跟谁？”

蔻豆豆犹豫了，她的犹豫让丁敏慧看到了一颗真心，这女孩为了小宝竟然愿意回到魔鬼身边去。

同为女性，丁敏慧生出一股怜意：“阳子，你让她好好想想。”

“那好，你们好好想想，天还没亮，你们两个好好商量商量，明天一大早我们回天海。”

孙昭阳说着关上了门，听到梁小宝在屋里大声嚷道：“不用想，我们拜过我阿妈了。”

孙昭阳对着门缝说：“那个不算，你得让她自己说。”

在另外一间屋子，林浩楠正闷头抽着烟，缭绕的烟雾有些呛人，丁敏慧从他指间把烟取过来摁灭了。不知道是那场梦魇的原因，还是愤怒没平息，林浩楠拒绝去见梁小宝。丁敏慧提出如何处理寇豆豆的去留，林浩楠冷冷地哼了一声，没有言语。

“我的意见是长痛不如短痛，借助这次机会棒打鸳鸯，梁叔叔的病需要长期照顾，我看这个寇豆豆够呛。城市里，像她这样吃青春饭的女孩比比皆是，她怎么甘心在家里照顾一个近乎痴呆的病人呢？小宝已经被她抛弃一次了，谁又能保证她不会有第二次？”

丁敏慧一脸愁苦地说：“可我担心小宝，他可以为了这个女孩去杀人，可见她在他心目中的位置。至于照顾梁叔叔，小宝娶的是妻子，不是保姆，我看这个女孩本质还是善良的，她为了小宝不被起诉宁愿忍辱回去。”

丁敏慧说完，用眼光瞟了一下林浩楠。

林浩楠咳嗽了一声：“在这里替别人做结论，我觉得很无聊，梁小宝他是成年人，完全可以由他自己决定。或许，我这样说，你们会说我冷漠。可是，成年人都有自己选择生活的权利，无论我们是他的朋友、兄弟、亲人，都没有权利干涉他的生活和自由。当初，戈老爸硬把他们父子接到天海，生活质量是有了保证，但他们快乐吗？如果小宝还生活在小镇，可能他们会过得比较清贫，但再穷也能住上小木楼，经营点小生意。那样，小宝会娶一个当地姑娘，生儿育女。那样的话，他就不会被铐着回天海了。我的意见是，一切由他们自己决定。”

丁敏慧疑惑地望着林浩楠，一路上她的不满终于爆发了。过去，她从来没有反驳过他，可此刻，她憋了一肚子的话终于像破堤的洪水奔涌而出：“照你这么说，当初戈老爸把你从少管所接出来，把你带到省城，培养你上大学也是一个错误了？他收留我，培养我也是一个错误？他资助那么多的烈士遗孤，帮助那么多的烈士家庭、退伍军人也是错误？如果这样的错误能让更多人过上好生活，那么我需要你犯这种错，像戈老爸这样无怨无悔地错误下去。你说得没错，人人都有选择自己生活的权利，可人人都会有无助的时候。这个时候，我们给他帮助，给他建议，总比眼睁睁看着他们一步步走向绝望的好。何况，今天，无法选择的是我们的亲人。你变了，变得自我、冷漠、麻木而无情。你别忘了，我们是靠着一个火炉的温暖度过人生寒冬的，这个火炉就是我们的戈老爸，没有他，我们什么都不是。”

丁敏慧一口气把话说完，林浩楠感到尴尬不已，他觉得，丁敏慧担任公司副总后，在他面前说话底气十足了。也难怪，天海化工在她的带领下杀出一条血路，在化工界奠定了不可动摇的位置。天海地产却一再萎靡，如果不是戈向东亲自抓的滨海五号地独树一帜，可能他们要丢盔弃甲了。大家都看得很清楚天海化工正在逐步超越天海地产成为天海集团的一面旗帜。企业能挣钱，这是硬道理；一个人能率领企业挣钱，这个人就硬气。现在，他眼里的小丫头已经可以站出来指责他了。林浩楠内心五味杂陈。

孙昭阳望着因激动满脸粉红的丁敏慧不知道该说什么好。他也没想到丁敏慧会跟林浩楠叫板，那个扎着羊角小辫整天跟在林浩楠后面的小丫头，狂风暴雨般把她仰慕的大哥，亲密的未婚夫，批驳得体无完肤。

屋内因沉默而尴尬。良久，孙昭阳劝慰道："无论做什么样的决定，我们都要尊重小宝的意见，出发前，周叔叔已经跟吴胖子达成了协议，他已经答应不追究了。"

林浩楠一听到"周叔叔"三个字，气不打一处来："周叔叔？千万别提我们的周叔叔，这件事情说不定有人在唱双簧。否则，事情不会有那么多巧合。政府听证会的当天你把我抓了，天海集团因我而缺席，他却代表龙腾置业在没有任何对手的情况下，出尽了风头；他经常和梁小宝一起去酒吧喝酒，寇豆豆又是那家酒吧的 DJ，他肯定认识；吴胖子是他十几年的酒肉朋友，寇豆豆跟吴胖子在一起，他不可能不知道；有人报警正赶上你接警，有谁更清楚我们两个不对付？只有周海龙。所有巧合说明什么问题？"

丁敏慧和孙昭阳半信半疑地望着林浩楠，如果整个事情都是真的，那么周海龙变得太可怕了。

这一夜，三个人都没睡好。

第二天一大早，孙昭阳来找丁敏慧，决定先带梁小宝他们回天海。丁敏慧问，能不能一起回去，路上可以帮着照看一下。"梁小宝又不是孩子，你不用照顾他。"孙昭阳斜视了一眼还在刷牙的林浩楠，压低声音说："梁小宝一路上要戴着手铐，你们跟我在一起走，他心里会很不舒服的，反正梁小宝已经找到了，你们到云南再转转，我觉得这两天你们有些不对头。”林浩楠看了一眼丁敏慧说：“家里太忙，我也回去。”说完，他就开始收拾自己的背囊。

他没有等丁敏慧收拾完东西，独自一人就率先离开了。望着林浩楠倔强的背影，丁敏慧伤心不已，经过这次远行，发现一起生活了那么多年的爱人竟然如此陌生。

11

戈向东为滨海五号地取名为“英雄地”。

春天里，英雄地繁花似锦，在碧绿的植被间灿烂怒放。滨海五号地靠海的别墅一期工程建设完毕，二期工程沿着海岸线向山的方向延伸。戈向东把一片远离市区的荒蛮之地变成了一颗明珠，两座荆棘遍布，顽石林立的荒山，在短短的时间内，就成了天海市民的福地。

季节在变换，英雄地四季的美丽变化不断。春日看花，夏日纳凉，秋日观景，白雪皑皑的冬天，还可以到温泉棚里感受热带雨林。

只是山谷和向阳坡，还是人们猜不透的谜。有好奇的市民和游人沿着散发着花香的山谷一路向上走，想一窥究竟，走到前面，就发现一堵高高的围墙，五六名保安在轮流值班，整个山谷被围了起来，显得更加神秘。

人们不知道戈向东会在山谷和两座山坡上创造什么样的奇迹，他们只能远远地看着山上的花海望洋兴叹。

一堵墙围不住人们翩翩飞舞的想象和猜测。关于“英雄地”这个名字的由来，流传着许多说法。历史学家翻开厚厚的典历，明代戚继光曾经带领兵卒抗击倭寇路经此地扎营安寨，英雄地有历史依据，以此得名。有人猜测，天海集团董事长戈向东曾获得“孤胆英雄”的荣誉，英雄地是因他而得名。有人的猜测更离谱，英雄地是戈向东转行打造的影视城，这里要拍摄像《水浒传》《三国演义》那样的英雄历史剧……传说像一阵风刮遍了蓝色半岛。

英雄地外围的临海别墅和配套海景商品房刚推向市场就一售而空。而东部新区土地的角逐也到了白热化的程度。天海地产和龙腾置业从外围向核心汇合，一块地一块地地激烈博弈。为了支持林浩楠，戈向东在英雄地的问题上做出了一定让步，开始出售外围别墅和配套商业用房，抵押部分房产，取得银行资金支持。天海化工海外市场形势喜人。QF 离子膜和用于航天的新型太阳能芯板、氢能产品打开了欧洲和北美市场。丁敏慧也从天海化工筹措出大量资金，给予林浩楠有力的资金支持。

政府购买温泉别墅区的谈判无疾而终，戈向东毫不松口。温泉别墅和两座向阳山坡像是他的命，无论是谁拿这块地说事，都会碰钉子。东部新区新上任的范主任在戈向东那里已经碰得满头是包。

滨海五号地是戈向东合法拍到的商业用地，土地使用证是范运成在国土资源厅任职时亲手签发的。戈向东不松口，任何人都没办法。最后一次会谈上，戈向东毫不让步的态度让范主任很不高兴，他干脆挑明了，天海地产要想在东部新区的商业圈里分到一杯羹，就必须在温泉别墅区的问题上做出妥协，否则损失的是天海地产。范主任的要挟让戈向东很不舒服："那也没办法，温泉别墅和两座向阳坡对我来说特别重要，如果天海地产在东部新区的竞争中分不到一杯羹，那也没办法，天海地产只有到别的地方找饭吃。我想在弱肉强食的商业社会，一个找不到饭吃的企业，就失去了存在价值。"

林浩楠参与了这次会谈，戈向东的话像一块石头砸在了他的心上。就是说，如果他在这次竞争中一败涂地，天海地产也会由此寿终正寝。

话不投机半句多，范主任一脸铁青地告辞。

林浩楠小心翼翼地把范主任送上车时，被他责问："你不是说戈向东的态度有所改变吗？"

林浩楠无言以对，他好像从来没有说过戈向东在温泉别墅上的态度有所松动，那是他的底线，没有谁敢碰。

在范主任关车门的一刹那，林浩楠听到他强烈不满地哼道："还英雄地？狂妄！"林浩楠站在温泉别墅群前面的广场上忐忑不安，今天的会谈是个不好的开始，他满足了范梦蕊的愿望，给她留了十栋别墅，这次范主任主动找到戈向东，商讨东部新区的事情，很大程度上是范梦蕊的功劳。

春日的阳光暖融融地照在碧蓝的海面上，美景中的仿古建筑被花海绿树簇拥着，散发着古朴的光芒。林浩楠长叹一口气，他弄不明白，戈向东为什么把天海明珠一个好端端的名字改成了英雄地，他更不明白戈向东接下来要做什么。

山上的向阳坡没有建筑，只有从外地迁移来的大树，他看过设计规划图没有建筑标示。如今山上绿草灌木、小树大树，一层层错落有致。植被的生长是植物学博士规划的，不同的生长季节、生长习性，对温度、水分、光照的适应程度，都经过周密的计算。

林浩楠曾经算过一笔账，这些植被和树木的费用占到整个滨海五号地项目资金的五分之一，高投入应该带来高回报。可戈向东并没得到高回报。东部新区的竞争一旦尘埃落定，很难再找到这样的机会了，无限商机只留给那些遇到机会并善于抓住机会的人。

戈向东显然不是这样的人，他认为那是投机取巧。

范主任走后，林浩楠约请了天海地产的几个大股东开会，他想让戈向东听听股东们的心声："随着东部自由贸易区的建成，周边必将是寸土寸金的地方。如果天海地产能在其中分到一杯羹，必然会完全扭转目前的被动局势，重现辉煌。"林浩楠期待地望着戈向东。最近，天海地产的股票一直走跌，股民和股东对天海集团的业绩不太满意。

戈向东静静地听完大家的意见，慢慢地说："我不认为通过一次战役的胜利就能重新找回天海地产过去的辉煌。天海地产最辉煌的时期是新千年之后的十年，这是国家城市化进程突飞猛进的十年，我们幸运地抓住了这个机遇期。我不是说现在地产业已经到了穷途末路的地步，而是过去这些年，城市化的进程不是慢了，而是快了。作为城市建设者，我们为高速的城市化进程欣喜若狂，但也为此付出了惨重的代价。从事建筑业这么多年来，我一直认为住房不一定要成为商品，商品房这个说法本身就有问题。房子盖起来是让人住的，一套房子一个家。如果连家都能成为商品，就会造成有人家外有家，有人无家可归。目前的社会现状就是如此，有人居无定所，而我们却在建造鬼城。我曾经独自开车在城里漫无目的地游荡，在那些所谓的新区里，我没看到万家灯火的景象，我看到的是一片被夜色笼罩着的城市森林。我被这钢筋水泥堆积起来的冷冰冰的森林吓住了。大家想想看，这是多么可怕的一件事情。我们在座的各位，有谁愿意孤零零地住在这种建筑森林里？我相信，国家已经意识到了这一点，未来在房产税收方面肯定会有新的政策出台。所以，这次战役，我们不抢地盘，不计一城一地的得失。我的要求是，开发一块就要造福一方，天海集团永远不建鬼城。”戈向东的讲话赢得了大家的热烈掌声，他的目光是敏锐的，总能穿过时光隧道把目光聚在未来。

可是，林浩楠却感到一阵凉意。一个企业最大的目的是盈利，赚钱是第一位的，谁有精力去顾虑他人呢？这就是残酷的市场。在这个人吃人的资本市场里，只有现实，没有理想。靠理想做生意，会赔得一无所有。他在心里感叹，戈向东是真的老了。

12

梁小宝正式被拘留。

孙昭阳打电话给丁敏慧，“受害人还是坚持不和解。”他说，只有周海龙跟受害人熟悉，或许他会有办法。

丁敏慧不想去求周海龙，她从小就讨厌他。尤其是听了林浩楠的推测后，厌恶之情更加浓烈，心想，这个人总是那么阴暗。

从她记事起，这个人每次见她，都发傻似的盯着她，那样的目光让人十分害怕。每天放学时，她总能看到周海龙混杂在家长中，看着她跟戈睿他们一起从学校里走出来，他才自动消失。她仍然清楚地记得小学三年级的一个雨天，她一个人打着雨伞走在雨雾蒙蒙的大街上，老觉得一个穿着雨衣的人在后面跟着她，她停下来，他也停下来，她害怕得拼命地向前奔跑，不小心重重地摔了一跤，那个穿黑色雨衣的人上前抱起她，她才看清楚原来跟着她的人是周海龙。周海龙心疼地揉着她擦伤的小腿说：“别害怕！”他敞开雨衣把她抱起来，急匆匆去了附近的药店。处理好伤口之后，周海龙安慰她道：“以后，不管遇到什么情况都不要害怕，周叔叔会保护你的，像爸爸一样保护你。”

那时候，丁敏慧对父亲的印象是模糊的。她眼里的父亲只有戈向东。尽管她觉得周海龙不是坏人，可他像影子一样的存在还是让她害怕。从那以后，她再也不敢一个人放学回家了。时光流逝，她慢慢长成了大姑娘，对周海龙更是疏远了。

丁敏慧的手机响了，寇豆豆打来电话哭着请求她救救梁小宝。

寇豆豆在电话那头小心哀求着："姐姐，我这些年有些存款，小宝也给了一些，我们全部拿出来作赔偿，我和小宝就全靠你了。"

丁敏慧很感动，看起来，他们的感情是真的。她放缓了语气，嘱咐她好好养身体，别到处乱跑。

丁敏慧急匆匆赶到龙腾置业的时候，周海龙正在训斥下属，看到丁敏慧，他立即变了副面孔。

坐在周海龙的豪华办公室，丁敏慧环视了一下四周，这里的装潢完全可以用奢华来形容：四五米的办公桌，真皮沙发，红木茶几，靠近办公桌是两座近两米高的古罗马骑士雕像，一看就是来自欧洲的手工艺品。她猜，周海龙是在投丁馥芬所好。丁馥芬喜欢骑士，周海龙爱屋及乌，这样的摆设不足为奇。

周海龙亲自动手给她磨咖啡，兴奋地说："敏慧，离开天海后，你是第一次到我办公室来看我，周叔叔奖励你一杯纯正的巴西咖啡。"

丁敏慧制止他说："不用了，我说点事立即就走，梁小宝犯事了，你得帮他。"

"小宝的事情，你就是不找我，我也在努力，那个吴胖子有些蛮横，我正找别人跟他沟通。”

丁敏慧急不可待：“那就快点，一起诉，法院就会判刑，小宝还被关着。”

“别着急，姓吴的轻微脑震荡，法院判也判不了几天，你放心，我一定解决好。”

丁敏慧道谢起身告辞，周海龙已经把咖啡端到了她面前。她只好耐心坐下来，一边喝着咖啡，一边听周海龙打电话问跟吴胖子的谈判情况。

一杯咖啡喝完，周海龙才放下电话：“吴胖子答应了，但跟小宝在一起的那个女孩不好说，她是吴胖子公司的艺人，为了包装她，公司花了不少钱。”

丁敏慧焦急地说：“花多少钱，我们出。”

周海龙摆了摆手说：“好像不是钱的事，那女孩跟吴胖子有那种关系，突然间跟小宝跑了，他咽不下这口气。男人为这事可以跟人拼刀子，实在不行，我们就别管那女孩了，她也不适合小宝。”

丁敏慧更着急了：“那女孩回到了吴胖子那里，会出大事的。我看小宝对她铁了心。”

周海龙想了想：“好吧，我们找一个能镇住吴胖子的人。”

13

丁敏慧无论如何也没想到，那个镇得住吴子牛的人会是范梦蕊。她更没有想到的是，嚣张跋扈的吴胖子只不过是范梦蕊的傀儡。

从周海龙的办公室出来，丁敏慧心里后悔极了，早知道他找的是范梦蕊，就不来这一趟了。她给范梦蕊打了电话，约好地点，正准备赶过去时，没想到，正好碰上了丁馥芬，她没等母亲开口，立即抢白说：“我有急事，就不跟你多说了。”看着女儿慌乱的样子，丁馥芬非常担心，她不知道女儿到底发生了什么事情。

范梦蕊接到丁敏慧电话的时候，她正跟林浩楠在享受烛光晚餐，范梦蕊接完电话回来对他说：“我告诉你那位，我们在一起谈事，让她到这儿来了。”林浩楠脸上闪过一丝慌乱，但很快镇定下来：“来就来吧，我们一起吃。”范梦蕊打趣道：“你真会装。”林浩楠品着红酒漫不经心地说：“我们又没有干什么非法勾当，一起吃个饭又怎么了？”

范梦蕊收拾了一下，起身时对着林浩楠妩媚地说了一句：“你就跟我装吧，记住，你欠我一顿饭。”

两个人心照不宣地笑了。聪明人，不犯低级的错误，这是范梦蕊常常挂在嘴边的话。

范梦蕊在西餐厅门口上了丁敏慧的车。丁敏慧嗔怪道：“陪什么人吃饭，这么磨磨蹭蹭，恋恋不舍。”

“陪帅哥呀，什么人命关天的事偏偏这个时候拉我出来，帅哥跑了你得赔我。”

“好，我把我们家林浩楠赔给你。”

范梦蕊一愣，立马恢复了淡定。她一本正经地对丁敏慧说：“说好了，不反悔，你要真心赔给我，我照单全收。去哪儿，你耽误了我的约会，我要好好宰你一顿。”

“我没胃口，喝茶吧。”

范梦蕊脱口而出：“茶不如酒。”

丁敏慧笑了笑：“范主持突然重口味了。”

丁敏慧开车去了天海集团旗下的蜃楼明珠旋转西餐厅。两人坐下，听完丁敏慧说明来意，范梦蕊立即掏出电话打给吴子牛，让他过来。电话那边吴子牛百般推辞，范梦蕊突然就翻脸了说：“吴胖子，我要马上见到你，三十分钟你要是到不了，以后就别再见我了。”

很快，吴胖子气喘吁吁地赶了过来，范梦蕊作完介绍，都没有让吴子牛坐下来的意思，她起身上下打量着：“吴总，一次选秀节目你就潜规则了两个美女？我现在告诉你，那档节目从明天起，换制片人。”

吴子牛赔着笑脸：“梦蕊姐，我犯了什么错，你说出来，我改，一定改。”

范梦蕊说了梁小宝和寇豆豆的事情，吴子牛慌忙保证：“我不追究了。”

丁敏慧从包里掏出纸和笔：“我觉得还是请吴总写下来，另外，寇豆豆马上就是我弟媳了，请你以后别再招惹她了。”

吴子牛一边点头如捣蒜地应承着一边写着保证书。丁敏慧接过保证书，调侃地问他：“菜马上就要上来了，吴总不如一块吃点，我要了韩国烤五花肉。”他推托着：“不用了，二位美女慢用，我还有事。”

丁敏慧和范梦蕊相视一笑：“范主持，你的做派令我震惊，简直像一个黑帮老大。”

范梦蕊呵呵笑着用刀切开一块烤肉用叉子叉住：“我没那么大的能耐，不过利益牵制罢了。巨大的利益就像我叉子上的这块烤肉，把它放在空气中，弥漫的香味会引来无数个捕食者。作为一个手持香肉的人，唯一要做到的是死死地抓住这块香肉不放手，放手就死定了，那帮凶猛的野兽吃掉香肉的同时还会吃掉你。这就是王道。”

丁敏慧很惊讶，范梦蕊已经不是大学时代那个游离于男人中间的浮华女孩了。

范梦蕊把那块肉放在嘴里陶醉地吃了下去，好奇地问：“你怎么会有一个姓梁的弟弟？”

丁敏慧叹口气说：“我的家庭十分复杂，你是知道的，他是我戈老爸战友的儿子，我们从小一起长大。”

“怎么出了事，让你一个女的出头，林浩楠怎么不出面，据我所知，吴胖子他认识的，还转这么一大圈才解决问题。”

丁敏慧语塞。她也不知道林浩楠为何在梁小宝这件事情上表现出异常的冷漠。

14

从南方小镇回来后，丁敏慧觉得她和林浩楠的关系有些紧张。她知道那天晚上说的话有些过火，但她说的都是实话。她了解林浩楠，表面看起来很刚毅，其实内心深处藏着一个卑弱的自我，就像一个核桃，坚硬的外壳里面包裹着脆弱的果肉。他少年时进过监狱，刚刚又含冤受屈……

她像是一下子走进了他的内心，触摸到了他的脆弱、羞耻、隐私、创痛。上次被警察误抓出来之后，她感觉到他有倾诉的欲求，希望被理解和安慰。但她做得不好，梁小宝的失踪，让她忽略了他的感受。她应该拥抱他、聆听他，可是，她却赤裸裸地驳斥了他。她这次对他的伤害太大了，他从小生活在最底层，他对人性的猜疑与生俱来。

她越想越担心。她深深地爱着他，却又深深地伤害了他。

从云南回来的那天，她站在开满紫蔷薇的院墙边，满怀愧疚地向他道歉："对不起，我不该说那样的话。"他苦涩地笑了笑："没关系，回去洗个澡，睡一觉就好了。"

那一夜，她没有睡好。她把他们的相识、相爱从头到尾仔仔细细想了一遍，这是他们发生的最激烈的一次争执。很多时候，他是她的国王。凌晨，她辗转反侧无法入睡，忍不住拨了那个一直排在手机联系人首位的电话，他像是被吵醒了，有些不耐烦："睡吧，我累了。"双方都沉默着，许久，他把电话挂了。第二天，他们在公司见了面，他夹着文件迎面而来，他像没事人一样拍拍她的肩膀："忙吧，我们睁开眼睛就是角斗士，斗士没有那么脆弱。"他匆匆走了，回头握着拳头朝她做了个"加油"的动作："我们是斗士。"

可她没觉得他已经原谅她了，他总喜欢把最悲痛的东西隐藏在心灵的最深处。上大学时，她曾经叫他“忍者神龟”。她心痛他假装的快乐。他越是掩饰，他内心深处的伤痛就越深。

此后很多天，丁敏慧再也没有见到林浩楠的身影，他们是真的太忙了。

她飞了一趟欧洲。从欧洲回来的时候，她给他带了一块瑞士表，送到他办公室的时候，发现他没在，电话联系后，他说正在陪一个客户吃饭，回头打给她。

她一直等到深夜，林浩楠也没打电话过来。她觉得他们之间是真的出问题了，问题好像不是出在上次的云南之行，或许在他们被宣布分别担任公司副总那天，就开始了。天海化工的崛起和天海地产的衰落是根导火线，而林浩楠内心深处的自卑感就是个随时可以爆炸的地雷。

她渴望简单地爱他，可这个世界上并非只有爱情。天海集团是戈向东亲手创办起来的，让这个企业保持辉煌，甚至更辉煌，这是她的责任。

冷战持续了很多天，丁敏慧内心备受煎熬。她有些慌乱。以前，他们之间约定，所有不高兴的事情不准过夜。这回，事情不仅过夜了，而且持续了很多天，没有缓解的迹象。她痛恨自己的直脾气，她应该委婉地表达，而不是驳斥。

那天早晨上班，她坐在大班椅上，抚摸着白瓷咖啡杯，看着窗外的停车场发呆，她期待着林浩楠的宝马越野车能出现在公司的门前。早晨的阳光从百叶窗的缝隙里照射进来，明晃得有些刺眼，停车场上已经没有了人，可她还在出神地盼望着。

戈向东推门进来，她竟然毫无察觉。

戈向东像是看出了他们之间的问题，明知故问："看什么呢？这么出神！"

丁敏慧被吓了一跳，嗔怪说："戈老爸，你吓我一跳。"

戈向东打趣道："别看了，浩楠今天去韩国考察去了，他怎么没告诉你？"

丁敏慧被人看破了心思有些不好意思："我们都是公司副总，他又不用向我请假。"

"不说实话，这段时间我觉得你们两个有问题，忙的时间都在忙，不忙的时间也不聚在一起，闺女，这状态不对，说说看，是不是你惹那臭小子生气了？"

丁敏慧极力掩饰："戈老爸，不准窥视我们年轻人的私密，有点儿小问题，很快就能解决。"

戈向东用眼睛扫了一下桌子上的礼盒："知道买东西赔礼道歉了？我还担心，闺女你这傻头傻脑的样儿，要是结了婚该怎么办呢？"

丁敏慧索性毫不隐瞒地交代了实情："因为小宝的事，他不积极，我说了他，因为我不喜欢他的冷漠，小宝怎么说也是我们的弟弟。"

戈向东叹了口气："你能这样想，戈老爸很高兴，你梁叔叔那个样儿，总得有人站出来操心，我们终归是要老的，但说话一定要讲究方式，不能直来直去，要把握分寸。"

戈向东鼓励她勇于向林浩楠承认错误。戈向东告诉她，女人一定要学会软弱、娇柔，这样才能显示出男人的强大，才会获得呵护。如果一个女孩处处要强，不但得不到呵护，同时还很伤男人自尊。男人最害怕伤自尊心，这是男人的底线。

丁敏慧望着唠唠叨叨的戈向东，有些伤感。在她眼里，戈向东是叱咤风云的孤胆英雄，是天海集团号令上万人的商业航母的船长。但就是这个打不倒的英雄，有时间都要来她办公室转转，随便聊几句，即使在外面出差，也会每天给她打电话，嘘寒问暖，叮咛她生活上要注意的小事，像个不厌其烦的大妈。戈向东正在一天天老去，上了年纪的男人，也喜欢唠叨。

丁敏慧觉得老头这样让她倍感温暖，她仿佛又回到了小时候黏在他身边的日子了。那时候她最喜欢趴在戈老爸的背上，她把他当作大树，即便狂风暴雨都能让她温暖地依靠。成年之后，她很少像过去那样围在他身边转了。上大学、出国，离家一晃就是七八年，他们见面次数有限，更多的交流是在电话里。

戈向东还在东拉西扯，他的电话响了，是林浩楠打来的，他在韩国落地了，打电话报个平安。到达目的地报平安是戈向东从小给他们制定的纪律，他在电话里批评：“你个臭小子，出发前怎么不给敏慧打个电话，到宾馆后马上给她打电话。”

丁敏慧在一旁听着他打电话，羞涩的红晕浮现在脸上，她撒起娇来：“戈老爸，你怎么什么都管！”

戈向东一脸严肃地说：“管，必须管，你们这些孩子，越大组织纪律性越差。”

丁敏慧笑着把戈向东推出办公室：“你还是快点走吧，你在我这儿，我们没法办公。”

戈向东开怀大笑地离开了。

15

这些日子，戈向东很兴奋。

丁敏慧回国后，并没有放弃“红星公益基金”及其网站的运作，强大的互联网和网上募集的志愿者让基金很快遍及五湖四海，短短几年，网站的点击率和固定访问用户已经超过了几百万。网站也得到了亲历过战争的老兵和烈士亲人们的信任，主动跟网站联系的人越来越多，得到资助的人也越来越多。

数十载的战争记忆和对战争的理解，在“红星公益基金”网站出现之后，像是荒原上点燃的星星之火，很快燎原。申请资助的、愿意捐助的、提出意见和科学建议的，铺天盖地，蜂拥而来，以至让募集的志愿者有些措手不及。募集到的基金数目与日俱增，那些数字的增长让戈向东倍感震惊。媒体和公益的力量，强大得让他信心倍增。

一位旅居海外的副团长，一次捐助就达到上百万欧元，捐赠当天，那位副团长从德国打电话给戈向东，电话里他嚎啕大哭。尽管身在异国他乡，但他没有放弃打听战友的情况，很多人如石沉大海，杳无音信。

那位副团长说，看到“红星公益基金”在网上发布的信息后，他一连几天都没睡好，那些被岁月模糊的、仍然熟悉的脸庞一下子在脑海里复活了。梦里，年轻的战友向他敬礼问好，冲他微笑，醒来，巨大的悲憾让他撕心裂肺。

那天，他们打了三个小时越洋电话，彼此像是久病未愈的病人突然找到了神医，有种重获生命的雀跃感。他向副团长发出了邀请：“国家的建设日新月异，滨海国际都市的景象丝毫不比德国的柏林差。”他还兴奋地说：“首长，等你回来的时候，我一定会给你一个惊喜。”

放下电话，戈向东百感交集。几十年来，他从来没有像此刻这么轻松过。原来，这些年，备受折磨的不仅仅是他一个人，所有在战争中活过来的人，都深陷其中不能自拔。死是容易的，可活着的人更艰难，活人肩膀上扛着太多人的重托，让生命的步履每一步都踏石有痕。

此后的日子，戈向东每天无论有多忙，总不忘浏览“红星公益基金”网站。他一遍遍刷新着页面，阅读着博文，浏览着跟帖，寻找着熟悉的人名。互联网让浩瀚庞杂的世界变得简单明了，找到了很多年都没找到的战友，能彼此倾听、倾诉，相互抚摸深埋在心灵深处，多年来不敢触碰的伤痛。有时候，他们交流到很晚都不肯下线，他们觉得，这样的交谈连伤痛都是快乐的，都是幸福的。

戈向东越来越喜爱丁敏慧这个女儿，是她让他的生命变得更有意义，让他在一条孤独奔跑的马拉松之路上有了跟跑者、呐喊者和助威者。而且，奔跑的人群越来越多。过去，憋在他肚子里的话他没处去说，现在终于有了出口，他可以毫无顾忌地全部倒出来了。

丁敏慧给他提供的数据更让他高兴，短短几年里，直接接受“红星公益基金”援助的参战老兵和烈士直系亲属已经达到了上千人，老人的体检、看病、困难生活补贴，后代的上学资助、婚丧嫁娶，退伍伤残老兵的创业基金都涵盖在基金援助范围内。

“红星公益基金”继续向纵深拓展，不仅仅是参加过战争的老兵、烈士亲属，和平年代因公牺牲的部队官兵、警察和见义勇为牺牲被评为烈士的普通公民，他们的遗属，只要有困难，都可以申请基金和帮助。

最近，戈向东专门在网上跟踪了一个典型的案例。事情发生在孙昭阳所在的警队，一位前往非洲维和的警察在处理当地种族冲突事件中光荣牺牲，可是，他未见面的女儿生下来就患有先天性心脏病，面对丧夫的痛苦和女儿的疾病，年轻的妻子曾经产生了轻生的念头。孙昭阳联系丁敏慧，问她能不能申请“红星公益基金”。当时丁敏慧正在泰国洽谈业务，了解情况之后立即把事务交给助手，亲自把援助基金送到了那位年轻母亲的手上。那个黄昏，看着孩子从死亡线上挣脱出来，丁敏慧激动不已，孙昭阳和队友们更是感动。

“红星公益基金”产生了一股强大的精神动力。

戈向东从视频上看到这个场面，望着那名烈士的妻子欣喜流泪、队友医护人员高兴欢呼的场面，百感交集。这些年，他梦寐以求想做的事情，终于成了。

他最后把目光定格在丁敏慧呵护婴儿的画面上，心中不禁泛起了那个奇怪念头——这个长相和性格都酷似他的女孩就是他的亲生女儿。虽然丁馥芬一再表明，丁敏慧跟他没有丝毫关系。可望着屏幕上那一个长相酷似他的女孩，他更坚信，丁敏慧就是他的女儿。他们之间的默契，连儿子戈睿都不能达到。丁敏慧常常说，女儿是爸爸的小棉袄。她就是他的小棉袄，她总在他最孤独无助的时候把一切变得豁然开朗。

戈向东是唯物主义者，可此刻，他更相信丁敏慧就是上天派给他的天使，来帮助他完成他的使命。戈向东幸福地仰靠在椅子上，又一次点开了那段视频。

生活中的种种迹象表明，妻子梅雅莹跟他离婚很大程度上缘于丁敏慧。因为他们离婚前后的那几天，梅雅莹对丁敏慧的态度发生了奇怪的转变，一直躲闪着她。那几天，丁敏慧曾经跑到他房间哭诉，说不知道自己做错什么了，梅妈妈总是不搭理她。自从他们离婚后，梅雅莹与丁敏慧很少接触，原来亲如母女的两个人，一夜之间变成了陌生人，背后肯定是有原因的。

仔细想想，他和梅雅莹之间没有直接可以导致离婚的理由。十多年里，他们相敬如宾。他一直认为自己在梅雅莹和丁馥芬之间选择梅雅莹是明智的。虽然丁馥芬外貌上远比梅雅莹漂亮。可在他心里，梅雅莹心胸宽广，温润仁慈，她可以容得下那么多与他们血缘无关的人和与他们家庭无关的事情；而丁馥芬娇柔虚荣，任性自我，她做不到不计较一切地付出。跟丁馥芬发生关系以后，他也想过离婚，可这样的念头闪过之后立即被否定了。因为他戈向东跟别的男人不一样，他的生活中不只他一个人，还活着那些曾经和他生死与共的战友，他们的子女和亲人需要照顾，他还有比男欢女爱更重要的事情。他曾经试想过，当初如果跟丁馥芬结婚，她会成为他兑现承诺最大的障碍。这也是他毅然决然选择梅雅莹的直接原因。

爱情遭遇使命，就是如此残酷。

闲暇时，他也常常想起在武汉陆军医院的那段日子：英雄事迹报告团巡回演讲，丁馥芬亮丽甜美的声音，灿烂桃花林里那个肌肤胜雪的妙龄女孩，她火热的激情……记忆把这些割裂的碎片黏在一起，宛若悬挂在那美丽躯体上的珍珠项链，美好而甜蜜。

关于性爱的记忆，还清晰可见。那时候他们都已经结婚，常年的从医经历让丁馥芬成为一个性经验丰富的女子。他离开她的身体，突然意识到，他们根本没有采取任何措施。她说，是我自己想要的，一切跟你无关。他怀抱中的她有些孱弱，竟然以惊人而充沛的力量缠绕住了他。或许就是那一次，他们孕育了天使。此后的很多个夜晚，他都会回味那个过程，他一次次试图寻找这一切发生的前因后果。现在想起来，她是有备而来的，事后她把双腿高高地擎举着，很久不肯放下。她像要把那条生命的河流，深入她幽暗丰满肥沃的草原，萌发、盛开一朵鲜花。

或许那一刻，孕育了丁敏慧。如果真的是这样，他应该感谢丁馥芬。如果真的是这样，丁馥芬并非他心目中那个自私虚荣的女人，她宁愿孤身漂泊在外，忍受着母女分离的痛苦，也要把女儿留在他的身边。冥冥之中，戈向东觉得丁馥芬在用这样的方式证明着自己。

想到这里，戈向东的心像是要碎了。

戈向东下决心做大“红星公益基金”。这里面凝聚着他生命的意义所在。为此，他驱车去了一趟军营。儿子戈睿已经是侦察营营长了，野外训练到很晚才回到住处。那个夜晚，他躺在部队的行军床上，跟儿子谈了很久。

戈向东明确地告诉他：“一旦公益基金做起来，我这辈子可能给你留不下多少财产。”戈睿像早在意料之中：“我觉得我们家最幸福的时候，恰恰是你最没钱的时候，只有那时候，我才感受到我是个有爸爸的人。”

戈向东愣了一下，继而凄苦地笑了。戈睿说得没错。那时候，他刚从省政府秘书的位置上下来，带着一帮退伍兵到处找活干。一个小建筑公司，朝不保夕，三天两头没活干，是经常的事情。空闲下来，他就待在家里带孩子。那时，林浩楠和丁敏慧还没有到家里来，每天梅雅莹上班，他在家里做饭洗衣服，戈睿天天腻在他身上，一家三口其乐融融。那些场景深深存留在戈睿的记忆里。后来，魏东阳从郊区分局给他争取到了三栋警官宿舍楼的活儿，建筑队的生意才慢慢好起来。他们父子亲密无间的日子也结束了。随着林浩楠、丁敏慧和梁小宝相继来到家里，他就彻底成了一个被遗忘的孩子。他小时候挨揍最多，不管干什么坏事，只有他一个人承受着责骂。他总说，自己就像一个父母双全的孤儿。

谈及“红星公益基金”的事，戈睿也很兴奋：“这件事您做了将近三十年，我替您高兴。从现在来看，敏慧姐的办法才是正确、合理、科学、高效的。既然是公益基金，面对的就应该是公众，必须要有一个合法的、严密的组织机构来执行、监督这样的公益活动。面对庞大的群体，仅凭您一己之力，虽然能把事情做大，但不足以诠释做这件事情的意义。这下好了，您搭建了一个平台，所有的公益活动都在这样一个平台上进行，‘基金’就不愁做不大，不愁影响不广泛，众人拾柴火焰高，我相信，‘基金’的发展势头会越来越好。前几天，我跟敏慧姐和沛姗商量，‘基金’当务之急是要找一个可靠的专职律师处理法律文件。沛姗想回天海帮助您！怎么样，老头儿，不知道您愿不愿意。”

戈向东兴奋地坐了起来，此刻，他觉得自己无比的幸福：“你们这帮孩子，竟然想到我前面去了，看来，我真是老了。”

16

戈向东没想到魏沛姗很快就辞职回到了天海。

望着站在办公桌前一脸微笑的准媳妇，戈向东的眼睛湿润了。他没想到他所做的这些会得到这帮年轻人的自觉支持。他感动的同时也为魏沛姗惋惜，她已经是京城一个小有名气的律师事务所的合伙人了。

“我辞职前征求过戈睿的意见，他让我回来支持您，基金会确实需要一个律师，请戈老爸放心，我一定努力做好。”

魏沛姗这番话，让他听了很舒服。

基金会的创始人是丁敏慧，董事长还由她担任着，戈向东和老省长担任名誉董事长，魏沛姗被天海集团聘任为法律顾问和“红星公益基金”的法律顾问，因为丁敏慧忙着天海化工的事务，魏沛姗还担任了“红星公益基金”的董事长助理和临时执行委员。

戈向东觉得，基金会运作已经成熟，他该拿出那一笔所有人都好奇的巨额存款了。

戈向东当着丁敏慧和魏沛姗的面把那笔二十几年一直在不断增加的资金划到了“红星公益基金”的账上，她们数完支票上的数字，十位数的金额让她们好一阵才回过神来。两个人立刻感觉到肩膀上像是被压上了千斤重担。

丁敏慧的眼圈红了，望着两鬓斑白的戈向东，她更加崇敬眼前这个经历了枪林弹雨的老兵。这些年，她认识过无数个富豪，但只有她最亲的戈老爸，教会了她理解财富的意义。林浩楠这些年来处处学戈向东的做派，可他连皮毛都没学到。

戈向东把签过字盖过章的支票连同一个密封的小盒子，递给魏沛姗：“这些钱是我这些年在商场努力拼杀得来的，也是我寄托的所有希望，沛姗，你要记住，无论天海集团发生什么样的情况，这笔钱只能用于‘红星公益基金’，你要用法律的手段规范它。至于这个小盒子，里面装着我的遗嘱，有一天我要是不在了，你把它打开，里面写得很明白。”

魏沛姗奇怪地望着一脸神秘的戈向东，疑惑地问：“戈老爸，你才五十多岁，身体好好的，写什么遗嘱？”

丁敏慧有些心酸：“就是，干吗弄这个，怪吓人的。”

戈向东活跃气氛：“法律条文没有规定五十多岁写的遗嘱不算数吧？”

魏沛姗接过小盒子和支票认真地说：“那倒没有，不过我还是觉得遗嘱写得太早了，不吉利。”

“你戈老爸是属猫的，猫有九条命，我命硬，不信这些。”

丁敏慧跟着起哄：“沛姗，把它存在银行的保险柜里，存它一百年。”

戈向东心满意足地说：“你戈老爸要再活一百年，不成了妖怪了。”

魏沛姗收好支票和遗嘱，一本正经地问：“能问你个问题吗，戈老爸。”

戈向东看魏沛姗这么严肃，笑着说：“问，问一百个问题，戈老爸都回答你。”

她伸出一个指头：“就一个问题，你必须严肃回答。您为什么把这么重的责任交给我，而不交给我聪明能干的敏慧姐姐，您不害怕把我这小身板给压折了？”

戈向东安慰道："我考虑了很多天，你敏慧姐跟我的性格太像，喜欢在前面冲锋陷阵、攻城夺隘，是个统领的帅才，可管家不行。她太感性，容易感情用事，公益基金必须按法律条文、规章制度办事，来不得半点马虎。说实话，你敏慧姐也推荐你，她说你性格大气稳重，精通法律，更适合干这项工作。再有，我相信你能干好这件事，从不担心把你压倒下，因为军人的后代从来不惧怕压力，泰山压顶不弯腰，这是你们基因里就遗传的品格。"

魏沛姗望着戈向东调皮地继续追问："就没有一点点小私心？"

丁敏慧半开玩笑地说："有，怎么没有，因为你是戈老爸未来的儿媳妇，部队未来的军属，完全能站在军属的角度上去思考牺牲和奉献。"

魏沛姗的心思被猜中了，不好意思地拿起包就要出门："敏慧姐，你坏，我不跟你说了。"

丁敏慧追出了门："沛姗，你太着急当戈家的儿媳妇了吧，等等我这大姑子。"

戈向东望着丁敏慧和魏沛姗远去的背影，哈哈大笑。他如释重负地起身甩了甩手臂，他像一个征伐多日的勇士，解开了一身盔甲。他背靠在大班椅上眯了一会儿，伸手抓起电话接通了魏东阳的手机，邀请他和梁家宝到蜃楼明珠吃大餐。

魏东阳正被无聊透顶的电视电话会议困扰着，听出电话里戈向东难得的好兴致，马上回话说："干吗晚上啊，现在就行，我去医院接上家宝，中午就去吃大餐，晚上，到温泉池接着喝，一醉方休。”

很快，三个人在餐厅里聚齐了。

梁家宝的病有所好转，偶尔还是犯糊涂。他懵懂地望着一桌子菜奇怪地问戈向东：“大哥，怎么又过年了？”

魏东阳在他耳朵边大声说：“今天不是过年，可比过年更高兴。”

魏东阳是真的高兴。戈睿和魏沛姗的事情终于要尘埃落定了。女儿的婚事把他和妻子方萍愁坏了，眼瞅着就要奔三了，可她只钟情于戈睿。剩女都是父母的烦心事。工作再好，能力再强，一旦迈进剩女的行列就麻烦了。

魏东阳最清楚自己的女儿，单纯、敏感，还一根筋，如果她跟戈睿的事情一直没有进展，她肯定要把自己熬成“必剩客”。前些日子，妻子方萍背着他托人在北京给女儿介绍对象，事先没有跟女儿沟通，在弄清楚事情的原委后，女儿当场就翻脸了，方萍一路哭着从北京回的天海。为了这件事情，魏沛姗两个星期没给他们两口子打电话。

现在好了，他跟戈向东的玩笑要成真了，戈睿要成他们魏家的女婿了。说实话，他是打心眼里喜欢戈睿。小伙子遗传了戈向东和梅雅莹的优秀基因，人长得高大帅气，不但有父亲的睿智果敢，还有母亲的宽厚仁慈，平时话不多，关键时刻有主见。最重要的，他是侦察兵，年轻有为——出国做过联合国的军事观察员，二十八岁就当了侦察营的营长。最令人高兴的是，女儿跟戈睿确定关系后就告别“北漂”回到了天海，以后他们想什么时候见女儿都可以见到。

戈向东从来没有这样亢奋，竟然主动要求喝酒。他的身体不太好，酒喝多了上不来气，很多年都滴酒不沾。他像是一下子扫开了笼罩在头顶的乌云和阴霾，热血沸腾，一连喝了六杯红酒。魏东阳说喝红酒不过瘾，又开了一瓶茅台，因为梁家宝有病，他们没让他喝，他在一边急得磕磕巴巴地声讨着：“你们不……够……意思，你们喝……酒，让我看着。”已经有点醉意的两个人被梁家宝给逗乐了。

戈向东用一支筷子蘸了一点红酒，魏东阳用筷子蘸了一点白酒，相继送到梁家宝的嘴里，他咂摸着嘴品了一下红酒，说了一个字“甜”，随后，又品了一下白酒，皱了一下眉头说了三个字“辣，够味”，三个人哈哈大笑起来。

魏东阳挤兑戈向东：“大哥，你输了，我比你多俩字——‘够味’！”戈向东无比满足地仰脸喝了那杯红酒。

梁家宝像是也被感染了，一改平时的沉默寡言，时不时地和他们打趣几句。三兄弟说说笑笑，转眼工夫就日下西天了。

戈向东建议转移战场去英雄地接着喝。魏东阳叫司机开来了车，三个人一路唱着军歌。路上，方萍打来电话，听到几个人兴奋的唱歌声，担忧地问发生了什么事。“我们要转移阵地，今晚就不回去了，我们要去英雄地。”魏东阳说完就把电话挂了。

黄昏，春风正熏，迎面吹来的花香弥漫了英雄地。魏东阳站在温泉别墅，望着已经开始闪亮的霓虹大字，高声朗诵着《满江红》，戈向东也高声附和，整个山谷回荡着两个人的洪钟之声。他们像是回到了当年的战场，大声朗诵的声音传出去，在苍茫大山间传出很远。

魏东阳对“英雄地”这个名字十分推崇。他说，这个名字够阳刚气、英雄气，比什么霓虹、明珠、碧海强多了。戈向东让司机带着他们沿着温泉别墅往后山的向阳坡走去，魏东阳不解地问：“不是说要去泡温泉接着喝酒吗？怎么带我们去山沟里了？”戈向东打断魏东阳说：“别说话，到了你们就知道了。”

汽车七拐八拐来到了一个大铁门前，一阵狗吠声从苍翠欲滴的丛林里传出来。紧接着一条狼狗，从铁门前跑过来。魏东阳看清楚了，那是戈向东那条奥地利森林狼的后裔。狼狗跑到戈向东身边，围着他前后左右地嗅了嗅。

四个保安听到狗叫跑出来，对着戈向东和梁家宝，打了个标准的敬礼。戈向东指着魏东阳笑着对保安说：“你们敬错人了，应该给他敬，他是你们最高的上司，天海市的公安局长。”保安转向魏东阳，他认真地还了礼笑着对梁家宝说：“老五，你的保安素质不错，完全军事化标准。”梁家宝傻笑了一声：“他……们，本来……就是军……军人。”戈向东让保安打开了一直紧锁的大门。

汽车越往里面走，植被就越茂密。车子开到路的尽头，是通往向阳坡的大理石台阶。三个人下了车，相互搀扶着沿着台阶接着向上走。站在向阳坡下面向上看，一望无际的苍翠树木。树栽得很整齐，第一排是遮天蔽日的树木，沿着山坡的走向一排一排向上列队，一直蔓延到山顶。每棵树下都修着汉白玉的平台，这些树木，横平竖直，像一群等待检阅的士兵。

戈向东站在山下的第一排树木前大声高呼："侦察连，集合！"这声音穿越丛林一直传到山顶，又从山顶折回来。由于采用了高科技的音效设计，声音传回来的时候一点儿都不失真。魏东阳被眼前的气势惊呆了。他没想到戈向东把自己关在里面是为了做这些。戈向东让魏东阳站在山下喊。魏东阳大声喊："三排，集合！"高亢的声音传出去，很快又传了回来。

魏东阳热泪盈眶，出征前的一幕又浮现在他的眼前。此刻这些绿意盎然散发着花香的树木就像他们的战友，他们整装待发，丝毫不畏惧即将到来的枪林弹雨。然后随着一声命令，他们就冲出山谷冲向了阵地。

望着激动得不能自已的魏东阳，戈向东像是在问自己，又像是在问他们："你相信，骨头上能开出花朵吗？"

魏东阳和梁家宝一头雾水。

他又接着问："你相信，骨头上能开出花朵吗？"

魏东阳摇了摇头说："哥，你喝多了，骨头上怎么能开出花朵？"

戈向东像是坚定地回答自己："我信，只要你把种子种下去，骨头上就一定能开出花朵。"

第五卷

1

在梁小宝的事情上，林浩楠感觉到了戈向东对他的不满，虽然这不满只是一句呵斥。但某种迹象表明，戈向东对他有些失望。那天他去财务部门查看天海地产的资金到位情况，姑姑林雪梅告诉他，董事长决定对“红星公益基金”追加投资。那笔高达十位数的后备资金已经流向了“红星公益基金”的独立账户，以后只有在丁敏慧和魏沛姗同时签字盖章后才能动用。过去，那笔钱一直由林雪梅在管着，从她进公司当会计那时候的几万块钱开始，这些年来她亲眼看着这些钱成几何倍数地增长。可是突然之间，这些钱就从她的视线里消失了。这种感觉让她有些失落。

那笔钱林浩楠早就知道。他给周海龙做副总经理助理时，周海龙告诉过他，公司即便是在生死存亡的危机时刻，戈向东也会死死扣住那笔钱不让人动。戈向东说，那笔钱是用来资助战争中烈士的家庭和伤残军人的后备资金，是他这些年来拼命挣钱的精神动力和意义所在。

林浩楠知道他和很多人的成长都跟这笔钱有着密切的关系。只是他没想到，这笔钱的数目如此之大，让人瞠目结舌。林浩楠不反对戈向东做公益，可公益应该建立在企业不断赢得巨额利润的基础上。戈向东口口声声说企业没有多余的钱投向东部新区这场旷日持久的消耗战，却拿出如此一笔巨款直接投向公益基金。天海地产这两年虽然不太景气，但仍然还在盈利。林浩楠觉得在这场博弈中，他有足够的信心能让这些钱生出更多的钱。戈向东这么做，不是杀鸡取卵，也是给鸡放血。注资“红星公益基金”，戈向东没有跟他商量过，就像当初他不跟周海龙和孙茂群商量五号地的竞标一样。他一个人就决定了。他猜测，周海龙和孙茂群的离开显然也跟这笔巨额后备资金有关。

林雪梅还告诉他，戈睿和魏沛姗已经订婚，不出半年两个人就很有可能结婚。林雪梅说这话的时候，充满期待地望着侄儿，她希望他也早一点跟丁敏慧结婚。林家的血脉需要在他的身上延续下去。

林浩楠觉得，魏沛姗回来是有理由的。戈向东还是抱了私心。戈睿在部队前途光明，不可能继承他的衣钵。他就让准媳妇回来替儿子守住这笔巨额财富。丁敏慧这个傻子，不但拼命地经营着天海化工，每年为天海赢取巨额利润，还为她所谓的“红星公益基金”四处奔走。她所付出的一切只为戈睿最终继承遗产提供了一个冠冕堂皇的理由，而且，天海集团每年百分之十的盈利还要持续投进这个只进不出的黑洞。

豪情满怀的林浩楠变得有些颓废，他觉得自己的前方迷雾重重，像是一下子失去了追逐的目标。他有点儿搞不懂戈向东，更搞不懂一团糊涂的自己。

丁敏慧开始开拓中东和北非的清洁能源市场，天海化工新能源产品的占有率在世界同类产品中明显上升。自从林浩楠从韩国回来的那次见面后，两个人一个月都没有碰面了。那次相聚，受过伤害的他显得有些被动。在他的住所，她向他道歉，请求他的原谅，还送他一块昂贵的瑞士表。他也没有忘记从韩国给她带回一套她喜欢的韩式绝版瓷器。丁敏慧对那些稀奇古怪的瓷器感兴趣。

收到礼物，丁敏慧开心得吊在他身上，不停地亲吻他。那是个下着春雨的午后，海边潮起潮落。丁敏慧的反应很激烈，情绪汹涌澎湃。可他却很被动，他觉得自己很累，困倦得很。见他兴趣索然，她从他的身上滑下来，静静坐了很久，听着窗外喧嚣的潮水附和着雨声。然后她去洗澡，穿着宽大的棉布衣衫，披散着一头海草般的乌黑长发在房间里走来走去。他闭着眼睛感受着她的存在，她削水果、喝水、来到他身边询问他，抚摸他的脸，用潮湿的嘴唇亲吻他的脸颊，出神地静静地看着他。她的情意他都能感觉得到，但他就是不想回应。她说："戈睿要和魏沛姗结婚了。"这句话，她说了三遍。他睁开眼睛看了看她，但一句话也没有说。他突然间像个失语者。她也不说话了，目光从他的脸上离去，看向窗外烟雨迷蒙中的大海。他不知道为什么两个人明明深深相爱，内心却还如此孤独。她在他屋子里呆了整整一个下午。黄昏，她开始穿衣服离开。他没有送她，而是静静躺在一边嗅着她残留的体香。望着她失望离开的背影，泪水从他眼角流出。他不知道自己为何流泪。他觉得自己还是没有能够原谅她。

林浩楠觉得自己像是病了，一连很多天只想睡觉。

往往是助理打了很多次电话，才把他从睡梦中唤醒。他又选了个新助理，刚毕业的女大学生。担任副总经理的时候，他一直坚持不用助理，自己亲力亲为。当初他安排梁小宝做他的助理，是想让他学一些管理的经验，可他没想到，梁小宝差点把他送进监狱。他从小对“监狱”这两个字过敏，那个地方提起来就心脏紧缩。他是个进过少管所的人。少管所就是监狱。这是他一生的污点。所以，他无法原谅梁小宝。梁小宝被送进看守所那天，他陪着丁敏慧去送了。但他把车远远地停在大门外面，那地方他望而生畏。他害怕听见大铁门的咣当声。一声巨响之后，生活骤然两重天。一个人最痛苦的经历莫过于失去自由。

梁小宝深深地伤害了他。当一副冰凉的手铐戴上他的手腕，手铐上那锯齿般的东西像魔兽的牙齿嵌进了他的肌肉，也冷冰冰地嵌进了他的心里。那一刻，他觉得自己又死了一回。因此他不想听梁小宝那些道歉的话，那些话他以前也说给母亲听过。道歉弥合不了任何伤害。他入狱的那天，李琳哭得死去活来，发抖的身体像秋风中被裹来裹去的叶子。他不停地道歉，可与他对母亲的伤害相比，语言太苍白了。

林浩楠觉得世界像是有点儿颠倒了，丁敏慧像是代替了他的一切，他是他们这群人的大哥，过去这些事都是他在做，做这些人的大哥真累，他想起很多年前在老家小县城做大哥时的情形。刀光剑影，血肉横飞，众人簇拥着风光无限。而此刻他这个大哥做得多么软弱无力。

他的日子过得浑浑噩噩。他想了很多的事情，可每件事情都想不明白，这令他懊恼、郁闷和焦躁。

他不知道父亲林春风到底是怎么死的，他死之前到底说了些什么，想了些什么，做了些什么。在那个炮弹纷飞的战场上，最能见证父亲林春风死亡的就是养父戈向东了。他曾给他讲述过那场战斗，高考结束后，他想报考陆军学院，他高考成绩不错，报考的话肯定能被录取。可这个想法很快被戈向东扼杀在了摇篮中。戈向东告诉他，他们林家不能再有第二个烈士了。他记得戈向东是流着眼泪讲述那段战斗经历的，他的父亲林春风拉响了手雷与敌人同归于尽，那一声轰响之后，他就化作了齑粉，烈士墓里只埋葬了他的遗物。

林浩楠记得，父亲没留下太多的遗物——几身破军装和一件露了棉花的军用大衣。对于他来说，父亲就像风中的尘埃找不到半点痕迹。林浩楠曾经向经历了那场战争的五个人询问当时的情形，五个人的讲述是一个版本。什么事情做到了高度的统一，就失去了可信度，就像世界上没有两片完全相同的叶子。

林浩楠觉得父亲的死肯定存在另外一个版本。

他仰望着天花板，外面还在淅淅沥沥地下着雨，他第一次觉得从戈家老房子里搬出来是一种明智的选择，让他脱离了那种寄人篱下的生活。他到戈家的时候十三岁了，那种寄人篱下的日子过了十多年。现在自己住的这栋房子是他用自己的年薪和股份分红买的。买房子的时候天海市的房价还不及现在的五分之一，现在想起来那时是多么的明智。戈向东对他这样做表示理解，爽快地答应他搬出戈家。戈向东说，这是一个成年男人的自尊。

回忆和梦魇交替充斥着无数个夜晚。林浩楠的身影往返穿梭于爷爷的家、继父的家、养父的家、自己的家，从童年到少年到青年到成年，时间和空间把梦境和记忆混淆在一起，碰撞成无数个碎片。他的灵魂一直在飞满碎片的时空中奔跑，永远不能停歇。醒来，夜色墨黑。林浩楠觉得他的灵魂已经遗失在远方。他又恢复了丁敏慧没有回来时的单身日子，下班后去酒吧喝酒的习惯复苏了。在灯光昏暗的酒吧里，当低迷的音乐在耳边响起，酒精醺染的状态里，嗅着浓烈的烟草味道和年轻女孩子的馨香，他突然间觉得还是那种原始的无束缚的日子最爽快。

晚上泡吧，他又起晚了，女助理打来电话，提醒他参加东部新区新一轮的土地招标会。他摇摇晃晃地起了床，开门时发现拎着油条豆浆的戈向东就站在他的门口。

戈向东看着他把油条豆浆和鸡蛋吃完才说："楠儿，我们谈谈。"

林浩楠不以为然："你是董事长，我是你的下属，只有命令，没有谈谈。"

话随口而出后，他有点后悔，他这样像是泄愤。

戈向东皱了一下眉头说："你最近的状态不对，有什么问题我们可以探讨，你这种颓废的精神状态，有些反常。"

林浩楠眨巴着眼睛，微笑着对他说：“我没问题，有点儿感冒了，总想睡觉。”

戈向东半信半疑。林浩楠从小就这样，每次正经谈话时总是眨巴着眼睛微笑着。他上中学时，有一次踢足球，因为裁判的误判而输球，事后他把球狠狠踢向了当时担任裁判的体育老师。体育老师当场掉了两颗门牙，满嘴是血。戈向东当众揍了他。那时候，他也是这样眨巴着眼睛微笑着。那是他揍他揍得最厉害的一次。戈向东用一根杨树条子狠狠地抽打着他的屁股、他的脊背和他光裸着的大腿。他没顶嘴、没解释，也没有哭喊。

那时，戈向东把这种态度当成了挑衅，下手一次比一次狠，可他依然保持那种姿态。那是他第一次打他，从那次以后，他再也没有打过他。因为林浩楠那种表情让他心疼。他像是看到了他的父亲林春风，父子俩说话的表情简直一模一样。

两个人吃完早点，林浩楠拎着包就匆忙起身。戈向东跟在他后面：“不必急，也不要焦虑，做最好的自己，我相信你。”

林浩楠冲他眨了眨眼睛，满脸微笑说：“好，我再陪着他们玩一次。”

2

新一轮土地拍卖会如期举行。龙腾置业在前三轮就把价格抬到毫无回旋的地步，那些散兵游勇很快就垂头丧气地败下阵来，只剩下天海地产与龙腾置业角逐。大家都把目光投向了林浩楠，他淡定从容地举着竞标牌。

周海龙扫了一眼自己曾经费心栽培的对手，又一次举高了竞标牌。林浩楠以一个晚辈的姿态向他展笑问好，面对超出了承受范围的竞标价，出手仍然一点都不含糊，再次举高了牌子。周海龙没想到林浩楠会不惜血本地紧追不放，只好再次加码。这次，林浩楠站起身来走向他，伸出手："祝贺你，周叔叔，你赢了。"

周海龙望着他，显得有些惊慌失措，他受惊吓的原因不是因为他的买地价远高于自己的预算，而是林浩楠的表情——太像林春风了。生死与共的老连长像是跨越了时空，灵魂转世，周海龙失态了。他呆若木鸡地站着，直到林浩楠从容的背影消失在拍卖大厅门口，财经频道的记者采访他，他才回过神来说道："这仅仅是一次小练兵，真正的战斗还没有打响。"

回公司的路上，周海龙还惦记着林浩楠的表情。这副表情他更熟悉。他入伍的时候，林春风还是副连长。在战斗最残酷的时候，面对蜂拥而上的敌人，林春风就是这样的表情。他眨巴着眼睛微笑着对大家说："不要怕，胜利最终会属于我们的。"林春风临死前的那个黄昏，他还是这样的表情微笑着说："海龙，跟着向东走吧，他能把你们活着带回家。"那会儿，林春风的生命随时都可能停止。一路上失血过多，他的脏器功能已经开始衰竭，可惨白的脸上仍然挂着这样的微笑和这种坦然淡定。一个小时后，惊天动地的轰响在山谷中回荡，巨能炸药撕碎了他的身体，无数个肉体碎片飞向了丛林深处的树木、枝叶、岩石缝隙和潺潺溪流。林春风的笑容深深地定格在他们五个人心中。很多时候，林春风的模样已经模糊了，但只要脑海中浮现那个笑容，他又好像鲜活地站在面前。

周海龙迈着沉重的步子走在公司空荡荡的走廊上，职员们小心翼翼地在自己的岗位上忙碌着。大家都清楚，总经理在爆发的边缘。他们对周海龙的暴戾胆战心惊，但又不得不佩服他的大气。周海龙给他们的报酬高出了过去的一倍。对这样的上司，员工们只有敬而远之。此刻，如果被他叫到办公室，只有两种可能，要么升职或加薪，要么是被扣钱或走人。他们像是无数台被周海龙操纵的机器，只有制度，没有感情。

周海龙一直对外宣布，他们是一支行业“铁军”，团队要有铁的纪律、铁的意志、铁的团结，但钢铁浇铸起来的人，只能是个冷冰冰的团队。这样的职场，讲感情是没有用的，周海龙只要结果。在东部新区土地问题上，他打的是“垄断”战略，他说，只要拿下百分之六十以上的土地，就掌握了整个东部战略的主动权，所有参与东部开发的地产行业都得唯他马首是瞻。资本要的就是垄断，资源也是一样，要想说了算，必须掌握主动权。

周海龙回到了自己的办公室，林浩楠的表情还在他的脑海里挥之不去。

心高气盛的林浩楠突然改变了策略，主动让出了这一轮的竞拍，有些出人意料。他原本是想把这块地让给天海地产的，东部新区的角逐，他的目的是一步步榨干天海地产，逼迫林浩楠把手伸向戈向东的滨海五号地和那笔后备资金。

可是，意气风发的林浩楠却戛然而止了。当他听到，戈向东的滨海五号地已经开始出售外围一期工程的别墅和海景房。他就想笑，这些钱投到东部新区的土地博弈中无疑是杯水车薪，在庞大的资本搏杀中，这点钱很快就像遭遇炭火的露珠，瞬间蒸发。周海龙让助理准备下一轮土地竞拍的资料，他要找丁馥芬商谈下一步的行动。想到丁馥芬，周海龙就有些头疼，最近两个人的关系闹得很僵。过去，她对业务上的事从来不过问，可随着融资金额的不断增多，她开始追问东部新区土地拍卖的事。她说，她要对几十个股东和成千上万的股民负责。

周海龙对丁馥芬的掣肘感到不舒服。他不喜欢别人在他的领地上指手画脚。他曾经痛恨戈向东的独断专行，现在轮到了他自己，权力面前，几乎所有的男人都喜欢唯我独尊。

周海龙也感觉到了丁馥芬的抵触。在龙腾公司没有成立之前，丁馥芬在天海地产界已经干得风生水起了。如果不是董事长朱江龙给她施加了巨大压力，她根本不会接纳他。在丁馥芬看来，他像个蛮横无理的入侵者，像当年侵占她身体那样侵占了她苦心经营的事业。也许在她心里，他周海龙就是个流氓，是个无赖，是个纠缠不清、挥之不去的恶魔。这恰恰就是周海龙想要的效果，他根本不相信自己征服不了这个女人。他投奔朱江龙，很大程度上是冲着这个女人而来。这些年，虽然屡遭她伤害，但他还是无法忘记她。

丁馥芬悲哀的人生，让他的内心充满了屈辱。那年，如果不是因为那次 CT 事件，他们的幸福生活就不会被打断。捍卫不了自己所爱的女人，这是男人的屈辱。丁馥芬回到天海之后，没有去见戈向东。对于戈向东，丁馥芬心里充满了恨意，否则，她也不会同意对天海集团赶尽杀绝。周海龙一直认为，丁馥芬当初把丁敏慧留在戈向东那儿，是犯了个致命的错误，当初她应该把女儿带走。现在，他们优秀的女儿竟然成了天海集团的擎天支柱。

想到这些，周海龙恨得牙根痒痒。他从心底固执地认为，丁敏慧就是他的女儿。所以，跟丁馥芬合作的这些日子里，他曾经不止一次地提醒，把女儿从戈向东那儿夺回来。每次提这样的要求，丁馥芬总是摇头。她告诫他说："丁敏慧不是你的女儿，你不能打破我女儿平静的生活。"

周海龙很郁闷也很悲哀，他半生都在追求，丁馥芬还不肯接纳他。

周海龙已经想好了，关键时候，他要跟丁馥芬摊牌，就是绑也要把她绑在自己的战车上。他相信，追逐利润是商人的本质，朱江龙也不例外，在巨大的金钱利益诱惑下，他肯定会妥协。事实上，从庞大的融资计划开始，朱江龙已经开始妥协了，东业集团步履维艰，周海龙是他们最后的一根救命稻草。周海龙也不是傻子，他要借东业集团即将腐烂的实体完成自己庞大的圈钱计划。在这个庞大的计划里，他不仅要实现自己的梦想，还要让戈向东一败涂地。

3

丁馥芬住在一个高楼顶层的楼顶花园。装修是她亲自参与设计的。广阔的楼顶分为三个区：办公区、生活区和休闲区。她一直是个会赚钱又会生活的单身女人。此刻，春日正好，她懒洋洋地躺在楼顶花园享受暖融融的日光浴。竞拍现场的详情，她已经通过视频悉数了解。周海龙的表现过于张扬，相比之下，林浩楠的从容、淡定让她愕然。这不是一个年轻男性所表现出来的状态。因为这次拍卖的土地不涉及核心地段，很显然，他在陪着周海龙玩。林浩楠不玩灭敌三千自损八百的事情了，他要在毫发无损中消耗对方的实力。龙腾置业成立到现在，对外宣传融资六百个亿，实际上到位资金不到三百个亿，可这已经超过了整个东业集团的融资上限。

说白了，周海龙是拿着募集来的钱，玩一个心惊肉跳的赌博游戏，所以东部新区的事情只能胜不能败，一旦失败，东业集团将一败涂地。事实上，东业集团的资产缩水从亚洲金融危机就已经开始，除了内地的地产业还在盈利外，其他子公司业绩都在下滑、亏损。

朱江龙之所以答应跟周海龙联手，是希望苟延残喘的东业集团吸噬些新鲜血液，起死回生。然而，腐朽透顶的东业集团就像一个干瘪的尸体，要多少鲜血才能站起来，是个未知数。这样的内幕只有丁馥芬知道。或许周海龙也知道这样做的危险。可这个内心狂热的人一心在追逐、超越、报复、打败戈向东的梦想，对黑洞一样危险的处境缺乏必要的警惕和担忧。朱江龙一直命令心腹把融到的资金调往集团总部，如果不是她及时发现并堵住了漏斗一样的缺口，募集到的资金还会悄无声息地外流。

就这个问题，丁馥芬和朱江龙爆发了有史以来的第一次大矛盾。她堵死了资金外流的漏洞，提出龙腾置业必须独立账户、独立核算，她要替那些拿着钱投奔周海龙的股东们着想，不至于让他们血本无归。

资金外流渠道被掐断的当天，朱江龙飞到了天海。他气势汹汹地骂她是妇人之仁。她回答朱江龙说，她本来就是个妇人，如果逼她，她就辞职，不做这个法人，不蹚这趟浑水。朱江龙气得把拐杖扔向了她。

那一瞬，她明白了。

这些年来，她依附着的古藤老树般的身体，也是充满了算计的。她没有理会他的歇斯底里，也没再跟他睡在一张床上。这些年，她以为自己丢失了爱情找到一份接近爱情的亲情，可是到头来，她不过是被这个老混蛋利用的一个工具。如果不是她的敏感，募集到的巨额资金将大部分流进东业的无底洞，最终会变成东业集团抵押的那些破铜烂铁。那样，等待她和周海龙的将是万劫不复的深渊。

那个晚上，她把自己关在书房痛哭了一顿，她回想自己不幸的一生和痛不欲生的爱情。她这辈子被戈向东和周海龙彻底毁了。相比之下，周海龙更令人可恨。他就像个无处不在的幽灵纠缠着她的生活，束缚着她的灵魂。她在东业干得风生水起，他却把她拉进东部新区的泥沼。这个混蛋在她的人生道路上没干过一件好事，扼杀了她的爱情，毁掉了她的事业，还拉着她一起去殉葬。想着这些她就恨得咬牙切齿。龙腾置业筹备期间，她就向朱江龙申请，要求调回东业集团总部，哪怕是做一个普通的财务人员都行，可遭到了拒绝。她是周海龙跟东业合作的先决条件。周海龙把她绑架了。

她也想过辞职，可面对着自己花费了无数心血的事业又放不下心来。

她曾经无数次猜测，周海龙找到朱江龙要求跟她联手的原因，就是要再度控制她，占有她。现在看来，周海龙是要借助这样的机会打败戈向东，把天海地产踩在脚下，用他的力量征服她。所以，周海龙像个赌徒一样孤注一掷。同时，这个混蛋还有一个邪恶的企图，即便这次赌输了，变得一无所有，粉身碎骨，他也要抓住她一起走向灭亡。想到这里，她不寒而栗。周海龙心里毒蛇般的罪恶被放出来了，张着血盆大口，吐着毒舌，向她一步步逶迤而来。

回天海以来，看到周海龙一直单身，她对周海龙还心存一种愧疚和怜悯。现在看来，可怜之人必有可恨之处，她心里的那点怜悯之心顷刻间烟消云散。周海龙打造的大船已经绑架她起航了，而且，他还不想让她这个船长靠近航舵，他想在这条船上为所欲为。

丁馥芬下定了决心，这种现状必须改变，既然在这条船上，她就不能眼看着它掉进冰川，毫无反抗地随它丧身海底。她不再是任人摆布的木偶和傀儡，她要周海龙这个野心勃勃的大副认清自己的身份。

认清了真相之后，她再一次写好了辞呈，她把辞呈递给那个她已经不再愿意看一眼的老男人，回房收拾起东西。她知道老男人不会批准她的辞呈，因为她一离开，周海龙就不会死心塌地地跟他合作。老男人问她这是什么意思。她说她要离开，要退休，要跟女儿一起去度假。朱江龙知道她这次绝不是故弄玄虚，而是下定决心。朱江龙知道他已经伤害了她，没有人愿意成为别人的弃子，坐以待毙。商海沉浮半个世纪，他应对的这种事情太多了。

他决定暂时妥协，答应了她提出的要求，还告诉她，已经帮她办好了定居英国的手续。他还告诉她，她最终的结局不是被送进深渊，而是带着巨额财富和女儿一起定居英国。

丁馥芬不置一词，她知道这是老男人的缓兵之计。

她答应暂时先不辞职，等她负责的滨海二号地所有工程完工后再离开，但有一点，募集到的巨额资金在此期间只能呆在龙腾置业的账上。东部新区的战争旷日持久，她不可能等到两个恶魔导演的骗剧推向高潮。

朱江龙答应了她的要求，临走时留下话："馥芬，我是真心爱你，为你着想的，你这样做很危险，明白吗？"

丁馥芬冷笑了一声，回答他："我是在战场上打过仗的女人，你不必担心我，大家都保重吧。"

朱江龙颤颤巍巍地拄着拐杖离开了。

丁馥芬没想到，他们保持了的二十年的男女关系会这样结束。她已经没有了眼泪，从十九岁爱上戈向东那年开始，她就不停地哭泣、流泪、哀嚎。她这辈子就是悲剧，哭得太多，泪腺像是枯竭了。面对踌躇满志的周海龙，她心里既好笑又悲哀。这个看似聪明实际却愚蠢的男人，此刻还盼望着朱江龙能再次成功打压她。她收拾了一下自己，精神抖擞地昂了昂头，此刻的她觉得自己像一个披上盔甲的猛士，时刻准备勇敢面对残酷的战场。她知道她跟周海龙的矛盾早晚要爆发，既然要爆发，那就早一点到来吧。

4

果然，周海龙勃然大怒，他不明白，丁馥芬一夜之间就改变了态度，她要对他拍到的那些土地进行商业评估。尽管他一再解释，整个东部新区的地要通盘考虑商业价值，不能断章取义，可她还是执意要做。他没想到，一向对东部新区项目不闻不问的丁馥芬，一过问起来就直指他的要害。

面对天价抢购来的土地，股东的态度本来就在摇摆，他费尽口舌才取得了大股东们的信任。如果重新召开会议，评估土地的商业价值，就会动摇股东们同天海地产在核心地段角逐的决心，就会让他这些日子来苦心鼓动起来的士气功亏一篑。

周海龙指责丁馥芬总是在关键的时候出尔反尔。

“我不是出尔反尔，这是调整战略，冷静思考，避免盲目行动带来的损失。”

丁馥芬心平气和地解释。

“天海地产已经到了无力还击的地步，你不是在为我们的项目担心，你是不想看到戈向东惨败的样子。”

这个时候，周海龙还在吃醋。丁馥芬不想再辩解：“你要是这么认为，就算是吧。”

周海龙对丁馥芬的冥顽不灵，恼恨不已。商业评估会暴露出很多问题，在房地产市场疲软、成本上涨的情况下，他们目前拍到的土地，无论以什么样的形式开发都赚不了多少钱。只关心业绩回报的投资商，肯定不愿意干花钱赚吆喝的事情。

他只好打电话给朱江龙，朱江龙让他暂时听丁馥芬的。周海龙不是傻子，他听明白了朱江龙的意思，他也在等丁馥芬的妥协。女人是善变的，今天阴云密布，没准明天就是雨过天晴。周海龙觉得人生最难熬的就是等待，对于他和丁馥芬来说，他们在等待中熬白了少年头。年轻时期的爱情记忆，一直是这些年来支撑他等待的精神力量。

人生能有多少可以值得回忆的美好往事？对于他

们这些饱经战争伤痛的人，几乎所有的回忆都是苦涩的。别人都说他是个性格多变的人，可唯独对感情这件事，他一心一意。他祈祷着，哪怕有一天死了，能跟丁馥芬死在一起也是幸福的。

周海龙知道，丁馥芬这样固执是危险的，而且她正在一步步接近这样的危险，因为她掐断了资金流向就等于掐断了她自己的后路。周海龙转移的那笔资金，其实有一半打入了他瑞士的账户，他从天海集团分家时就不打算在国内生活了，在这个世界上他已经没有值得信赖的人了。那场战争下来，最值得信赖的老连长已经死了。戈向东带着他们从无边的丛林里跑出来，他忠诚于他，相信他，膜拜他，追随他。可是这些年来，他在他那里得到的都是伤痛——他深深爱着的人鬼迷心窍地迷恋他，连他唯一的女儿也被他霸占着。戈向东不让他接近自己的孩子，他说他是个进过监狱的人，没跟丁馥芬结婚，会给孩子造成心灵上的伤害。每天，他只能远远站在那儿看着女儿骑在戈向东的肩头亲昵地叫着“爸爸”。很多次，他很想冲过去把女儿夺过来，告诉她：“我才是你爸爸，你的亲生爸爸。”

可他不敢，他害怕会吓着孩子，在女儿的眼里他就像一个魔鬼。他害怕她每次看他的眼神，怯怯缩缩。她一直生活在戈向东的身边，上大学、读博士，还成了天海集团的顶梁柱。想着相貌酷似戈向东的女儿，他不敢想但又不得不浮起一个对他而言非常残酷的猜测。如果连女儿都是戈向东的，那对他的打击将是毁灭性的。戈向东什么都有了——名声、财富、权力、爱情、亲情，而他周海龙仍然一无所有，一切都远离他而去，就连远在老家的父母也撒手人寰了。他觉得自己在天海，还不如一个被炮弹炸瘪了脑袋的傻子梁家宝，梁家宝最起码还有个不争气的儿子。

现在，上天赐予了他打败戈向东的机会，他当然不会错过。他把从天海分到的钱大部分存入了瑞士的账户。接下来，他正准备把一部分钱分到丁馥芬在英国的户头上。

这些钱可以让他们富足地度过暮年，他们都已经五十多岁了，养老的日子一天一天临近。他梦想着有一天，他们能够一起漫步在异国的绿草地上，沐浴美丽的黄昏、火红的晨曦。跟东业集团合作，他就知道自己在走钢丝，即便他小心翼翼走到终点，等待他的也一定就是地狱。他没想到，自己跟朱江龙的秘密这样快就被丁馥芬揭穿了。

他靠在椅子上思考着对策。窗外，天就要黑了，马上就是漫漫长夜。夜长梦多，他觉得东部新区核心地段土地拍卖的事情一定要快点进行，他不仅要把募集到的巨额资金牢牢地套死，还要更快地消耗天海集团的资金，让戈向东也深陷其中。

周海龙决定动用范主任这条线。

东部新区管委会主任范运成是他这个局里至关重要的一环，作为资本血拼最大获利者，范运成最想看到的结果，是把新区的土地价格推向巅峰，这也是他牢牢把控着核心地段不松口的原因，他拖的时间越久，双方的厮杀就会越残酷，土地价格就会不断攀高。

周海龙十分庆幸，他和朱江龙早在东部新区雏形时期就套牢了奸诈油滑的范运成。没有人能躲开金钱的诱惑，重要的是他面临的诱惑有多大。

周海龙拨通了范运成的电话：“我想快点见到你。”

一个沉闷的声音从话筒里传来：“那好吧。”

5

世界上任何珍贵的东西只有存在争夺，才能体现出它的价值。当然，这也包括爱情。

遭遇林浩楠，范梦蕊才知道俘获优质男的真谛。过去那些看起来生猛的爱情，来得快，去得也急。生米要做成熟饭，也得小火苗儿慢慢地煮。爱情是相互吸引和依赖，这种依赖是需要慢慢培养的，一旦两个人产生了这种依赖就会慢慢上瘾，上了瘾的爱情就会水到渠成。物质时代的爱情像一种生意，爱情和婚姻一样都需要经营和打理，既然是经营就少不了心计。

有句话叫“钓得金龟婿”，优秀的男人的确是要去钓的。

那次帮丁敏慧搞定吴胖子后，范梦蕊跟丁敏慧开玩笑说：“你信不信我半年就能把你的男人抢走？”

丁敏慧自信地对她说：“我不信，他是我的菜。”

“那你可得看好了，我这人最喜欢偷朋友的菜。”

一语成谶。

范梦蕊觉得，林浩楠真的变成她的瘾了，她从来没有过无时无刻都在挂念一个男人的情况。

初次见到林浩楠，她就动过心。那天林浩楠带着几个男生去接他们新生，她立马被他高大帅气的外表给惊艳到。后来随着时间的推移，她越发觉得这个男生身上有一种无法抗拒的魅力。他虽然长相硬朗，但眉宇间略带的忧郁让人着迷；他做事彬彬有礼，骨子里却透着一股同龄人稀缺的血性和匪气。

林浩楠飞车救人的故事被演绎成传奇。校园里同时流传着有关他的很多版本。有人说他是某个富豪的儿子，光名车就有好几辆；有人说他的父亲是某某高官，黑道白道通吃；有人说他从小就是天海某少年帮的帮主，至今手下不少于三百马仔；还有说他的爷爷是老红军，官至中将……有一次，林浩楠到宿舍找丁敏慧，范梦蕊趁机求问："帅哥，关于你的传说，哪个版本是真的？"

林浩楠轻松地说："甭听那些胡诌，我是个没爹孩子。"没了爹却还如此阳光，范梦蕊不禁更生好感，她不止一次地对丁敏慧说："你找到了一个纯棉男孩。"

相处越久，范梦蕊越能感觉到林浩楠的优点。他不只沉稳，他沉稳的外表下还隐藏着野性和野心。

范梦蕊约请林浩楠参与电视台经济节目的一个专访，让他作为天海地产的掌舵人谈一谈未来天海地产的走向。林浩楠带着范梦蕊去请示戈向东，他想以滨海五号地为例谈一谈城市生态建设和居住环境。戈向东不想在媒体上过多地曝光英雄地的事情，要他以东部新区未来建设构想为主题谈一谈自己的想法。

从戈向东办公室里走出来，上了车，范梦蕊突然好奇地问："滨海五号地不是取名天海明珠吗，怎么成了英雄地了？我的净月会所要是开在英雄地，是不是有些不搭？"

"我觉得英雄地这名字对你的净月会所更有利，青梅煮酒论英雄，财富论坛，不就是英雄煮酒，华山论剑吗？"林浩楠一语点破玄机，让范梦蕊心花怒放："你还别说，英雄地这名儿好，就像为财富论坛起的，我们干脆把净月会所这名字也改了吧。快，爆发你的小宇宙，给我好好想想。"

林浩楠想了想说："既然有英雄地，会馆的名字不如就叫青梅居吧。"

"英雄地，青梅居，青梅煮酒论英雄，好！"范梦蕊激动地伸出双臂抱着林浩楠，在他脸上狠狠地亲了一口，"你太聪明了！"

林浩楠没想到范梦蕊会有这样的举动，握着方向盘的手失去了控制，车子差点撞上绿化隔离带。林浩楠急踩了刹车，红着脸说："开着车呢，多危险。"

范梦蕊不以为然，娇嗔道："人家要奖励你一下嘛。"

林浩楠重新发动了车："这样的奖励也太轻了吧？"

"那我请你喝酒吧，我们青梅煮酒。"

像是有预感，那场酒很快改变了两个人的关系。

该来的事情终归要来。

林浩楠觉得心脏像一列疾驰失控的动车，擦着火花，驶出轨道，撞开钢铁浇铸的栅栏，一头扎进波涛汹涌，深邃幽暗的大海……

枕头上设在震动的手机在跳跃，林浩楠揉了揉眼睛，看了看墙上的钟表，已经正午十二点了。范梦蕊蜷缩在他怀里的睡姿确实很令人留恋，修长光洁的小腿微微弯曲，润滑的脊背像覆盖着米色的缎子，睡梦中的她像精美温润的瓷器让人心动。他觉得，他跟丁敏慧在一起总有顾虑，而范梦蕊的热情像越燃越烈的火焰，一下子就把他淤积的荷尔蒙点着了。

电话是丁敏慧打来的，他解释说晚上陪客户睡晚了，一直在补觉。丁敏慧问，小宝要从看守所出来，有没有时间一起去接。林浩楠心里一阵悲凉，丁敏慧只想着梁小宝，从来没有理解过他的感受，他最讨厌到监狱那种地方。他停了很大一会儿说，昨晚喝多了，有些头疼，就不去了。说完就关上了手机。

6

梁小宝被放出来那天，丁敏慧开车带着寇豆豆去接他。寇豆豆瘦了，雪白的手腕上细细的青筋清晰可见。路上她一直打着哈欠，像是没睡醒的样子。丁敏慧担心她不舒服，特意把车速放得很慢，还嘱咐她要尽快到医院检查一下。寇豆豆摇着头说，没事，这一阵担心小宝总睡不好，好好睡一觉就好了。

走出看守所大门的梁小宝一看见女友就飞奔过来，把她抱了起来。寇豆豆也像藤条一样缠住了梁小宝。

像是劫后余生的狂欢，两个人忽视了丁敏慧的存在。望着两个人没心没肺的样儿，丁敏慧咳嗽一声："有完没完，不想走，你们就留在这儿。"这时，孙昭阳和一个人同时朝他们走过来。梁小宝像见了鬼一样，立即催促："豆豆，我们上车，你不知道，人要是失去了自由，生不如死。"孙昭阳一边和那人告别，一边朝着车子走过来，他故意冲梁小宝高声喊："梁小宝，下车。"

梁小宝躲在驾驶座后面说："姐，快点儿开车。"丁敏慧被他给逗乐了，"回头真得让魏沛姗给你补补法律课。"寇豆豆摸了一下梁小宝被剃光的头说："有点出息好不好，你被释放了，还怕什么。"孙昭阳上了车望着梁小宝说："以后别犯事了。"

丁敏慧把他们送到梁家，临分手时，她特意嘱咐梁小宝要注意照顾寇豆豆的身体。说完，她感到一身轻松，如坐针毡的日子终于过去了。

送孙昭阳回公安局的路上，丁敏慧见他一脸沉重，问他怎么了。

孙昭阳头也不抬地回答："我们的麻烦才刚刚开始。"

丁敏慧一脸奇怪地问："案子不是已经结了吗，还有什么事？"

"事儿大了，那个寇豆豆我看是抽上了。"

丁敏慧心里一惊，猛然刹车说："怎么会？"

"做了这么多年警察，我相信自己的直觉，寇豆豆吸食毒品的时间肯定超过半年，否则她的精神状态不会是这样。"

丁敏慧双手架在方向盘上，趴在那里长叹一口气说："我的天，怎么会是这样，怎么办，我们该怎么办？"

孙昭阳一脸同情地望着丁敏慧："我也不知道应该怎么办。姐，你的麻烦来了。"

丁敏慧一时间有些手足无措，她以为把梁小宝救出来，自己就算跟戈老爸交代了。她万万没想到，她的麻烦才刚刚开始。作为化学博士，毒品的危害性她最清楚。她后悔没有听林浩楠和孙昭阳的话，让寇豆豆回到吴胖子身边去。梁小宝跟一个吸毒的女人呆在一起，毒品衍生出来的可怕后果……

想到这里，丁敏慧倒吸一口凉气，她急切地问："小宝吸了没有？"

"好像没有，这次在看守所，他的血清里面没有检测到。"

丁敏慧长出一口气："那就好，那就好。"

"姐，当务之急，你要带着寇豆豆去做一次检查，医院我来安排，结果一出来，我们立刻送她去戒毒。"

丁敏慧点点头："今天就算了，明天一大早我就带寇豆豆去检查。"

孙昭阳叹息道："这么年轻的女孩子，可惜了。"很快他的口气严肃起来，"敏慧姐，有件事情我必须提醒你，这件事情不能声张，最近上面有秘密通报，天海有毒品进入，我怀疑吴胖子和鼎盛文化公司有问题，稍有不慎，寇豆豆就会有生命危险。"

丁敏慧被孙昭阳的神情吓住了，心知梁小宝这个麻烦惹大了。

晚上，丁敏慧回到家。戈向东一直在等着她，问起了梁小宝的情况，她说出了实情。戈向东心情沉重地在屋子里走来走去，本来是皆大欢喜的事情，没想到事情急转直下。戈向东问丁敏慧："这件事情，你怕不怕？"丁敏慧说："怕也得办啊，小宝是我兄弟。"戈向东赞赏地点了点头："这才是我戈向东的女儿，不惹事，但也不怕事。"

戈向东拿起电话叫来了魏东阳，两个人在书房里商量了很久。

第二天，丁敏慧带着寇豆豆去医院做了检查，结果跟预料的一样，寇豆豆已经染上了毒品，必须接受戒毒治疗。

丁敏慧觉得必须跟寇豆豆谈谈。

寇豆豆说，离开梁小宝那个秋天，她遇到了吴胖子。他们早就认识。艺术学院有些姿色的女生，大多都跟他有交情。他的鼎盛文化公司包装了不少艺人，可也埋葬了许多少男少女的青春，他背后有一个商务会所，那是天海市最顶尖的富人俱乐部，那些没在娱乐圈出头的靓女俊男多半就成为了俱乐部里富人和权贵的玩偶。寇豆豆说自己开始吸毒是半年前的一个深夜，一个陌生的中年男子，为她注射海洛因。醉生梦死的舒畅过去之后，她发现自己光裸着身体仰面躺在那里，双手和腿被捆绑在床上，她脆弱的皮肤上留下一片片带血的印记。那个男子正在给她文身，结束之后，他满意地亲吻着活跃在她身体上的两条鱼，像吸血鬼饱餐后一般陶醉地说：“一件完美的艺术品。”

从那以后，她就成了他的玩偶。她名义上是鼎盛文化公司的艺人，实际上就是个玩物，被养在那栋豪华公寓里。有一次，她还被带去展览。他的玩偶不止她一个，那天，她发现这几年参加选秀的前三名都出现了。五彩灯光照耀的桌子上，她们光裸着身体像瓷器一样接受一群男人的抚摸和观赏。丁敏慧突然间一阵恶心，胃里翻江倒海。她跑到卫生间里一阵狂吐，恨不得把胆汁都给吐出来。

孙昭阳说服了梁小宝，把寇豆豆送到了社区戒毒。丁敏慧望着满脸憔悴的梁小宝，不知道该说些什么好。梁小宝知道丁敏慧想对他说什么。其实这一切，逃亡的那些日子里，寇豆豆全部都对他说了。他不愿意放弃：“如果连我都抛弃了她，她只有死路一条。”

丁敏慧伸出胳膊抱着梁小宝说：“小宝，你做得对，姐支持你。”

7

孙茂群虽然穿着一身高档西服，却皱皱巴巴，在公安分局办公楼门口等候多时的他看到儿子走过来的身影，立即匆匆迎了上去。

看见父亲这副打扮，孙昭阳心里就有些不舒服，不过，他肯定父亲有要紧事找他，否则，也不会这副火急火燎的样子：“什么事不能电话里说，非要跑单位来找我？你把你的奥迪横停在办公楼门口，是显摆还是展览？”他话一出口，觉得火药味太重。说不清原因，父子两个一见面准没好话。孙茂群第一次没回骂，他老实地把车停到了停车场，才跟着儿子进了办公室。

孙茂群遭遇了人生最黑暗的时刻，工厂被环保局彻底查封了。这次判的是死刑，没有缓和余地。东部新区圈住了他们孙家铺，厂子必须拆。问题的关键不在拆厂，而是厂子的土地租赁合同马上就要到期了，这就意味着这家工厂会从这个地界上毫无价值地永远消失。他后悔当初没有买下工厂所占用的土地，或者干脆弄个三十年的租赁合同。那时，他认为自己就要当选村委会主任，先掏一点小钱糊弄着，到时候再低价续约。

贪小便宜吃了大亏。他真正感觉到了什么叫欲哭无泪。

化工厂从建起来到被查封才几年时间。因为原材料上涨、同类产品市场占有率饱和，新产品研发落后，几年里他不但没有从厂里赚到一分利润，反而把从天海集团分到的钱都搭进去了。眼看着工厂设备即将变成废铜烂铁，他真是痛心疾首。因为化工厂的污水处理系统太差，周围环境都被污染，大家私下都叫他“臭水群”。孙家铺有七八个初生婴儿，生下来就一头黄发。村民们怀疑是地下水污染造成的。更可怕的是，有人发现，下游的海水养殖基地出现了两条尾巴的鲈鱼和浑身赤色的海参。化工厂污染的传言像瘟疫一样立即传遍了四方，村民们开始上访，要求政府整治，环保局已经介入调查。无法控制的局面让孙茂群措手不及，弄不好有牢狱之灾。他后悔当初没有听戈向东的话，上马一整套水污染和大气污染处理设备。因为这件事情，戈向东不止一次给他打电话，还专门派丁敏慧转告，那时候自尊心作怪，因为面子拒绝了戈向东的帮助。

孙茂群让孙昭阳想办法。孙昭阳冷笑着告诉他："这就是从天海集团分裂出来的结果，没有金刚钻别揽瓷器活，没有什么好办法，我不可能拿着枪逼着那些人不去告你吧。"

孙昭阳的话噎得孙茂群直翻白眼，儿子击中了他的软肋。他说得没错，不能把他再牵扯进来了。

孙茂群失望地走在嘈杂的大街上，茫然无措，竟然走到了天海集团的办公大楼前。望着那宏伟高耸的大楼，他伤心欲绝。他见证并参与了天海集团的办公大楼从小平房到摩天大厦的变迁。那天，他跟周海龙离开时，他还心生留恋。周海龙骂他是妇人之仁。

他觉得自己有些心虚，他们在一起立过誓言，永不离弃的声音似乎还响在耳边。无论戈向东有再多的不是，先提出分开的毕竟是他们，是他们先打碎了那句恪守了三十年的誓言。

孙茂群站在办公楼前，他怀念那些日子。清晨，嘹亮的军歌伴着朝霞在天海集团上空飞扬，气势雄壮的《中国人民解放军进行曲》让每一个上班员工步履坚定；经典军歌的旋律让人沉浸在激情燃烧的岁月，穿透茫茫时空，唤起昂扬思绪，强化着生命的庄重感。

每年的“八一”建军节，作为公司的副总，他都要召开庆祝会，新老战友会聚一堂，同忆军旅生活，共话创业人生。这样的场合上，他总是要发表激情四溢的讲话。站在那些退伍老兵面前，他仿佛一下子又回到了子弹飞舞的战场，向他的士兵发出冲锋的召唤。那场战争，他带出去的十名年轻士兵只剩下一个残废了的梁家宝，其他人都已长眠在远方。每次他站在队列前，给那些退伍士兵讲述那段经历的时候，队列里都会有抽泣声。

孙茂群至今还想起老连长的话：“你们一定要跟上队伍，不要掉队，我们是深入敌人纵深作战，掉队就意味着死亡。”此刻，他觉得，他就是个掉队的士兵。他要独自面对四面八方接踵而至的威胁，随时一颗子弹就会击中他的脑门。

人只有身处困境才会想起生死相依的同伴。茂密的丛林里他们身陷绝境，只剩下五个人。戈向东把他们分成了两组，他把所有的敌人都吸引到自己身后，减轻了他和周海龙小组的压力。事实上，他和周海龙在回撤的途中，除了遭遇了几个敌军特工外，并没有遇到太多的敌人。而戈向东背着梁家宝和魏东阳一组，与几十个追兵在林子里周旋了一天一夜。回来时，他和周海龙伤得最轻，他的背部被地雷碎片刮破了一道口子，周海龙也只是臀部和身上几处轻伤，而戈向东和梁家宝的血都快流干了。

孙茂群开始痛恨自己的盲从，盲从是他致命的弱点，他像是被巨大的利益蒙蔽了双眼，瞎子一样跟着欲望越跑越远。离开天海集团后，好几次，他在深夜里接到戈向东的电话。戈向东询问他化工厂的生意怎么样，需不需要帮助。每一次，他都回答得理直气壮——“很好。”

东部新区的土地拍卖马上开始了，如果厂址那块地拍卖的时间在他的租用期内，他还可以从开发商那里得到一部分补偿。如果在他的合同到期后再拍卖，他将再次变成穷光蛋。

他渴望那块地快点拍卖。他决定去找周海龙。从天海集团出来的几年里，他们没有太多的联系，都是各忙各的，偶尔打个电话，喝一两场酒。

他找到周海龙时，看见他正在办公室里暴跳如雷，满地的图纸和文件，一地狼藉。看到孙茂群到来，周海龙挥手让下属们滚。流着眼泪收拾图纸和公文的女文员立即从办公室落荒而逃。

东部新区决战即将打响，周海龙却被丁馥芬命令停止进攻。此刻他一腔怒火。

等周海龙平静下来，孙茂群豁出面子谈了自己的窘境。

周海龙让他坐下来：“当初让你跟着我干，你非要回孙家铺创业，现在好了，那点钱全被你折腾光了。不过，即便折腾光了你也比我强，你还有个好儿子，将来儿子可以养你。”

孙茂群叹一口气说：“你别提我那儿子，他只会跟我对着干。”

周海龙说：“还是戈向东有能耐啊，戈睿跟魏沛姗就要结婚了，林浩楠也要娶丁敏慧，就连你儿子孙昭阳也整天‘戈老爸，戈老爸’地叫得亲热。”

“甭说他了，你还是替我想想办法吧。”孙茂群急不可耐。

周海龙想了一会儿：“你们那块地，很快就要拍了，我想办法让天海集团拿到你们那块地，作为补偿，最好让天海集团把你们收购过去，反正你的厂子原来就是他们的，现在的天海化工如日中天，那是棵摇钱树，你还害怕厂子不活？”

孙茂群面带难色地问：“你说的这些靠谱吗？”

周海龙拍了拍孙茂群的肩膀说：“我要是买你们那块地，不可能要你的破厂子，最多给你点土地的补偿款，比起你在厂子里的投入，九牛一毛，天海集团买就不同了，你可以要求化工厂的补偿，关键时候，只要你去见戈向东，他肯定会同意的。”

孙茂群满脸疑惑地问：“你怎么知道他会同意收购我的厂子，我的厂子是天海化工淘汰下来的生产线，他们已经不生产这样的产品了。”

周海龙笑了两声：“我断定戈向东会答应你的要求，老连长临死前给他留了话，他答应过老连长，让我们过上好日子。这些年来，他就像一个佛祖高坐庙堂，佛光万丈，普度众生，他要是连你这个小小的难处都帮不了，那他还修什么佛法，炼什么金身。你就看吧，他肯定会答应，说不准还会邀请你回去的。”

孙茂群激动地站起来：“不行，做人总要有些廉耻的，这太不要脸了。”

“高尚是高尚者的墓志铭，卑鄙是卑鄙者的通行证。我能帮你的，也就是想办法让天海集团快点拿到孙家铺那块土地。你知道，东部新区我准备通吃的。我要拿下那块地，你的工厂只能是废铜烂铁，连个白菜的价格都卖不上。”

孙茂群无比失望地走出了龙腾置业的大门，出门时，他想指着周海龙的鼻子骂他一顿。可想到他的提议，他又犹疑了。他的内心十分纠结。

8

林浩楠在天海电视台经济频道接受的专访，引起了政府部门和地产界的关注。他的论题是新兴城市居住环境与生态平衡。节目里，他没有提戈向东，也没有说英雄地，但他把英雄地的生态改造与建筑理念嫁接到了东部新区建设的整体构架之中。那场专题报道，戈向东从头看到了尾，从心底感到无比欣慰。林浩楠是个聪明的孩子，一点就破。

丁敏慧也看了那场专访。西装革履的林浩楠和范梦蕊坐在屏幕前，面对城建、规划、经济、建筑等方面的专家侃侃而谈。两个人问答访谈，配合默契，互相补充，相得益彰。

上次政府的听证会，因为梁小宝的原因，他缺席了，这次专访算是补上了。英雄地的建设理念在业内已经产生了震动，对于东部新区建设，天海地产的整体阐述更是深得赞誉。林浩楠也借机表达了天海地产角逐东部新区的决心和信心。丁敏慧以前都不知道林浩楠的口才如此之好。这场专访一看就精心准备过，完美得无可挑剔，他的表现甚至比主持人范梦蕊还要抢眼。丁敏慧心里纳闷，就打电话给范梦蕊："范大主持，我就奇怪了，你如此大牌的主持，怎么让我们家林浩楠抢了戏。"

丁敏慧的电话打来时，范梦蕊正伏在林浩楠赤裸的身体上。从昨天晚上节目播出开始，他们已经整整30个小时没有离开过那张大床了。

林浩楠正在睡觉。她轻手轻脚地披起睡衣，跑到天台上："抢就抢了呗，谁让他是我姐妹的老公呢。我告诉你，我们的台领导都被林浩楠震到了，他太帅了。我们台里那些没结婚的女主播们，一个劲儿地向我打听他的联系方式。我跟她们讲，怎么也轮不到她们，我姐儿们的菜，要轮也先轮到我抢。"

丁敏慧一本正经地对她说："谢谢你，梦蕊，不瞒你说，这段时间，他有些不高兴，谢谢你让他开心。对了，他的电话关机了，我找不到他，你知道他可能去哪儿吗？"

"我怎么知道，他又不是我的男人，我的男人我肯定知道他此刻在哪儿，他会在我的床上。"

丁敏慧骂道："去死！为了感谢你的尽力，改天我请你喝茶。"

范梦蕊笑着说："喝茶不如喝酒。"

"那就喝酒，我们一醉方休。"

林浩楠从浓郁的花香中醒来，伸手在床头上抓起矿泉水，一饮而尽。昨晚，节目要播出时，范梦蕊的微信就来了。她说她想庆祝一下，他知道她说的庆祝是什么。自从他们发生了关系之后，彼此就像吸食了毒品一样如饥似渴。

女人和女人不同。就容貌来讲，范梦蕊不如丁敏慧漂亮。就气质来讲，她不如丁敏慧高雅。可就性感来讲，丁敏慧像一枚青黄生涩的橄榄，纯真而拘谨；范梦蕊则像熟透的苹果，光彩夺目，芬芳诱人。

女人的性感对男人来说很具杀伤力。因为从小教育的原因，丁敏慧绝对做不到范梦蕊那样放浪形骸。丁敏慧永远适合做妻子而不是情人，范梦蕊永远只适合做情人而不是妻子。

春风轻轻拂动着窗边的细纱，满屋的玫瑰花苞在静静绽放。阳台上，赤裸的范梦蕊身披薄如蝉翼般的睡衣，没完没了地打着电话。柔和的灯光照在她白莲藕般的肢体上，温润而美丽。

林浩楠眼前浮现出那个夏日午后的情景。戈家的院子里，蔷薇花满墙开放。美丽的少女站在蔷薇花架下，仰面望着一个英俊少年说："浩楠哥哥，我想一辈子让你都对我好。"英俊少年一脸庄重地对那少女说："你放心，我一辈子都会对你好。"像是一夜春风来，诺言的花朵被吹得七零八落，无影无踪。

林浩楠像是突然间意识到了什么，他翻身起床，找到了电话，发现关机了。

范梦蕊打完电话回到屋子里。林浩楠还愣愣地站在窗前，拼命地抽着烟，烟雾缭绕中他一脸忧郁。他在忏悔背叛的痛苦。作为丁敏慧的闺蜜，她这样做内心可以不存芥蒂，他不同，十几年的感情不是眼前吐出的烟圈，风一吹就消散了。

他们有漫长而甜蜜的记忆，记忆是个漫长的过程，背叛记忆更是个漫长痛苦的过程。

范梦蕊替他把衬衣塞进腰带，帮他整理完衣服后说："你走吧，丁敏慧在等你。"

林浩楠把五指伸进头发里狠狠抓了抓，继而，甩了甩脑袋让自己清醒下来："对不起，我必须回去，因为……"

范梦蕊用手指制止了他："你本来就是我从她那儿偷来的，这是游戏规则。"

林浩楠抱了抱她，吻着她的脸颊说："谢谢！"

9

夜色诡秘。

蹲坑办案的孙昭阳用望远镜注视着滨海霓虹的停车场，林浩楠和范梦蕊拥抱着缓缓走进了他的视野。孙昭阳带着一帮警察追踪一起毒品案，有线人密报，两名毒品携带者即将进入这一地区。

意外的发现让他始料不及。他调整了监视相机的镜头，在对讲机里命令，三个机位同时对停车场的那对男女进行远距离抓拍。镜头里的两个人态度亲昵。

林浩楠打开了越野车的车门，范梦蕊在车窗外叼住了他的嘴，两个人旁若无人地热吻告别，直到林浩楠启动汽车开出了停车场，范梦蕊还站在原地依依不舍。

在车里，孙昭阳翻看着刚刚抓拍的照片，心里一阵恶心。他从小就对林浩楠的表里不一特别反感。现在看来，他的判断是正确的。午夜十二点，男女拥抱接吻，离别时还恋恋不舍，足以说明林浩楠已经移情别恋。孙昭阳开始为戈睿愤愤不平。小时候，因为戈向东的过分溺爱，好事都让林浩楠占了，戈睿还常常因为他挨骂。一个跟戈向东毫无血缘关系的人，地位、财富、权力，他都得到了，还有一个深爱他的女孩，可他却这样背叛了。

孙昭阳最恨不知廉耻，不知感恩的人。他把相机交给年轻女民警说："明天把这些照片洗出来，连同底片放到我的办公室。"

年轻女民警开起了玩笑："孙队怎么突然对桃色事件感兴趣了？"

孙昭阳却一脸严肃："接着干活，你帮我查一下那个女人的身份。"

年轻女民警一边打开电脑一边说："这个人你都不认识，她是我们天海的公众人物，经济频道著名的节目主持人范梦蕊啊。"

孙昭阳看了看照片，对年轻女民警说："这件事情到你这儿为止。"

年轻女民警调皮地敬礼回答："明白，孙队！"

孙昭阳想不明白，林浩楠的脑袋是不是被驴踢了，这个叫范梦蕊的女人怎比得上丁敏慧？

戈向东选择他当了天海集团的接班人，还叫大家尊重他这个大哥。他们几个都知道，被宠坏了的林浩楠，追名逐利、爱慕虚荣，根本没资格当他们的大哥，他在他们心目中的位置远远不及丁敏慧这个大姐。从梁小宝犯事到失踪，他表现出来的冷漠让大家心凉。刚开始，孙昭阳还曾为错抓了林浩楠心怀愧疚，可后来把这些事情连起来一看，愧疚感早就烟消云散了。林浩楠就是利用戈向东的愧疚感为所欲为的。

看着相机里这些照片，孙昭阳深为丁敏慧惋惜。一个聪明透顶的女孩怎么看上了这个华而不实的浪荡公子。他苦苦思索着，不知道该如何告诉丁敏慧这件事。他觉得，像丁敏慧这么善良的女孩不该遭受如此深重的伤害。丁敏慧是他们公认的好姐姐，她的宽容和担当让他们这些男子汉都为之汗颜。在梁小宝这件事情上，丁敏慧代替戈向东做了别人做不到的一切。出于安全着想，她秘密把寇豆豆从天海转移到昆明；又在当地找了很多关系才把寇豆豆安排到了最好的戒毒场所。

密切接触的那几天，孙昭阳才知道天海化工的业务有多繁忙。她每天要打上百个电话安排工作，洽谈业务，商讨策略。尽管这样，她还是一直陪着寇豆豆度过了戒毒最艰难的一周。很多次，寇豆豆坚持不下去了，她就在她身边鼓励她："为了小宝，你无论如何也要把毒瘾戒掉。"

丁敏慧从 Y 国原材料基地回来，十分高兴地告诉孙昭阳，她顺便去了一趟云南。小宝在他们老家旧房子的宅基地上建起了山寨阁楼。两栋两层的木质阁楼建得很漂亮，古色古香的木楼依山傍水，跟古老的镇子融为一体。

这样的事情，林浩楠没做到，戈睿没做到，他孙昭阳也没做到，可丁敏慧做到了。孙昭阳觉得，他不能让任何人伤害这个心胸开阔的女孩。

林浩楠必须为自己的背叛付出代价。

孙昭阳在滨海霓虹高档小区一直蹲坑到天亮，他们没有抓到所谓的嫌疑人，内部线人传来消息，那两个家伙根本就没到天海来。孙昭阳宣布“收队”，同事们嚷嚷着要收拾谎报军情的线人。

孙昭阳请大家吃了早点。一夜辛苦，他虽然没有抓到罪犯，却抓住了一只狐狸的尾巴。

而这仅仅是个开始，他会让林浩楠尴尬得无法收场。

10

英雄地的主体建筑和大面积湿地初具规模，“红星公益基金”的运行日趋完善，让戈向东找到了后半生的精神支柱。他决定在完成英雄地的工程之后，把天海集团的业务完全移交给林浩楠和丁敏慧。虽然，他们迟早要成为一家人，但为了天海集团今后的发展，他还是坚持要把天海集团分为天海地产和天海化工两部分。原因很简单，“红星公益基金”需要一个长期盈利企业的支撑。他看到了丁敏慧的商业潜能，也看到了丁敏慧拥有的宽厚仁慈之心。

戈向东绷紧的神经像是一下子松弛了下来。人一松弛下来，身体就容易出问题，他觉得身体里的那两块弹片又开始不老实了，胸部老是隐隐作痛，还总莫名其妙地气短，有时连呼吸都困难，身体也容易倦怠，他总觉得自己睡不醒。午后，他总是喜欢像父亲戈正北那样躺在院子的摇椅上，翻看那本线装的笔记本，当然，他没忘记翻一翻老连长留下来的工作手册，翻着翻着自己就睡着了。

这两个本子上的人虽然相隔几十年，却同时出现在了他的梦境里。这些人在风之上，云之端，有他认识的，有他不认识的，穿着灰色的、黄色的、绿色的军装，腰里别着驳壳枪，手里拿着红缨枪，嘴里叼着烟斗，嚼着草根，缠着绷带……在梦境中如约而至。黑暗中，他看不到他们的脸，但能看到他们一双双炯炯有神的眼睛，目光如电，穿破心灵。

戈向东看到父亲也身在其中，在向他招手，苍老混浊的声音仿佛从地下传来，低沉而富有穿透力。父亲说：“放松点，儿子，你看我们在天堂之上是多么的快乐。”他的耳边突然又同时响起了老连长的那句话：让活着的人活得更好，让死去的人死得有价值。

丁敏慧的呼唤打破了戈向东的梦境。外面起风了，丁敏慧让他回屋子里去睡。见他一动不动，像是心有灵犀，丁敏慧建议出去走走：“戈老爸，你太需要放松了，一个人过了五十岁，一定要把自己交给大自然。”丁敏慧建议组织一次户外旅游，叫上戈睿和魏沛姗，最好几家人一起，制订一个路线，痛痛快快出去玩一个星期。戈向东高兴地答应了：“好，人你去组织，路线我来安排。”

戈向东决定带着梁家宝出去转转，目前是他几十年来精神最放松的一段悠闲时光。他拿出了父亲留下的那张地图，一连研究了好几个晚上。他一直在矛盾：是沿着父亲留下的这个地图走，还是重返当年战场寻找那些他最害怕遗失的记忆？他的耳边响起了老连长留给他的那句誓言：“让活着的人活得更好，让死去的人死得有价值。”老连长的心胸跟父亲一样，像波涛汹涌的大海，能容得下百川江河。父亲去世前把这张地图和一本厚厚的烈士名单留给他，或许就是要告诉他，逝者已逝，看一看飞速发展的国家、人们安居乐业的小康生活，一切牺牲都是值得的。

忽然间，戈向东的内心释然了。他觉得自己的理解有些狭隘了，老连长的话似乎还有更广阔的意义。人不能总是纠结于苦难的记忆，更应该去创造更美好的未来。那句话只能成为动力，永远不能成为负担。

戈向东决定找林浩楠深谈一次。林浩楠成年后，戈向东就很少同他这么郑重其事地谈话了。三十而立，对一个而立之年的男子传授人生经验，是对他的极度不信任。鸟儿总要离开巢穴，鲲鹏总要自己展翅。戈向东自然明白这个道理，他要是再指手画脚，就会招致厌恶了。林浩楠毕竟不是戈睿，从他来到他们戈家，戈向东除了杜绝他跟“少年帮”往来，从来没强迫他做过任何一件他不愿意做的事情。他所有的要求，只要不太过分，他基本上都满足。

可是，这次，他要找他谈谈。

他推心置腹：“我所做的一切，天海集团所做的一切，都缘于那场战争，没有那场战争，不会有天海集团。只有明白财富存在的意义，拥有它才有价值，否则，它就是存在银行里的一堆数字或几堆纸。作为支配财富的人，你如果弄不明白这个道理，不仅会伤害别人，更会伤害自己。”

他还告诉林浩楠：“你是他们大哥，也是他们这一辈人的榜样。做好天海集团的老总要有宽广的视野，做好这些人的大哥更要有宽阔的胸怀和可以担当一切的肩膀。战场上我们明明知道肩膀上背着的人已经流尽了鲜血，背着的只是一具尸体，可还是没有一个人愿意把他们丢下。虽然我们知道，背上他们我们就会被敌人追上，被敌人瞄准丢了性命，我们还是愿意背着他们。因为我们是一起同生共死的兄弟。你可能不知道，梁叔叔是被我当作尸体系在腰带上拖回来的，既然我可以用生命拖回来一具尸体，我就会用一生去照顾一个傻子。在小宝的这件事情上，你让我有些失望。是的，他是有些不争气，可是，他是你的兄弟，为了你的梁叔叔，你也不应该在他最危难的时候抛弃他。”

那个夜晚，戈向东告诉了林浩楠他父亲的死亡真相。

戈向东流着眼泪："如果我告诉你，你的父亲是自杀，而不是拉响了手榴弹跟敌人同归于尽，你肯定不会原谅我。你父亲当时重伤，一条腿被炮弹给炸飞了。一开始，我背着他，四周到处是敌人，他们紧追不舍地朝我们射击。你父亲一路上嚷着让我把他放下来，他咬我的脖子耳朵，踢我骂我，我都没放下他。他拿着手枪对准自己太阳穴对我大声吼叫，我要是不放下他，他就开枪。我害怕他开枪自杀，才把他放在了一棵大树下，我没收了他的手枪，可我没想到他身上还有手雷。这时候敌人上来了，黑压压的一片，我指挥大家回击敌人，转头就听到了一声巨响。你父亲为了不拖累我们才拉响了手榴弹。为了不让我们负重背他的尸体，他把自己的身体都炸成了碎片。这些年，我一直没对你说，那是因为我不想让你知道你父亲是个自杀的英雄。虽然他这样的死比杀死一群敌人更令人敬畏，可在现实社会里自杀成不了烈士，更成不了英雄。今天我说这些并不是想寻求你的原谅，这么多年来，我连自己都原谅不了我自己，当时，我应该把他绑在我的身上，把他背回来。"

林浩楠一脸愕然，继而满脸泪水。他的猜测和预感是准确的。他想起在边境小镇那个夜晚的梦境。冥冥之中，远在天堂之上，父亲的灵魂在告诉他什么。他觉得脑海里一片空白，这些年从来没有人告诉他这个真相。

戈向东长叹一口气，舒缓一下自己的心情说："你父亲虽然没有见过你，可他无数次在我面前提起你。

战争前我们约定，如果他在战场上牺牲了，他的儿子就是我的儿子。那场战争之前，用生命报效国家是我们最大的愿望。我们根本想不到我们的死会给活着的人带来那么大的痛苦，这痛苦会从一代人延续到下一代人，只要还有后人就会一代代延续下去。有时候，人活着远远比死去更痛苦。一颗子弹飞过来击中你的脑袋，你的心脏。死亡是瞬间肉体的痛苦，活着的人却要在痛苦的回忆中慢慢死去，他的灵魂得不到一天的安宁。都说你梁家宝叔叔是个傻子，我觉得做一个傻子远远要比一个清醒的人快乐，他可以跟那些死去的人对话、交流，向他们倾诉内心的苦闷，跟他们一起回到那些真实的时光。而我们这些清醒的人总是希望忘记那些疼痛的东西，每一个人都想轻松，没有伤痛，可是有些伤痛是为了提醒你，提醒你的身体哪儿出了问题。”

林浩楠疑惑地望着慢慢把头低下去、不停哭泣的戈向东。他的眼里，戈向东从来没有这样流过眼泪。他的思维还停留在父亲的死亡真相上，他没有听清楚戈向东后面的话。

最后，戈向东控制住自己悲伤的情绪，站起来：“我想出去走走，替我父亲看看他那些年曾经战斗过的地方，如果你能抽出时间，就一起去，顺便可以到边境公墓去看望一下你的父亲，你已经成年了，可还从来没有去过那里。”

林浩楠没有拒绝，也没有回答。他坐在那儿，连戈向东什么时候离开的都不知道。他无数次猜测父亲死亡时的英雄壮举，万万没想到，他的父亲竟然是自杀。命运像是跟他开了个玩笑，这个结果太让人无语了。父亲原本就是他心里的一个英雄传说，现在那个英雄只不过是个自杀的懦夫。林浩楠心里充满了愤懑和怨恨，为了不拖累战友，他竟然可以舍弃还在母亲肚子里的儿子和他贫病交迫的家庭，留给他和母亲无尽的屈辱和苦难，既然他想把自己消失得无影无踪，那么他也失去了存在的意义。

林浩楠在心里暗下决心，他绝不随戈向东去看那个对他来说毫无价值的传说。

11

丁敏慧要兑现她那次聚会许下的承诺，组织一次户外旅游。

几个年轻人听了很高兴，大家积极拥护。戈睿、魏沛姗和孙昭阳踊跃报名。戈睿正好休婚假，原本他要跟魏沛姗一起旅行结婚，后决定改变原定计划，欣然加入他们的行动。

丁敏慧把准备工作交给了特种兵戈睿和特警孙昭阳，两个人有野外生存的经验。戈睿带着孙昭阳筹备户外装备，帐篷、炊具、雨衣、蚊帐、药品、食品……装满了两辆越野车的后备箱。

一切准备妥当，几个年轻人开始猜测戈老爸制订的行走路线。戈睿猜测，他老爸肯定会与家宝叔重返旧战场，重温往日的战斗情怀。丁敏慧摇了摇头说：“我觉得，戈老爸这次出游，可能跟爷爷的那张地图有关。最近，我老是发现他像爷爷那样躺在院子的摇椅上，翻着两个本子，看着一张地图发呆。”魏沛姗也补充说：“敏慧姐的这个猜测靠谱，他最近给了我一个几千人的名单，让我挂在‘红星公益基金’的网站上，看能不能寻找到这些人的后人。”戈睿突然间明白了，说：“看来，我加入这次行动太明智了，爷爷的故事，我比他清楚，从我上初中开始，爷爷像个说书人，把他的一生，一个章回一个章回地讲给我听。很多年过去了，故事里那么多人，逝去的，伤残的，他都记得清清楚楚，他像是在给我讲《一千零一夜》，夜夜都有新故事。”

果然，临行前的那个夜晚，戈向东交给戈睿一张地图，正是戈正北用红笔标注的一个个战场的战斗历程图。戈向东望着一脸凝重的戈睿，笑着说：“别那么严肃，我们一路主要看风景，看看国家日新月异的新变化，顺便也到各地的公墓看望一下你爷爷的那些战友。这或许是你爷爷的遗愿，他原本想让我陪他走一圈，可我总是忙着自己的事，忽略了你爷爷的感受，我一直觉得他身体很好，有的是机会，可他走得那么突然，竟然成了遗憾。”

戈向东按照戈正北的路线标注了他们的行程，把最后一站定在了边境小镇的烈士公墓。戈向东答应要带梁家宝去看老连长。

出发前的那个晚上，丁敏慧找到了林浩楠，他正在办公室里忙着准备东部新区竞标的材料。丁敏慧尽管看出了林浩楠对这件事情的冷淡，但还是恳求他能一起参加活动。虽然这些日子戈向东没有明显的流露，但她已经看出了他的失望。她撒娇地偎依在林浩楠的怀里说："你看戈睿和魏沛姗都一起去了，两个人出游多幸福，我想让你陪我。"林浩楠用嘴唇轻轻碰了碰她的额头说，东部新区的竞标正在关键时期，他去不了。丁敏慧不知道林浩楠到底怎么了，像一个局外人，只远远地站在那儿看着大家融洽地团结在一起。

出行那天，林浩楠前来送行，他和孙昭阳往车上装着户外活动的背囊和行李。

这些日子，孙昭阳一直有跟林浩楠打一架的冲动。如果不是长辈在场，他一定把这个混蛋打个鼻青脸肿。

望着戈睿和魏沛姗一身情侣冲锋衣，戴着墨镜，背着户外活动背囊出现在大家面前，丁敏慧羡慕极了，她再次期盼地望了林浩楠一眼，希望他能突然改变决定。可林浩楠选择视而不见。

孙昭阳把戈睿携带的装备装上越野车，兴奋地拍打着车窗玻璃说："这次户外活动牛大发了，一个特警和一名顶尖特种兵保驾护航，肯定会很刺激。"

林浩楠满不在乎地说："是去旅游又不是去打仗，至于吗？"

孙昭阳本来就对林浩楠一肚子意见："我们的活动，跟你有关系吗？"

丁敏慧看了一眼孙昭阳说："怎么那么大火气？"

孙昭阳哼了一声说："敏慧姐，我不想惹事，想惹事早就打起来了。”

林浩楠没接茬，一脸铁青。

魏东阳和方萍前来送行。魏东阳因为有一个重大案件需要亲自组织警力侦破，对不能参加这次旅游感到格外遗憾。他嘱咐戈睿和孙昭阳路上开车要注意安全。梁家宝手舞足蹈地拉着魏东阳，他意思是，去看老连长，大家应该一起去。戈向东把梁家宝扶上车，对他说，老三要执行任务，完不成任务老连长要批评他的。梁家宝就不闹了，乖乖地上了车。

戈睿开车带着戈向东、梁家宝、丁敏慧和魏沛姗在前面先走了，孙昭阳负责后面的辎重车。

他把林浩楠叫到车子后面让他帮忙整理东西，等林浩楠到车后，迎面就给了他一记直勾拳。

林浩楠一下子被孙昭阳给打蒙了，他擦着嘴角的鲜血怒吼道：“你他妈的，发什么疯？”

孙昭阳指着林浩楠的鼻子骂道：“别他妈的什么女人都勾搭，人在做，天在看，你对得起敏慧姐吗？”

林浩楠哑口无言。他望着孙昭阳上了车，一路追赶戈睿去了。咸咸的血腥味在嘴里蔓延，林浩楠不知道自己该做些什么好。孙昭阳像是知道了他跟范梦蕊的交往，如果丁敏慧要是知道了这件事情，他们青梅竹马的感情就彻底结束了。他慌忙拨打孙昭阳的电话，可一直无人接听。

丁敏慧坐副驾驶的位置上，在倒车镜里没看到孙昭阳的车，她有些担心。林浩楠和孙昭阳见面就掐，两人在一起指不定会发生什么冲突，她问戈睿：“他们两个不会有什么事情？”

戈睿安慰道：“没事，他们俩的私事儿。”

丁敏慧一脸疑惑：“他们俩还有私事？到底出了什么事，你们千万别瞒我。”

戈睿笑着说：“真没事儿。”

戈睿专心地开着车。昨天晚上，孙昭阳把林浩楠跟范梦蕊的事情对他说了，他也憋了一肚子火。他不知道该不该向丁敏慧说这件事情。他的眼前浮现出一张张林浩楠跟范梦蕊在一起亲昵的照片，心里禁不住就怒火中烧。孙昭阳估计已经跟林浩楠动过手了，从汽车的倒车镜里，他看到了林浩楠骂骂咧咧的样子。戈睿无数次猜测丁敏慧看到这些照片后的反应，毕竟他们过去爱得太深，按照丁敏慧的性格，她不可能原谅林浩楠的背叛。这样的背叛对她来说是致命的打击，他们的爱情跟别的男女不同，在丁敏慧看来，他们已经彼此把生命融入了对方，说海誓山盟，地老天荒一点也不为过。这样的背叛，对她来说是人生最大的悲哀。

戈睿觉得，应该给林浩楠一次机会，或许那只是他跟那个女人一次意外的出轨。

12

出了山海关，五月的阳光也抵挡不住北方的寒冷。当年戈正北随十万大军从海上登陆东北，三下江南，四保临江，战四平，破锦州，攻占沈阳，一路杀向平津。冰雪覆盖的松花江已经解冻，他们沿着美丽的江畔一路向北，深不可测的松花江水看不到浪花翻腾，它静静地卧在山峦和平原之间，无声地流淌。夜晚，他们开车行走在广袤的东北平原上，一座座不夜城宛若镶嵌在黑幕上的明珠，光彩照人。一路上，除了名胜古迹，他们看得最多的是纪念馆和纪念碑。每到一个地方，戈向东总喜欢到烈士墙上去搜寻那些人名。那一天，他们到了四平，戈睿很清楚：辽沈战役，数四平战役打得最为惨烈。爷爷戈正北对他说过，那年，四平在撼天动地的炮火中，血光飞溅的厮杀中几易其手，成为当时东北战场上令人灼目的焦点。东北民主联军以伤亡四万余人，其中牺牲近两万人的代价夺取了四平之战的最后胜利。爷爷说，他们一起从天海出来的几千人里，有三分之一牺牲在四平外围的阵地上。那时候，戈正北担负的任务就是跟着团里的副参谋长寻找埋人的墓地和掩埋死去的战友。依山面水，向阳坡，成百上千的坟头绵延而上。这些年轻的生命永远留在这里。他们的心里就只有一个念想，那就是遥望已经土改分到土地的亲人，在家乡能够过上吃饱饭的好日子。洒满热血的战场已经没有了任何痕迹，只留下鲜花簇拥的四平纪念馆和高楼林立的繁华街景。戈向东手里攥着父亲的那个厚厚的本子，他在满墙的烈士名单中寻找着这些人。这些天海籍的士兵，从老家出来的时候只有十几岁，他们为了让家乡的亲人们过上好日子，把年轻的生命留在了冰天雪地的东北平原上。纪念馆的烈士墙上，戈向东找到了父亲笔记本上那些人的名字。他不禁佩服父亲做事的严谨和超强的记忆能力。那么多人，他竟然十分清楚地记录了他们的牺牲情况。

或许是战场相对集中的原因，东北的纪念馆和烈士公墓建得十分漂亮，设施和文档资料也十分齐全。丁敏慧和魏沛姗是有心人，她们到哪儿都不忘复印，拍摄一些照片每天更新在微信和“红星公益基金”的博客里。戈向东没想到，他们这次户外旅行，每天有几万的网友在点击和跟帖，他浏览着网友们的议论和赞扬，心里有种说不出的高兴。来自天海的跟帖最多，网络联通了一些烈士的后人，不少人只知道他们的祖辈当年牺牲在革命的队伍上，到底牺牲在哪儿，详细的情况却不了解。

网络海量便捷的信息传播让茫茫人海中的寻找，变得简单起来。晚上，他们驱车前往位于沈阳郊外的干休所和荣军医院。因为根据惯例，活下来又有伤残的人，大多会留在战争发生地的附近。戈向东判断，说不定在这些军人养老的地方就有父亲至今还活着的战友。

干休所里，戈睿和孙昭阳感受到了步枪大炮时代战争的惨烈。这些年过九旬的老军人身体的残缺丝毫没有摧毁他们顽强的生命力，活着的人一个个精神矍铄，神采飞扬。他们大多是辽沈战役胜利后因为伤残无法跟随大部队转移的老兵。

听说天海老乡到访，十几个天海籍伤残老兵很快围了上来。当戈向东介绍他是戈正北的儿子时，一个叫“周元宝”的人站了出来，他说他是戈正北的小学同学，在四平参加战役时，眼睛被炸瞎了，就地留了下来。而他的名字在戈正北的名单中也赫然在列。

周元宝虽然双目失明，但记忆力没有衰退。一个十几岁就失去光明的老兵，早就适应了在黑暗中面对一切。周元宝抚摸完戈向东的脸，接着抚摸戈睿的脸，摸完之后说：“像，真像啊，尤其是这孙子，更像！还是戈正北这老小子好啊，儿孙满堂。”丁敏慧为了逗老人高兴，凑上前去蹲下身子对周元宝说：“周爷爷，你也来摸摸我的脸，你看看我跟我爷爷长得像不像。”周元宝粗糙的手仔细抚摸着丁敏慧的脸庞，摸完之后高兴地笑着说：“高鼻梁、大眼睛、小嘴、尖下巴、大耳朵，这孙女长得更像戈正北，简直一模一样。”丁敏慧和孙昭阳忍不住大笑起来。孙昭阳笑得更欢，他喘着气对周元宝说：“周爷爷，你猜错了，她不是戈爷爷的亲孙女，她是我戈老爸战友的女儿。”周元宝皱了皱眉头，自信地说：“我相信自己的眼睛，没错，除了皮肤嫩一些，长得一模一样。”

戈睿和魏沛姗却没有笑，只是沉默地站着。魏沛姗望了一眼也在开心笑着的戈向东，立即别过脸去了。

一阵笑闹过后，戈向东问起了这些老人的生活。大家都说，国家对他们这些人很重视，现在干休所的生活条件、医疗条件都很好。说话间，周元宝取下戴着的墨镜，把空洞干瘪的眼睛对着窗外的远方，感叹道：“唯一的遗憾是不能回家啊，那里有亲人，有波浪翻滚的大海、甘甜醇美的家乡水。唉，年纪大了就想回家看看，长眠在白山黑水间的老乡们，也想回老家看看了。”

戈向东在老人跟前蹲了下来，拉起他的手：“周老伯，我答应你们，等过些日子，我会亲自把你们接回天海，你们都好好地保重身体。”

回住处的路上，戈向东一脸的凝重。戈睿问父亲在想什么。戈向东说：“他们这些人，拖着残缺的身体生活在这个世界上，真不容易。”丁敏慧安慰道：“政府的抚恤机制会越来越完善，能在干休所、荣军医院生活的老人，生活、医疗都已经有很好的保障，重要的是那些流落在民间的伤残老兵，他们像梁叔叔当初那样硬着骨头不肯接受政府和别人的资助，他们的生活状况肯定会差一些。”

魏沛姗拿着平板电脑说：“网上上传这样的例子不少，到老都不放弃固执的坚守。”戈睿说：“这就是军人的品质。”

几天后，他们顺着京港澳高速十多个小时就到了湖南的衡阳。站在衡宝战役的旧战场，戈向东不停地赞叹，当年父亲戈正北他们的队伍从天津城外开拔，沿着平汉铁路打打停停，钢七军走了两个半月才追上白崇禧，他们只用了十多个小时。一路上从关外到关内，从北方到南方。衡宝战役的旧战场在城市的郊外，青翠低矮的丘陵，山峦之上的蓝天白云，整个画面都干干净净的。丁敏慧和孙昭阳隔着玻璃拍照，他们想留住窗外这美丽的风景。

因为在郊外，丁敏慧建议大家野外宿营。大家一路都围绕着城市行走，住的都是宾馆酒店，这个提议很快得到了拥护。戈睿在树林里为大家选择好了营地，开始搭帐篷。梁家宝一路上情绪不高，荒凉的北方显然跟他的记忆不对接，越往南走，看到路边绽放的花朵和苍翠的植被他就开始高兴了。晚上在树林里宿营，他更是兴奋，不停地冲着戈向东竖着大拇指。戈向东答应带他去找老连长，他知道，气候潮湿温润的南方，距离老连长就不远了。晚餐是丁敏慧和魏沛姗准备的，她们在小河边架起了烧烤炉具，车载冰箱里备好的羊肉烤起来香气扑鼻。大家吃着烤串，喝着啤酒，谈论着一路上的趣事。

转眼间，天色就晚了。山野寂静，星光照耀旷野。丁敏慧听着帐篷里魏沛姗微微的鼾声，怎么也睡不着。她想告诉林浩楠这一天的活动，可是打过去电话又关机。她苦闷不已，过去的浩楠哥不是这个样子，他豁达开朗，浑身上下散发着男子汉的勇气与担当。戈老爸把他推到副总的位置上，是想有一天让他成为一棵大树，庇护着他的这些小弟小妹。他应该是他们的榜样，可现在却表现得如此懦弱。梁小宝的事情让她看到他的自私。自从他坐上副总的位子，她能嗅到他对财富观念的改变。他的手机、服饰、车子都在换，一辆上百万的路虎没开两年，立即给了下面的项目部，取而代之的是更豪华的宝马越野。这不是个好兆头。戈老爸一直在让着他，宠着他，无限制地满足他，可带来的结果却是放纵。林浩楠已经把自己看成了高高在上的皇帝，所有的人都得无条件地服从他。一个人，最怕没有自知之明，戈向东已经给予了他名利地位，难道他非要把天海集团掌握在自己手里才算满足吗？上次因为梁小宝的事情，她驳斥了他，他强烈的抵触情绪让她十分不理解。处于重要的位置却没有重要的担当，这不是一个优秀男人的表现。戈睿和孙昭阳，哪一个人的表现都在他之上。丁敏慧再次拨打林浩楠的电话，电话仍然不在服务区，才晚上十点，是什么重要的事情一直关机？出于习惯，她一般晚上很少拨打他的电话。她知道生意场上的人应酬很多，她给予他极大的信任和自由。半个月牙挂上了西天，清冷的月光沐浴着大山。

丁敏慧郁闷地徘徊在河边的草地上，遥望着远处的大山，她想不明白，没有涉足商海之前，她一直都在读书，受过系统的高等教育，也形成了“自由、平等、博爱”的价值观。可这样的价值观丝毫改变不了她对戈向东的崇拜。看来，价值观形成是靠潜移默化的播种和引领，她自觉地接受了戈向东的影响。想到盲人老兵周元宝抚摸过她之后那种肯定的态度，冥冥之中，她似乎感觉到了她跟戈向东存在着某种关系。她想，戈向东要是她的亲生父亲就好了，她会为拥有这样一个一诺千金的父亲，而感到骄傲满足。

初夏的山风很清爽。戈睿走过来，把自己的冲锋衣给她披在了肩上：“昼夜的温差有些大，当心着凉。”

丁敏慧望着戈向东和梁家宝的帐篷叹一口气说：“我今天才知道戈老爸心里有多苦，这些年他付出的、失去的、承载的远远要比我们想象的多。唯一值得欣慰的是，他这次出来好像很高兴。”

戈睿深情地对丁敏慧说：“这得感谢你，我的好姐姐，我觉得在这个世界上唯独你最了解我们的爸爸，所以，我想让你答应我，无论出现任何情况，你都得原谅他，这些年，他失去太多的快乐了。”

丁敏慧疑惑地望着戈睿说：“我是答应过你，可戈老爸没有做出对不起我们的事情，让我们原谅的。”

戈睿深情地望着丁敏慧说：“姐，今天，如果我告诉你，你就是我的亲姐姐，他是我们的亲爸爸，你会怎么想？”

丁敏慧没有深究话外之音：“对啊，我从来都把他当成我们的亲爸爸。”

戈睿顿了顿，严肃而庄重地对丁敏慧说：“我说的是血缘上的，我在妈妈那里看到过你和爸爸的DNA鉴定报告，没错，你确实是他的亲生女儿，我们的血管里流淌着他的血液，我们是同父异母的亲生姐弟。”

丁敏慧被突如其来的消息惊呆了，她惊愕地张着嘴望着戈睿，一句话也说不出来。戈睿抱着她哭着说：“姐，你要想哭，你就痛痛快快地哭吧，你不要怪他，他很有可能至今都不知道你是他的亲生女儿。”

丁敏慧欲哭无泪。原来，她一直都在寻找的爸爸就在她的身边。这样的消息让她一时间很难接受。她趴在戈睿的肩头，颤抖着身体悲憾无语。戈睿用手轻轻拍打着她的背，他也不知道此刻该用什么样的话安慰她。他觉得，这件事情一定要尽快地告诉戈向东。

父女间的隔膜，要尽快弥补。戈睿流下的眼泪打湿了丁敏慧的脖颈，他在她耳边轻声地说：“姐，上苍是感到他太苦太难了，把你这个女儿派到人间来帮助他的；谢谢你这些年对爸爸的照顾和帮助，我知道，没有你，天海集团早已经不是现在的天海集团了，更不要说‘红星公益基金’；从上中学时，我的心里就一直憋着一句话，我没敢告诉你，今天我可以大声地对你说了，姐，我爱你。”

丁敏慧终于“哇”的一声痛哭出来。孙昭阳和魏沛姗听到声音，从自己的帐篷里出来，看到戈睿跟丁敏慧拥抱着站在那儿，孙昭阳惊愕地问魏沛姗：“沛姗，什么情况？”魏沛姗也动情地说：“他们姐弟两个，终于相认了。”孙昭阳一头雾水，拉着魏沛姗的胳膊问：“什么情况你告诉我？什么姐弟两个终于相认了，他们本来就认识。”魏沛姗甩开孙昭阳的手说：“你真笨，敏慧姐，是戈睿的亲姐姐。”孙昭阳做恍然大悟状：“怪不得两个人长得这么像。”魏沛姗嘱咐：“别张着大嘴巴到处说，戈老爸很有可能还不知道呢。”“干吗不说，这是喜事，上天惠顾善良的人，我们戈老爸算是双喜临门，媳妇马上娶到家了，上天又给他空降一个如此能干的亲生女儿，他不欢呼雀跃才怪。”孙昭阳主张大告天下。

这时候，戈向东从帐篷里走出来，看到几个人都站在那儿：“怎么还不睡觉，明天还要赶路。戈睿，督促他们回帐篷睡觉。”

戈睿想叫住戈向东。丁敏慧制止了他：“如果他真的不知道，我们就都不要告诉他，其实这么多年来，他完成了父亲应尽的责任。在我心里他就是我的亲生父亲。戈睿，我不想让他内心充满愧疚，他的那颗心已经千疮百孔了。”

戈睿满眼泪光地点了点头，冲着孙昭阳和魏沛姗：“睡觉，睡觉，明天早晨七点钟出发。”

丁敏慧回到帐篷，魏沛姗挤到了她的睡袋里，从后面搂住她说：“姐，我想请你原谅我，其实这件事情梅雅莹妈妈已经告诉了我。”

丁敏慧没有回答，只是背对着她躺在那儿默默地流泪。二十几年来跟戈向东生活在一起的一幕幕，电影一般浮现在她眼前。她强迫自己快一点儿睡过去，在梦境里回到过去那些幸福的时光。

她想，她要是一生下来，戈向东就知道她是自己的女儿，这些年她就得不到那么多照顾了。戈睿就是一个活生生的例子。从小，她吃最好的东西，用最好的东西，戈向东几乎把所有的闲暇时光都倾注在她和林浩楠的身上，陪他们去公园，去游乐场。他们几乎抢走了戈睿所有的父爱。

想到这里，丁敏慧很快释然了。戈向东给了她健康的身体、优秀的基因，还有比戈睿更多的爱，她还有什么理由再去责怪他呢？哭过之后，她疲倦了，特别想酣畅地入睡，像婴儿那样，快速、深沉而甜蜜地入睡。她不想为自己无法控制的事情再耗费心神，她要操心的事情太多了。她觉得很多时候，她在扮演着戈向东的角色。上天冥冥之中把她送到戈向东的身边，就是要她陪着受苦的。

帐篷外面也开始颤动，噼噼啪啪的雨点拍打而下。南方雨季的气候阴晴难测，刚才还满天星斗，此刻又暴雨如注。明天肯定还会如此，雨季已经来临，绵延无休止的雨水会让他们的这次旅途变得更加艰难。

清晨，蒙蒙细雨还在下着，戈向东找到了戈正北在笔记本上描述的那个小树林，带着大家去看望祭奠衡宝战役的逝者。戈睿介绍说，当年，打这一仗的时候，爷爷是团里的机要参谋，据他说，这一仗是他们打得最过瘾的。他们那个团猛打猛冲，钢刀般插进了国民党第七军的军部，一下子打乱了敌人的阵脚，大部队秋风扫落叶一样就把白崇禧的主力部队给歼灭了。因为仗打得太猛，部队还要追击溃散的敌军，伤亡的官兵交给了南下的工作队，牺牲的官兵就地埋在了这里。

戈向东没有在父亲标注的地方找到那些坟茔。戈睿找来了衡宝战役纪念馆的负责人。负责人是一个年近六旬的老人，他说，当时部队追击敌人行军速度太快，人太多，牺牲得太零散，没有选择好墓地，只好把他们先埋葬在了战场上，后来南下工作队带领当地的民兵把这些坟墓归拢到了一起，建了烈士公墓。

戈睿望着细雨中向远处眺望的父亲，心情沉重地走出了树林，回到了汽车边。他冲孙昭阳要了一根香烟，在蒙蒙细雨中一口一口地抽着烟。

孙昭阳也抽着烟说：“像我们这种整天在刀尖上滚爬的人，或许更理解戈老爸和爷爷的心情。牺牲是常有的事情，客死异国他乡随处可见。我们那些缉毒警察，在毒枭那里卧底，很多人不明不白地就消失了，像一粒尘土，消失在这个世界。”

戈睿狠狠地抽了一口烟，说：“过去，我们无法理解，他们总喜欢生活在过去的苦难时光里，这不奇怪，我们这一代人，没有经历过国家和民族的危难，所以体验不到生死离别的滋味，我们更不明白什么叫作一诺千金。没有人把一件事情记一辈子，还要用一辈子去兑现。那些不惜一切代价也要拥挤在繁华城市里的人们，每天沉浸在自己的世界里。我们这一代人没有疼痛，可腐烂得更快。”

孙昭阳附和道：“你说得没错，我看到过一个十六岁的女孩被一个男人包养，十七岁开始吸毒，十八岁被人文身上一条青蛇，心甘情愿地被人当玩物。我刚刚就抓了一位，我审问她的时候她一点儿都不在乎，她说这样活着刺激，人想那么多干吗，自己这样生活，连死都是爽死的。”

戈睿却笑不出来。他摇着头说：“我不知道我们这代人的生活到底怎么了，到处散发着腐烂的味道，肉体腐烂并不可怕，手术可以切割，如果连骨头都腐烂了，我们的民族还用什么支撑着屹立在世界。不想了，做我们该做的吧。”

13

几天后，戈向东他们从湖南辗转到了广西和贵州的边界。越野车行驶在高速公路上，丁敏慧的目光始终盯着窗外，呼啸掠过的风景恍然若梦。此刻她显得十分疲惫，脸色有些微黄，眼圈也有些发青，很显然这几天她没有睡好。尽管她在戈向东面前始终面带微笑，但丝毫掩盖不住她内心复杂焦虑的心情。而这一切，戈睿心里最清楚，这样的真相来得有些猝不及防，很多事情她根本想不明白。戈睿望着一脸忧郁的丁敏慧，关切地问了一声："你没事吧？"丁敏慧摇了摇头，依然望着窗外。

魏沛姗从网上找到了一条十分重要的信息，在这大山深处还住着一位年过九十的天海籍伤残老兵，这个老兵名叫鲁四海。戈向东查阅到父亲的笔记本上有"鲁四海"这个名字，并且还标注了他活着的信息。

上传鲁四海信息的是他的重孙女，现就读于贵州师范学院，她也是"红星公益基金"的志愿者。她说，他们全家都在遥远的贵阳生活，只有老人还守候在小山村里，一直不愿离开，她恳盼大家把曾爷爷带离那孤寂的深山密林。

戈向东决定带领大家穿越深山去寻找这个老兵。

午后，他们沿着一条河流向上走，一路能看到翠绿的树木。随着云贵高原海拔的变化，这里的植物生态也在发生着变化。从高耸入云的杉树、枝叶繁茂的樟树、楠木、紫檀、乔木杜鹃、木棉到低矮的灌木和依附在河边葱茏的水草，植被高低相间，层次感十分鲜明。进入这样的环境，梁家宝的情感记忆像是打开了闸门，一个人飞快地往前走，一度超过了在前面开辟通道的孙昭阳。孙昭阳喊道："戈老爸，你得批评梁叔叔，他老是有组织无纪律。"

戈向东乐不可支地大声喊着梁家宝，命令他停下来。梁家宝听话地停下来，以大家从来没有见过的开心状朝他们招手。他这种迫不及待的心情只有戈向东最清楚。

他只有在这样湿热的丛林中奔跑才能找到他想要的生活。

戈睿拿着爷爷戈正北标注的地图。

戈正北来广西剿匪的时候已经是师里的机要科长了。那个时期的军队沿袭苏联军队的标图方式，仔细、精准。没有样图，他的地图照样画得丝毫不差。公路、小路、村庄、河流、山川、沟壑，连那些被视作参照物的大树都标注得十分清楚。戈睿随身携带着北斗卫星地图，他对照了一下，还是无法跟他爷爷的手工绘图相提并论，十几个熟悉的战友牺牲在剿匪的十万大山里，掩埋的地方地形条件十分复杂，他在地图上却标注得非常清楚。

有过野外行走经验的丁敏慧告诉孙昭阳和魏沛姗，真正的户外旅游选择的是莽莽未知的大山，不仅仅是为了看美丽的景色，更是探险。苍茫的大山深处，隐藏着无数个变幻莫测的未知，探寻这些未知，才能让旅行更有经历感。

很快，魏沛姗就感到了这种变化。进入丛林还没多久，刚才还晴朗的天气说变就变，黑色的云团不断从远处被风吹到了山谷，在树林里弥散开来，闷热的树林连空气都变得稠密起来。滂沱大雨很快就落了下来，从高大树木上落下的雨水拍打着蓬勃铺开的芭蕉叶子，啪啪的声音很响亮。她瑟瑟发抖，悄声对丁敏慧说："姐，都说雨打芭蕉能传出美妙的声音，我怎么觉得这声音很恐怖。"丁敏慧莞尔道："那是因为你聆听的环境不同，你坐在那些楼台轩榭间，喝着香茶，听着悦耳的丝竹声，和着细雨拍打芭蕉的声音，心境自然不一样。"

戈睿在树林里用砍刀砍出来的路曲折迂回。大家踩着雨水浸泡后的泥泞小路，沿着溪流前行。在山谷中，看到一块稍为宽阔的空地，两个年轻女孩正准备坐下来休息一下，戈睿却在前面大声嚷嚷"快速通过"。

呆在山谷里很危险。

她们拼命地往山上跑，刚刚出了山谷，就听到一声巨大的轰响，半个山坡滑了下来，她们刚刚经过的地方被松软的泥土覆盖了。两个人正惊魂未定，丁敏慧突然惊叫起来，她的手背上正爬着一条蚂蟥，一个黄色的饱满的身体正晃动着尾部灵敏的吸盘，在她白皙娇嫩的肌肤上寻找入口。丁敏慧在读书时专门对蚂蟥做过研究，这种软体动物靠栖息在别的动物身上汲取自己所需要的营养，是最恐怖的吸血虫。此刻在热带雨林里遭遇它，她还是感到有些不舒服。她平息了一下心绪，用手指掐住蚂蟥的一头，狠狠地把它从手背上撕扯了下来。

魏沛姗也惊叫起来，她手腕上和额头上也出现了两条，其中的一条已经把吸盘伸进了她的身体，她哭喊着“戈睿”。处理完那些入侵者，魏沛姗伏在丈夫的怀里惊魂未定地哭泣。“没事了，很快就会好的。”戈睿安抚着她。

听着戈睿亲昵的安慰，丁敏慧想到了林浩楠，此刻受到惊吓的她也需要一个温暖的怀抱。她曾经很多次伏在林浩楠宽阔的胸膛上，那种温暖和幸福感令她陶醉。她不想失去他，他们彼此已经生命相融，失去他就等于失去了她的一半生命。

躲过了泥石流，大家坐在一棵大树下休息。戈睿提醒，已经进入蚂蟥出没区域，让他们扎好衣服和鞋子，放下脸罩。

梁家宝望着一脸狼狈的魏沛姗，善意地憨笑了几声。

丁敏慧嗔怪地对梁家宝说：“梁叔叔，你还笑，沛姗没有经历过这样的环境，她都快吓死了。”

梁家宝伸出手指比划着，咿咿呀呀地说个不停。戈向东替他翻译：“当年我们上战场，这样的环境一呆就是半年多，我们在林子里奔跑，后面还有敌人追着，比这危险多了。”

戈向东想起那个雨天，他们在丛林里被追着奔跑的情景。那些天下着大雨，他们身上背着伤员在雨雾蒙蒙的林子里奔跑、潜伏，躲避着追兵和炮击。他们没有时间感，更没有空间感，死亡时刻在威胁着他们，无边丛林像死神的大手，随时都可能把他们中的任何一个人拉入地狱。那棵遮天蔽日的大树比眼前的大树要大得多，粗大的树根暴露在地表，拥抱肥沃广袤的大地。树冠张开，蓬勃地向周围的空间无限延伸，像一只张开双翅的大鸟，把周边所有的植被都拢到了自己的羽翼之下。当年老连长就靠在那棵大树上，把那个艰难的使命交给了他。

黄昏时，雨停了，乌云也在风中消散。夕阳从残破的云层露出来，红彤彤地悬挂在苍茫西天。燃烧的红色云彩慢慢消退，一道绚丽的彩虹横跨了半个天空。魏沛姗不停地用照相机拍照，她要留住这美丽绚烂的瞬间。

他们在一片茂密的竹林深处找到了鲁四海居住的小院。小院和两座破旧的土砖屋笼罩在黄昏中，袅袅青烟正从小屋的屋顶升起来。两只大狗狂吠着跑出来，或许是长久没有外人到这里来，它们叫得很凶。

一个清瘦的独臂老人从屋里走出来，喝住了狗，用警惕的目光注视着这些山外来客。戈向东立即用正宗的天海话跟老人打了招呼。一听到熟悉的乡音，老人就激动起来。他没有想到，在这个寂寥的黄昏，在几千里外的异乡，他还能听到久违的乡音。他立即热情地邀请他们进屋。

戈向东一坐下，就说明起来意。

老人忍不住站起来用那只幸存的手紧紧地握住戈向东，颤抖着双唇说："你父亲当年是我的机要科长，我是机关警卫连的副班长，谢谢他这么多年还能记住我。"戈向东伸出双臂，紧紧地抱住瘦弱的老人。老人非常消瘦，就剩下一把坚硬的骨头了。

老人用浑浊嘶哑的声音叙述了那场惨烈的剿匪战

斗。那一次，他们警卫连的尖刀班前出侦察时遭遇了数倍于他们的敌人的包围，尖刀班最后冲出来的只剩下两个人。而他幸运地活了下来，但胳膊负伤了，因为当时环境比较复杂，伤口没有及时处理很快感染，送到医院时，只能进行截肢。伤好后，他被安排到了当地的公安局，没有随大部队去朝鲜。但他最后没有去公安局，他要求来看守这片大山，在这里娶妻生子。

在离房子不远处，掩埋着他十几个亲密的战友。尽管后辈都相继离开了大山，但他想一直守在这里，陪伴战友。

听完老人的介绍，戈向东和几个年轻人都落泪了。这样的情谊，如大山一样厚重。丁敏慧像是突然理解了戈向东失去周海龙和孙茂群的那种痛苦。这种生死不离、唇齿相依的情感或许只有在硝烟弥漫的战场上才能结交。

聊了一会儿，老人就起身带他们去看那些逝去的战友。戈睿拿出爷爷的地图，上面标示的那些坟茔，与现实环境一对照，并无二致。

先烈们静静地躺在群山之间，聆听着溪流的欢畅，百鸟的鸣啭，安静而祥和。戈向东和梁家宝带领年轻人给这些牺牲在异乡的先烈们鞠躬致敬。那一刻，梁家宝像是回想起了过去的事情，抑制不住内心的悲痛哭了起来。

祭奠完毕平复心情后，他们又到了老人的家。老人高兴地砍来了竹子，挖来了竹笋，开始准备晚饭。他看起来瘦弱，但爬起山来的敏捷度远远胜过年轻人。

老人为他们烧了竹筒米饭，炒了腊肉竹笋，还拿出了他自己酿造的米酒。戈向东望着老人在他们身边忙来忙去，十分敬佩。尽管他年过九十了，但思维敏捷，行动自如。这样的活着，活的是一种坦然的心态，靠的是一副铮铮铁骨。戈向东邀请老人今年八一建军节回老家住一段时间，看看家乡的大海和翻天覆地的变化。老人高兴地答应了。戈向东举起酒杯跟老人相约："到时候，我会亲自到这里来接您。"

夜晚，山里又下起了雨。躺在老人的茅草屋里，听着窗外潇潇风雨，戈向东怎么也睡不着，沿着父亲戈正北的道路一路走过来，他深深明白了一个道理，父亲那一代人，在追寻信仰的道路上，随时随地都会有人去牺牲，也随时随地有更多的人加入进来，一个人倒下去了，十个人接过信仰的旗帜，接着朝前走，没有人停下，没有人迷茫，没有人顾虑，甚至连死亡都那么从容和坦然。他们这一代人，走在这条道路上，已经有人开始左顾右盼，甚至没有了目的。那么戈睿、林浩楠这一代人，面对富足的生活、和平的环境、奢靡的泥沼，他们该走向何方？

想着周海龙和林浩楠的渐行渐远，戈向东的心开始痛了。

14

旅行的最后一站是云南——梁家宝的老家，当两辆车缓缓开进那个山寨小院时，除了丁敏慧，大家像是发现了新大陆一样惊叹不已：幽雅的林带上，四周绿树环绕，郁郁葱葱，两栋依山而建的小木楼坐落其间，古朴自然，在湛蓝的天空下，仿佛童话中的天堂。

戈向东欣慰地望着丁敏慧，这个孩子总能给他惊喜。梁家宝在家门口，静静地站着。戈睿和魏沛姗更是满心欢喜地说："我们以后要到这里常住。"梁小宝郑重其事地发出邀请："随时欢迎你们回家，我跟豆豆商量了，准备在家里开个餐馆，平时接待一些游客，更重要的是接待你们。"

梁小宝从看守所出来后，觉得没脸再见林浩楠，被丁敏慧安排在西南大区任销售主管助理。经历了牢狱之灾的他，虽然还有些不成熟，但也收敛了不少。他看到大家在微信、博客上晒的图片，分外羡慕，每天好几通电话追问他们什么时候到云南，一家人可以在他家新建的木楼里好好地聚一次。此刻终于盼到了大家，他满心欢喜地进入厨房，做了一桌子的菜。

大家都交口称赞，他美美地傻笑着说："都是这些日子为了豆豆琢磨的，她逼着我做吃的，锻炼出来了。"

吃完饭，没来得及休息，戈向东决定先去公墓看望老连长林春风和那些牺牲的战友，从梁家驱车到烈士公墓有四个小时的山路，当他们赶到的时候，已近黄昏。

一望无际的墓碑从山下一直蔓延到半山腰。他们走了很远，才找到林春风的墓碑前。梁家宝咧着嘴巴伤心地哭了起来，一把鼻涕一把眼泪，不停地对着墓碑敬礼；戈睿和孙昭阳在墓碑前敬了军礼；丁敏慧和魏沛姗蹲在地上烧着纸钱；戈向东脸色凝重地站在那里沉默不语。

天色暗下来了。戈向东带着几个年轻人沿着小路寻找着战友的墓碑。戈向东再三叮嘱：“我们这一路走过来，代替你爷爷看望了他的那些战友，也看了我的战友，以后如若有时间，你们要多来看看，很多事情就不会忘记。”

身后的梁小宝拉着寇豆豆庄重地承诺：“戈老爸你放心，我们会经常来看他们的，不仅仅是我们，还会带着我们的孩子。”戈向东欣慰地笑着说：“好，我们的小宝长大了。”

夜幕很快降临，戈向东对大家说：“你们先回去吧，我想在这儿多待一会儿。”说完，他径直向公墓的深处走去。他要回到老连长的墓前，他想陪他好好说说话。西山顶上的弦月开始明亮起来，细碎的月光洒落在寂寥的公墓深处，戈向东点燃了几根烟，并排放在墓碑前。他凝望着墓碑，时间像是凝固了一样，只剩下高远的天空和深沉的大地。

很久之后，他从包里拎出两瓶红酒和两盒鲅鱼罐头，慢慢地倒上了两杯酒，他拿起两个杯子碰了一下，一杯放在墓碑前，另一杯饮尽了：“老连长，这一杯酒，我向你检讨。我们活着的五个人没有团结好，周海龙和孙茂群跟我翻脸了，主要责任在我，是我没把他们带好。”

戈向东又倒上第二杯："这第二杯酒，我得说说你给我留下的那句话，你说，让活着的人活得更好，让死去的人死得有价值。你这句话说得没错，我父亲他们那代人为了让亲人们有好日子过，一路上不畏生死，为新中国成立流血牺牲了。咱们那些兄弟冒着枪林弹雨，喋血丛林，为的也是这个。这些年，我拼命挣钱，让我们活着的四个兄弟和那些烈士的亲人们过上好日子，为的更是这句话。现在，国家富裕了，生活富足了，吃穿不愁了，满眼都是高楼，满街都是好车，在这里，我可以拍着胸脯对你说，你交给我的那个名单上的家庭都过上了小康生活，我的'红星公益基金'还在帮助更多的烈士后代、军人家庭过上这样的生活。可是，面对我们的下一代，我却害怕了。我不是害怕他们没有好日子过，而是害怕好日子不长。跟我们相比，年轻人更害怕记忆疼痛，更害怕苦难、牺牲、疼痛和担当。他们会觉得我们的诺言是负担，是累赘，会伤害他们幸福，妨碍他们快乐。他们生下来就知道自己想要什么。如果有一天，我们的国家，我们的好日子遭受威胁，有没有更多的年轻人站出来？这个社会总得有股英雄气，总得有人担点事儿！"戈向东仰脸喝完，倒上了第三杯酒，说："老连长，今天，这第三杯酒，为你的儿子林浩楠，他已经三十了，俗话说得好，三十而立，我原想当着你的面把这个接力棒交给他，可是，他今天没来。你也别怪他。这些年他没少受苦，早些年，是我没有照顾好他，让他走了一些弯路。这孩子一直不敢面对你，这个不着急，好在，我们就要回家了。我会好好地教他，免得我们在天上见面了，你再批评我。来吧，再喝一杯……”

半弯月亮坠落下去了，天边一片暗褐色。戈向东不知道在墓碑前说了多久。他抚摸着墓碑，满面泪水。不知不觉中，丁敏慧和梁家宝已经站在了他的身后。丁敏慧轻声说：“戈老爸，天已经很晚了，我们该回去了。”戈向东起身对着苍茫的碑林说：“连长，兄弟们，集合了！我们回家！”梁家宝对着那棵大树喊：“连长，集合了。”丁敏慧高兴地叫道：“戈老爸，我梁叔叔说话不磕巴了。”戈向东也感到惊喜：“家宝，你再说一句。”

梁家宝大声高喊：“侦察连，集合！”声音高亢洪亮，震飞了林子里成群的飞鸟。几乎一瞬之间，梁家宝突然不磕巴了。

第六卷

1

林浩楠成功地拍下了东部新区孙家铺的那块地。梅子路曾经向他透露，新区规划图上，那块地十分接近未来国际自由商贸区的核心地段。但令他不解的是，周海龙在这次竞拍中虽然表现依然强势，但未到关键时刻就开始放水了。所有参与竞标的地产公司更是百思不得其解，一场刀光剑影的强强对决就这样轻轻松松结束了？

天海集团没费太大力气就拿下了孙家铺三百五十亩的土地。

走出拍卖大厅，林浩楠伸出手跟周海龙握别："周叔叔承让。"

"后生可畏！我们喝一杯如何？"周海龙恭维。

太容易得来的胜利背后肯定有猫腻，林浩楠想借机探一下周海龙的底，所以欣然应承："地点你选，单由我买。"

两个人把约会的地点定在了净月会所。

周海龙点餐很简单，澳洲深海红斑一条，椒盐、过桥两吃，另外上了三道时令蔬菜，一瓶 1984 年的拉菲。

周海龙说："这顿饭，戈向东知道了会暴跳如雷。"

林浩楠扫了一眼菜单，果真不便宜。可既然已经坐到这个位置上了，装也得装到底："骂归骂，饭还是要吃的，大不了，我从下面的公司走账。”

“给我当了一年助理，你最得真传。”周海龙毫不客气地说。几杯酒下肚，他直奔主题：“我知道你对今天的拍卖充满疑惑，说是我让你，那是假话，是你未来的岳母要我让你，你不仅是未来天海集团的掌舵人，还是她未来的女婿，我得支持你。”

林浩楠半信半疑：“这不算合理的解释。”

“聪明。戈向东选你主政未来的天海集团，有眼光。真正的原因在我，我想请你帮我一个忙。”

林浩楠更加好奇：“算是交易吗？投桃报李，我懂，怎么帮？你说。”

周海龙不露声色：“很简单，我只要一根头发。”

林浩楠松了口气：“这有何难！”

“我要丁敏慧的一根头发。”

林浩楠非常爽快：“我答应了。”

周海龙对他的态度有些意外：“你就不问我干什么？”

林浩楠似乎早在意料之中：“你想知道她是不是你的亲生女儿。”

“头发拿来，我们扯平了。”周海龙郑重其事地举起杯子。

两个人碰了一下杯，林浩楠嬉皮笑脸地说：“接下来我们仍然是对手。”

周海龙把目光投向了远处的海面，几只海鸥飞来飞去像是找不到停泊的地方。“其实，我最不愿意和你做对手，要说起你父亲的死，我比戈向东更心痛，我们几个当中，我和你父亲处的时间最长。”

林浩楠神色暗了下来：“我不想谈我的父亲。一个我没见过面就死去的人，对我来说仅仅是一个称谓。他带给我的除了苦难就是伤痛，仅此而已，我需要快乐的生活，我们不能辜负这个狂欢的时代，更不能辜负 1984 年的拉菲和澳洲红斑。今朝有酒今朝醉，来，周叔叔，喝酒！”

周海龙在停顿片刻之后，问：“假设一下，假如丁敏慧不是我的女儿，你会怎么想？”

“这事儿好像跟我没太大的关系。”林浩楠不以为然。

“那可太有关系了，如果她是戈向东的女儿，你在天海集团的位置就岌岌可危。”

林浩楠苦笑了一下：“无所谓，我原本就一无所有。”

“和我原来的想法一样，我们原本都一无所有。可是现在，我们完全可以拥有一切，金钱、权力、财富和女人。”周海龙说这些的时候，原来还算平静的神情也变得有些扭曲，“我不喜欢戈向东一副高高在上的样子，这个世界本来就不存在谁来拯救谁，也不存在谁对不起谁，大家都一样，脱光了外表，灵魂都是丑陋自私的。”

林浩楠知道父辈之间的矛盾，但他不想蹚这趟浑水：“这是你们父辈之间的事情，我无可厚非，但是周叔叔，请你不要当着我的面侮辱我的养父，他对我有养育之恩。”

“养育之恩，怕是赎罪吧。他戈向东敢说在你父亲自杀那件事情上没有责任？那时候，你父亲正躺在一棵大树下，只有戈向东跟他说了话，然后，你的父亲就和两个重伤员自杀了。这会是巧合吗？戈向东跟你父亲说了什么我不清楚，但可以肯定，你父亲是为了不拖累我们毅然决定自杀的。英雄荣归故里，英魂却飘荡异乡。所以，你不必为戈向东所做的一切感恩戴德，你父亲用自己的死成就了戈向东的辉煌。”

林浩楠极力回避着“父亲”这个话题：“我对于当时发生了什么不感兴趣。”这顿饭吃下来，他觉得压抑无比。戈向东跟他谈的那些话仿佛还言犹在耳。他的父亲不是战死而是自杀，已经毫无疑问，但究竟是什么原因让他义无反顾地把自己炸成碎片？他和戈向东又达成了什么协议？可以肯定的是，原本父亲是有希望活着的。

林浩楠想到他不堪入目的童年，想到母亲改嫁之后遭受到的折磨，这些都是因为父亲的死带来的，他心里就涌起一股无法抑制的恨意——丢下同伴跑回来的人都是贪生怕死的胆小鬼。生死攸关的时刻，感情和生存的天平上，傻子都有求生本能。他突然发现自己认清了戈向东他们五个人满口仁义道德下的虚伪。

周海龙似乎觉察到了林浩楠的情绪变化，他抽出一张餐巾纸擦了擦嘴巴：“我觉得，我们不会成为盟友，但也可以不是对手。”

林浩楠没有回答，他不动声色地看了周海龙一眼。林浩楠可以想象到，如果当初周海龙处于戈向东的位置，他不会等到林春风和两个重伤员自杀，就亲自动手了。这样的人成为盟友更可怕。林浩楠回过神来："我觉得我们还是成为对手的好。"

周海龙毫不客气地说："那好，决战很快就会开始。"他起身跟服务员招手买单。"周总，账已经结过了，我们范董有交代，免单了。"周海龙微微一愣，继而一副若有所悟的样子，拍了拍林浩楠的肩膀："后生可畏。"

林浩楠毫不避讳："周叔叔过奖。"送走周海龙，他的手机就响了，他看到范梦蕊正在远处冲他挥手。

2

谣传净月会所是天海屈指可数的富豪俱乐部，是整个蓝海经济圈资本运作的摇篮。林浩楠算是大开眼界了，在奢华的宴会厅，来自全国各地乃至日韩的投资商正在聚餐。他被范梦蕊拉着游走在这些商业巨贾之间，还有些不太适应。

"这些人，都是俱乐部的成员，每周都要聚会，他们可都是钱袋子，东部新区之战，我可以助你一臂之力。"范梦蕊一脸自豪。

男人们喝酒谈女人，女人们攀比奢侈品聊八卦，林浩楠敷衍了一阵，觉得索然无味。他的不耐烦被范梦蕊看了出来。"你可以不高雅，但必须有钱，我明确告诉你，我这里每年会费八十万。"

林浩楠非常震惊地看着眼前这个女人，不得不佩服她的精明，她以财富论坛的名义画了一个大圈，利用有些富人爱慕虚荣的心理，告诉他们：能否进入这个圈子，是衡量他们财富的重要指标。当然，这里不时也会出现政要，招商引资是政府工作的重中之重，这些富豪是纳税大户，也是官员捞取政治资本的肥沃土壤。范梦蕊打造的财富论坛为双方搭建了桥梁——有钱的找人脉，有人脉的寻资金。

想通了的林浩楠意味深长地看了范梦蕊一眼，他还没来得及说点什么，几个土大款跑过来，要跟他谈高尔夫。

一个挖黄金的说："天海还号称经济大省，硬件就不行，连个像样的球场都没有，找个地，我来建一个，每天打两杆解解闷。"

挖稀土的紧接着附和："有好地盘，算我一个，不求挣钱，自个玩着方便就行。"

挖煤的也凑上来："你们可得带着我玩，让我出个几亿都行，就冲那些绿草坪，不打球跑跑步都高兴。"

正好当中有个认识林浩楠的小房地产商，他对那帮人说："地倒是有块，天海旗下的滨海五号，你们去看准傻眼，太他妈的漂亮了，而且那地方临海靠山，还有温泉，纯天然的球场。你们想想，我们打打球，泡泡温泉，睡一睡海景房，不比神仙还逍遥？"

挖金子的立刻来了兴致："怎么样，兄弟，我投五个亿。"

这个话题立即传开来，许多人都跑过来要投资参股。林浩楠还没开口，他们已经开始描绘高尔夫球场的美好生活。

林浩楠像局外人一般，笑而不语。挖煤的最先清醒：“林总给个准信，我们凑几十亿，小意思。”

突然不知道谁插话：“我听说滨海五号地改名英雄地了。”

挖金子的更感兴趣了，他拍着巴掌无比兴奋地说：“英雄地，好名字。聚财、聚气，高尔夫俱乐部建成后，我们每周召开英雄会。”

“有英雄就应该有美人啊？”有人很周到地问。“当然有美人啊，我现在宣布一个重要的消息，今年财富论坛的年会定在英雄地的新会馆，不过，新会馆的名字不叫净月会所了，我和林总给会馆取了个新名字，叫青梅居。”范梦蕊开始做起了宣传。

挖稀土的知道典故：“我读过历史，这就叫青梅煮酒论英雄。”方才还困惑的众人豁然开朗。挖金子的上前拍着林浩楠的肩膀说：“林总真是有文化，上一期的经济论坛我们都看了，比那帮大学教授讲得好多了。有什么新项目，带着大伙一起运作运作。”

一切来得太突然。刚才还是局外人的林浩楠，一瞬间成了全场瞩目的焦点，他好像有些手足无措。范梦蕊立即帮他解围：“哪有酒场上就谈合作的，等一会，带大伙去看看青梅居，大家也可以趁此机会一睹英雄地的风采。”

所有人迫不及待地说“好”。汽车沿着滨海大道一直向西，一路上，他们跟那些宝藏还没到手就想着如何花的人一样，沉浸在发财梦中。只有一个人沉默不语——林浩楠似乎还不明白到底发生了什么。

夕阳下的英雄地弥漫着夏日的火热，绿树环绕，花红柳绿，碧草如茵。高大树木遮掩处，仿古别墅被簇拥其中，若隐若现。大树荫蔽着滨海路在这里拐了个弯道，整个别墅区被弯道环拥着，宁静而自然。再往里面半公里就是温泉别墅区。这里最接近戈向东标注的禁商区，算是英雄地一期工程里比较好的地段。

青梅居由十栋别墅组成，都是临海傍山的好地段，前期装修已经完成。因为周围环境浑然天成，范梦蕊合理利用了外部空间，采取开放式装修，小桥流水、楼台轩榭，十栋别墅连成一体，像是一个巨大的私家花园。

装修设计时，林浩楠推荐了隋意，因为他熟悉英雄地的整体绿化情况。他这次算是给老哥争面子了，设计特别出彩，令范梦蕊非常满意，赚到了七位数的设计费。

在众人的惊叹赞美声中，范梦蕊缓缓说道："这里将是五星级会员的聚集地。每年的会费可是要涨的。"

挖稀土的马上讨好："抢不到五星级 VIP 金卡的家伙们肯定会哭。"

看完青梅居，挖金子的对高尔夫球场念念不忘。

林浩楠给英雄地的负责人打电话，他回话说："别的地方都可以参观，唯独上山去看英雄地不行。董事长有交代，英雄地不到开放那一天，没有他的允许，任何人都不能进去。"

林浩楠心里有些不舒服，他收起电话掩饰道：“我请大家泡温泉，感受一下本土温泉的魅力。”

挖煤的抢过话头：“听说英雄地还没有对外揭秘，我们就想去看看这个让天海人猜测了许久的地方到底是个什么样。”他的话立刻得到了大家的响应。

一路上，土豪们被沿途美丽的自然风光吸引住了，赞不绝口，对建高尔夫球场的兴致更加高涨了。挖稀土的由衷感叹说：“这里堪比夏威夷和美国的西海岸。碧蓝的大海，金色的海滩，风景如画，这才是天海最美的地方。再看我们的北部和东部新区，到处都是土鳖建筑，那是钢筋水泥的堆积，根本谈不上建筑，要是能住在远处的半山腰，这辈子就值了。”他转向林浩楠，认真地问：“半山腰的房子卖不卖，我要买一栋一千平以上的。”

沥青路两旁的大树像一道天然屏障把两座山分离开来，车子一直向前，在一扇铁门前停了下来，门口的四个保安拦住了去路。林浩楠亮明身份，但保安们并不买账：“董事长临走时有过交代，没有他的批示，任何人都不能进去。”听见保安这样说，大家反而更觉神秘，一探究竟的愿望更加强烈。林浩楠有些尴尬：“这是我的客人，出了问题我负责。”

保安们毫不让步：“林总，不要让我们为难，这里有监控视频，董事长隔一段时间就会看一遍英雄地的情况。”

有人探着头往里面瞅了瞅，奥地利森林狼的后裔从茂密的灌木丛里钻出来，幽蓝的眼睛死死地盯着他，吓得他退了几步。

林浩楠虽然窝了一肚子火，但清楚今天是无论如何也进不去了，他给自己找了个台阶：“里面正在施工，改天吧，改天工程完工后我给大家发邀请函。”范梦蕊见此，也帮着说：“我们先去温泉别墅泡温泉吧。”

大家有些悻悻然。路上，挖稀土的提议：“不如我们团购吧，我们就来英雄地买房。林总，二期工程不正在建吗？我们先付定金。”

挖金子的紧追着高尔夫球场不放：“林总，我这事你真得当回事，我看了规划图，西边那座山的向阳坡下面，是块好地，建高尔夫球场不费劲，你要是做不了主，我找你们家老爷子谈。”

林浩楠皮笑肉不笑地敷衍着：“我真不知道我们老爷子要在那座山上开发什么项目，回头我给你问问。”英雄地向阳坡究竟要干什么，他确实一无所知，这件事戈向东表现得很不正常。不过他也不太关心，好女正在待嫁时，他要在土豪们对英雄地关注度最高的时候获得最大的商业回报。

机不可失，失不再来。一个念头在林浩楠脑海里瞬间升起——他决定也要扩大融资。既然周海龙可以，他为什么不能。天海集团与英雄地的关注度正是他融资的金字招牌。

这个念头升起时，他自己都吓了一跳。戈向东有过规定，为了规避风险，天海集团除了吸纳知根知底的股东投资之外，拒绝其他渠道的投资。

可此刻，林浩楠觉得，只要能在东部新区中获得胜利，冒点险算什么。

3

一头乱发满脸憔悴的孙茂群在戈向东的办公室门口犹豫徘徊，手碰到门把又立即缩回去。他张皇失措地站在那里许久了。

正好经过的林雪梅见到曾经意气风发的副总这个模样，认定他遇到难事了。她清楚地记得自己在他们要决裂的时候说过：“别把事情做绝了，撕破脸，伤透了心，日后再见就难堪了。”可他们没有听。

她感到五味杂陈，毕竟孙茂群是她哥哥林春风的战友，毕竟他曾经把她当小妹一样悉心照顾过。

她放下埋怨之心，走过去对他说：“戈董此刻正在接待民政厅的领导，如果没有特别要紧的事就在会客室里等一等。”

孙茂群在曾经的下属兼小妹面前感觉无所遁形，他没说什么只是点了点头。

他忐忑不安地坐了下来。林雪梅什么也没问，给他倒了一杯水：“你坐在这儿等等，董事长会完客，我就来叫你。”

周海龙没有食言，他让天海集团顺利地拿到了孙家铺的地。孙茂群刚刚接到通知，让他一个月之内把工厂里的所有设备搬干净，天海的铲车在四十天后就要开进来，工厂几乎花光了他从天海集团拿出来的钱，没有厂子，他就没有安身立命之所了。周海龙给他出了个损招，但对他来说，是唯一的活路，最起码他能有个安身之处。

孙茂群想跟刚旅行回来的儿子商量一下，话到嘴边又没说出口。他知道，这件事只会让做儿子的更觉羞愧。来天海的路上，他想明白了，只要戈向东答应收购他的化工厂，多少钱都无所谓。离开天海这几年，他一直在折腾，建厂、修路，当村委会主任、区政协委员、人大代表，赚够了风光，可付出了身家。

最近他老是不由自主地想起老连长的一句话：千万别掉队，在到处是敌人的丛林里，掉队就意味着单独面对威胁，面对死亡。

此刻，他算是明白"掉队"的滋味了。

戈向东在办公室第一眼见到孙茂群的时候，吃了一惊。过去那个腰板笔直的兄弟如今弓着腰，小心翼翼。他倒了一杯水，亲切地在兄弟身边坐了下来："说吧，老四，有什么事。"

孙茂群听到戈向东一声亲昵的"老四"时，低下了头，许久之后，才开口："大哥，当初，是我不对，我不该不听你的话。"

戈向东没有什么介怀之心："说正事，那些都已经过去了。"

孙茂群大大放心，他把自己这几年的经历详详细细地说了一遍。戈向东没听多久，就皱起了眉头，他打断了话头，爽快地说："老四，你想让我做什么，直说吧。"

孙茂群深感汗颜地说明了自己的来意。

戈向东思索了老半天："收购厂子的事情我看有些难办，你知道，我把天海化工交给了敏慧，再说，你厂子的生产线也早已经淘汰了。你先别着急，敏慧在国外商谈原材料基地的事，等她回来，我们商量商量，肯定会有别的办法。你想回来，我很高兴。我还是那句话，你跟老二任何时间回来，大哥都欢迎！我们都老了，很多事情得放手让年轻人去做了，英雄地那边需要个人照应，你要感兴趣，就去那儿。晚些日子，我也是要去的，我们还是聚在一起的好。我们当着老连长的面发过誓，无论遇到什么情况，都不掉队。"

戈向东诚心诚意的态度，让孙茂群羞愧万分，他站起身来不知道说些什么好。戈向东堵住了他的话："老四，我告诉你，我们这次出去旅行，游历了许多革命根据地包括我们曾经战斗过的地方，你该去的，走到那样的地方，心里就干净多了。"

"昭阳跟我说起这件事的时候，我也想去，可我没脸面对我们的老连长。"

戈向东见到兄弟回来，动情地说："老四，你能回来，我是真的高兴。现在，我最担心的是老二，他野心太大，你跟老三劝劝他，把野心收一收。我就害怕，等他想回头的时候，一切都已经晚了。"

孙茂群无地自容地沉默了，他痛恨自己又一次听了周海龙的怂恿，他痛恨自己再一次利用了戈向东的兄弟情。他骤然升起一种斩掉周海龙的冲动，他感觉又一次被他牵着鼻子耍了一回。当初，他跟着周海龙离开是受了他的长期蛊惑，这种蛊惑从天海集团上市之前就开始了。周海龙鼓动着他跟戈向东提股份，并反复地强调他已经跟戈向东提过了。当他跟戈向东提出要股份的时候，却被回复“要听听老二的意见”。离开天海集团时，他也犹豫过，毕竟那时候天海集团如日中天。周海龙又鼓动他：戈向东准备拿公司的钱去搞公益，公司早晚会被他折腾干净，趁着公司的股票还值钱，能多争取一点是一点。

他确实对那笔巨额后备金和戈向东的选择有些费解，没有一个企业家不想挣更多的钱，想着拿那么多钱送给别人，投资荒山，他就心疼。在滨海五号地的问题上，他是强烈反对的。因为他真担心，戈向东会折腾光大家辛苦挣来的钱。

孙茂群把所有的事情联系到了一起，他开始痛恨起自己，他痛恨自己没主见，更为自己的没主见而悲哀。

就在这时，林浩楠拿着孙家铺的土地批文来见戈向东，一眼见到孙茂群时，他就明白了一切。他看过那张亟待拆迁建筑物的报告，就包括了孙茂群的化工厂。他为孙茂群的恬不知耻充满了鄙视。没等孙茂群开口，林浩楠先发话了：“孙叔叔，我看了孙家铺那片地的情况报告，您的工厂就在我们那块地上，土地租赁合同只剩一个月就要到期了，正好，提前跟您通报一声，我准备给您一个半月的时间解决厂子的问题。您要是觉得不够，两个月也行，八月份以前我要在那片土地上开工。”

孙茂群看了一眼林浩楠，又看了看戈向东，没有说话。

戈向东示意林浩楠坐下："来得正好，你孙叔叔希望我们天海化工收购他的厂子，我正准备跟你和敏慧商量这件事情，都是自家人，你谈谈意见。"

林浩楠没有任何顾忌："自家人？孙叔叔你真把自己当自家人了？很多事我就不想揭穿了。当初，你从国外进口设备的时候，没把我们当成自家人吧？你跟周海龙拿着股份兑现，掐断天海集团资金链，合伙想搞垮我们的时候，也没把我们当自家人吧？吴子牛替你出面挖天海化工墙脚的时候，你故意把设备的价格压得很低，你想到我们是自家人了吗？我说的都是事实吧，孙叔叔？"

戈向东呵斥道："浩楠，你别说了！"

孙茂群望着戈向东悔恨不已："不，大哥，你让他说，这些事都是我做的，我真混！"

戈向东不计前嫌地维护自己的兄弟："浩楠，快点向你孙叔叔道歉。"

林浩楠冷笑了一声，说："我向他道歉？他这是自作自受，咎由自取。我告诉你，你让吴子牛找到我买设备的时候，我就知道你会有今天。今天你要我们来收购你的那堆破烂，还想再坑一笔？天底下最无耻的人就是你了，我的父亲要是还活着，他也会为有你这样的战友而感到羞耻……"

"啪"的一声，林浩楠捂着脸惊愕地看着戈向东愤怒的表情和痛苦的目光，他觉得奇耻大辱，他竟然为了一个见利忘义的小人挨了打，很多天淤积在内心的失望和愤怒之情一触即发。

他第一次觉得，在戈向东的心里，他甚至连卑鄙的孙茂群都不如。

戈向东看着自己颤抖的手，痛惜地说："浩楠，你父亲林春风要是还活着，他也会打你这一巴掌，你太不像话了。"

"父亲"这个字眼在林浩楠的心中是个禁区，他怒吼着："你们都没脸提我的父亲，他明明还活着，你们却眼睁睁地看着他去死。什么惊天动地，粉身碎骨，是你们逼死了他。你们所说的一切都是为了掩盖你们编造的谎言。什么歃血为盟，生死承诺，连你们自己都做不到，凭什么让我们下一辈来承担。除了脑子不好使的梁家宝，你们哪一个不是见利忘义的伪君子，除了背叛就是抛弃。"

林浩楠终于把多日积攒起来的愤怒发泄了出来，他把文件夹狠狠地拍在了桌子上，摔门而出。

戈向东伤心地坐了下来，胸口剧烈的疼痛让他不得不仰躺在了椅背上。孙茂群没想到，一直对养父毕恭毕敬的林浩楠会如此愤怒地顶撞。

林雪梅和魏沛姗听到巨大声响立即跑了过来，看到戈向东的脸色已经开始发黑，连呼吸都很困难，她们惊慌失措地拨打了梅雅莹的电话。

4

像是在云之上，戈向东遇到了林春风。一瞬间，他的灵魂如同破茧的蝴蝶钻出了苟延残喘的肉体，他的鲜血像是流干净了，灵魂飞出没有鲜血滋养的皮囊，扇动着翅膀，越飞越高，漫天都是绚丽的彩霞，紫红的太阳光芒万丈。

彩云之上，老连长在冲他笑:“小戈，我得批评你，你把我儿子宠坏了。”戈向东疑惑地抬头望着他:“我刚刚还打了他。”“该打，打晚了。”他一边说着，身体一边往上飘:“人心都长着善和恶，这就是人性。我儿子也不例外。你或许觉得他是我的儿子，不忍打骂，他心里的恶就一天天长大了。我们有过约定，从我离开这个世界那天起，他就已经是你的儿子了，你娇宠他，放纵他，其实是你还没有从心里放开，你一直把他当作我林春风的儿子。我已经是风中的尘土，而你却还是一座高山。”

戈向东在后面紧追不舍，他着急地呼喊着:“老连长，现在你回来了，我想把你的儿子还给你。”

老连长没有理会，径自在一朵云彩之上渐飘渐远，戈向东脚下的云突然间散去，他在急速下掉时还伸出手高呼着:“老连长，你等等我，等等我。”

隐约间听到一声巨响，像是人踩空坠落到地上的声音。戈向东听到一个清脆的声音——一个女人的声音，像是梅雅莹，又像是丁馥芬，更像他可爱的养女丁敏慧，他没有力气回应。慢慢地，他好像开始有了知觉，感觉到有潮水般的呼吸。梅雅莹曾经告诉过他，一个人快要死的时候就会经历这样的呼吸，那是生命停止之前的汹涌之声，平静下来，一切都消失了。他仿佛看到在一望无际的沙滩上，一个熟悉的人正向他跑来，还不停地喊着“爸爸”。是丁敏慧的声音，他听到了她伤心的哭声。

丁敏慧曾经称呼他“爸爸”，一度让他感动又满足，他不知道为什么要命令她改称“戈老爸”，是因为林浩楠吗？好像又不是。

“爸爸，你醒醒，我不能刚刚知道你是谁就这样失去你。‘爸爸’这两个字，像你身体里那两颗弹片一样深深刻在我的心里。小时候，别的孩子可以张口就把这两个字喊出口，我不能。我妈妈告诉我，我的爸爸是一位远洋水手，在很远很远的大海上，等我长大的时候，爸爸就会驾驶着轮船回来了。我天天在大海边等，对着大海大声喊：‘爸爸，你快回来吧，我已经长大了。’可是，大海很快把我的呼喊还回来了。我问你：‘我的爸爸什么时候回来看我？’你说，只要我乖，你就让爸爸回来看我。我天天都乖。从小到大，我都在努力，我努力把每一件事情做得最好。我认为只有那样，才能快一点看到我的爸爸。你快一点儿醒过来吧。在南边的那个夜晚，我觉得很委屈。我为什么那么久才知道自己的爸爸是谁？为什么你就在我的身边还让我不停地寻找？你知道吗，那一刻，我是多么的恨你，我想冲进你的帐篷大声地质问你？可是，我不能当着那么多英灵的面去质问你。我只能在心里呼唤着爸爸。今天我终于可以这样喊出这两个字了，爸爸。你醒醒啊。你不能走，天海集团、红星公益基金、英雄地不能没有你。你是想把你沉重的担子交给我吗，你忍心看着女儿一个人承担着你所承担的一切吗？”丁敏慧的低声哭诉，像一条淙淙流动的小溪，千折百回，却又充满温润的力量。戈向东像是沙漠中发现绿洲的旅途中人，一下子获得生命的能量，他心里的谜团揭开了，丁敏慧就是他的亲生女儿。

他动了动手指。

丁敏慧发现了这个小动作，大声疾呼着飞奔出病房：“梅妈妈，我爸爸醒了，我爸爸醒过来了。”

戈向东苏醒了，他看到梅雅莹戴着听诊器，身体倾斜着正在检查他的身体，像是儿子戈睿在拿着探测器探测地雷一样。他身体里也有两颗地雷，每年春天，梅雅莹都要这样为他探测一遍。女儿儿媳妇站在一边哭成了泪人。他身旁的桌子上，两枚闪着光的钢片，静静地呆在盘子里。梅雅莹关切的目光让他内心充满了温暖。

戈向东被送到医院的时候几乎不能呼吸，那两块弹片割破了膨胀的肺泡，血液弥散在腹腔里。

梅雅莹戴上手套的时候，浑身还因强大的悲痛在颤抖。心肺外科主任跑过来征求她的意见：“院长，要不，我来吧？”她强迫自己镇静，坚定果断地说：“我来，他的身体只有我最熟悉。”是的，戈向东的每一条动脉，每一根血管和每一处伤疤她都熟悉。这个伤痕累累的男人似乎是她存在的最大意义。他的身上流淌着她的血液，他的生命在她的手上得到重生。只有她知道这生命存活下来有多么不容易。

手术刀拨动第一块弹片的时候，她看到他动了一下。她感到十分奇怪，浸泡在血液中的弹片已经失去了锐利之气，但毫无锈蚀的外表让她震撼。这些年来，鲜血不仅滋养了他单薄脆弱的肺，还滋养了钢片的光芒——那是钢铁被打磨后清冷的光芒。

另一块弹片隐藏得更深，她用小镊子夹出来的时候，在无影灯下扫了一眼——扣子一样大小的弹片明亮闪烁。

这些光滑的钢铁要经过多少次疼痛才能打磨成这种光芒。心肺外科主任仔细打量着这两块弹片，由衷地赞叹说："姐夫真是个硬汉，这简直就是生命的奇迹。"

做完手术后的梅雅莹差一点虚脱。她静静地坐在手术台前的椅子上，看着助手缝合刀口。拿掉两枚弹片，她不知道戈向东到底能不能活过来。

肺泡已经破掉了，腹腔的淤血已经淹没了部分脏器。一年多以前，她就建议他快点做手术，不能再耽误下去了，可这个倔强的人一直在忍受着疼痛经营他的英雄地。

此刻，因为还上着呼吸机，戈向东不能说话，可他的目光中充满了感激之情。梅雅莹默契地握住了他的手。

这些年，戈向东看她的时候总是这样的目光。或许，他跟她相爱，跟她结婚，很大程度上是因为感激，因为她冒着飞舞的子弹从死亡的边缘上把他救回来，因为她毫无怨言地支持他并和他一起照顾战友们的亲人。但不管是感激还是爱情，都不重要了。

望着趴在床边哭泣的丁敏慧，梅雅莹所有的怨恨都化作了爱怜。孩子没错，何况她是一个难得的好孩子。近几年，就是她一直努力地承担着原本应该由戈睿承担的一切。

戈向东带着孩子们去各地游历时，她见到了几十年都未见面的丁馥芬。

那天，燥热的天空飘了点小雨。丁馥芬没有预约就直奔她办公室，助手怎么拦也没拦住。她知道如果预约的话，梅雅莹不可能见她，更不可能原谅她，只要是女人，就不能容忍，一起成长一起战斗亲如姐妹的战友的欺骗。

在武汉陆军医院，梅雅莹知道丁馥芬爱着戈向东，尽管她也心仪，但她没有去抢，她是在丁馥芬跟杜威结婚后才答应跟戈向东交往的。这一点，梅雅莹从不认为是自己抢了姐妹的男人。跟戈向东谈恋爱的时候，她知道戈向东是为了成家才结婚的，因为那个男人的心里装着太多的家庭。她一开始就知道，她的爱情肯定远远没有别人那么浪漫。她至今还清楚地记得他们恋爱期间只去过一次公园，看过三次电影，然后很快就结婚了。婚后，她就开始面对丈夫那些无休止的事情。战友烈属源源不断，家里就像旅馆一样，繁忙工作之余，她还兼任了旅馆的服务员，管吃管住，有时候还管解决问题。后来，家里来了林浩楠、丁敏慧，紧接着又来了梁家宝父子。她每天像陀螺一样往返于单位和家庭之间，从没有空闲的时间用来感受浪漫和温馨。

她一直不明白，戈向东是因为她不够浪漫才跟丁馥芬纠缠在一起的，还是他们之间的恋情一直藕断丝连。她委屈极了。事实上，她是个最喜欢浪漫的人。她喜欢艺术，骨子里有很浓的文艺范；她渴望浪漫甜美的爱情、和谐温馨的家庭生活，可这一切都被戈向东给扼杀了。从结婚到离婚，她每天拖着疲惫的身躯，艰难地应对着纷杂的事务和琐碎的家务。

丁馥芬迟到的忏悔丝毫不能平息梅雅莹内心的愤懑，但很大程度上还是消减了她对戈向东的怨恨。

丁馥芬坦诚地说她爱戈向东，但他们之间的越轨，只有一个晚上。那天，戈向东喝多了，满足了她蓄谋已久的愿望。那天，她是算好了排卵期，她的目的只有一个——不惜一切代价怀上戈向东的孩子。她的想法简单而冲动，她认为只要她和戈向东的孩子生下来，他们就能在一起。可她没想到，梅雅莹很快也怀孕了，而且还继她之后生了个儿子。她知道这辈子永远都不可能跟戈向东在一起了，就隐瞒了丁敏慧的身世，怅然地离开了天海。

丁馥芬满腹苦楚地说，这些年，她一直为自己对一个善良之人的伤害心怀愧疚；一直为她把丁敏慧养育成人心怀感激。丁馥芬还说，她已经在英国买了房产，只要丁敏慧同意，她们母女立即从天海消失。

她恳切地希望梅雅莹原谅戈向东。

梅雅莹以前也曾经这样想过。可眼下，丁敏慧是戈向东最得力的助手。她的离开，会给天海化工带来不可估量的损失。丁敏慧还是“红星公益基金”的创始人。而基金是戈向东后半辈子的精神支柱。

梅雅莹没想到这么多年过去了，这个女人还是如此自私：“这会儿，你想到孩子了，孩子已经大了，我做不了她的主。”

“敏慧已经不听我的话了，你的话或许她能听，这件事情一定在敏慧不知道身世之前做好，否则会带来很多不可预测的麻烦。”丁馥芬与女儿相认相伴的急切感，同是母亲的梅雅莹感同身受，尽管她仍然对丁馥芬抛弃女儿的行为感到厌恶，但还是答应了：“我跟她说说看。”

丁馥芬拉着梅雅莹的手恳求着：“我什么都没有了，只剩下她，请你一定要成全我。”

这时，梅雅莹准备上手术台，她毫不客气地下了逐客令。丁馥芬离开的时候，眼睛通红，她没有打伞，冒雨朝着停车场走去，雨中的身影有些孤单孱弱。

此刻面对双眼布满血丝守候在戈向东身边的丁敏慧，梅雅莹不知道该不该劝她离开，看样子她已经知道自己的身世了。

戈向东睁开眼睛看着他戈家的三个女人，欣慰地闭上了眼睛。现在，戈家，能指望的，就剩三个女人了。他累了，从来没有的累，仿佛连睁眼的力气都没有。他又开始昏迷。

梅雅莹坐在病房的沙发上，用手抚摸着把头枕在她腿上的丁敏慧。久违的场景很温馨，一直到中考前，丁敏慧还喜欢黏在梅雅莹身上撒娇，以这种姿态讲她的心事。梅雅莹还是委婉地转告了丁馥芬的想法："敏慧，她从香港回天海发展，最重要的原因是你在天海，你得理解她做母亲的心情。"

丁敏慧听到这一切的时候，态度非常坚决："我哪儿也不去，我要跟爸爸在一起，我是戈家的亲生女儿。梅妈妈，你不要赶我走。"

梅雅莹抱着丁敏慧："敏慧，好孩子，我从来没想到过要赶你走，只是，你妈妈她太可怜了。"

5

丁敏慧在顶楼花园找到了正在享受日光浴的丁馥芬，见她摘掉太阳镜一脸惊喜地迎接自己。在丁馥芬回到天海的这些日子里，丁敏慧从来没有主动找过她。

当初的小女孩如今已是一个能挑起几千人生计重担的集团副总，她继承了母亲白皙细腻的皮肤和父亲英俊的容貌，很显然女儿比母亲要高挑漂亮。

丁敏慧破例没对几乎不着片缕的母亲恶言相向，语气也变得柔和："这样晒，会伤害皮肤的。"

丁馥芬拿起身边的防晒霜，感动地解释："我有这个。我不想自己的皮肤太白。"说完她起身从冰箱里拿出一些冰镇果汁递给女儿，然后招呼她一起躺到遮阳伞下的长条藤椅上。她没有提去英国的事，她了解女儿的脾气，跟她一样——一根筋。

丁敏慧喝了一口冰镇果汁，听话地躺到了藤椅上：“我不想呆在国外，否则，我就不回国了，美国西海岸的自然风光都吸引不了我，你就别提欧洲了。何况，我的天海化工下一步在全球都有立足点，我想去哪儿住，拎起包就可以走，何必定居英国这么麻烦。”

丁馥芬很着急地力图说服：“我年龄大了，想跟你在一起生活。”

“对于一个有身家的漂亮单身女人，五十岁是人生中最曼妙的时光，如果你愿意，二十几岁，三十几岁的老公都好找。听说了吗，英国一个七十岁的女贵族找了一个二十一岁的新郎。”

丁馥芬嗔怪地看了一眼女儿：“爱情、婚姻已经离我而去了，我现在只剩下你，我们应该在一起，我不能没有你。”

丁敏慧制止了她：“你千万别这么说，这么多年我们没在一起，你不也过得很好。猛然生活在一起，我很不适应。我们可以试着交个朋友，隔一段时间聚一下。你不能太贪心。”

“敏慧，我害怕有一天，我会真的失去你。”

丁敏慧毫不在乎地说：“怎么会，我健壮得像一只草原上的麋鹿，你的身体也不错。我答应你，你不仅不会失去我，还会得到更多，我很快就会结婚，我会生两个孩子。如果你不嫌烦，我会把一个最调皮的孩子放在你这儿，我要惩罚你，向你索赔。”

听着女儿的话，丁馥芬幸福地眯起了眼睛，她似乎感受到了三代同堂的天伦之乐。可残酷的现实破碎了她的美梦。周海龙已经向她下了最后的通牒，东部新区核心地段的土地竞标马上就要进入实施阶段，他就要接近他最后的目标，迫切需要她的帮助。可她不愿意做周海龙的殉葬品。

丁敏慧看着母亲刚才还高兴的样子突然阴沉了下来，倍感委屈地站了起来准备离开：“我知道你害怕了，你过习惯了女皇一样轻松自在奢侈自由的日子，怎么会让一个小孩子缠住手脚？你接着享受日光浴，我走了。”

丁馥芬想叫住她，可女儿转眼就消失了。她重新躺下来，想着女儿给她描绘的美好未来，舒心地笑了起来。她不知道女儿跟林浩楠的恋情进展如何，但直觉告诉她，这个男朋友不理想。林浩楠处处学戈向东为人处世的样子，可处处都学不来。就现在而言，女儿才是天海集团的支柱。

丁馥芬没有报复戈向东的冲动了，她现在最需要面对的是周海龙。这个在她生命中挥之不去的男人像一条疯狗，死死咬着她不肯松口。

想到这里，她就烦躁不已，她给周海龙打了个电话，约他谈一谈。电话里，周海龙像是有千里眼似的，知道她的一切行踪：“女儿走了？”丁馥芬愕然，她气愤地质问：“你怎么知道我女儿来了？你监视我。”

电话那端，周海龙阴鸷而放肆地笑了几声，让丁馥芬十分恐惧。她一想到有一双眼睛随时盯着她，她的一举一动，连赤身裸体都会暴露在别人面前，便不寒而栗。

早前，她发现自己的英国户头上出现了一笔巨额存款，就猜到这笔钱肯定与周海龙的融资有关，因为朱江龙已经彻底放弃了她。她的账户里原本只有她个人的存款和每年的公司分红，那都是干干净净的养老钱，如今却像一包染料倒进一盆干干净净的水里，她那笔养老钱被染成了黑色。

周海龙设下了太多陷阱，她都不知道他几时下的手。

周海龙无声无息地进了她的房子，就像是进自己家一样毫无阻隔。虽然天气很热，他仍然西装革履。他在她面前总是衣冠楚楚，其实骨子里仍然是秦岭深处的小村民。他像坐在家里一样非常自然："你找我有什么事？我洗耳恭听。"

丁馥芬强迫自己平静下来。她没有发火，跟男人打了几十年交道，她知道女人在男人面前，温柔比怒火要有力量得多："现在我没有退路，只有跟你上路了。"

周海龙知道她说的是什么："我们原本就应该在一条路上。"

"那你的快车是开往天堂，还是地狱？"丁馥芬充满嘲讽地问他。

"你希望它开往哪里？"周海龙惊喜交集，他觉得自己多年的等待要开花结果了。

"我希望你能停车，我想下车。"丁馥芬的话犹如一盆冷水，让周海龙勃然大怒：“我的车从来是一站到达，停车就意味着车毁人亡。”

丁馥芬面不改色：“你别忘了，我还是上帝。”

“所以，我要携上帝同行。”周海龙狂笑起来。

丁馥芬几乎要崩溃了，从她认识这个男人那天开始，就被他从精神上绑架了。她流着眼泪希望他能放她一马：“我求求你，你放了我吧，这么多年来，你无休止地纠缠着我，毁掉了我的青春、我的爱情，你给我留一个善终的晚年吧。”

周海龙情绪激动地呐喊：“我毁掉了你的青春，毁掉了你的爱情？我的呢？我十九岁就去打仗，九死一生从死人堆里爬出来，我也希望有爱情，有一个美满的婚姻，得到天伦之乐。我是那么的爱你，为了你我可以去坐牢，为了你我可以忍辱负重，我在戈向东手下一干就是几十年，为的就是等你归来。我要向你证明，你是我的，你永远都是我的。”

丁馥芬绝望地瘫坐在地上：“我从来没说过我爱你，也没向你承诺过我会嫁给你，你知道我不爱你，像你这样有钱有地位的男人，什么样的年轻女孩你得不到，你就放过我吧。”

周海龙毫不动摇：“我认准的事情，从来没想过要放手，自从看到你的那一天起我就对自己说，这辈子，我的女人只能是你。我告诉你，你别逼我，我这趟快车上不在乎多带一两个人。”

丁馥芬愤怒地望着周海龙：“我不允许你碰我的女儿。”

“是你跟戈向东的女儿吧？”周海龙狞笑着问。

丁馥芬一下子紧张起来，她没有说话。

“我他妈的就一白痴，直到昨天，我还认为她是我的女儿。虽然她从小长得就不像我，从小就不待见我。你知道吗，她见我就像见鬼一样，不让我碰，但我还是认为她是我的女儿。我呵护她，爱护她，自己舍不得花钱，却买最好的东西给她，每天看着她不能相认的每一秒都是煎熬。因为我相信你，我相信我们那段在一起的感情是真挚的，她就是我的女儿。不成想，那段时间你除了跟我在一起，跟戈向东也搞到了一起，还有了孽种。”

“不许你侮辱我的女儿，如果不是你像一只癞皮狗一样死死缠着我，如果不是戈向东顾及你们的什么狗屁兄弟道义，我们两个人怎么会分开，他又怎么会不娶我，娶了梅雅莹？像你这样一心只想自己不想别人的人怎么配得到爱。我说过，我从来不爱你，跟戈向东在一起一秒钟也胜过跟你在一起度过一万年。”丁馥芬彻底撕破了脸。周海龙猛地抬起头，凶狠的目光如同被激怒的猎豹。他狠狠地抓起她，摁在地上，像是要把她的整个身体嵌进去。他的大拇指卡着她的喉咙，愤怒地吼道：“戈向东是个什么东西，伪君子！他答应过我，永远不跟你来往的，可是他却跟你生了孩子。什么狗屁大哥！什么歃血为盟，生死承诺！我恨他！”

男人的怒吼声似乎越来越飘渺，丁馥芬觉得自己已经听不真切了。

很快周海龙像意识到什么似的，立即松开了手。

他开始撕扯丁馥芬身上原本就不多的衣服，动作粗暴野蛮，像是要把她的五脏六腑都拉扯出来。她剧烈地挣扎，可无济于事。单薄的衣物经不起强烈的撕扯，破裂的声音在空荡的室内是如此刺耳，终于她不动了，雪白的身体像羊脂玉被碾碎后平铺在地上。雪白的身体勾起了男人的野性，他重重地嵌进了她的身体，像一把锋利的刀子，深入了她的身体深处……

时间变得异常漫长，丁馥芬感觉五脏俱裂，身体瑟缩着根本无法伸展，每一寸的皮肤都变得敏感，动一动就撕心裂肺。

他揉碎了她。

夜幕降临。无边的黑夜，丁馥芬不知道自己被带到了哪里，只听到大海的潮水声，周海龙瞪着野狼一样的眼睛对她说："把你的印章给我，从明天起，你回香港总部述职。"

黑暗中，丁馥芬好像闻到了一股血腥的气息，这气息来自她的身体，她用嘶哑的声音微弱地出声："就是杀了我，你也无法得逞。""你是我身体的一部分，杀你等于剜掉我的肉，二十几年我都可以等，我有的是耐心。"周海龙的口气阴毒无比。

东部新区的范运成陪着副省长视察了龙腾置业的总部和滨海二号地的二期工程项目部。随后，龙腾置业的股东大会如期举行。周海龙宣布，东部新区新的战略计划就是不惜一切代价拿下核心地段的所有土地。激烈的商业竞争中，垄断才是王道。龙腾置业决定把所有参与竞争的人都赶出去，当然，也包括刚刚拿到孙家铺的天海地产。周海龙强调，他为了引诱林浩楠孤军深入，才让出孙家铺，天海地产无论在哪片土地上建出什么样的房子，都处于龙腾置业的包围之中。到时候，天海地产将会血本无归。股东大会上，周海龙慷慨激昂，股东们的资本梦想再一次被点燃了。

丁馥芬却没有出现，周海龙向众人解释，“董事长回香港总部述职了”。

周海龙的融资战略，理论上是成功的。他向股东们展示了波澜壮阔的画卷。加上范运成和主管副省长的视察，投资商们像是吃了一颗定心丸。

接下来就开始谈钱了。周海龙说自己融资六百个亿的目标还没有完成，警告那些摇摆和观望的股东，不愿意跟着发财的不勉强，他叫嚣着：“凭借我们已经拍到的地皮和滨海二号地开发的房产作抵押，我们有足够的理由争取到银行的贷款。”股东们都明白，此刻不跟上龙腾置业的步子，到时候一口肉都吃不着。

龙腾置业新一轮的融资风暴再次掀起。

站在十九楼的办公室窗前，望着停车场上那些投资者们一个个兴高采烈地上了自己的豪车，周海龙笑了。

开往天堂的幸福快艇就要起航了。

6

天刚刚亮。海浪声把林浩楠吵醒了，他正在一座岛上的私人别墅中。他迷迷糊糊醒过来，从大床对面的镜子里看到了赤身裸体的自己。镜子里的他就像一个生病的孩子，蜷缩在范梦蕊柔弱的臂弯里。

他的人生再次遭到了挫折。戈向东被他气得差点丢命，丁敏慧的DNA鉴定又被证实她就是戈向东的女儿。周海龙说得没错，他在天海集团的地位岌岌可危。戈向东那一记响亮的耳光不时在他耳边响起。这是一个危险的信号。

范梦蕊介绍来的那些大款土豪真的很有钱。天海地产融资的消息一经传出，大笔大笔的巨额资本洪水般涌了进来。林浩楠触碰到戈向东的第一道底线。

范梦蕊翻身把他覆盖住，蛇一样的身体又开始缠绕起来。这些日子，他是靠着跟范梦蕊整晚毫无节制的身体纠缠来掩饰忐忑不安的。可是，激情过后却仍然无法填补空虚。他坐起身，点燃了一根香烟，大口大口地抽着。范梦蕊从后面抱住他。她知道，他又开始想那些烦心事了。

范梦蕊掐掉他的香烟说："人都由软体动物进化，伸缩性强，你还真得学人家孙茂群，服软就能得到真金白银。这件事情很好办，去医院认个错也就算了，戈向东能原谅孙茂群，自然也能原谅你。"

在戈向东住院的这五天中，林浩楠无数次产生了想去看他的念头，开着那辆限量版的越野在医院门口来来回回了许多次。可强烈的自尊心还是让他望而却步。过去，他对接手天海集团充满信心，现在物是人非，丁敏慧显然成了天海集团未来的核心。联想起丁敏慧回国后对他的态度，他不能确定，他们的爱情到底能不能撑到携手走进婚姻殿堂的那一天，他可以确定的是，她对他已经很失望。

林浩楠觉得，他只有在东部新区的项目上战胜对手，让天海地产在他的手上重现往日辉煌，他们的感情危机才会有所缓解。现在他已经拿到了孙家铺的三百五十亩地，如果从龙腾置业的盘子里挖到核心地段这块蛋糕的一半或者五分之二，跟周边已经拿下的三块地连成一片，这样一来，即便是龙腾置业在价格上打压，他也有了至少能打个平手的筹码。如果龙腾置业拿下了核心地段，就等于把天海集团分割包围了。两家的价格战一旦开打，天海地产将会血本无归。

想到这里，林浩楠害怕了。

最要命的是，他趁着戈向东昏迷，从公司拿了英雄地的土地使用证，把它抵押给了银行，贷到了一笔巨款。对天海集团已经丧失信心的投资者闻风而动。看来，天海地产这块招牌远比东业集团的管用，融资的口袋一旦张开就封不住了。没钱的时候他愁钱，可面对数目惊人的热钱，他也心惊胆跳。他不知道，用这些钱跟周海龙血拼之后，能获得什么结果，如果失败，天海集团连同英雄地的一切将不复存在。

他无比清楚，英雄地就是戈向东的命，自己这样做会要了他的命。

戈向东告诫过他不要大规模融资。天海集团跟东业集团不同，天海集团靠实业起家，不冒灭顶之灾的风险。商场上可以赌博，但不能赌气。赌气就是孤注一掷，就是赌命。

何况他是在拿戈向东的命去赌。

两天前，传来内部消息，周海龙甩开丁馥芬，一个人召开董事会，再次扩大融资，这一举动无疑要把他逼上绝路。

箭在弦上不得不发，他也只有这样冒险应对了。

周海龙抛开丁馥芬，无疑他被丁敏慧的身世真相激怒了。

林浩楠为自己的猎奇心理感到后悔，他不该拿那根头发去交易。自己心心念念了几十年的女儿竟然不是自己亲生的，只要是男人，可能都无法接受，何况是周海龙这种睚眦必报的人。他肯定会疯狂地报复天海集团，报复戈向东。如果他恼羞成怒，丁敏慧甚至都会有危险。

昨夜，范梦蕊告诉林浩楠，周海龙最近跟她父亲交往频繁。林浩楠害怕两个人联手对付自己，虽然范梦蕊承诺会帮他。他知道范梦蕊在她父亲心里的地位。范副厅长成为东部新区的管委会主任跟女儿有着直接的关系。孙家铺这块地，范梦蕊的父亲在中间还是起了很大作用的。林浩楠探过范梦蕊的底线，东部新区政府对天海地产寄予厚望，跟龙腾地产平分天下，应该问题不大。但他不要平分天下，他要的是天海全胜。

林浩楠知道躲避解决不了问题，他必须面对。当务之急，是要解决他跟范梦蕊之间的关系，他已经想好了如何跟丁敏慧解释。自从他们旅游回来，他们两人的关系不但没有改善反而越来越疏远。

他想见丁敏慧，刻不容缓。想到此，他突然翻身起来，一边拿裤子一边交代范梦蕊："快点叫船，我得马上回去。"

他在岸边焦躁不安地等待着游艇的到来。

上了游艇之后，范梦蕊问他："你打算先找戈向东道歉，还是先去求得丁敏慧原谅？"林浩楠没吱声。他觉得此时他应该出现在病房里。哪怕他站在戈向东面前什么都不说，任凭戈向东训斥和责骂，也要比寻欢作乐更充实。

但他没道歉，他的字典里把"道歉"解释为"软骨头"。但他不是软骨头，他所做的一切都是为了天海集团。

看着林浩楠一脸的乌云密布，范梦蕊抱了抱林浩楠："不要为道不道歉感到为难，人别活得太累，大不了你去当净月或青梅的主人，如果你能下决心放弃丁敏慧，我会敞开怀抱欢迎你。"

范梦蕊说得很真诚，但林浩楠心里颇不以为然，在这个劈腿比张开怀抱还容易的年代里，艳遇比比皆是。他们的关系就是各取所需，接近范梦蕊就等于接近东部新区的范主任。在商场上熟谙规则的范梦蕊不会不明白这个道理。

7

林浩楠与范梦蕊在海岛别墅卿卿我我时，丁敏慧正在四处寻找他。

林浩楠痛恨男人不能担当，可他惹完祸后，跟梁小宝一样懦弱，甚至还不如，他已经冷漠到了麻木的程度。

如同山体遭遇了泥石流，丁敏慧心目中的林浩楠正在一点一点地坍塌。

最令丁敏慧失望和痛恨的是，林浩楠趁着戈向东在医院昏迷不醒时从林雪梅那里拿走了英雄地的土地使用证。目前天海地产开始疯狂融资了，因为有英雄地作抵押，来自各种渠道的资本源源不断地进了天海地产的账户，巨额资金让天海地产的财务总监触目惊心。林雪梅被吓住了，她慌忙跑到医院，可戈向东刚刚从死亡线上挣扎回来，心脏和肺部还很脆弱，轻微的刺激就会要了他的命。

林雪梅不知道怎么开口，她左思右想，最后把丁敏慧叫了出去。

昏昏沉沉中，戈向东像是听见了她们的声音。尽管他身体还十分虚弱，但他好像有心灵感应似的，在林雪梅和丁敏慧谈完话再次进来的时候，他紧紧地盯着她们，声音微弱却透着一种洞察内情的威严："英雄地怎么了？"

林雪梅期期艾艾不敢说，丁敏慧急忙掩饰："英雄地没事，雪梅姑姑说，英雄地的工程不能停。"

"英雄地到底怎么了，你来说。"戈向东看着林雪梅，眼神中仿佛告诉她不要撒谎。林雪梅着急得哭了起来，她哆嗦着嘴唇："董事长，对不起，浩楠从我这儿拿走了英雄地的土地使用证，他……”戈向东伸出手制止了林雪梅，他不敢再往下听了。自己花费了无数心血的接班人还是对他的英雄地下手了。

戈向东的呼吸越来越急促，一股腥甜的味道从喉管里奔涌出来。在昏迷之际，戈向东艰难地断断续续地说了一句话：“英……雄……地，不能……抵押！”

知道消息的梅雅莹慌忙跑进来，她疯狂地驱赶着屋子里所有的人，并出离愤怒地吼道：“你们要杀了他！你们要杀了他！”

戈向东被紧急送往了手术室。

大家都明白，这一次，戈向东凶多吉少。

丁敏慧好像失去了知觉，像个木头人站在那里，一动不动，父亲再次经历生死考验，男友迷失本性。她浑身上下像是抽去了筋骨，没有一点儿力气。

坐在手术室外好一会儿，她突然掏出手机，拨打了林浩楠的电话，当电话那端传来的一直是“你拨打的用户不在服务区”的声音时，她气得浑身发抖。冷静下来之后，她想好了对策：魏沛姗带着遗嘱和她代表戈向东起草的授权，马上冻结集团公司所有的资金账户。林雪梅负责向商业银行说明情况，暂停向天海地产拨划贷款，公司宁肯多花违约金，也要收回英雄地的资产抵押合同。

林雪梅还透露一个消息，林浩楠让她支付两千万购买了一个富豪刚从海外拍到的一对元代青花瓷器，还让她向净月会所的账户上打了三百万……

丁敏慧不想听下去了，她失望地摆了摆手。

林雪梅觉得自己像个罪人，如果戈向东就此有个三长两短，她会永远良心不安："丁总，真是对不起，都是我的错，浩楠那天说国土资源部门要核查滨海五号地的土地材料，我就信了，就让财务保密室拿给了他，谁知道这孩子疯了，竟然拿这些东西到银行去作抵押。"

"林总监，你去忙吧，我想一个人静一静。"

"敏慧，你要相信浩楠只是一时糊涂，千万不要对他失去信心，你们的感情那么好，现在只有你能救他，不要放弃他。"这个时候，林雪梅还在为侄儿辩解。

"一个利令智昏的人，谁都挽救不了他。他已经没有底线了。我爸差点被他气死，还不知道能不能逃过这一劫。有一件事你必须做到，不惜一切代价也要拿回英雄地的抵押合同，没有了英雄地，我爸肯定会死。"现在任何解释对丁敏慧来说，都无法舒解她备受煎熬的内心，没有什么比父亲的命更重要。

林雪梅点了点头，哭着离开了。

丁敏慧努力使自己镇静下来，天海集团再一次被推到了万丈悬崖的边缘，她不能慌乱。她拨打了魏东阳的电话，平静地讲了事情的来龙去脉。她恳请魏叔叔，一定要密切关注英雄地的事情。

电话那端，魏东阳沉默了很久。他几乎不相信林浩楠能做出这样有悖天理的事情。他安慰着丁敏慧，一定帮她把英雄地的所有文件拿回来："眼下，当务之急是要马上找到林浩楠，让他悬崖勒马。我会让孙昭阳马上去找他，找人的事情他在行。"

跟魏东阳通完电话，丁敏慧心乱如麻地在手术室外的走廊上来来回回地走，无法坐下来等待。

几个小时后，梅雅莹拖着疲惫的身躯走出来。丁敏慧跑过去急切地问："我爸怎么样了？我爸到底怎么样了？"

"肺泡又破了，靠呼吸机养着，能不能复活，要看他自己的造化了。"梅雅莹松开丁敏慧的手，眼神呆滞，一边独自朝着病房走去，一边无力地央求，"你们都走吧，让我一个人陪着他，他太累了，需要安静。"

"梅妈妈，对不起，都是我的错，都是我的错。"

"走吧，都走吧，他要睡觉了。看见你们，他想的事情太多，他的心太累了。"梅雅莹没有理会一切声音，忏悔的，关心的……对于她来说，都是把丈夫推向死亡深渊的魔爪。

丁敏慧擦干眼泪，告诉自己，父亲的身体就交给梅妈妈，她要稳住天海集团这个在林浩楠操纵下再度陷入危局的大厦。她相信，不用孙昭阳费心去找林浩楠，只要她冻结了天海地产和集团公司的银行账号，林浩楠就会主动现身来找她。

她等着一场决裂。

傍晚时分，孙昭阳匆匆赶了过来。望着一脸憔悴的丁敏慧，孙昭阳犹豫再三还是把林浩楠与范梦蕊的关系告诉了她，长痛不如短痛，借此机会让她割掉这段恋情，未尝不是件好事。

孙昭阳把一叠林浩楠跟范梦蕊在一起亲昵的照片

给了丁敏慧，他为了断绝丁敏慧的念想，没有任何顾忌地说："戈老爸病危住院的这些日子，林浩楠跟范梦蕊在海岛假日别墅如胶似漆。"

尽管对林浩楠很失望，丁敏慧还是被眼前残酷的现实重重击倒了。照片上林浩楠含情脉脉，范梦蕊媚态百生。

她觉得眼前一片漆黑。这些日子发生了太多的事，已经让她心力交瘁，此刻又被当头一击。

她强迫自己抬起头。孙昭阳有些悔意，觉得自己的打击是不是太重了。"姐，我知道这个时候告诉你这些，时机不对，可我实在憋不住了，我已经警告过这个混蛋，可他没有丝毫悔改的意思，他把戈老爸气得炸了肺，自己却躲起来逍遥。我要是不拆穿他，他会接着伤害你。长痛不如短痛，痛完，就把他忘了吧。"

丁敏慧的脑子一片空白，她不知道孙昭阳接着说了些什么，只是轻轻地对他说："阳子，你走吧，姐想静一静。"

孙昭阳悄悄地掩着门离开了，他什么时候离开的，丁敏慧毫无察觉，时间空间像是突然间凝固了。

很长时间了，她一直想找林浩楠好好谈谈。她把自己跟林浩楠在一起的点滴记忆，一点一点拼接起来。她曾经以为彼此十分了解，可实际上，他们的内心仍然隔着鸿沟。看来，相处时间的长短跟心灵的距离无关。随着婚姻关系的临近，两颗心的距离不是越来越近，而是变得越来越远。

丁敏慧一度感到有种要失去珍贵东西的害怕，她觉得自己从心底开始排斥林浩楠。与过去的迷恋不一样了，现在林浩楠每说一句话或每做一件事，她想到的总是他的自私和偏激。为此，她还去找过一位心理学专家。专家告诉她，这种心理反应，在心理学上被称为婚姻恐惧症。她不赞同这种说法，魏沛姗跟戈睿同样是青梅竹马的一对儿，可魏沛姗像是每天都沉浸在爱情甘霖里。旅行回来，一对新人原本要去度蜜月，戈睿接到部队电话，要他执行“上合组织”联合演习任务，他二话不说就立即走了。但魏沛姗脸上没有任何不满，总是挂着无法掩饰的甜蜜，这让她十分羡慕。关于她的情感问题，曾有朋友替她分析，少女时代，林浩楠是她崇拜的偶像，偶像是用来仰望的，所以，爱情生活中，她也会不由自主地把这种崇拜带进来，而形成过高的期望。现实琐碎的生活里，偶像的一切缺陷都会被放大，让人形成落差感，最后让她难以适应。

她默认了。她计划忙完这一段再好好解决两个人的问题，但她万万没想到事情会来得如此快。

丁敏慧无法相信，她爱了多年的男人竟然背叛了他们的承诺。她曾经在范梦蕊面前不止一次强调永远不会背叛的爱情盟约，瞬间土崩瓦解。像是个玩笑，更像嘲弄。她无论如何也想不到，撬掉他们爱情的会是范梦蕊。她浑身冰冷，如同坠入严冬的冰窟，所有的激情和快乐随着血液倒流，她曾经爱如生命的男人，竟然是个背信弃义之人。

丁敏慧拨打了林浩楠的手机，电话通了，却没有人接，她发了一条短信："我想跟你谈谈。"

丁敏慧无法容忍的不仅仅是他对爱情的不忠，更不能容忍的是他在闯祸之后，选择跟别的女人狂欢而不是承担责任。戈向东像亲生父亲那样养育了他。可在他生命垂危的时候，他作为这个家里唯一可以守候在病床边的男人，却自己寻欢作乐去了。丁敏慧此刻觉得自己无比的可笑，在寻找梁小宝的事情上，亏她还一直因为自己对他的驳斥而懊悔不已。

红色之旅，最应该跟随戈向东前往的就是林浩楠，可是他拒绝了。

丁敏慧心里最清楚，那时候，父亲就已经清楚自己的身体不行了，他想当着林浩楠父亲的面，正式移交天海集团的权力棒。

林浩楠或许只想继承财富和权力，却拒绝担当责任。有一天，天海地产的财务副总监老马见到她，一脸担心地走到她面前说："丁总，有些话我本不该对你说，可我要是不说，内心不安。林总花钱，是真没谱。换一辆车就几百万，对外接待费和礼品消费更是惊人，一年不到，他个人签字的金额，都上八位数了。照这样下去，天海地产翻身更难了。"林浩楠一直喊着东部新区项目缺钱，为了支持他，天海化工已经暂缓上马新项目。他却拿着那些钱开高档车，过奢靡的生活。

丁敏慧记得有一次，林浩楠跟她一起站在天海最高建筑的楼顶，望着夕阳斜下的繁华都市感叹："俯瞰脚下的城市是如此之美。有人站在众人之巅受万人敬仰，想要的东西唾手可得；有人却游走在脚下如狂命蝼蚁，为了吃饱穿暖疲惫奔命。如果你不想被人踏在脚下，你就必须高高稳稳地站到巅峰。”那时，她对林浩楠这样的感慨并没有在意。她没想到那是一颗被扭曲了的心，情谊和仁义早已荡然无存。

很多时候，看着林浩楠忧郁的眼神，丁敏慧心里总会滋生呵护他的冲动。他的忧郁，曾经让她心碎着迷。可此刻，她没有怜悯。她觉得怜悯这样的人如同怜悯蜷缩在冬天里的毒蛇，温暖让它苏醒，而它却贪恋善良的怀抱和温暖的血液。

爱恨交加的纠结折磨让时间变得十分漫长。

天开始黑暗下来，短信发出去后，林浩楠没有回信，也没有回家。

丁敏慧怅然若失地回到家里，她太累了，脑子如同要爆炸一般。她没有洗漱，没有脱衣服，只是倒在沙发上，瞪着眼睛一动不动地发着呆。

屋子里没有亮灯，只有鱼缸里的灯亮着，两条锦鲤正在欢快地戏耍。黑暗中一条黑色的清道夫依附在鱼缸的玻璃壁上，似乎在用同情的目光看着她。丁敏慧摸了摸自己的脸，什么时候冰凉的脸上爬满了泪水，她感觉手指上一个硬硬的东西划过面颊。

订婚戒指。戒指是一对，两个人各一枚，算是爱情盟约。一直强迫自己平静的丁敏慧生气地把戒指摘了下来，向敞口的鱼缸扔过去。戒指惊吓完相濡以沫的两条锦鲤，落入缸底。清道夫贪婪地爬过去，一口咬住那枚闪着亮光的钻戒。丁敏慧很想笑，这个用来温暖爱情的信物，竟然以这样的方式跟她告别。她在想，连一条鱼都觉得，用这样一块石头来承诺爱情太过于愚蠢，所以用这样的方式告诉她：失去了诚信的钻石，不过是清道夫腹中的垃圾，喧嚣浮华的年代，用它来考量海枯石烂的爱情，原本就是一个黑色幽默。

左思右想的时候，疲惫向她袭来，她只想睡觉，睡上三天三夜。

8

孙昭阳接到梁小宝的电话，着急地向他求救——寇豆豆突然失踪了。

不久前，寇豆豆怀孕了，梁小宝高兴极了，请了假在家里专门伺候她。上午，他出去买菜，回来就不见了寇豆豆。他找遍了整个镇子的角角落落也没见寇豆豆人影。后来，他听街头的一个老头说，寇豆豆和两个男人上了一辆越野车。他意识到肯定是出事了，就赶紧报了警。警察调看了各个路口的摄像头，终于在高速路口的摄像头上查到了那辆越野车。车是天海牌照，沿着高速路一路向北去了。

梁小宝在电话那头惊慌失措，要是寇豆豆出了什么事，他真不知道该怎么办。

孙昭阳劝梁小宝不要担心，他保证一定尽快找到人。

挂了电话，孙昭阳赶紧拨打了丁敏慧的电话，一连打了很多遍还是没打通，他心里有些发毛了，他后悔不该把残酷的真相告诉她。他脑海中升起的第一个念头是丁敏慧想不开出了事。他清楚他们之间的感情，两个人青梅竹马，马上就要结婚了，却突发这样的变故，搁在谁身上，也承受不了。

他抓起车钥匙就飞奔出去了，他先是去了戈家，发现没人，又来到了林浩楠的住所，他想丁敏慧肯定会去找林浩楠，他敲了老半天的门也没声响。他又打了林浩楠的电话，还是无人接听，只好又打给魏沛姗。

魏沛姗正在急得团团转："我也在找敏慧姐，她电话关机了。这事不对头，是不是出什么事了？戈老爸还没脱离危险，她每天都要来医院的。"

孙昭阳用他们特殊的方法打开了戈家的房子，发现丁敏慧根本不在家里，她的手机支离破碎地躺在地上，已经失去了通话功能。他的心都揪起来了，一边痛骂自己一边不停地拨打林浩楠的电话，传来的仍然是"拨打的电话已关机"的声音。他挂掉电话骂了一声，"混蛋！"他猜，林浩楠可能还和范梦蕊在温柔乡里。

孙昭阳坐在沙发上冷静了一下，想想下一步该怎么办。戈老爸住院处于昏迷状态，寇豆豆被人绑架生死未卜，林浩楠背叛，丁敏慧失踪，戈睿在部队，他决定去找魏叔叔，只有他能做主了。

魏东阳听完孙昭阳的报告，久久没有说话，他也理不出个头绪。最后，他让魏沛姗接着寻找丁敏慧，他派人着手协调云南警方查找那辆越野车，并让孙昭阳从寇豆豆过去的一些关系查起，尽快摸清是否跟天海方面的人有关系。

魏沛姗和孙昭阳临危受命，两个人一筹莫展地对望了一眼，孙昭阳无奈地说："我们这一大家人，可真是热闹啊。"

"要不，我给戈睿打电话吧？"魏沛姗知道现在戈家极需要一个强有力的肩膀。

孙昭阳劝她打消念头："你给他打电话有什么用，他带队参加'上合组织'的反恐演习，没看《新闻联播》吗？新丝绸之路上，联合军演已经开打了，你见过上了战场还能请假的军人吗？"

作为戈家媳妇的魏沛姗感到非常抱歉："现在我们大家都指望你了，你一定要好好保重，我代表正在昏迷中的戈老爸谢谢你。"

"戈老爸发病，错在林浩楠，但主要起因还是我那个不争气的爸爸。说实在的，让你们几个女人陪护病人真是难为你们了。这几天我也想陪陪戈老爸，可是，你看我忙得，分身乏术啊。等戈老爸醒了，代我问候一声。"

魏沛姗关切地对他说："再忙也要注意身体，注意安全。"孙昭阳答应着出了魏家大门。

魏沛姗回到屋子里穿了一件衣服，准备出门寻找丁敏慧。事情乱成了一锅粥。她带着林雪梅办理账户冻结和英雄地抵押贷款、违约赔款的事。商业银行的老总很不情愿，林浩楠办理贷款的时候，一切法律手续齐全，第一笔贷款都已经进了天海地产的账户。

魏沛姗要求看文件的法人签名。粗一看，不禁倒吸一口凉气，法人签名上的“戈向东”三个字赫然在目，林浩楠模仿戈向东的签名完全可以以假乱真。

魏沛姗被难住了，如果要冻结账户，林浩楠难逃伪造法人签名、商业欺诈的罪名，她没敢以虚假签名的理由申请账户冻结。

她第一个念头是必须尽快找到丁敏慧，商量对策。找不到丁敏慧，她只好向父亲求救。

魏东阳给商业银行的行长打了个电话，说天海集团董事长戈向东病危住院，英雄地的抵押文件存在问题，要求他终止合同。副市长兼公安局长的电话让固执的行长犹豫了，最后他不得不答应暂缓贷款，至于是否终止合同，他要等戈向东出院后再作决定。

魏东阳叮嘱行长保守秘密，先不要告诉林浩楠。

9

夜晚对林浩楠来说注定是煎熬。丁敏慧的短信让他终于明白什么叫作“终将逝去”。一时间，他也搞不清自己到底是人还是魔，是回去还是继续逃避。他想告诉丁敏慧，他跟范梦蕊在一起无非就是为了从她父亲的手上拿到东部新区核心地段那块地。

可这话说出去连他自己都不相信。

事实上，跟范梦蕊从逢场作戏发展到今天，他不能说自己完全没有真情。假做久了也可成真。

人是个复杂纠结的动物，年龄越大越是身不由己。年少时，他根本不用思考什么后果，他想砍了谁，第二天就能看到那个人倒在血泊之中。一个江湖老大告诉过他，出来混就不要患得患失，上天都是公平的，得到就会有失去。意识到要失去丁敏慧的时候，他还是感到撕裂般的疼痛。他伤害一个温暖了他十几年的伙伴，她的离开像是拿走了他身体的一部分。他能想象丁敏慧知道他移情别恋后的样子——她会痛不欲生。

林浩楠像幽灵一样在医院附近游荡，他没有勇气走进戈向东的病房。戈向东住院已经很多天了，至今还在昏迷之中。用英雄地抵押贷款和融资，他也是迫不得已。龙腾公司志在打败天海集团，作为天海的准掌门人，他要让自己立于不败之地，就只有孤注一掷。上天只给他一次机会，戈向东的住院，就是他最好的时机。

要想在天海集团有地位，必须有所作为。这是他林浩楠在天海集团崛起的最佳时机。

有了英雄地的抵押，银行很快做出了向天海地产贷款的决定。很快商业银行的第一笔巨额资金到账，庞大的融资机器正式开动。天海黄金、天海稀土和天海能源三家企业的第一笔资金陆续进来。

他坚信，只要有了足够的钱，他就一定能打败周海龙。

范梦蕊正在说服她的父亲。就在昨天，林浩楠还亲自去面见了范梦蕊的父亲范主任，林浩楠为他带去了一对刚刚在海外拍到的元青花瓷瓶。范主任高兴得当场表态，大力支持天海地产的竞拍。从范家出来，他让天海地产财务总监林雪梅给范梦蕊的账户打了一笔款，让她负责操作土地拍卖的公关工作。虽然林雪梅有些异议，但还是很快去打了。

ICU 病房外的走廊上传来一阵脚步声，林浩楠慌忙躲到卫生间的拐角处，他看到魏沛姗正急匆匆地朝梅雅莹的办公室走去。他立即跑到病房前，隔着玻璃，看到了无菌舱里仍然紧闭着眼睛的戈向东。

刹那间，深深的愧疚涌上心头。戈向东把他从少管所接出来的那一幕又在他的眼前浮现。夕阳下，林浩楠拎着行李跟在戈向东屁股后面，前面高大的身影就像他的一棵树。这么多年来，他在这棵大树的庇护之下枝繁叶茂。他也曾立下誓言，决不亏欠养父，否则到他老死都无法还清感情债。

到天海集团工作后，他一直很努力，他想靠自己而不是养子的身份获得成功。可他越来越发现，现实生活中，仅仅依靠自己的能力获取成功太难了。复杂的世界需要坚实的人脉关系。他心里清楚，生活在拼爹的时代，没有背后的戈向东，他什么都不是。他花几百万买下那辆越野，戈向东签字时还是皱了一下眉头，而过去，他花钱戈向东从来都是有求必应的。高中毕业时林浩楠看中了一款日本原装进口的音乐摩托车，标价十万多。他没想到，戈向东第二天就让人调试好送到了家。

他追逐奢华生活，应该是从担任副总后开始的。权力真是个好东西，有时候根本不用自己考虑，该来的都来了。后来跟范梦蕊在一起，置身于年轻富豪之列，没有奢华就没有地位，没有地位就没有圈子，没有圈子就没有生意。天海集团是天海民营企业中的老大。林浩楠觉得，老大就应该有个老大的样子。他追求的不是爱慕虚荣，而是在维护天海集团的形象。

林浩楠怀着复杂的情感在戈向东病房前站了一会儿，此刻希望他能醒过来，可又担心他醒过来会阻碍他。毕竟他已经践踏到戈向东的两条底线。

正在他左右为难时，魏沛姗向他走了过来，他像不敢见人似的立即躲到了卫生间，魏沛姗追了过去朝他大喊："林浩楠，敏慧姐失踪了，你欠她个解释！"

林浩楠听到这个消息，心脏紧紧地收缩了一下。他终于证实了这个让他担心的消息。

昨天他悄悄去了一次公司，尽管各部门仍然按部就班地在运转，可中层以上领导的情绪还是受到了影响。董事长重病在床生死未卜，两个年轻的副总杳无音信，很多积压等待处理的事务都堵塞在部门经理的手里。当时，他很纳闷，丁敏慧一天没上班，也没有开机。这不是她的作风。自从负责天海化工以来，她就像一个不知停顿的陀螺，一心一意以工作为重。

林浩楠开着车在大街上漫无边际地寻找着丁敏慧，他找了他们一起去过的所有地方，大剧院、小吃街、大海边……

林浩楠询问了自己认识的丁敏慧的同学朋友，可所有人都表示没有消息。他再一次拨打了丁馥芬的电话，也不在服务区。

一种不祥的预感袭上心头，林浩楠被这个预感吓出了一身冷汗。某种迹象表明，丁敏慧的失踪跟周海龙有着某种联系。他清楚周海龙为了实现自己的目的会不择手段。

正在开着车时，范梦蕊给他发来了短信：青梅居开业，上午十点准时参加。

青梅居装修完后，林浩楠和范梦蕊一起仔细检查了一遍，最后得出结论：青梅居的奢华远在净月会所之上。

范梦蕊合理利用了戈向东对仿古建筑返璞归真的理念，在装修设计上汲取了古园林建筑的元素。土木结构的楼亭轩榭，青砖黛瓦，飞檐翘角，环境极其优雅。会所还没开业，一百张一百万元一张的金卡已经发售完毕。林浩楠有些吃惊。范梦蕊却好像早在意料之中："能来这里的富人，享受财富带来的快乐远远大于拥有财富本身。他们赚的钱，几辈子都花不完，可没有几个人会想几辈子以后的事情，贫富不过三代。他们看重的是现在，只有现在他们才能实实在在地拥有。"

林浩楠没有回范梦蕊的短信，继续开着车子盲目却带点希冀地在大街上寻找着丁敏慧的踪影。

他本想打电话给孙昭阳，询问一下丁敏慧的情况，但想到孙昭阳对他的态度，又立刻放弃了这个念头。这些年，他一直没有真正融入他们这个小集体。虽然他常常把自己摆在头领的位置上，可除了丁敏慧，他们一直在排斥他。

此刻，就连丁敏慧也不可能原谅他了，这个世界上，他成了孤家寡人。

10

孙昭阳以涉嫌私藏毒品并聚众吸毒抓了那个叫吴洋的女孩。灯光昏暗的地下酒吧，吸食了毒品的吴洋背部文着一条狰狞恐怖的青蛇，正和另外一个背部文着白蛇的女孩，兴奋地扭着身体。摇曳的灯光下，男人们的欢呼声纠缠在一起。

警察的突然到来，让沸腾的欢乐戛然而止。随后，吴洋和那个女孩被带到了公安局。

孙昭阳紧接着又抓了鼎盛公司的吴胖子。寇豆豆以前提供的信息十分准确，鼎盛公司签约的那些艺人大多数沦为富人、权贵的玩偶。像吴洋这样的妙龄少女，鼎盛公司每年都会遴选出好几个。这些女孩为了在选秀中出名，争相参加鼎盛公司专门组织的才艺培训，最终深陷毒瘾的泥沼不能自拔。

吴子牛奸猾狡诈，熬鹰式的审问进行了二十四小时，他死活都咬住不知道寇豆豆在哪儿。

孙昭阳从他钱夹子里搜出了十几张私人俱乐部的VIP金卡，其中几张，是净月会所。孙昭阳曾记得寇豆豆跟他们说过，那个给她文身的男人，就是在净月会所认识的。

突破口是从白蛇文身的女孩那里打开的，她名叫晏紫，十七岁，艺术学校入学不到一年，是舞蹈系新生。

孙昭阳一看女孩就知道她是刚刚陷进去的。女孩开始还玩世不恭左右躲闪，当她一听从她的更衣橱里搜到了少量冰毒和摇头丸，可以入罪时，便哭求着把所知道的全部交代出来了。突破了晏紫，吴洋也扛不住了。

晏紫交代说，这个周末，她们的灵异大帝要来召唤她们。

“谁是灵异大帝？”孙昭阳追问。

吴洋接过话：“就是给我们文身的神秘男人。”“灵异大帝定期召唤我们这些精灵。”晏紫还带着一种无比向往的神情。

“精灵是什么？”孙昭阳见惯了这种装神弄鬼的事情。

吴洋交代，精灵就是那些文身女孩，也叫文身宝贝。神秘男隔一段时间就会召唤她们一次。说是召唤，其实是检查她们身上的文身，文身没有破损，他就会发钱给她们，几万、十几万不等。如果他喜欢上哪个女孩，就会跟那个女孩住上几天，受宠幸的女孩又会得到几十万的赏赐。吴洋她们都盼望着神秘男的到来，她们需要拿钱去买毒品。她们除了上课，平时就呆在鼎盛公司的出租屋里，偶尔参与一些夜场的演出，这点报酬根本支付不起奢侈品的消费和毒品的消费。

晏紫苦苦哀求孙昭阳：“警察哥哥，你千万别关我们，否则，我们就要断顿了。你知道的，断顿我就会死。”

孙昭阳在心里冷笑了几声，看到这些花样少女沦落到如此地步，他一边痛恨那个神秘男，一边想痛骂这些不知回头的女孩。不过想到寇豆豆，他还是忍住了。

“我很长时间没见到豆豆姐了，不过这次她很有可能在这次聚会中出现。”吴洋透露到失踪案件的关键点了。

孙昭阳心里一惊，还是不动声色地问：“何以见得?”

“那个男人有十个最喜欢的精灵，分花、鸟、虫、鱼四类。身上文花儿的人最多，有五个人，按照五代青花瓷器文身；鸟儿两个人，一个是孔雀，一个是凤凰；虫儿也是两个人，青蛇和白蛇，就是我跟晏紫；鱼儿最珍贵，只有寇豆豆一个，那个男人最喜欢的就是她。她不漂亮，但身材最好，舞蹈功底也好。灵异大帝说寇豆豆是最有灵性的精灵。寇豆豆被文身后，那个男人跟她在一起住了半年多时间。那段日子，寇豆豆可真是幸福，我们都很羡慕。”

孙昭阳痛苦地仰着脸。来不及同情梁小宝，他对这个号称灵异大帝的男人十分感兴趣。根据线人报告，从境外进入的毒品都跟一个名叫坤哥的人有关。孙昭阳有一份坤哥的详细资料。坤哥名叫朱坤，东业集团董事长朱江龙第三房之子。早年他曾因参与黑帮殴斗入狱，入狱前与朱江龙脱离父子关系。

朱坤出狱后混迹于泰国、缅甸毒品交易市场，一直在东南亚和香港活动。准确情报称，朱坤近期要从澳门进入天海。

出于职业的敏感，孙昭阳嗅到了一种气味。

龙腾置业是朱江龙名下东业集团下属的地产公司。照此推理，朱坤对天海应该并不陌生。

孙昭阳判断，灵异大帝和那个十恶不赦的毒枭朱坤似乎存在着某种联系。他突然想起来，寇豆豆好像向他提过，那个男人就叫坤哥。

他想会一会这个神秘男。

孙昭阳立刻把自己的想法报告给了局长魏东阳，魏东阳担心孙昭阳孤军深入太危险。“比起戈老爸带着你们在战场上被几百个敌军追杀，我的危险系数要小多了。”孙昭阳无畏无惧，正气凛然地回答。

旅游回来，孙昭阳感触颇深，曾经好几个晚上跟魏东阳彻夜长谈。“和平时期，没有大规模战争的情况下，‘牺牲’这个词很大程度上像是专门为我们警察准备的”。

孙昭阳带着吴洋和晏紫手持吴子牛的 VIP 金卡进入了净月会所的私人俱乐部。这是几栋建在小岛上的别墅。既然是私人俱乐部，私下就会有上不了台面的勾当。他早就料到净月会所不像外表粉饰得那么干净。

深夜突袭，公安局局长魏东阳无疑顶了很大的压力。净月会所担负着招商引资的职能。那些富人，更是天海的纳税大户。可压力再大，魏东阳也决定做了，他容忍不了朗朗乾坤之下存在藏污纳垢的地方。武装特警的蛙人已经悄悄潜下水，他们只等孙昭阳发出信号。

两名女子进入别墅区就被彪悍的保镖带走了。

一个马脸横肉大个子问孙昭阳："吴胖子怎么没来?"

"电视台晚上要海选，我哥去挑妞儿去了。"孙昭阳连忙小心地应付着。

马脸咧开嘴不怀好意地笑着："妈的，吴胖子，就他妈的有眼福。"

孙昭阳立马假装翻脸："你他妈的河马，嘴巴给我放干净点。"

马脸男人嘲讽起他来："跟吴胖子一样，没文化，还他妈艺术总监，艺术太监还差不多。"

孙昭阳蔑视了他们一眼，没有再理会，马脸男人放肆地笑完，在背后嘱咐他："就在大厅里坐着，不要到处乱跑。"

孙昭阳歪坐在沙发上，端着一杯红酒，他晃动着酒杯，望着一群放荡不羁的男人和放浪形骸的女人。

没过多久，一群异常兴奋的男人在长长的T台前围成一堆。最热烈的高潮秀就要开始——灵异大帝要检验文身宝贝。虽然孙昭阳有思想准备，时装秀的音乐一响，走秀的女孩们还是把他吓住了。五个女孩子赤身裸体地走上来，灯光下白皙的肌肤上被文成唐、宋、元、明、清五代瓷器的花纹，图案美轮美奂。女孩子们站在人群中间摆着各种姿势，像瓷器一样接受男人们的观赏。接着，两个女孩子招摇着走上来，一个身体上文着艳丽开屏的孔雀，一个文着璀璨夺目的凤凰。接下来是吴洋和晏紫这两条相互缠绕不停扭曲摇摆的蛇，声色十足的表演引起了男人们的叫嚣。最后一个出场的果然是寇豆豆。

她颤动的身体像一条游弋在水中的鱼。虽然经历了戒毒的炼狱，但她年轻的身体依然十分灵动，文满鱼鳞的丰满乳房像两只鱼儿的嘴不停地跳跃。

台下的男人开始随着音乐摇摆，寇豆豆像是发现了孙昭阳，眼神里那无奈的目光差点让人崩溃。

幕后的大佬还没出现，狂欢也没有停下。

孙昭阳环视了俱乐部一周。幽暗的角落里，一个似曾熟悉的面孔映入了眼帘。这是个四十多岁的男子，个子不高，但很健壮。他的周围站着两个中等个子的保镖。中年男子看着 T 台上摇摆的精灵们，不停地点头微笑。此人其貌不扬，孙昭阳觉得跟自己想象中的灵异大帝有些差距，但他确认男子应该就是神秘男。

孙昭阳在盘算着如何展开行动，对方手里肯定都有枪。这个时候动手，会造成无辜的伤亡。

他决定再寻找机会。

音乐停下来，寇豆豆完成了一次屈辱的表演。神秘男鼓着掌从黑暗中走出来，土豪们也紧跟着鼓掌叫好。神秘男阴沉着脸说："你们这些土豪劣绅，懂得什么叫好？"很显然，在这个圈子里，大家都畏惧这个神秘男。

他开始检查他的灵异精灵们。

孙昭阳看到站在 T 台上的寇豆豆浑身发抖。神秘男走到寇豆豆身边，伸手在她的身上抚摸着。突然，他挥起手在寇豆豆的脸上抽了一记耳光。这一耳光用力很大，声音响亮，大家都发出了一声惊呼。

寇豆豆应声倒地，鲜血顺着她的嘴角流下来。她抬起头向孙昭阳这边看了看，很快低下了头，伏在地上不停地发抖。

神秘男蹲下身子抓着寇豆豆的头发把她拎起来，捏着她的脸："虽然你他妈的是一条要下子儿的鱼，可你这身鱼皮我还是舍不得，费了我多少心血啊。等会，我要收回我的作品。"朱坤抬起脚把寇豆豆踹在地上，吩咐身后的两个保镖："给钱，让她们散了！"

恶魔炫富的时候到了，两个保镖把两个密码箱中红红的票子倒在了地上，招呼着女孩赶快拿钱。朱坤用脚尖撩起寇豆豆的下巴说："你的钱就不用拿了，等会我会给你更多！弄到我屋里去！"

寇豆豆像砧板上待斩的鱼肉，被人拖走了，神秘男随后跟了出去。

孙昭阳觉得机会就要来了，他小心翼翼地跟在后面，锁定了那座神秘男住着的别墅，开始命令赶来的武装特警控制周围的制高点，特警队队长也赶过来跟他会合。为了安全，队长决定实施破门攻击，孙昭阳否定了这一策略："对手挟持的人质怀有两个月的身孕，万一匪徒气急之下杀了人质，就是一尸两命。"

孙昭阳在那一瞬间想起了从小就失去了母亲的梁小宝。他横了横心，决定自己带着两个素质更好的武装特警冲入屋内。

时间像是凝固了一样。

注射了毒品深度麻醉后的寇豆豆真的像鱼一样，

被固定在了手术台上。就在这里，她从一个天真的少女变成了被人玩弄于掌中的鱼，而此刻这条鱼将被剖开，恶魔要取走她的鱼皮。没有失去意识之前，她已经意识到她的生命即将走向终点。在经历了戒毒之后，她已经深深品味过死亡的滋味，她对死已经没有那么畏惧了，唯一遗憾的是，她不能给小宝留下一个孩子。

这一身鱼鳞，已经给她留下了无尽的屈辱。赤裸着身体跟梁小宝呆在一起，她就心生愧疚。她找过美容医院专家，想去掉这身屈辱，可是面对如此大面积的文身，医生们也无能为力。没有一个人敢对她的身体下手。

寇豆豆的意识渐渐消失，那奸诈的笑声在她耳边响起，或许冰冷锐利的刀锋已经在她皮肤上开始切割……

楼下突然响起了激烈的枪声，神秘男正要转身，孙昭阳冰冷的枪口已经对准他，而他的手术刀则对准了寇豆豆颈部动脉。

接下来，是两个男人心理的对峙。

“放下枪，否则我就轻轻一划，血就奔出来了……”

“住手吧，恶魔，住手或许我会考虑不让你立刻去死。”

“少他妈废话，命令你的人，退掉子弹，放下枪……”

灯光下，寇豆豆切开的伤口正在流血。孙昭阳对外面的人喊道：“退掉子弹，放下枪！”只听到一片子弹退膛的声音。屋子里很静，子弹坠地的声响很清脆。

突然间，灯熄了，神秘男突然就地一滚，孙昭阳的枪响了，两声枪响，子弹碰到墙壁上，火星四溅。孙昭阳感觉到一个黑影飞向了他。几乎与此同时，两道寒光直奔他的咽喉和胸膛。咣咣，孙昭阳又开两枪，神秘男中枪了，一枪命中脑袋，一枪命中胸膛。

孙昭阳感觉到他的脖子有点热，鲜血渗出来，很快，狂飙起来……

寇豆豆醒来。她躺在警察的巡逻艇上。天已经透亮了，天的尽头是绯红的朝霞。所有的警察一脸肃穆。寇豆豆急切地问身边照顾她的年轻女警："孙警官怎么样了，他怎么样了？"年轻女警满脸泪水，没有正面回答她。

女警轻轻对她说："孙队让我转告你和梁小宝，好好活着，生存本身就是一种胜利！"年轻的女警再也忍不住，趴在船舷上放声大哭。

魏东阳看了看白布下面的一具尸体，下属已经报告，他就是警方一直在全力追查的"神秘男"——大毒枭朱坤。魏东阳没有说话，来到另一间房子，里面躺着同样盖着白布的孙昭阳。他静静地站着，心情久久都不能平静。

或许是冥冥之中的注定，他们旅行回来后的好几个晚上，孙昭阳总是跟他讲起他跟戈向东老爸去革命圣地的感受，讲那些千千万万为了新中国流血牺牲的英烈；讲前辈们为了国家不计生死前赴后继的付出，讲他戈老爸这么多年的坚持和担当。那几个晚上，魏东阳很是欣慰。孩子们真的长大了，懂得了理解、宽容和继承。他边听边想，可惜戈向东昏迷着，他要是听了孩子的这番话该多么快慰和幸福啊。

那次在英雄地，戈向东很感慨地告诉他，遗忘就像沙漠，是因为没有播种而变得荒芜，只有不停地播种，哪怕是深埋下一万颗种子只萌芽那么一颗，我们也能播种出信仰的森林。孙昭阳这颗种子肯定是生根发芽了，他讲得最多的就是牺牲和担当。现在，他还用他的生命实践了这种传承。

魏东阳的心情十分沉重。面对这个时代，年轻人想得更多的，是这个社会能给他们什么，他们能得到什么，很少思考他们能给这个社会什么，能付出什么。社会发展得太快，丢失的东西太多。很多宝贵的东西丢了再想找回来，太难了。孙昭阳原本是可以提前开枪的，可毒枭朱坤的手里捏着寇豆豆的命。他是太想拯救这个即将要做母亲的年轻女人，他不想让梁家宝的悲剧在他儿子身上重演。

魏东阳长叹一口气，他不知道自己该如何向孙茂群交代。孙茂群刚刚经历了破产和落选的打击，儿子是他唯一的支柱。中年丧子的悲痛肯定会要了他的命。

魏东阳面对着晨曦遥望远方的城市。城市的天亮了，迷宫般的城市，狭窄的天空，嘈杂的人群。他觉得孙昭阳那张年轻、充满朝气的面孔像是在城市的上空之上，一双眼睛俯瞰城市中的景象。火焰般的朝霞，像是孙昭阳永远挂在唇边的微笑。

魏东阳觉得，城市永远需要这样的微笑。

11

林浩楠心情复杂地来到了青梅居的开业典礼上。

丁敏慧和丁馥芬仍然杳无音信，一种不好的预感一直困扰着他，让他忐忑不安。

早上，姑姑林雪梅在他的住处堵住了他，质问他英雄地抵押的事情。因为看他身世可怜，姑姑对他一直很宠溺，从来没呵斥过他。这次，看她的神情，应该是真的生气了。“浩楠，你住手吧，去商业银行把英雄地的抵押材料要回来，等董事长醒了，你去向他道歉，请求他原谅。”

“放心吧，姑姑，等董事长醒来，让他听到我在东部新区大获全胜的消息不更好吗？”林浩楠觉得等戈向东醒来，他早打了翻身仗，英雄地的问题已经迎刃而解。

林雪梅本想告诉他，天海集团的银行账户已经冻结。

但林浩楠根本不想接着往下听，他急不可耐地说：“姑姑，我有一个十分重要的活动要参加，我下午就回公司，回公司再听你详细讲好不好？”说着上了车，一溜烟就没影了。

林雪梅跺着脚，对侄子的执迷不悟痛心不已：“小子，你要是再不悔过，你会一辈子后悔的……”

青梅居的开业典礼如期举行。男人们西装革履，女人们珠光宝气。不必说停车场那些令人咋舌的名款豪车，单凭宾客穿戴的奢侈品，就让人瞠目。

范梦蕊无疑是焦点中的焦点。她那么高挑的身材还穿着高跟鞋，在女人中鹤立鸡群。精心修饰过的发型，昂贵的晚礼服，显得她美丽华贵，价格不菲的首饰，在饱满的胸前闪闪耀目。整个上午，范梦蕊的表现，让那些前来助阵的娱乐明星们成了陪衬，她才是主角中的主角。尽管林浩楠心急如焚，午餐时还是客串了范梦蕊的男宾。范梦蕊逢人便介绍“林总是天海集团的执行总裁”，林浩楠面带微笑地承受着大家的恭维和奉承，心里希望这样的表演快点结束。

酒席间，林浩楠跟周海龙还是碰到了一起。

周海龙满面春风地对他说：“戈向东倒下了？小子，你的机会来了，我说过，我们不仅仅是对手，还有可能成为联盟。”

林浩楠斜视了他一眼：“周叔叔，敏慧无错，不要伤及无辜。”

“我听不懂你说什么，三日后我们竞标会上见，如果你觉得我们战前还有什么需要交流的话，可以私下交谈。”

林浩楠听明白了，周海龙摸准了他致命的底牌。他心里恐慌无比，但脸上还是保持着微笑。商场上交锋最激烈的，有时不是真金白银和谈判场上的唇枪舌剑，而是心理上的殊死博弈。

他决定马上跟周海龙谈谈，看他如何摊牌：“丁敏慧失踪了，我准备去找魏叔叔。”

“你别去找他，他正在烦躁着呢。你可能还不知道，刚刚得到消息，孙昭阳死了，就在昨晚，被人割破了咽喉，当场毙命。”周海龙宣布这个消息的时候，脸上浮现出看了一场好戏的表情。

林浩楠惊愕地望着周海龙，嘴巴大张，一句话也说不出来，鸡皮疙瘩骤然间起满了全身。尽管他跟孙昭阳关系不好，但听到这个消息，心里还是十分悲痛。

“可惜了，那么年轻，这个孙茂群，让儿子干什么不好，非要干警察，还有那个魏东阳，那么危险的行动，谁的孩子不能去，非要让他去，这下好了，孙茂群跟我一样，孤家寡人。”周海龙说着端着酒杯走了。林浩楠站在哪儿，大脑一片空白。

回过神来，他去找范梦蕊，准备告辞。

青梅居新聘任的女经理说：“董事长接一个电话，提前走了。”

林浩楠知道范梦蕊也遇到什么大事了，否则她绝不会丢下这么多重要的客人。

林浩楠犹豫再三，还是决定去找魏东阳。他觉得自己的直觉是准确的。丁敏慧和丁馥芬的同时失踪绝不是巧合，肯定跟周海龙有关。

为了打击报复，周海龙什么样的手段都使得出来。

12

丁馥芬没想到，疯子周海龙会绑架丁敏慧威逼胁迫她屈服。滨海二号地一栋六十九层高楼的楼顶上，眼上蒙着黑布的丁敏慧被两个男人推到她的眼前时，她心如刀绞。这是丁馥芬回到天海后建的最高的一栋楼，取名天帆国际。它采用联体设计，曾经创造了亚洲联体楼的纪录。丁馥芬雄心勃勃，一心要把它建成天海的标志性建筑。在此之前，天海市的标志性建筑是天海集团五十九层的天海蜃楼。一心要雪耻的丁馥芬决定把戈向东踩在脚下。可她没想到，此刻天帆国际成了她们母女最高的牢笼。

身心破碎的丁敏慧在家里浑浑噩噩地睡了一天。第二天夜里，她被家里的固定电话吵醒了，助理打电话说有很多客户的文件需要她签字，一上班就要发出去。她迷迷糊糊出了门，在一片漆黑的停车场，她刚要打开车门就被两个人罩住了头昏了过去。

她再次睁开眼睛时，刺眼的白光射了过来，她晃了晃头，看到了失去自由的母亲。大楼刚刚封顶，此刻的脚手架和吊塔还没有来得及拆除。

楼顶上，两个用来升降工人的笼子里，一个装着丁馥芬，一个装着丁敏慧。母女近在咫尺却不能接触。两个凶神恶煞般的男人走了，只剩下她们两个。

东部新区土地的竞标之前，周海龙拿不到她的亲笔签字，账户里的钱就不可能转往香港，这就意味着他最新吸纳的融资无处安身。他对股东们说丁馥芬在休假，可再有三天就开始竞标了，这个理由很苍白。丁馥芬曾经对银行交代过，这些钱必须用在东部新区建设的项目上，其他方向的流动，无论她还是不是龙腾置业的董事长，都须见到她跟下一任在交接书上的签字才能办理资金流转，否则资金一旦出了问题，责任由银行承担。所以，即便是集团公司有新的任命，这些钱还是拿不出来。

丁馥芬心里明白，就在这两天，周海龙可能会离开天海，离开中国，他不会等到土地拍卖，因为东部新区的气泡膨胀到了濒临炸裂，他没有时间了。

周海龙的目的不是参与东部新区建设，而是为了圈钱走人。所以他把丁敏慧抓到这里来，一是威逼她妥协，二是再到戈向东的心口上剜一刀。

丁馥芬快崩溃了，一种前所未有的恐惧扑面而来。

周海龙知道，女儿是她的软肋。

丁馥芬望着低头不语正在瑟瑟发抖的女儿，眼泪止不住地往下流。二十多年来，她从来没有给予过女儿母爱，刚刚好不容易取得女儿的谅解，可以憧憬未来美好生活，却把她带上了死亡的悬崖。

对周海龙这个恶魔，仇恨已经不足以表达她的愤怒了，如果他再靠近，她会毫不犹豫地咬断他的喉咙。她下定决心，即便是死，也不能让周海龙伤害女儿。

丁馥芬哽咽着："敏慧，是妈妈对不起你，妈妈答应他，只要这个恶魔不伤害你，妈妈什么都答应他。"

丁敏慧慢慢地抬起头，努力让自己镇定下来："这些年来，你和周海龙到底发生了什么事情，以至于这个混蛋一直纠缠你、折磨你、伤害你。那个我从小就讨厌的男人，为什么丧心病狂地把我也抓到了这里？"

丁馥芬望了一下开始阴霾的天空，咬牙切齿地说：

“他就是我的噩梦，自从认识他，我的噩梦就从来没有醒过。”

丁馥芬把她跟周海龙从相识到现在的经历，讲给了女儿听，她还讲了跟戈向东的那段爱情悲剧，讲了周海龙正在进行的巨大阴谋。

听母亲讲完，丁敏慧对周海龙的无耻和卑鄙怒火中烧。同样从生死场上下来的人，伟大和卑劣如此泾渭分明。

恐惧逐渐被愤怒取代的丁敏慧说：“他不只是在疯狂地报复你，报复戈老爸，也报复给予了他巨额荣耀的社会。这样的人只能下地狱，我们就是死也不能给他敞开天堂之门。妈妈，这个字你不能签，你就是签完字，他也不会放过我，因为他想报复戈老爸，已经想疯了。”

母女之间二十多年的心结慢慢地在解开，丁敏慧向母亲敞开了一个女儿的心扉，她说起了戈老爸对她疼如亲生的父爱，说起了她和林浩楠的成长和爱情，也说起了林浩楠的背叛和冷漠。

两个女人哭哭笑笑，相互倾诉，相互理解，忘了身在牢笼，忘了身陷魔掌。她们一致决定用笑容面对即将到来的死亡威胁。

周海龙一身西装革履地躲在暗处看着这对母女，他没有看到他一直期待的惊恐和不安，他发现两个人像是在说着一件跟死亡不相干的事情。

周海龙实在听不下去了，走了出来。

两个女人对周海龙的到来视而不见。

周海龙用手托起丁敏慧的下巴：“讲什么呢，我的戈大小姐？”

“我在跟我妈讲，这六十几层的高楼有没有埃菲尔铁塔高，周叔叔要是把我们扔下去会是什么样的感觉。”丁敏慧好心情地说。

周海龙走到丁馥芬面前：“你可以扔下去，你妈妈就不用了，因为你跟我周海龙没有半根毛的关系，你妈妈就不同，她是我的全部。”

丁馥芬一点都不买账：“收收吧，你没觉得我是在救你吗，我是在可怜你！”

“可怜我？谢谢你还有心情可怜我，现在最可怜的应该是戈向东，他最疼爱的养子，未来的女婿背叛了他，他的命根子女儿的小命儿就捏在我的手里，他自己苟延残喘地呆在医院里昏迷不醒，你可怜可怜他吧。”周海龙大叫着“苍天有眼”！

“天不藏奸，如果苍天有眼会一声霹雳先收了你，六岁的时候我就知道我不是你的女儿，因为我知道我的父亲肯定不是贪污犯，也不是一个心灵丑陋，自私龌龊的人。”丁敏慧把这么多年对周海龙的厌恶一吐为快。

周海龙似乎心理强大得可以承受一切，他拍了拍丁馥芬的脸：“瞧瞧，你跟戈向东苟合后生出来的女儿多伶牙俐齿。为了你这么漂亮的女儿，你总得有所表示吧？”

丁馥芬摇摇头，一口拒绝：“我知道，即便是我签完字，你也不会放了我女儿。”

“聪明。我原本想从龙腾置业拿钱，现在我改主意了，我不仅要从龙腾置业拿钱，我还要从天海集团拿钱，我要做一个实验，戈家大小姐，我看你的身价在林浩楠和戈向东那儿值多少钱。我要让他在醒来的时候，突然发现，自己一无所有，不管是钱，还是女儿和养子。”

丁敏慧痛苦地闭上了眼睛。丁馥芬歇斯底里地大叫：“周海龙，你个疯子！”

周海龙整了整西服：“我是骑士，怎么会是疯子呢？”

13

魏东阳亲自审问了毒枭朱坤的两个保镖。

他得到的信息是一同来天海的还有另外两个人，联系到朱坤跟东业集团朱江龙的关系，从警多年的他一下子嗅到了龙腾置业的犯罪气味。

一个推理让他不寒而栗——绑架丁敏慧的可能会是周海龙。

这时，经警支队的支队长报告，根据举报，龙腾置业前期融资有大量资金转移海外的记录，只是由于董事长丁馥芬度假未归，原本要办理的第二批转账被终止。

魏东阳听了更加焦灼，他在办公室里急速地走来走去，他下令：“查明龙腾公司、东业集团资金的海外流向，刑警支队立刻调查丁馥芬的去向，查查是否离境。我怀疑丁馥芬也被绑架了，密切监控周海龙的动向，一旦发现有离开天海的迹象立刻控制。”

两个支队长受领任务后走了，魏东阳靠在椅子上陷入了痛苦和自责之中。

周海龙还是对戈向东下手了。从魏沛姗那儿听说丁敏慧是戈向东的女儿，他真替大哥高兴。关于戈向东、丁馥芬、周海龙的情感纠葛，他最清楚。下了战场在陆军医院养伤时，戈向东为了成全周海龙，忍痛割断了与丁馥芬的恋情，丁馥芬进省城嫁给残疾人，也是为了跟戈向东再续情缘。为了让丁馥芬死心，戈向东很快就跟梅雅莹结了婚。丁馥芬不爱周海龙，这一点毫无疑问。周海龙的偏执魏东阳最了解。打仗那会儿，他的狭隘和偏激在全连是出了名的，动不动就挥拳头。戈向东一直担心周海龙会在非法融资上跌跟头，这回还真让他说准了。周海龙给投资商们撒了个弥天大谎，最终的目的就是圈够了钱远走高飞。周海龙和开发区管委会主任范运成联手在东部新区开发上做了个巨大的蛋糕，吸引资本血拼。蛋糕做得越大，资本血拼就越惨烈，东部新区的地价就会一次次被人为地抬升，他们就会圈到更多的钱。范运成目前已被省纪委“双规”，他已经交代了跟周海龙密谋的全部计划和他收受贿赂的犯罪事实。

事情越来越清楚，周海龙的庞大计划就是榨干天海集团和投资者口袋里所有的钱。林浩楠是这个局里最大的傻瓜。如果不是丁敏慧及时冻结天海集团的账户，他会设法榨干天海集团的巨额融资，戈向东的命根子——英雄地最后就会变成牺牲品。很多人对英雄地觊觎已久，在天海集团资不抵债的时候，英雄地只能任由银行拍卖，改属他人。周海龙一石三鸟，挥剑直指戈向东的咽喉。

魏东阳痛心疾首，同样是一起长大的孩子，林浩楠与戈睿和孙昭阳他们竟然差别这么大。林浩楠一点儿都不像老连长林春风的儿子。他的言谈举止和做事风格，跟周海龙像是一个模子刻出来的。那天，孙昭阳告诉他，林浩楠最近跟范梦蕊混在了一起。他开始一点都不信。孙昭阳把照片拿给他看，他才眼见为实。丁敏慧多好一个孩子，能干、善良、善解人意，这些年帮戈向东做了很多事情，在小一辈里是个榜样。

让魏东阳感到更气愤的是，林浩楠气病戈向东后，竟然连医院都没去。孙昭阳牺牲，那么多人去吊唁，他等了很久也没见到林浩楠的影子。戈向东这个接班人选错了。魏东阳替戈向东这么多年对林浩楠的精心栽培感到惋惜。对净月会所的突袭行动，击毙了大毒枭，抓了一批瘾君子，也证明了一件事情，净月会所是个藏污纳垢之地。省纪委已经秘密介入调查。范梦蕊陷进去多少，范运成陷入多少，天海市的官员陷入多少，很快就会明了。林浩楠陷没陷进去，不得而知。

因为他的悖逆，戈向东仍然命悬一线。无论如何，他应该得到惩治。

梅雅莹的电话来了。魏东阳心里一紧张，没敢马上就接，他害怕传来关于戈向东的噩耗。他努力平复了一下，才摁了接听键。

梅雅莹第一句话是“戈向东醒了，他想见你”。

魏东阳高兴得像个愿望达成的少年，没有任何身份顾忌地跳了起来：“好好好，我马上就到。”

梅雅莹在电话里补充了一句：“如果能找到林浩楠，要他一起来。”

魏东阳想了一下还是答应了：“好，我一定带着他去。”

林浩楠接到魏东阳的电话后，姗姗来迟，他不知道魏东阳找他到底有什么事，心里发虚。孙昭阳是在净月会所的私人俱乐部死的，净月会所跟范梦蕊有着密切关系，他跟范梦蕊又有那层关系。这一连串的联想让他直冒冷汗。

魏东阳让他把车子停在公安局的停车场，上自己的车。

路上，林浩楠低着头，一动不动，他怕一点细微的响动就会惊动魏东阳。最后他发现气氛太压抑了，解释道：“公司准备参加东部新区的土地竞标，我刚刚跟中层以上的干部开完会，所以来迟了一些。”

魏东阳憋着一股气，在鼻子里“哼”了一声，他不愿意跟他说话——林浩楠还深陷在周海龙的陷阱里不能自拔。

快到医院的时候，魏东阳冷冷地问林浩楠：“你们董事长生病，你第一次来医院吧？”

林浩楠心里一惊，魏东阳把他跟戈向东的关系给撇清了，已经不把他当作戈向东的养子了——他只是天海集团的一名打工仔。魏东阳冷冰冰的话让林浩楠如临深渊。

魏东阳接着又责问："敏慧找不到了，你就不打算找了？"

林浩楠为自己辩解而不是忏悔："我都找遍了整个天海，公司一大摊子事，我都忙疯了。"

魏东阳生气了："人找不到了，你还忙事？忙着用英雄地抵押贷款吧。"

林浩楠不说话了。

看来，魏东阳知道了一切。

进电梯的时候，林浩楠看只有他们两个人，就问："魏叔叔，我有个朋友想打听一下净月会所的事，不知道到哪一步了。"

魏东阳冷笑着问："是范梦蕊吧？"

林浩楠点了点头，魏东阳怒其执迷不悟，伸手狠狠地扇了他两记耳光。

林浩楠再次被这两记耳光打蒙了，他呆呆地望着魏东阳，一脸的委屈。这时候电梯门开了，魏东阳吼道："你不用去了，只当戈向东从来没养过你。你滚吧！"

电梯的门合上了。魏东阳独自站在那里仰天长叹："老连长，睁开眼睛看看，救救你的儿子！"

14

魏东阳穿上了消毒鞋套和探视服，跟着魏沛姗进了病房。

戈向东彻底醒了，撤了呼吸机，虽然呼气和吸气还让他感到胸口有点痛，但毕竟醒了过来。漫长的昏迷后，他的脑袋还有些蒙。看到魏东阳来，戈向东喘着气对他说：“我已经是死过的人，再大的事也能挺得住。”

魏东阳心疼地说：“哥，你放心，我会处理好的。”

戈向东让魏沛姗给他在背上垫了个枕头：“昭阳这孩子，可惜了。”

魏东阳看了魏沛姗一眼，魏沛姗慌忙解释：“那天，孙叔叔哭着非要跟戈老爸说说话，梅雅莹妈妈就让他进病房了，孙叔叔哭了整整一个上午。”

戈向东一脸沉重地对魏东阳说：“还有什么严重的事情，你告诉我，我预感到了，敏慧肯定出了事。说吧老三，我能顶得住。”

戈向东是在丁敏慧的哭诉中醒来的，又在她的哭诉中昏迷了过去。他了解丁敏慧，就是有天大的事情，她也会等着他再次睁开眼睛。他醒过来，睁开眼睛，却没看到人。魏沛姗说不出丁敏慧不在的理由，不得已交代了实情。

戈向东无比痛心地说：“你去告诉老二，有什么仇什么恨，冲我来。”

魏东阳诧异地问：“大哥，你怎么知道会是他？”

戈向东痛苦地捂着胸口说：“我太了解老二了，他心里过不去的就是这件事，是我对不起他，他要我的命，就拿去。”

魏东阳抓住戈向东，宽解道：“我已经安排人去监控了，你放心！”

戈向东突然落泪了：“老三，不到万不得已的时候别逼他，无论他有多混，我们都不能丢下他，我们在老连长那儿发过誓，要生死不离。”

魏沛姗听了气不打一处来：“戈老爸，他都成这样了，你还替他说话，这样的人就得下地狱。”

魏东阳呵斥女儿：“我们的事，你不懂。”

戈向东像突然想起来什么，问魏东阳：“我让你把浩楠带来，他不愿意来吗？”

魏东阳气愤地说：“电梯口，我扇了他两巴掌，让他滚了，来了也是给你添堵，这孩子让你给宠坏了。”

“现在想想，都是我的错，我总觉得亏欠了这孩子，总想弥补，越这样想就越放纵他，看来，管是爱，宠是害啊。老三，他还是个孩子，你不能放弃他，我下不去手，你得狠狠心，管管他。”

这时，魏东阳的手机响了，电话是刑警支队的支队长打来的。他说，已经在天帆国际六十九楼的楼顶发现了被劫持的丁馥芬和丁敏慧。目前，营救人员已经到位，直升机也已经飞临上空。

魏东阳交代了几点注意事项，转过身来握住戈向东的手说：“大哥，敏慧找到了，一起找到的还有丁馥芬，她们被周海龙劫持到了天帆国际的六十九楼，目前正在营救。”

戈向东拉着魏东阳的手恳求：“老三，他找的是我，带我去吧。”

梅雅莹立即阻止：“肺部不能感染，你不要命了？”

戈向东又把恳求的目光转向梅雅莹："不是我不要命，是老二想要我的命，我不出现，他肯定会杀了敏慧的。老三，我们走吧。"

天帆国际六十九楼通往楼顶的通道上，刑警支队的支队长向魏东阳汇报了情况。

上午九点，天海机场警方回馈信息，周海龙化名罗江准备搭乘飞往上海的航班，再转机前往香港，机场订票信息显示其中还有丁馥芬。

省纪委突破了东部新区范主任，他交代勾结周海龙制订了庞大的圈钱计划，数亿资金已经流往海外。听到风声的周海龙知道弥天大谎被拆穿，他深感事情不妙，决定提前逃离。

参与融资的大小股东们包围了龙腾置业的办公楼，周海龙乘坐消防电梯进入到地下车库驾车前往滨海二号地现场。

他还没来得及处理人质，警察就到了，两名保镖一个被击毙，一个被抓获。周海龙的情绪已经失控。他把关着人质的笼子用吊塔吊着，自己手握操纵杆，只要他的手一动，人质就会从高空坠落。狙击手已经到达指定位置，只是吊塔里情况不明，不敢轻易行动。

来到现场看到情况危急的戈向东急切地对魏东阳说："不要开枪，千万不要开枪！"

梅雅莹和魏沛姗推着戈向东来到了楼顶的空地上。周海龙凶狠地叫嚣："戈向东，你醒得可真是时候啊，要再晚醒一会儿，咱们可就见不上面了。"

戈向东望着头顶上灰蒙蒙的天空和空中摇摆的丁

馥芬母女，用尽了全身的力气劝导："老二，你到底想干什么？现在住手，还来得及。"

"你老让我住手，你凭什么让我住手？你手里什么都有了，名誉、地位、财富、老婆、情人、儿子、女儿，还有慈善家、大善人的好名声。我手里有什么？我他妈的两手空空。"

戈向东努力控制着自己的情绪："老二，你别忘了，你曾经是一名军人，一个英雄，跟那些死去的兄弟相比，能活着，我们得到的够多了，比起他们，我们没有什么可以抱怨的。"

对于这个曾经的荣誉，周海龙自己都觉得很可笑："我是军人，我是英雄，这个世界上还有谁尊重英雄！今天，你站在年轻人面前说你是英雄，他们会骂你是傻逼。一个没有英雄的时代谈什么狗屁英雄！我是英雄吗？我他妈就一个贪污犯，你们当中有谁把我当英雄了？这个世界，有钱就是英雄。"

"老二，你走到今天这样，我心里很难过，我知道我曾经伤害了你，兄弟几个中间，我最对不起的就是你，这些年你付出的太多，得到的太少。回来吧老二，天海集团可以都是你的。"

天边的雷声翻滚着传来，周海龙一只手指着天说："天海集团是我的？你说谎话不怕响雷劈了你。天海集团不是我的，也不是你的了，你最得意的养子把你的天海集团折腾得也差不多了。我告诉你，就连你视如性命的英雄地也换成了银行贷款，如果不是今天出了事，英雄地就是我的地。"

戈向东很平静，他觉得自己拼命努力了，还不成功的话，也无愧于老连长和那些兄弟了。周海龙看到戈向东听说命根子快没有了还很平静，继续恶毒地刺激着他："没想到吧，我就是要让你后悔，你养的不是养子，而是一只狼，一口就掏了你的心窝子。你也快一无所有了吧，养子背叛，亲生女儿就要死了。你不是说生死不离吗，来呀，我们一起死，到了地下我还给你当兄弟。"

魏东阳实在听不下去了："你知道那英雄地干什么用的，那是大哥捐建的一个烈士公墓。大哥千山万水地收集到了我们战友的遗物，他要把兄弟们请回来，安放到英雄地。二哥，这些年大哥做的那些事，换作你，你能做到吗？"

周海龙停住了，这件事对他来说有些意外。

魏东阳接着说："你处心积虑地算计他，害他。你这样做，等有一天到了地下，怎么对得起兄弟？"

戈向东颤颤巍巍地站起来："今年'八一'建军节，我们侦察连的兄弟们就要聚齐了，堵在大哥心里的那块石头就要拿掉了，大哥可以拍着胸脯堂堂正正地去见他们了。老二，你把她们放了，大哥跟你一起跳下去。"

戈向东艰难地挪向大楼的边缘。起风了，狂风卷着乌云掠着海面呼啸而来。暴风雨就要来临了。"你把她们放了，大哥跟你一起跳下去。这些年来，你了解大哥，我说过的话绝不食言。"

戈向东不顾旁人的拉阻，朝大楼边上走去。一阵狂风过来，他差点儿倒下。

梅雅莹和魏沛姗一声惊呼。魏东阳飞快地跑过去拉住戈向东，戈向东甩开他，接着朝前走。这时候，孙茂群和梁家宝也赶到了楼顶。

孙茂群大声呼喊："二哥，你回头吧，离开大哥这些日子我才知道，大哥这些年有多不容易，他心里想着我们，还要想着那些烈士的孩子。二哥，你都忘了吗？当年，为了把你从看守所里接出来，大哥砸锅卖铁给你凑够了二百万，那时候，我们的建筑队刚刚起家，大哥说，就是卖肾卖血也不能丢下你。"

梁家宝追到戈向东身边，指着吊塔上的周海龙大声骂："周海龙，你这个熊人！我白救你了！"

魏东阳、孙茂群也走到戈向东身边，四个人把胳膊挽在一起朝前走。

魏东阳大声喊："这下你满意了，你放下她们，我们兄弟五个一起跳下去。大哥说过，他不愿意丢下你，我们五个有誓言，要生死不离。"

大团的乌云掠过楼顶，灰暗的天空挤压过来，一道耀眼的闪电劈开了厚厚的云层，响雷在头顶炸裂。大雨随之而来，豆大的雨点敲打着吊塔塔楼周围的玻璃，手握操纵杆的周海龙再也控制不住自己的感情，他转过脸去，望着暴雨中呼啸的城市，泪如雨下。

暴雨冲刷的楼顶上，四个昔日生死与共的兄弟手挽手正要走向万丈深渊。终于，吊臂缓缓地平移到了楼顶，笼子里的两个女人像从水中捞出来的一样浑身湿透。

周海龙打开了吊塔的舱门，大声喊道："兄弟们，你们好好活着，我到那边等你们了！"

周海龙纵身一跃，飞向苍茫的夜空，风在他耳边呼呼作响，他像是听到来自八百里秦川高亢嘹亮的秦腔，看到自己走在铺满阳光的黄土高原上，头戴白头巾，挥动鞭子驱赶着遍地的羊群。他突然大声地唱："一人一马一杆枪，二郎担山嘛撵太阳……"他没想到刚刚张开嘴就听到惊天一声巨响，这个城市根本没允许他把这段秦腔唱完。

他爱这座城市吗？或许只有憎恨和厌恶，是因为它罂粟般招摇的欲望，还是它空洞的灵魂，或许是无望的等待？

或许他根本就不应该来这座城市。这个城市有太多的欲望，太多的伤心和他生不如死的空虚。

戈向东望着纵身而下的周海龙，一股温热的东西蹿出喉咙，鲜红的血从腹腔里喷涌而出……

15

戈向东再次滑向了死亡的边缘。从德国赶来的两位专家给他进行了会诊。梅雅莹从两位专家神色凝重的脸上看到了失望的表情。德国专家用流利的中文说："再次手术，要切掉一叶半的肺，只能靠患者的生命力支撑了。"

命悬一线的丁敏慧从死亡线上挣脱出来，唯一的担心是父亲戈向东。她一脸庄重地对梅雅莹说："如果能救爸爸，能不能用我的肺移植，最起码他有一叶肺能够呼吸。"梅雅莹抱着丁敏慧流着眼泪说："宝贝，你能舍命救你的父亲，我很欣慰，可是我不能这样做，我要是这样做，你爸爸即使能活过来，也生不如死。"

演习归来的戈睿收到消息，立即赶回了家，一路奔跑着赶到医院。手术室门口挤满了焦急等待的人，魏叔叔、孙叔叔、梁叔叔、小宝和豆豆……戈睿走进梅雅莹的办公室，用急切的目光望着母亲和姐姐。梅雅莹伸出手臂，把戈睿和丁敏慧一起搂在怀里安慰他们："孩子，没事，你爸爸生命里永远生长着奇迹，他是不会被打倒的。"

手术从上午九点一直做到傍晚。戈向东顽强地活了下来。

德国医生终于走出了手术室，他对围上来的梅雅莹和亲人们摇着头说："他暂时还有生命体征，如果他还能活下去，那是因为他感动了上帝。"

梅雅莹木然地望着德国专家离开，喃喃地说："他就是他自己的上帝。"

两个外国专家为他强烈的生命欲望惊叹不已。梅雅莹相信戈向东生命里总是存在着奇迹，当年，把他从界碑附近背下来，他身体里的血已经流掉了三分之一。经过抢救，他还是活了，而且有质量地活了近三十年。

这是个打不死的英雄，看不到胜利，他绝不会放弃。

英雄地的谜底，最终还没有揭开，他会顽强地活下去的。

丁敏慧知道眼下最关键的是保住英雄地，一旦戈向东生命不测，她不能让为了誓言历尽苦难的父亲，抱着遗憾离开被他温暖的世界。经历生死浩劫之后的丁敏慧，对林浩楠恨之入骨。她让魏沛姗当着大家的面把戈向东的遗嘱打开了。遗嘱里，戈向东把天海地产留给了林浩楠，天海化工留给了丁敏慧，“红星公益基金”留给丁敏慧和魏沛姗，家中的老宅留给前妻梅雅莹。遗嘱中规定天海地产和天海化工的存在意义跟“红星公益基金”密切相关，每年盈利的百分之十仍然要投入基金。

遗嘱重要的部分是关于英雄地的。英雄地二期工程上百栋别墅和绿化整体完成后，连同温泉别墅，建设一流的“荣军疗养院”，用于接待暮年老兵、伤残军人和老无所依的烈士家属，产权归于“红星公益基金”名下。关于英雄地的相关法律文件由公司法律顾问魏沛姗全权代理。

戈向东把自己的器官捐赠给了红十字会，骨灰火化后撒入大海。他留给儿子戈睿唯一的财产是那两块弹片和爷爷戈正北那坨钢铁。这是军人最高贵的荣誉，也是一个铁血男人的桂冠。

戈向东把老连长林春风留给他的那个带血的工作手册留给了林浩楠，里面记载了所有牺牲战友的名字和赫然写在首页上的那句话：“让活着的人活得更好，让死去的人死得有价值。”

魏沛姗饱含热泪读完这份遗嘱，所有在场的人无不为之动容。

丁敏慧抹干眼泪，严厉地对魏沛姗说：“英雄地抵押贷款的文件没有董事长的签名是不可能完成的，除非有人模仿了董事长的签名。魏沛姗，你得说实话，是不是有人模仿了董事长的签名。”

魏沛姗流着眼泪点了点头。丁敏慧像是一下子明白了。她拉着魏沛姗急匆匆离开了医院，她要去找林浩楠。他必须为自己的无耻付出代价。丁敏慧带着魏沛姗先去了商业银行，行长已经从省委知道了英雄地的用途，十分痛快地终结了同天海地产的贷款合同。只是银行已经打入天海集团账户部分资金，天海必须按期支付利息。丁敏慧答应了行长的要求，魏沛姗顺利地拿到了英雄地的抵押材料。

从银行出来，丁敏慧觉得阳光有些刺眼，急火攻心的她有些头晕，这些日子她身心疲惫，孱弱的身体有些吃不消了。一个踉跄，她差点摔倒。她决定快点找到林浩楠。天海地产的融资已经超过了预期，林浩楠已经是天海地产的法人，如果他在膨胀的私欲里越走越远，就会再步周海龙的后尘。她已经不再担心林浩楠这个人了，她担心的是天海地产会由此跌入万劫不复的深渊，将来影响基金会的运作。

事情就这么凑巧，商业银行大厅里，丁敏慧看到了气势汹汹前来质问行长的林浩楠。这是丁敏慧经历过生死之后第一次看到他。

丁敏慧内心翻涌而出的不是悲伤、委屈，而是愤怒。她睁着一双眼睛死死地看着林浩楠，目光冰冷如刀，直直地刺向他。这一刻，她替自己曾经的一片痴心感到悲哀。他真心地对她付出过吗？对自己的行为有悔过吗？丁敏慧心想，应该是没有。那张曾经雕刻在她生命中的面孔是如此令人憎恶。

看到林浩楠竟然还向她张开怀抱。她觉得荒诞可笑。如果没发生那么多事情，这个怀抱是她多么渴望拥有的。但此刻，她的内心只有憎恨。不过，她还是投入他的怀抱，为的是要对他进行致命的一击。她张开了嘴，露出锋利的牙齿，像一头猎食的雌狮一口就咬住了他的肩膀，血腥的味道立刻在舌尖蔓延开来，痛恨仍然无法平息。

魏沛姗被丁敏慧瞬间的举动吓呆了。

疼得钻心的林浩楠只是痛苦地皱起了眉，但一声不吭地站着，任由女友发泄。丁敏慧松开了嘴，怒目圆睁地吼道："如果给我一把刀，我会杀了你。"说完，伤心欲绝地冲出了银行大厅。

林浩楠像是一下子明白了，丁敏慧的愤怒不仅仅是他没去救她，而是因为英雄地。像是约好的，所有的银行都冻结了天海地产的账户，连有私下契约的商业银行行长也中途变卦。现在龙腾置业完了，天海地产完成霸业的最佳时机到了，可却没想到中途生变。

魏沛姗走到他面前，平静地说："收手吧，她和戈老爸，都不想看着你成为第二个周海龙。"

16

丁敏慧从机场接回了步履蹒跚的老省长。他是应约来看戈向东的英雄地的。他答应过戈向东，花红柳绿的时候要看他的英雄地，可迟迟不见戈向东来接他，仔细一打听，才知道他住院了。丁敏慧要代替父亲陪着老省长去看英雄地。看到接机时红着眼圈儿的丁敏慧，老省长一脸的沉重，他知道戈向东病得不轻，否则，小姑娘见了他绝对不会泪眼汪汪。

丁敏慧带老人去看英雄地，老省长固执地让她开车先去了医院。望着只有靠呼吸机才能维持生命的戈向东，老省长不停地摇头。当年，戈向东向他报到的情形浮现在了眼前。

从前那个一身绿军装年轻英俊的小伙，此刻正生死一线。老省长在戈向东的床前站了很久。丁敏慧静静地站在老省长的身后，看到老人有些佝偻的身体颤颤巍巍地在抖动。很多年来，膝下无子，半生孤独的老人对戈向东如同自己的儿子。老人伸出手在戈向东的脚板上挠了挠。丁敏慧惊喜地看到父亲的脚趾本能地动了动。父亲还活着。他似乎也感觉到了周围有人在看他。可是他无法说话，也无法动弹。

英雄地的谜底揭开之后，丁敏慧被父亲的博大胸怀震动的同时，内心也充满了强烈的悲痛。戈向东就是这样一个纯粹无私的人，他把自己所有的一切都给了别人，包括自己的肉体。

老人附在戈向东的耳边用低沉而嘶哑的声音说道："臭小子，约我来看英雄地，你却躺在这儿。我命令你，不准比我先死，你答应过我，我死的时候你给我送终，我都九十五岁了，老子还等你给我送终呢。"老人说着，别开脸去。

出了医院的大门，老人明显受到了打击，连走路都变得十分艰难。丁敏慧要伸手搀扶他，却被推开了。老人定了定神，调整了步子，稳健地走向了停车场。

夏日的阳光真好。丁敏慧陪着老省长走在英雄地山谷里，如同走在一条绿色的长廊里。虽然是夏日，这里却是沁人心脾的清凉，大片山谷像是被溪流浸润了，湿润而清凉。远远望去山冈被一团团浓稠的翠绿覆盖，脚下是溪流环绕的鹅卵石小路，路边是花红草绿。二期工程花园式别墅区沿着山谷两侧的山梁走向正在依山而建，建筑被树木遮掩其中，沿着绿色长廊一户户通往别墅。老人慢慢地走着，细细地看着，紧皱的眉头慢慢舒展开来。一路上，丁敏慧向老人介绍了"荣军疗养院"后期的建设情况。

根据疗养院的规划，这里还要建一座医院，购置一流的医疗设备，用作疗养人员的体检和远程会诊。医院由梅雅莹妈妈负责筹建，她过几年就要退休了，退休后，她也会在这里义诊。

英雄地工程全面结束后，将会成为一个舒适宜居的疗养中心，还会作为青少年爱国主义教育基地，一座净化城市空气和人们心灵的精神氧吧。

老省长问起了“荣军疗养院”的入住情况。丁敏慧说：“爷爷最近没看我们的‘红星公益基金’网站，希望回来常住的天海籍老军人、伤残军人已经在网上报名了，截至到昨天，已经上百人了，那些短期想回家看看、住一段的老英雄更多，都已经二百多人了，更令人感动的是，报名前来英雄地担任医疗、服务、保障工作的志愿者和义工高达上千人了，大部分都是在校大学生。”

白发苍苍的老省长怜惜地听着丁敏慧讲着英雄地。他停住脚步，喉结抖动了几下，深沉地说：“一个人要一辈子说到做到。太难。要做到让社会上所有人说到做到，更难。其实，你父亲不必一人去做的，他那个报告，我最近转给了天海省、市两级政府。政府对这一块十分重视，专门找他磋商。可你的父亲，什么都好，就是太固执了。他拒绝了政府的帮助，就要坚持自己做，他说这是他曾经许下的诺言，只要他有能力践行这个诺言，坚决不借助外力的帮助。说实话，我看中他的就是这股倔劲。言之必果，勇于担当，这才是中国人最优良的品质，也是我们这个民族永远挺立的脊梁。现在看来，你父亲并不孤单，他能用自己的行动，带动、吸引一大批青年人，不容易啊。我曾经告诉过你的父亲，精神的荒芜来自播种的缺失，在当前这个社会，我们不仅要学会担当，更应该学会播种。我希望英雄地能播下无数颗这样的种子，长出一片信仰的森林。”

老省长的一席话让丁敏慧感受颇深。

她突然明白父亲那次带他们出游的目的了。他们一路上看到的那些旧战场，见到的那些坟茔，接触到的那些战争的幸存者，聆听到的那些战争故事，无不在他们内心深处打下了深深的烙印。戈向东说，他是在补课，过去，他一直在担当，没有学会播种，这一课他必须补上。实际上，他们何尝不是在补课呢。没有了传承，品质就会有变异；没有了播种，精神就会荒芜，信仰就会坍塌。

林浩楠就是一个最明显的例子呢。想到林浩楠的背叛，丁敏慧就感到心在隐隐作痛。

17

天海市市政大厅，参与东部新区土地竞拍的单位到齐。林浩楠西装革履地坐在竞拍单位中间，心怀忐忑。虽然龙腾地产随着周海龙的落马不复存在了，能与天海地产一决雌雄的企业屈指可数，可范主任没有出席这次竞拍，范梦蕊也杳无音信，林浩楠心里没底了。

最后一次见到范梦蕊是魏东阳在医院斥骂他的那个夜晚。从医院出来，他就有一种不祥的预感。滨海霓虹的住处，他见到的范梦蕊已经落魄到了冰点。她披散着头发呆呆地坐在高楼上，望着灯火阑珊的城市一语不发。林浩楠静静地陪着她坐了一夜。黎明时分，范梦蕊对林浩楠说：“你走吧，城市的天快亮了，你看，天快亮的时候城市最黑。”林浩楠一直担心范梦蕊会因为净月会所而出事，看来，不只她，还有她的大靠山——父亲范运成，都东窗事发了。

分管经济的副省长和天海市市长亲自参加了这次土地竞拍会。梅子路也跟着市长来了，林浩楠从他进来就开始用目光追随着他，寻求信息。但梅子路只空洞地望了他一眼，就匆匆转移了视线。

一位官员开始捧着文件念参加竞拍单位的名单。龙腾置业涉嫌金融诈骗，退出竞拍。紧接着，林浩楠听到一个他不愿意听到的消息。根据天海集团董事长戈向东的书面申请，天海地产撤出东部新区的土地竞拍。林浩楠目瞪口呆地坐在那儿，半天没有回过神来。这场战斗原本接近胜利。林浩楠开着车静静地沿着滨海大道前行。暴雨袭击着城市，也在撞击着他的内心。林浩楠把车停在滨海大道路边，趴在方向盘上，听着暴雨拍打车窗和雨刮器来回摆动的声响，感受着这个城市的洗礼。这段时间，大街小巷都在流传周海龙在天帆国际楼顶上的惊人一跳。林浩楠在心里痛骂自己的懦弱，事已至此，他连周海龙都不如。周海龙能用一死来洗刷自己的罪孽，他却连死的勇气都没有。因为他的疯狂，天海地产面临困境。留下来的烂摊子，将由丁敏慧一个柔弱的女子独力担当。他无颜面对任何人，最好的选择是从这个世界消失，找一个没有人认识他的地方从零开始。

暴雨降临的时候，丁馥芬徘徊在机场的登机口。或许，她根本就不应该回来。天海的雨季就要到来了，这个四处弥漫着雾霾的城市，压抑得让人不能呼吸。只有经历暴雨冲刷后才能露出它原有的面目。由于她冒死抵制，周海龙疯狂的圈钱计划才没有得逞。警方撤销了对她的监控，她要走了，去香港或者英国，她不敢确定。命运注定她是孤独的，一个人孤单地来，一个人孤单地走，像这个城市的过客，来去匆匆。

临走前，她十分想看一眼还在住院的戈向东。她想跟他谈谈。她所有的爱和恨，像一把双刃剑汇聚在这个男人身上。她追随他，膜拜他，可最终看到的始终是他高大伟岸的背影。犹豫再三，她还是打消了去看望的念头。

她突然怀疑起当初来天海的初衷，她是满怀对戈向东的仇恨，揣着一颗复仇之心回来的。可此刻，她却怀着无限眷恋和惦记他的疼痛之心黯然离去。她想到纵身跳下万丈深渊的周海龙，原来人生最大的悲哀不是有命无运，而是当你为自己的所作所为幡然醒悟的时候，却发现一切已经覆水难收。

龙腾置业流向海外的大部分资金都已经被追回，警方在清查她资产的时候发现，周海龙往她账户里打入的大笔资金跟融资款项毫无瓜葛，那是他从天海集团出来时分得的股份，这笔钱干干净净。周海龙想和她用这笔钱安逸地度过晚年的时光。可是，这些钱对她来说毫无意义，她从来没有过要跟他一起生活的想法。她把这些钱一部分给了周海龙老家还活着的亲人，一部分打入了女儿丁敏慧的“红星公益基金”。

暴雨过后的城市一片清新，飞机从城市的上空滑过。丁馥芬坐在机窗前俯瞰着脚下高楼林立的都市，那里耸立着她曾经为之骄傲的标志性建筑。随之映入眼帘的一片碧绿让她为之一振。毗邻喧嚣都市，连结蔚蓝大海的绿化带宛若一块精美的玉石，那种久违的绿意在向城市延展，生长出一种无形的力量。那就是戈向东的英雄地。

尾声

时光荏苒，雨后的八月一日清晨，夏日的骄阳洒满了英雄地。

“红星公益基金”和“荣军疗养院”揭牌仪式相继展开。从四面八方赶来的参战老兵、军烈属、伤残军人、部队官兵和天海市民聚集在温泉别墅前的广场上，人潮涌动，盛况空前。市民们终于从一个个白发苍苍身上还带着伤残的老人的灿脸上，知道了英雄地的最终谜底。

这里不是人们谣传的富豪别墅，而是参战老兵的暮年乐园。这里汇集全国各地前来疗养的参战老兵，他们随时可以来这里免费疗养或者一直在这里生活。

几百名少先队员整齐列队，参加了这个光荣而神圣的仪式。疗养院正式面向全国开放后，将作为天海市的青少年爱国主义思想教育基地全面向社会开放。天海市的青少年们，在游览美丽景色的同时还可以听到英雄故事。英雄地成为了真正的英雄会聚的地方。

这天，英雄地的上空出现了天海历史上罕见的蝴蝶云。怒放的花朵吸引了无数翩翩飞舞的彩色蝴蝶，它们扑扇着色彩艳丽的翅膀，一片一片地向山谷汇集，整个山谷宛如升起了一片片绚丽的云霞，颇为壮观。游览在湿地花草间的市民，循着云朵飘向的山谷，追向山谷之上的向阳坡。人们惊愕地发现，温泉别墅后的两个向阳坡，鲜花簇拥着的葱茏树木，一排排林立在山冈之上，像整装待发的士兵，从山脚一直排列到山顶。

满脸皱纹却依然精神的老兵，威武雄壮并且年轻的士兵，在温泉别墅前的广场上肃然而立，一个个脸上庄严神圣。

戈睿带领着仪仗队护送着军旗从队列前走过。队列里的梁家宝高声喊道:“敬礼!”梁家宝喊毕，对着军旗一个标准的军礼。队列里那些肢体残缺的老兵用不同的方式向军旗敬礼，每个人的脸上都布满着坚定和崇敬，目光追随着军旗久久不肯离去。

身体虚弱的戈向东也坐在轮椅上，被戈家三个女人推着出现在温泉别墅前，等待着老省长、军区首长和省、市领导以及参加揭牌仪式的宾客们登台。戈向东想站起来去迎接老省长，却被他伸手制止了。老省长用浑厚嘶哑的声音说:“让活着的人活得更好，让死去的人死得有价值。这句话说得好！向东，你做得也好！说到做到，掷地有声，这是我们军人血管里的秉性，这种秉性是实现我们中国梦、强军梦的脊梁。那些牺牲在天南地北、异国他乡的军人们，会为我们富强的国家而自豪，会为我们这样仙境般的暮年生活而倍感欣慰。”

戈向东望着眼前这一切，热泪纵横。他原以为他看不到这一切了，可没想到，这一天到来了。他把目光投向深远的苍穹，聆听着嘹亮的军歌在空旷的山谷久久回荡。歌声惊起了树林里栖息的白鹭，它们纷纷飞向山谷水草肥美的湿地。

林浩楠戴着墨镜和遮阳帽一脸泪水地站在人群中，他手里攥着父亲留下的那个本子，他低着头，神色凝重，内心的愧疚难以言表。他没想到折磨了戈向东半生的那句话，竟然是父亲留下来的遗言。这些年来，戈向东不顾一切恪守着父亲留下的誓言，而他这个做儿子的不但什么都没做，还差一点毁了这一切。此刻，戈向东的话像是在他耳边响起：“眼睛总盯着黑暗，只能看到黑暗中埋葬生命的废墟和慢慢腐烂的肉体。内心向往光明，只要你的骨头还在，生命的价值就不会消殒。只要你愿意，骨头也可以在黑暗潮湿中用磷火点燃世界，哪怕是瞬间的燃烧，用灰烬去播种，人们也可以看见，骨头之上也能盛开美丽的花朵。”林浩楠看着远处那些艳丽的鲜花，兴高采烈的人群，若有所思。他不知道他的悔悟能不能得到戈向东和丁敏慧的原谅，能不能让九泉之下的父亲瞑目长眠，如果再给他一次选择，他会选择做这苍茫群山中的一株草或者一棵树，而不是整座山。尽管，戈向东在遗嘱里把他列为天海集团的继承人，外面一年多的游历也让他彻底地反省了，但他还是觉得自己没有颜面见大家。不过，他决定每年都会来这里，看一看满山遍野的翠绿和脊梁一样的山冈。仪式结束了，林浩楠压低了遮阳帽，低着头混在散去的人群里悄然离开了，虽然他不知道自己要到哪里去，但他看到了前面的光明。

英雄地的英雄墙上书写着牺牲在不同时期的天海籍英雄的名字。民警孙昭阳的名字也赫然在列，在他的后面还有一大片的空白。孙茂群站在英雄墙前默然静立。他的眼前仿佛浮现出儿子的脸。

孙茂群老泪纵横地向儿子诉说："阳儿，到了那边，你是小辈，要好好照顾爸爸的战友们。从今天起，爸爸哪儿都不去了，就好好守在这里，守在你的身边。"

孙茂群又重新回到了天海集团，他担任"荣军疗养院"的保障部部长，他准备在这里一直守候着，直到生命的终结。

梁小宝和寇豆豆在孙茂群的身后深深向孙昭阳鞠躬。眼前，满脸笑容的孙昭阳像是在对他们说："好好活着本身就是一种胜利！"

梁小宝哭泣着对孙昭阳说："哥，你放心，我和豆豆一定好好活，替你照顾孙叔叔！"

大家推着戈向东走向密林深处。戈向东的怀里抱着周海龙的骨灰盒，他慢慢地站起身来，走向波涛汹涌的大海，把骨灰撒进了大海里。

戈向东哽咽着说："老二，一路走好。我们家老爷子说得对，百川归大海。到了那边向老连长报到，别再掉队了！老二，无论你曾经做了什么，我们几个还是不想丢下你，在那边等着我们，下辈子，我们还做兄弟。我们曾经发过誓言，生死不离。”

魏东阳流着眼泪深情重复：“生死不离！”

四个老兵一起重复：“生死不离！”

城市的天空如此干净湛蓝，白云飘过，远逝在沧海尽头。白鸟飞过，万里晴空。梁家宝指着天空中飞来的鸟群对戈向东他们喊：“看，看，那么多鸟儿。”

成群的飞鸟掠过繁华喧嚣的都市和苍茫的大海，会聚而来。飞鸟翱翔在蓝天之上，它们身下是可以栖息的美丽湿地。两座山花如潮的山冈，像是城市两叶用来呼吸的肺，纯洁一片天空，滋润一座城池，净化一个世界。

图书在版编目（CIP）数据

英雄地 / 刘克中著. -- 长沙：湖南文艺出版社，2015.8
（周读书系）
ISBN 978-7-5404-7299-3
Ⅰ. ①英… Ⅱ. ①刘… Ⅲ. ①长篇小说—中国—当代 Ⅳ. ①I247.5
中国版本图书馆 CIP 数据核字（2015）第 201966 号

周读书系

英雄地

刘克中 著

出 版 人：刘清华
丛书策划：朱建纲
责任编辑：陈新文 谢迪南
整体设计：萧睿子
内文制作：刘晓霞 雷 杰 刘 芳
李松辉 黄 莺 李文武

2015 年 8 月第 1 版第 1 次印刷
书 号：ISBN 978-7-5404-7299-3
开 本：787mm×960mm 1/32
字 数：310,000
印 张：16.25
印 刷：长沙超峰印刷有限公司
定 价：29.00 元

湖南文艺出版社出版、发行
（湖南省长沙市雨花区东二环一段 508 号 邮编：410014）
网 址：www.hnwy.net
湖南省新华书店经销

本社邮购电话：0731—85983015
若有印装质量问题，请直接与本社出版科联系调换